禮法之外

唐五代的情感书写

洪越 著

北京大学出版社
PEKING UNIVERSITY PRESS

图书在版编目(CIP)数据

礼法之外:唐五代的情感书写/洪越著.—北京:北京大学出版社,2024.6
ISBN 978-7-301-35124-6

Ⅰ.①礼… Ⅱ.①洪… Ⅲ.①中国文学—古典文学研究—唐代 ②中国文学—古典文学研究—五代(907—960) Ⅳ.①I206.4

中国国家版本馆 CIP 数据核字(2024)第 107541 号

书　　　名	礼法之外:唐五代的情感书写
	LIFA ZHI WAI: TANG WUDAI DE QINGGAN SHUXIE
著作责任者	洪　越　著
责 任 编 辑	徐　迈
标 准 书 号	ISBN 978-7-301-35124-6
出 版 发 行	北京大学出版社
地　　　址	北京市海淀区成府路 205 号　100871
网　　　址	http://www.pup.cn　新浪微博:@北京大学出版社
电 子 邮 箱	编辑部 wsz@pup.cn　总编室 zpup@pup.cn
电　　　话	邮购部 010-62752015　发行部 010-62750672
	编辑部 010-62752022
印 刷 者	大厂回族自治县彩虹印刷有限公司
经 销 者	新华书店
	965 毫米×1300 毫米　16 开本　20 印张　275 千字
	2024 年 6 月第 1 版　2024 年 6 月第 1 次印刷
定　　　价	78.00 元

未经许可,不得以任何方式复制或抄袭本书之部分或全部内容。
版权所有,侵权必究
举报电话: 010-62752024　电子邮箱: fd@pup.cn
图书如有印装质量问题,请与出版部联系,电话: 010-62756370

目　录

前言　　1

上编　中晚唐个案

公与私的交叠——政治境遇与白居易的妓乐书写　　3

元稹：自述恋情的尝试与难题　　30

沈亚之：带有边缘性质的写作　　55

读者与作者的"竞争"——论晚唐五代杜牧形象的生成　　80

韩偓《香奁集》的编录与唐末回忆性书写　　98

中晚唐墓志中的浪漫书写　　120

中编　在五代十国的延伸

前蜀的宫廷唱和与诗集编选——唐代文化"继承者"身份的塑造　　145

《花间集》的编选：构建具有"包容性"的后蜀文化　　162

从徐铉、韩熙载看南唐士人对妓乐活动的评议　　183

南唐的皇帝、词臣、史家与曲子词　　207

下编　情爱表达的"语法"

写情文学的结构	229
情爱故事的修辞	238
浪漫话语的难题	263
结构分析:解读唐诗本事故事的一种方法	283

前　言

本书包括十四篇文章,讨论九世纪初至十世纪中叶这一个半世纪即中晚唐至五代时期的情感书写。"情感"指婚姻以外的男女之情。晚唐笔记集《本事诗》、宋初类书《太平广记》设置了"情感"的类别,其中收录的就主要是婚外男女情的故事。用"书写"而不是"文学",主要有两个考虑。一是研究对象不仅包括那些艺术性较高的,一般被归类为"文学"的体裁,如诗、词、传奇,也包括轶事笔记这样经常不被认为是"文学"的作品。二是想强调,本书不仅注重作为成果的文本,而且重视作为动作、过程的"书写",想了解作家在什么样的人生境遇中创作写情作品,他们为什么写、如何写,其情感写作与政治生涯之间关系的种种情况。研究对象也包括这些文本和过程的"再书写",即作品与关于作品产生的故事的阅读、传播和影响。

九世纪以前当然也有写情作品。在中国的前现代社会中,以家庭和国家为核心的社会伦理秩序不包括男女情爱,这种感情对社会秩序是潜在的威胁。因此写情作品往往或者告诫男女之情的危险,如红颜祸水叙事,或者聚焦诱惑与抵抗诱惑的张力,如定情赋。正面描写情爱的作品如果得以保存,一般处于文学传统的边缘位置,与那些在阶级、性别、文化秩序中被指认为"低等级"的人联系在一起。比如以歌咏情爱为主的吴声、西曲,很大程度上是东晋南朝的北方贵族移民对南方本土平民的想象，认为后者"更'原始'，更'自然'，更充满激情和纯真"①。收录了不少艳诗的《玉台新咏》，则是为贵族女性的休闲阅读而编纂的诗集。当然也有写情之作进入正统文学的范畴，如《诗经》，但那是在其被赋予了政治寓意之后。

中晚唐的情感书写出现了一些不同以往的特征。首先是人们对情的兴趣表现在多种文体中，比如诗、传奇、轶事笔记。白居易、元稹、杜牧、李商隐、韩偓等很多诗人都写了数量可观的艳诗；《莺莺传》《霍小玉传》《李娃传》这些以情爱为主题的著名唐传奇也创作于这一时期；还有大量记述士人与风尘女子、女神、女鬼艳遇的故事，两个男人竞争一个女人的故事，收录在《本事诗》《云溪友议》《唐阙史》《三水小牍》等轶事集中。而且，男女之情不仅是文本的对象，也是舆论的热点。一些士人痴迷于激情，通过讲述和写作来分享这些以情欲、爱恋为主题的诗歌和故事，一起评论、感慨作品里面的人物。在这样的文化语境中，情色风流成为一种被肯定的价值，"风流才子""有情人"成为士人构想自我形象的新模式。我们看到，白居易作《琵琶行》写自己为妓人的不幸遭遇洒下同情的泪水，李商隐在《柳枝五首序》中讲述自己与洛阳商人女儿柳枝的诗缘相遇，韩偓在《香奁集序》中追忆自己年轻时狭邪游、写艳诗的风流经历。这个时期的情感叙事也开启了中国言情戏曲和小说的新模式，包括以才子佳人为主人公，基于自由选择的两性关系，强调双方的承诺、感情的持久等特征。这样的感情不是男性在事业和家庭之外的闲暇时光消遣享用、用后即弃的风流韵事，而是将男女情爱看作自主的、恒久的理想主义小世界，对中国爱情文学影响巨大。

那么，为什么情感书写在中晚唐骤然兴起，并出现了这些新的特征？影响最大的是陈寅恪的观点。他在讨论元稹的《莺莺传》及其艳

---

① 田晓菲：《烽火与流星——萧梁王朝的文学与文化》，北京：中华书局，2010年，第275页。

诗与悼亡诗的两篇文章中提出，进士阶级的兴起与写情文学密切相关。他认为，高宗武后以来崛起的家门通过进士词科致身通显，这使进士阶级"重辞赋而不重经学，尚才华而不尚礼法"，因此，唐代进士科"为浮薄放荡之徒所归聚，与倡伎文学殊有关联"①。虽然陈寅恪将进士新阶级与山东旧士族对立的观点已被后来的唐史学者质疑和修正，但他指出的进士群体与写情文学之间的关系是有说服力的，因为进士出身的文学官僚在唐代政治文化中占据主导位置，与写情文学盛行基本同步，都是在德宗、宪宗至懿宗、僖宗时期。不过，陈寅恪没有解释为什么进士群体举止"放荡"并赋予"放荡"正面的价值，为什么男女之情这个在中国文学传统中地位边缘的主题，在此时成为士人热衷歌咏的对象。这里暗含的逻辑是：出身寒素的进士群体不重礼法，于是男女情欲在礼法约束缺失的情况下自然出现，表现狎妓的文学也随之产生。然而我们知道，男女情爱在某个时期被肯定、写情成为某个时代的风尚，从来不是自然而然的，而是与社会文化思潮、与人们对个人身份和社会秩序的再思考有紧密的关联。晚明的文学和哲学中有对"情"的推崇，甚至出现《牡丹亭》那样赞美为情生、为情死的作品，是晚明士人用强调个人自我的反抗话语，通过把道德源头定位于人的感情而非伦理守则，来挑战"存天理、灭人欲"的新儒家礼教。二十世纪"五四"一代对"自由恋爱"的推崇和当时大量涌现的爱情文学，是中国转型为现代民族国家，个体被打造为独立、自由、个人主义的现代主体的重要环节。那么，面对中晚唐盛行的写情文学，需要回答的问题是：为什么这个时期的士人热衷写情？他们如何想象和叙述情爱？这样的想象和叙述说明了怎样的社会思想文化变迁？

对这些问题的思考大致有三种观点。第一种由宇文所安(Stephen Owen)在二十世纪九十年代提出。他在《中国"中世纪"的终结：中唐文学文化论集》里面的一篇论文中谈到，九世纪初部分士人群体

---

① 陈寅恪：《艳诗及悼亡诗》，《元白诗笺证稿》，《陈寅恪文集(纪念版)》之六，上海：上海古籍出版社，2020年，第86页。

对情爱故事的浓厚兴趣,与中唐推崇特立独行的"特异性"(Singularity)以及私人空间的建立有密切的关联。① "特异性"表现在很多方面,包括对事物给出不同于传统的个人诠释,创造一个外在于国家和家庭的公共世界的"私人天地",给在社会道德秩序中被指认为微末的事物赋予价值,如庭院中的池塘、日常生活的快乐、男女情爱。在《霍小玉传》《李娃传》《任氏传》等作品中,情爱世界被表现为理想化的存在,尽管情人地位悬殊,但他们的关系建立在双方自由选择的基础上。士人热衷讲述这些故事,是被情爱世界中独立自主的个体这一想象所吸引,这些个体抗拒国家和家庭对个人的要求,意欲在私人空间追寻幸福。宇文所安认为,讲故事的虽然是男性,但女性也是听众和读者,情爱作品的产生背景是由男性士人和风月场女性共同参与的"浪漫文化"。虽然文本更多关注男性的焦虑,但也在一定程度上体现了女性的利益。

第二种由罗吉伟(Paul Rouzer)提出,认为唐代表现男女之情的故事虽然写异性情感,关注的却是男性社群中的同性社会关系(homosocial)。他在2001年出版的专著《被表述的女性:早期中国文本中的性别与男性社群》中,用两章分别讨论了《游仙窟》《柳氏传》《无双传》《李娃传》等传奇故事,以及记述青楼生活的笔记《北里志》,认为作品中描述的男女情爱,乃是男性社群中友谊与联盟的变体或镜像,士人以此表现他们与统治者的关系、与同辈之间的联盟和竞争,彰显自身的社会地位。② 作者和读者都是凭借文学能力、科举成功进入官

---

① Stephen Owen, "Romance," in *The End of the Chinese 'Middle Ages': Essays in Mid-Tang Literary Culture* (Stanford: Stanford University Press, 1996). 中译见宇文所安:《浪漫传奇》,《中国"中世纪"的终结:中唐文学文化论集》,陈引驰、陈磊译,北京:生活·读书·新知三联书店,2014年。"特异性"也译为"特性"。关于中唐作家注重"特异性",该书的多个章节都有讨论。

② Paul Rouzer, *Articulated Ladies: Gender and the Male Community in Early Chinese Texts* (Cambridge [Massachusetts] and Lodon: Harvard University Asia Center, 2001), chapters 6 and 7.

场的士人,因此这些作品肯定文学才华的价值和文士群体的优越,如《北里志》中的高等级妓人最看重的男性品质不是家世、钱财、官职,而是文才;《柳氏传》讲述文士韩翊凭借文学能力获得官职和爱人,并且得到从豪侠到官员各路人士的帮助。青楼也没有被描写成男女情爱的私密空间,而是被呈现为一个文士从中汲取经验、展开竞争的公共场所。这些作品中的女性角色是功能性的,她是肯定男性才华的仲裁人、男性竞争获取的目标、男性才华的奖品。

第三种由罗曼玲提出。她在 2015 年出版的专著《晚期中古中国文人的故事讲述》中有专章讨论中晚唐文人讲述婚外性关系的故事的意义,认为那是以科举入仕的文人建构群体身份的一种方式。由于婚外性关系处于文人生活的边缘地带,性关系构成了一个特殊的平台,在这里,文人既可以暂时地、象征性地挑战约束他们的权力关系,又可以在适当的时候安全回归到既有的权力关系中。[①] 也就是说,这些故事既颠覆又肯定权力关系。颠覆的例子可以在《本事诗》的一些故事和《昆仑奴》《无双传》中看到,例如社会地位较低的年轻士人与有权势者竞争并赢得一名婢女或妓人,或者在侠士的帮助下,从有权势者那里偷走女子。肯定的例子如《冯燕传》《飞烟传》等通奸故事。颠覆与肯定并行的则有《李娃传》《霍小玉传》《莺莺传》,讲一个年轻士人,或者一个士人家庭的女儿,先是偏离父权秩序,追求男女情爱,最终回归婚姻正途,这些故事探讨了同时肯定情爱与父权的可能性。

这几种观点论及男女情感与政治关系的两个方面。一是政治与男女情感互为表里,互相支持、巩固。士人通过写情彰显文士群体的优越地位,在文士群体中确立自己的文学声誉,寻找资助人、官员、同僚、侠士的认同。罗吉伟分析的《柳氏传》《无双传》,罗曼玲讨论的

[①] Manling Luo, *Literati Storytelling in Late Medieval China* (Seattle and London: University of Washington Press, 2015), chapter 3.

《昆仑奴》《本事诗》,都是例子。咏妓诗也属于这类作品。王凌靓华在研究九世纪诗歌与伎乐文化的专著中提出,九世纪社会的商业化、市场化使咏妓诗拥有广大的读者群,他们可以"帮文人建立诗名,从而为他们在进士考试中的成功铺路"。① 讲述浪漫情爱故事也是年轻士人在竞争的大环境中彰显才情、确立个人身份的一种方式,李商隐把自己与柳枝相遇之事题写在洛阳里巷的墙壁上,将自己展现为风流才子,就是一个例子。② 其他有助于建构文士的群体、个人身份的情感书写还有不少,如诗歌和轶事中记述的风流韵事,它们赞美文士在考试、公务之余得到女性的青睐;或者两个男人和一个女人的"三角情"故事,它们把有才情的文士塑造为击败有权势官员的情场胜利者,以凸显文士群体的优越。

  男女情感与政治关系的另一面是对立和冲突。如果对情爱的肯定是认真的,认为那是值得倾心追求的人生目标,就必然伴随着对通常所谓更高等级的人生目标的否定,比如仕途和家庭。情感世界这个外在于公共领域的"私人天地",想象性地给士人提供了一种政治以外的人生选择。这个"私人天地"可以是宇文所安所说的浪漫情爱世界。其间,恋人自由选择、互相承诺,忽视他们身份地位的差距,抗拒家庭和国家对他们成为孝子、事业有成的要求,一心在自足的情爱小世界中寻找幸福。"私人天地"也可以是纵情声色的享乐世界。杜牧的风流形象就是远离京城和庙堂,在"江南"和"江湖"追逐声色。中国传统文化中一些令人憧憬的理想人格是远离政治的。在中唐以

---

① 王凌靓华:《歌唇一世衔雨看——九世纪诗歌与伎乐文化研究》,上海:复旦大学出版社,2016年,第10页;具体讨论见第75—91页。在唐代,"伎"和"妓"都用来指称以音乐和表演为主要特征的女艺人,因此本书中也使用"妓乐"一词。关于"伎"与"妓"的词源和二者在唐代的使用情况,参见《歌唇一世衔雨看》第13—21页。

② Stephen Owen, "What Did Liuzhi Hear?: The 'Yan Terrace Poems' and the Culture of Romance," T'ang Studies 13 (1995): 81-118. 中译见〔美〕宇文所安:《柳枝听到了什么:〈燕台〉诗与中唐浪漫文化》,《他山的石头记——宇文所安自选集》,田晓菲译,南京:江苏人民出版社,2003年。

前,这一姿态主要是退隐和醉酒,杜牧的形象使情色也被纳入其中,纵情声色被赋予积极意义,被理想化为超凡脱俗、不受拘束的生活状态。无论是浪漫情爱还是纵情声色,它们代表了在政治主导的公共世界之外的另类价值,代表了生活的别种可能性。

男女情感与政治的这两种关系,虽然一个立足于公共世界,一个在公共世界之外营造私人空间,但都体现了中唐出现的强调"特异性"的时代精神。写情文学的作者和读者在群体或个人的层面标新立异,将自己区别于他人,将自己所属的群体区别于其他群体。这种对"特异性"的重视,可以放在"唐宋变革"的大背景中来理解。中晚唐社会的一个重要变化,是政治文化精英的身份发生了转变。以家族名声取得政治权力的九品中正制逐渐被以文学素质取得政治权力的科举制代替,门第出身不再理所当然地转换为政治权力,凭借进士词科成功走上仕途的文学官僚取而代之。这样,文学素质、个人能力成为新型政治精英的特征。关于这一时期的士人如何展现文学才华、建立文学声誉,已经有充分的论述。我想强调的是,彰显个人能力的一个重要方式就是将自己区别于他人,而写情是进行这种区别的一个渠道,成为新型精英建构个体价值的一种方式。当世家子弟以门第、经学、礼法确立自身,新兴的文学官僚则彰显个人、文学与情感,构筑新的文化价值。情感书写是这个"新文化"的组成部分。

不过,由于婚外男女情处于社会秩序之外,或者社会秩序的边缘地带,从积极的方面肯定这些感情无疑会遇到难题。有些感情与士人在公共领域的生活不发生冲突,就容易被接纳,甚至受到欢迎。休闲时享受妓乐欢宴,方便时有风流韵事,这些行为非但不损害士人的仕途和婚姻,反而证明他成功,是锦上添花。因此,对这类感情的书写经常使用自述的方式和文体,比如白居易的咏妓诗,李商隐用诗序描述与柳枝的相遇,孙棨在《北里志》中记述自己与福娘的情事。这些例子,都是作家通过自述情感经验塑造自我形象。但如果是与士人的政治、社会生活发生冲突的感情,比如承诺风尘女子永不分离的爱情,或者作为人生目标的纵情声色,肯定其价值就很难。这些感情可能导致家庭破裂,让士人放弃事业的追求,对它们的肯定必然伴随着对社会秩序的否定。因此,赞美这些感情的文体一般不是长于自我表达的诗,而是讲别人故事的传奇和轶事,这样作家可以和他写的事件、感情保持一个安全的距离。于是我们看到,浪漫情爱故事都是作者在讲别人的故事,而杜牧纵情声色的形象很大程度上是由读者想象、塑造出来的。在这类写作中,作者和读者赞美他们心中向往却做不到的人和事,比如对抗社会秩序的浪漫情人,或者自由自在地追逐声色、放浪江湖。这些作品想象、创造理想化的世界和人格。

又因为写情文学在中国文学传统中位置边缘,虽说中晚唐、五代的士人对这类作品更能接受,但态度还是有一个逐渐变化的过程。总体来说,中晚唐时,虽然士人写艳诗的情况很多,不过他们通常认为这些诗是游戏之作,很少收录在自己的诗文集里。元稹年轻时在自编诗集中设置"艳诗"的类别收诗百首,是个例外。更有代表性的例子应该是杜牧,他晚年考虑自编文集的时候,焚毁了一些早年撰写的风流诗作。不过,随着进士出身的精英在政治文化中占据主导位置,他们获得越来越多的特权,除了家族可以免除服役赋税,在狭邪游方面也得到特殊的待遇。这说明狎妓成为进士出身精英的身份标识。相应地,写情文学的地位也在提高,士人群体对情感书写也越来越肯定。到了九世纪后半叶的咸通、乾符年间,狭邪游、写艳诗在士人群体中成为一种风气,我称之为"风流文化"。不过即便如此,情感书写还是没有进入正统文学的范畴,晚唐也没有士人自编艳诗集,或者自述狭邪游。只有到了唐末,当战火摧毁了唐代的政治文化秩序,士人开始大量创作回顾过去盛时的记录文学,作为太平时代见证的"风流文化"才真正获得记录、保存的合法性,唐代唯一记载狭邪游的笔记(孙棨的《北里志》)、唯一的自编艳诗集(韩偓的《香奁集》),就都产生在这个时期。在五代十国的前后蜀和南唐,晚唐的"风流文化"在一定程度上以不同的形式继续着,使以男女之情为主题的诗词成为五代文学的重要部分。

这本书里的文章,围绕与情感书写相关的一系列问题展开讨论,包括它在中晚唐盛行的原因,在中晚唐至五代的发展变化,男女情感与政治的复杂关系,情爱表达与社会秩序、文学传统之间的紧张关系,写情与文士的自我塑造、两性关系模式的构建、文体规约之间的关联,等等。这些文章里面,最早的几篇是我 2010 年完成的博士论文章节,收在本书下编"语法"部分,其他的是在工作后,尤其是 2017—2018 年学术休假期间陆续写成的。这次结集,对写得较早的文章,除了纠正个别错误,基本没有再改写、修订。

文章编为三个部分。第一部分用个案研究的办法,考察对于中晚唐的士人来说,情感书写究竟意味着什么。这个部分选取了白居易、元稹、沈亚之、杜牧、韩偓这五位作家,分析他们为什么在某些人生时刻、某些境遇中写艳诗、编艳诗集、讲情爱故事;如何将情爱合法化,处理沉迷激情的破坏力给人带来的不安;他们的情感书写与追求政治成功、构建士人群体意识、塑造自我形象之间的关联。这些个案既帮助我们了解作家个体的精神世界,也揭示出中晚唐情感书写的不同层面和丰富性。白居易的咏妓诗让我们看到,中唐崛起的文学官僚如何将行乐塑造为政治地位的表征,个人咏妓的取向和意义又怎样随着政治处境的变化而变化。借助这些作品,他有时彰显政治地位和精英身份,有时在贬谪中维系社会人际关系,有时强调他的文学声誉和诗人身份,有时在政治仕宦的"公共"领域中创造一个妓乐欢娱的"私人"空间。元稹是在自述恋情方面做出了最多样探索的作家。他用艳体诗、自叙诗、传奇文,从不同角度反复书写年轻时的一段情爱经历,从这些尝试可以看到中晚唐自述恋情的写作在伦理、文体的规约上遇到的问题,以及元稹在处理这些困难时所采取的策略。

沈亚之写妓妾和男女之情的作品，大多涉及他在各地游历、幕府任职时听到的故事和遇到的人物，这说明中唐的言情趣味不只局限于长安、洛阳的文士群体，连某些西北藩镇的武将也认同。从沈亚之的写作也能看到，一个位置相对边缘的年轻士人，他的情感书写与寻求仕途发展、经营社会关系、积累文化资本有着怎样的关联。

杜牧的例子让我们看到晚唐人对情感书写的复杂态度。杜牧年轻时在一些诗中创造了浪子的自我形象，到晚年编文集的时候想抹除这个形象，于是焚毁了这部分诗作。然而读者继续传播他删除的诗，并通过创造性地"误读"他的诗，以及想象、制造、讲述他的风情韵事，把"好色"这样一个在中国文化传统中负面的行为品质转化为让人仰慕的"风流"的正面价值，将杜牧塑造为以纵情声色疏离政治的理想人格。韩偓是政治地位显赫的朝臣在晚年结集保存自己的艳诗的唯一例子。他的情况说明，在唐末的战乱和社会剧变中，太平年代的狎邪游、写艳诗被赋予了新的政治象征意义，韩偓自编艳诗集，通过回忆风流文化来怀念、保存、延续唐代的政治文化秩序。上编的最后一篇不是围绕一位作家的讨论，而是分析三篇为亡妾、亡妓而作的中晚唐墓志铭。墓志铭作者不是颂扬死者的女德或对家族的贡献，而是赞美她们身上的"浪漫情感"，或者别人对她们发生的"浪漫情感"，借此对妓妾的人生意义提出新的主张，即一个人的价值可以取决于她的情感生活，而不是家世、地位和道德。

第二部分讨论情感书写在五代十国的延续。写情作品在五代时期兴盛的原因，一般认为与政治黑暗、朝廷腐败有关，士人因政治无望寄情声色，在文学上表现为写情文学。这个印象有宋代史料的支持，其中不乏对南方君臣沉湎酒色、荒废朝政的描写，但这个历史叙述的形成很大程度上是出于北宋意识形态的需要。北宋政权出自北方，以南方政权为"僭伪"，反复讲述南方政权荒淫亡国是北宋史家确立北方正统性的重要方式。因此，我尽量使用五代十国以及南唐入宋的士人留下的材料，从中可以看到五代时期的情感书写是中晚唐的继续和发展，但在不同的政治环境中有不一样的表现。在前蜀，朝廷君臣通过模仿初唐宫廷唱和、编选唐诗集等方式将蜀政权塑造为唐代政治文化的"继承者"，而创作和编录艳诗的文学活动，是塑造"继承者"身份的重要方式。后蜀在继承唐文化的同时，力图建构有特色的蜀文化，为此将蜀地擅长的艺术形式提升为精英文化，将门之子赵崇祚编选、中层文官欧阳炯作序的《花间集》就是这样一个例子。词集用强调作者的政治精英身份、书写词的历史的方式提高词的地位，把继承了晚唐绮艳趣味的艳词塑造为蜀地的文化成就。在南唐，文臣继续中晚唐的艳诗写作传统，将狎妓、文才与政治地位联系在一起，用写士妓风流韵事的方式彰显文官群体的尊贵地位。不过，好尚妓乐也会引起非议，南唐人对韩熙载的记述让我们看到，处于不同地位、年龄、社交圈的人对妓乐活动有何褒贬，又怎样为其辩护。在词的方面，南唐的皇帝、宰相和词臣都写词，而且将之视为值得保存的文学作品，有的把词写成书法，有的自编词集，有的把词收入自己的文集。

第三部分把写情作品从它们的产生、流传、保存环境中剥离出来，考察作品中情爱表达的结构与修辞。以前对唐代写情文学的研究偏重文学性较强的传奇、诗歌，对笔记轶事不太关注，但其实以情爱为题材的诗歌、轶事和传奇有诸多共通之处。因此，我们可以把这些作品看作一个浪漫表达的资料库，它们共享浪漫表达的"语法"，每一篇作品都是这个"语法"的个体实现，受到文体特征与作者风格等因素的影响。这个部分讨论士人如何通过重复使用高度类型化的叙事结构、主题和人物，建立文学素质、风流品格与精英身份之间的关联。第一篇文章研究写情诗歌和故事的结构。第二篇分析情爱叙事中常见的三个主题，即女性的选择、诗歌创作、感情承诺，并探讨这些主题反复出现的原因。第三篇讨论浪漫传奇中表现的情爱原则与社会秩序之间的矛盾,前者强调情人之间的相互感情和自由选择,后者则以等级秩序为基础。年轻的恋人在这两套价值体系中左右为难:他一方面被要求遵从对恋人的承诺,另一方面被要求遵循社会秩序,离开恋人去追求仕途成功、与门当户对者结婚。这些难题是中唐士人议论的热点话题,作者在故事中提出不同的观点和"解决"方案。第四篇考察"三角情"故事的叙事结构,以及这个类型的不同故事、每个故事的不同版本之间的共性与差异。这帮助我们了解每个故事的"价值",即哪个故事只是对模式的复制,哪个故事具有"独创性"。

开成二年(837),杜牧在《唐故平卢军节度巡官陇西李府君墓志铭》中借李戡之口批评元稹、白居易诗:"尝痛自元和已来有元、白诗者,纤艳不逞,非庄士雅人,多为其所破坏。流于民间,疏于屏壁,子父女母,交口教授,淫言媟语,冬寒夏热,入人肌骨,不可除去。吾无位,不得用法以治之。"①从"纤艳不逞""淫言媟语"这样的描述可以知道,他批评的元、白诗应该包括艳诗和咏妓写情诗。对提倡古诗、在文章中非"仁义"不谈的李戡,对认为诗文应该理胜于辞的杜牧,对持儒家诗教观的士人群体,写情作品无疑是"糟粕"。这段话提醒我们,情感书写在获得某些认可的情况下,在当时的政治、文学氛围中也仍是一个可疑的存在。本书讲的就是围绕"糟粕"在中晚唐至五代发生的创作、阅读、评论、感慨、争议、悔悟、犹豫、批判、夸耀,以及"糟粕"被借用、转化、赋予意义的故事。杜牧与艳诗的多层面关系可以看作是这个故事的一个缩影:他既痛斥元、白的"淫言媟语",也写了"十年一觉扬州梦,占得青楼薄幸名"的诗句;他把这首诗焚毁了,读者却使之成为杜牧的代表作,把诗中的荡子当成杜牧的自画像,进而将杜牧塑造为以纵情声色疏离政治的理想人格。

---

① 杜牧著,陈允吉点校:《樊川文集》卷九,上海:上海古籍出版社,1978年,第137页。

上编　中晚唐个案

公与私的交叠——政治境遇与白居易的妓乐书写

描写女性和男女情爱的诗被称为"艳诗"。这类诗在中晚唐大量出现,从数量、类型和内容看,都比以前丰富得多。① 这个时期,由于商业和城市的发展,妓乐活动和对伶妓的需求空前发达,士妓交往频繁,士人创作了大量歌咏妓乐的诗歌。白居易保存下来的这类作品在中晚唐诗人中数量最多。对白居易的咏妓写情诗,以往的研究主要集中在两个方面,一是对《长恨歌》《琵琶行》的研究,一是通过其作品考察唐代的伎乐文化和士妓关系,以及白居易的女性观和白诗的情感内涵。② 本文把白居易的咏妓写情诗放在其人生境遇和政治生涯中考察,分析他为什么在人生的某些时期创作、保存这些作品,

---

① 关于"艳诗"概念的历史变迁与在唐代的使用,见严明、熊啸:《中国古代艳诗辨》,《社会科学》2014 年第 10 期;熊啸:《唐人所述"艳诗"概念论析》,《华北电力大学学报(社会科学版)》2017 年第 1 期。

② 这些方面的研究成果很多,这里只列一些有代表性的论述。关于《长恨歌》《琵琶行》的研究状况,见杜晓勤:《隋唐五代文学研究》,北京:北京出版社,2001 年,第 1037—1045 页;张中宇:《白居易〈长恨歌〉研究》,北京:中华书局,2005 年。通过白居易的诗歌考察唐代伎乐文化与士妓关系的例子,见廖美云:《唐伎研究》,台北:台湾学生书局,1995 年;Ping Yao, "The Status of Pleasure: Courtesan and Literati Connections in T'ang China (618-907)," *Journal of Women's History* 14.2 (2002): 26-53;王凌靓华:《歌唇一世衔雨看——九世纪诗歌与伎乐文化研究》,上海:复旦大学出版社,2016 年。

又如何通过它们传播诗名,彰显地位,确立身份认同。我们会看到,白居易的妓乐书写,和他的政治理想,他在境遇改变时寻找人生意义的努力,他对仕与隐、政治与文学关系的思考,都有密切的关联。随着境遇的改变,其咏妓写情的意义也在变化。初入仕途时,白居易以咏妓诗为游戏之作,并不重视;后来他和友人的处境因仕途升降发生变化,于是作诗追忆早年的科举成功与妓乐行乐,用这种方式强调自身群体的精英身份,维系多年前建立起来的社会人际关系;贬谪后,看到自己提倡的讽谕诗没有起到预期的政教效果,倒是咏妓写情诗受到读者欢迎,于是为后者辩护,提出抒写个人悲欢的诗也有价值;到了中晚年,专注于在做官余暇寻求自适生活,咏妓写情诗的意义就转变为在政治仕宦的"公共"领域中创造一个妓乐欢娱的"私人"空间。下面讨论白居易在不同时期咏妓写情的意义,他为这些作品确立价值的方式,以及这些诗中呈现出的士妓关系和感情模式。

一 追忆政治成功

比起很多同代人,白居易的仕途初始极为顺利。他贞元十六年二十九岁时进士及第,三年后以书判拔萃登第,授秘书省校书郎,元和元年制科登第,授左拾遗、翰林学士,进入文官参政的最高层次。这段时间里,他和妓人有很多接触,比如同年聚会征召伶妓,在官员家宴欣赏家妓表演,平康里访妓,在酒席上作赠妓诗等。不过,这个时期创作的咏妓诗很少收在诗集中,说明他认为这些诗是游戏之作,不以为意。①

---

① 贞元十六年赠阿软诗和贞元二十年赠关盼盼诗都不在白集中。川合康三认为,中国士大夫承担的正统文学受到儒家文学观的限制,所以缺少恋爱文学。"对士大夫来说,允许歌咏男女情爱的文体非常有限",主要包括乐府、艳诗、悼亡诗。艳诗是"在酒席上和妓女相互酬答,是逢场作戏,因此可以歌咏情爱,但也只是游戏而已,很多是仅限于这类场合、用后即弃的东西"。〔日〕川合康三:《中国的恋歌:从〈诗经〉到李商隐》,郭晏如译,上海:复旦大学出版社,2017年,第91页。

对白居易而言,妓乐成为值得保存的书写对象要到元和四年(809)。这以后的十年间,白居易和元稹仕途受挫,心生今昔之感,多次作诗回忆他们早年在长安的快乐日子。这些"怀旧"作品并不只是抒发感伤情绪,也有现实意义。在《何时怀旧》一文中,田安(Anna Shields)就分析了元、白如何通过回忆年轻时的科举成功和放荡不羁,彰显自己所属群体的清显地位和精英身份,安慰贬谪中的友人,并在逆境中维系以前在长安建立起来的社会人际关系。[1] 追忆妓乐是他们"怀旧"书写的一部分。对于出身寒素的年轻士人,享受妓乐是科举成功带来的"资格"。白居易初入长安时见到别人车马笙歌,强烈感到一个外来者的寂寞。[2] 进士及第使他进入京城的政治社交圈,有了接触妓乐的可能。在他和元稹的回忆性书写中,他们在妓乐和政治之间建立起多种关联,从而赋予妓乐回忆和书写的价值。

妓乐作为政治地位和精英身份的表征,可以在元、白作于元和四年的两首七律中清楚看到。当时,元稹遇到七年前一同及第的吕炅,夜话赠诗,白居易见到元诗后和诗。在这两首诗中,追忆长安旧游成为巩固友人情感的方式。元白诗结构相同,都先忆旧,继而述今,而过去的及第授官和狎妓是描述的主轴:

　　同年同拜校书郎,触处潜行烂熳狂。
　　共占花园争赵辟,竞添钱贯定秋娘。
　　七年浮世皆经眼,八月闲宵忽并床。
　　语到欲明欢又泣,傍人相笑两相伤。(元稹《赠吕二校书》)[3]
　　见君新赠吕君诗,忆得同年行乐时。

---

[1] Anna M. Shields, "Remembering When: The Uses of Nostalgia in the Poetry of Bai Juyi and Yuan Zhen," *Harvard Journal of Asiatic Studies* 66.2 (2006): 321-322.
[2] 关于白居易初入长安时的不适感的讨论,见〔日〕川合康三:《终南山的变容——中唐文学论集》,刘维治、张剑、蒋寅译,上海:上海古籍出版社,2007年,第226—230页。
[3] 元稹著,冀勤点校:《元稹集》(修订本)卷一七,北京:中华书局,2010年,第228页。

  争入杏园齐马首,潜过柳曲斗蛾眉。

  八人云散俱游宦,七度花开尽别离。

  闻道秋娘犹且在,至今时复问微之。(白居易《和元九与吕二同宿话旧感赠》)①

  元稹以"校书郎"对"烂熳狂",白居易并置"同年"和"行乐",都是在强调科举成功与享受艳色的关联。"同年"指贞元十九年(803)书判拔萃登第者,元稹、吕炅、白居易都在其中;"校书郎"是登第后授予的官职,虽然是基层文官,但属于文辞清华之职,在中晚唐被视为文学官僚仕进的最佳途径。元诗把举办科举考试庆功宴的"杏园"和访妓的"柳曲"并置,是夸耀他们在仕途和情色两个领域获得成功。以前的诗人虽然也自叙年轻不羁,但主要着眼于雄心和才情。自夸狎妓自然也有先例,如李白在《忆旧游寄谯郡元参军》②中写在洛阳酒楼"买歌笑",以展现"轻王侯"的反权威姿态。但和李白不同,元白写狎妓不是拒绝权威,而是夸耀权威赋予他们的地位和身份。此时,元稹离开长安已有三年,又因弹劾剑南东川节度使得罪当权者,对前途颇为忧虑。他用"七年浮世"形容登第以来仕宦浮沉,亲友聚散不定。对他来说,过去和现在之间是断裂的,他对这一断裂流露了"欢又泣""两相伤"的感伤。白居易则处在他政治生涯的顶峰,他用"七度花开"形容这七年,显然是志得意满。在该诗尾联,白居易力图弥合元稹感到的"断裂",以略带调侃的语调安慰他:"闻道秋娘犹且在,至今时复问微之。"

  次年,当元稹被贬为江陵士曹参军,白居易又一次追忆长安旧游,希望安慰逆境中的友人。在《代书诗一百韵寄微之》这首长诗中,白居易叙述了自己和元稹结识的经历,塑造了他们恃才不羁和正直

---

① 白居易著,朱金城笺校:《白居易集笺校》卷一四,上海:上海古籍出版社,1988年,第843页。

② 彭定求等编:《全唐诗》卷一七二,北京:中华书局,1960年,第1769页。

朝官的形象。为突出不羁,他再次回忆前面七律中写到的狎妓。不过,篇幅短小的七律只勾勒了"烂熳狂"的士人群像,《代书诗一百韵寄微之》则用相当长的篇幅渲染士妓欢宴的场景,特别是伶妓与文士这两个群体相似的情态:伶妓"夸坠髻""斗啼眉",竞相夸示姿色,文士则在科举考试中"争""战",比赛文章技巧。白居易强调,在座的是京城最出色的伶妓("绝艺""名姬")和最有政治前途的年轻文士,而文士在妓席酩酊大醉,是以狂的姿态展示自己才华横溢、自负不群。①

除了记述士人群体妓乐活动的"怀旧"书写,白居易还有一类追忆旧游的作品描写自己年轻时与一位妓人的交往。元和十年(815),两个偶然的机会使他写了两次这样的诗。一次是元稹在四川通州驿馆的墙壁上,看到一首白居易十五年前进士及第时赠长安妓阿软的诗,于是他为此作诗,并把自己的诗和墙上的白诗抄寄给白居易。白居易在答诗中回忆了自己当年赠诗阿软的情况。另一次是同僚张仲素来访,吟新作《燕子楼》三首,歌咏武宁军节度使张愔爱妓关盼盼在他去世后"念旧爱而不嫁",住在张氏旧第燕子楼十余年。白居易也作《燕子楼》三首,在诗序中讲述张仲素来访吟诗,回忆自己十一年前游徐州时见到关盼盼并赠诗的事情。

两首诗中回忆的两位女子,阿软是长安的私妓,关盼盼是藩府节帅的家妓。白居易当年给她们的赠诗各存一联,都是赞美她们的娇美姿态。赠诗阿软发生在进士及第那年,他这样回忆结识阿软:"十五年前似梦游,曾将诗句结风流。"②"风流"有双重意思,既形容阿软装束入时,也炫耀自己因科举成功而被艳色青睐。遇关盼盼是在书判拔萃登第后授校书郎的那段时间。他回忆张愔宴请自己,出爱妓佐欢,自己席间赠诗,写出一个政治前途被看好的年轻人的风光。回

---

① 《白居易集笺校》卷一三,第704页。
② 《白居易集笺校》卷一五,第922页。

忆这两件事的时候,白居易是太子左善赞大夫,虽然官品不低,但不属于最有前途的清职,和几年前任翰林学士相比,仕途并不如意。想起十几年前的自己,年轻、成功、对未来充满希望,他在诗题中表达了这样的感慨:"缅思往事,杳若梦中,怀旧感今,因酬长句。"①

作为酬和友人同僚的作品,这两首诗的创作也有维系社会关系、彰显诗名等现实原因。张仲素进士出身,先被幕府聘任掌写奏表,后入朝做清职文官,是以文学仕进的典型履历。白居易在张愔宴席遇到关盼盼的时候,张仲素正在张愔幕府任职,他们可能那时候就认识了。十一年后作诗咏关盼盼时,张仲素任司勋员外郎,是颇有前途的中层文官。他次年官礼部郎中,充翰林学士,进入政治权力核心,并与同为翰林学士的令狐楚、王涯编制《元和三舍人集》。后来令狐楚和王涯都官至宰相,张仲素因去世早没有这样的机会。元和十年访白居易时,以张仲素的政治履历和文学名声,他应该被看作是准备进入统治层核心的成员。因此,白居易在诗序中赞美张仲素诗,详述张仲素来访、自己同题作诗的经过,有巩固社会关系、彰显文学声誉的现实意义。同样,白居易记述元稹在偏远的通州驿站看到自己的诗句,也有助于传播他的文学名声。

贬谪中的元稹和白居易就很少夸耀、详述早年的妓乐经历了。譬如,虽然白居易作于元和五年的百韵排律中渲染与妓行乐,而贬谪中的元稹却在答诗中淡化了这个主题,在《酬翰林白学士代书一百韵》中将妓乐的部分减少到两韵。在被贬的情况下,元稹已没有心情去处理曾经有过的、与仕途亨通联系在一起的妓乐活动,他表达的焦点转移到对贬谪这个人生重大变故的直接回应上。元稹用自己与众不同的"特异性"来解释被贬的原因,这"特异性"表现为"排拒他人或

---

① 《白居易集笺校》卷一五,第922页。

为他人所排拒"①;他"狂歌""醉舞"而"遭朝士笑";制科考试他铤而走险,以"词直见黜"的策文为榜样,使前辈"戒",好友"哂";他任官时不顾世情冒死进谏、弹劾权贵,结果被"黜"②。

同样,白居易在贬为江州司马后,也不再大肆渲染行乐,而是把长安妓乐处理为一个凝缩的意象,代表朝廷所在的政治中心,用远离妓乐象征失去政治地位。比如《琵琶行》(一作《琵琶引》)把"京都声"比作"仙乐",对比贬谪地江州的音乐匮乏,那里除了杜鹃啼叫,就是猿猴哀鸣,山歌和村笛也"呕哑嘲哳难为听"。③《寄微之》则以"帝城行乐"对比"天畔穷愁",用"秦女笑歌"指帝京,用"巴猿啼哭"指贬谪地。④ 逐渐地,白居易越来越少回忆长安,更多关注贬谪当地的生活。他提出,远离帝京也可以生活很好,无论在哪里,"心安即是家"⑤。这里表现出了一种创造精神,即当自己的人生在主导价值观体系中失去位置,就要努力发掘另外的价值。白居易这种在政治理想不能实现时于边缘创造新价值的活动体现在多个方面,其中两点与妓乐书写有关,一是为自己流行的咏妓写情诗辩护,一是在政治仕宦的"公共"领域中创造一个妓乐欢娱的"私人"空间。下面分别讨论。

二 娱悦的文学观

对白居易的诗歌观念及写作,学界关注较多的是规讽的文学观和

---

① 宇文所安认为,标榜与众不同的"特异性"(singularity)是中唐作品的重要主题,中唐作家追求特异的风格也是这种"特异性"的一种表现方式。〔美〕宇文所安:《中国"中世纪"的终结:中唐文学文化论集》,陈引驰、陈磊译,北京:生活·读书·新知三联书店,2014年,第14页。
② 元稹:《酬翰林白学士代书一百韵》,《元稹集》(修订本)卷一〇,第133、134页。
③ 《白居易集笺校》卷一二,第686页。
④ 《白居易集笺校》卷一七,第1105页。
⑤ 白居易:《种桃杏》,《白居易集笺校》卷一八,第1162页。

作为规讽文学观实践的新乐府以及闲适诗。但其实,白居易也在一个时期为咏妓写情诗确立地位,提升它们的诗歌价值。

对以男女之情为题材的诗,白居易的态度前后有变化。提倡讽谕诗的时候,他对文学中的艳丽文辞和男女之情持批评态度。入仕初期,他在左拾遗和翰林学士的位置上,职责是规谏朝政缺失和向皇帝直接进言。在启奏进谏之外,他歌咏时弊进闻于皇上,把诗歌当作一种参政方式。① 基于这种文学观,他在《新乐府·采诗官》中批评愉悦君主的"乐府艳词",认为那些作品会使规讽文字减少,导致国家乱亡。② 他说的"乐府艳词"应当包括以女性和男女之情为题材的乐府诗,比如汉乐府中"娱君的游仙诗",南朝乐府中的"艳词",唐代乐府的"胡乐、燕乐等娱悦君主的歌辞"。③ 其中,至少南朝乐府的"吴歌""西曲"就是歌咏男女之情的作品。

白居易对写情诗的态度在元和十年发生了变化,这个变化和他的政治境遇有关。之前,他在朝廷参政,希望以讽谕诗辅助政教。贬谪后,他意识到讽谕诗并没有发挥他所期待的效果,同时看到自己的咏妓写情诗受到社会各阶层的欢迎,促使他的诗歌评价标准有了改变。他提出,社交诗和书写男女之情的诗,如果读者喜爱,诗人在创作中得到满足,也有难以忽略的价值。可以说,这是以娱人悦己为宗旨的"娱悦的文学观",和他参政时提倡的规讽的文学观是不同的。

这两种看似矛盾的观点同时出现在《与元九书》这封他在贬谪后不久写给元稹的信中④。信的前半阐述规讽的文学观,先追溯这种文学观的源头("六义"),然后描述它在文学史上的发展("崩坏"),最后回顾自己实践这种文学观的失败("得罪于文章");信的后半则转

---

① 陈贻焮:《从元白和韩孟两大诗派略论中晚唐诗歌的发展》,《中国古典文学研究论丛》第一辑,长春:吉林人民出版社,1980年,第162页。
② 《白居易集笺校》卷四,第263页。
③ 葛晓音:《新乐府的缘起和界定》,《中国社会科学》1995年第3期。
④ 《与元九书》见《白居易集笺校》卷四五,第2789—2796页。下面引文不再出注。

向娱悦的诗,先谈自己的咏妓写情诗受到读者欢迎,再介绍自编诗集的分类,最后回忆与元稹吟唱艳诗的快乐。全篇书信表达了这样一个看法:虽然作诗应该以改变政治、社会为目标,但实践起来困难重重,反倒是歌咏个人悲欢的作品,包括咏妓写情诗,能娱悦读者,并给诗人的生活和情感带来满足。

在信中,白居易从三个方面为咏妓写情诗的地位辩护。第一个方面是诗歌的传播和读者的接受情况。他以自己的创作所产生的实际反响来说明这一点:

> 及再来长安,又闻有军使高霞寓者,欲娉倡妓。妓大夸曰:我诵得白学士《长恨歌》,岂同他妓哉?由是增价。又足下书云:到通州日,见江馆柱间有题仆诗者,复何人哉?又昨过汉南日,适遇主人集众乐娱他宾,诸妓见仆来,指而相顾曰:此是《秦中吟》《长恨歌》主耳。自长安抵江西,三四千里,凡乡校、佛寺、逆旅、行舟之中,往往有题仆诗者。士庶、僧徒、孀妇、处女之口,每每有咏仆诗者。此诚雕虫之戏,不足为多。然今时俗所重,正在此耳。

提到的三种作品中,《秦中吟》感慨批评社会现实,《长恨歌》写唐玄宗、杨贵妃情事,元稹在通州见到的白诗是前面谈到的白居易赠长安妓阿软的诗作。读者对这些诗的喜爱,和信的前半所写的有权势者对白居易的讽谕诗的仇视,形成了鲜明的对比。在朝廷,他的诗使"权豪贵近者相目而变色","执政柄者扼腕","握军要者切齿";在朝廷外,从长安的宴席到四川的驿馆,他的咏妓写情诗被各种社会阶层("士庶")、宗教("僧徒")、性别("孀妇")、年龄("处女")的读者吟诵、歌唱和传抄。白居易对比了两种诗:一种是讽谕诗,以君主和朝官为读者,以政教为目的;一种是流行诗,以普通人为读者,以娱悦感怀为目的。① 白居易用"雕虫之戏"描述自己的流行诗,是用规讽文学观的标准,把《长恨歌》和赠阿软诗那样的作品视为游戏之作。但同时,他又为游戏之作辩护,提出它们因为读者喜爱("时俗所重")而具有价值。

这种复杂的诗学观,也体现在白居易自编诗集的体例上。他在《与元九书》中强调,自己最有价值的作品是讽谕诗,但同时把娱悦读者的流行诗也收在集中。他把自己的诗分为四类,其中"讽谕诗"和"闲适诗"体现儒家"兼济"和"独善"的两个方面②;另外两个类别"感伤诗"和"杂律诗"则包括了他的一些流行作品。《长恨歌》就属于"感伤诗"。在评价这些作品时,白居易的态度呈现了矛盾的状况:他一方面申明自己的文学评价标准与时人相反,所谓"时之所重,仆之所轻",说他看重讽谕诗和闲适诗,而一般读者喜欢他的"杂律诗与《长恨歌》已下",但另一方面,他选入的感伤诗和杂律诗的数量却是讽谕诗和闲适诗的两倍。然后他又说,以后再编诗集的时候,杂律诗可以全部删去,来缓解选入这么多杂律诗产生的自我心理压力。

白居易为咏妓写情诗辩护的第二个方面涉及诗歌的功能。在信的末尾,他描写自己和元稹的友情,是通过诗歌相交相知,在不同处境中以诗"相戒""相勉""相慰""相娱"。前面提到的复杂诗观也表现在这里的叙述中。他先说自己和元稹的知己关系基于他们共有的规讽的文学观;和别人看重他的咏妓写情诗不同,元稹看重他的讽谕

---

① 《秦中吟》既是讽谕诗,也是流行诗。杜晓勤认为,《秦中吟》和"新乐府"那样的讽谕诗不同,前者"继承了汉魏以来杂诗"的"慷慨悲鸣的抒情艺术",悲歌社会政治问题和亲朋人生遭际,质朴自然;后者"发抒《诗经》以来民间歌辞刺美见志的讽谕传统",针对朝廷政策、社会问题讽谕君主(杜晓勤《〈秦中吟〉非"新乐府"考论——兼论白居易新乐府诗的体式特征及后人之误解》,《文学遗产》2015 年第 1 期)。可能正是《秦中吟》的艺术特色所引发的感人力量使它在普通读者中流行。

② 川合康三提出,白居易的"闲适诗"并不符合孟子的"独善"理念,因为"独善"指个人修养,而"闲适诗"写个人生活悠闲适意。他认为白居易是借用孟子的"独善"理论为自己所写的新题材树立价值。〔日〕川合康三:《终南山的变容——中唐文学论集》,第 247—248 页。

诗。可接着,他描写二人友情的例子却不是共同创作讽谕诗,而是一起吟唱艳诗:

> 如今年春游城南时,与足下马上相戏,因各诵新艳小律,不杂他篇。自皇子陂归昭国里,迭吟递唱,不绝声者二十里余,樊李在傍,无所措口。

这里的"新艳小律"应该是指以闺情为题材的绝句。当时认为,短小的近体律诗特别适合写供歌妓演唱的闺情作品。元稹作于元和十年的《见人咏韩舍人新律诗因有戏赠》戏谑擅长"古调"的韩愈最近也作"近诗篇",说的新律诗"闺情软似绵,轻新便妓唱"①,就是把近体律诗的形式、闺情的主题、歌妓演唱的功能这几个方面联系了起来。元白吟唱艳诗"相戏""相娱",强调的是诗歌的娱乐功能。

白居易为咏妓写情诗辩护的第三个理由,是关于诗歌创作本身的意义。他用自己的创作经验来说明这一点:

> 知我者以为诗仙,不知我者以为诗魔。何则? 劳心灵,役声气,连朝接夕,不自知其苦。非魔而何? 偶同人当美景,或花时宴罢,或月夜酒酣,一咏一吟,不知老之将至。虽骖鸾鹤游蓬瀛者之适,无以加于此焉。又非仙而何? 微之,微之,此吾所以与足下外形骸,脱踪迹,傲轩鼎,轻人寰者,又以此也。

唐诗经常把皇宫比作蓬瀛仙境,把亲近皇帝的清贵文官比作仙。八九世纪之交,文士提倡文才天赋的观念,把具备文才词章者比作天人或仙。白居易把作诗比作游仙境,将沉浸在诗中的自己和元稹比作"诗仙",是把作诗提到一个崇高的地位。值得注意的是,被白居易赞美为如游仙境的两次诗歌活动,指的是吟咏那些他在前文中定义

---

① 《元稹集》(修订本)卷一二,第154页。

为缺乏社会意义的、不重要的诗。一次是和元稹吟唱"新艳小律",另一次是在"花时宴罢""月夜酒酣"时吟诗,所对应的是白居易诗歌分类中的"杂律诗"。在说明诗歌理论和自编诗集体例的时候,白居易把这两类作品放在边缘次要的位置,说咏妓写情诗是"雕虫之戏","杂律诗"也"非平生所尚"。但在这里,他把沉浸在这些诗中看作是超越生老病死("不知老之将至")、仕宦功名("轩鼎")的方式,用"外""脱""傲""轻"四个动词形容诗的世界高于世俗人间。至此,与挚友吟唱艳诗或歌咏个人悲欢已不是消遣游戏,而是寄托人生意义的行为。这意义无关政治生涯,是在娱人悦己的文学创作中找到寄托。

三 营造"私人天地"

元和十四年贬谪结束回朝后,除了短暂任中书舍人、知制诰外,白居易没有再进入文官参政的最高层次。他在长庆、宝历年间出任苏州、杭州刺史,之后在洛阳担任闲职、退休,在苏杭和洛阳写了大量咏妓诗。

这些咏妓诗属于以日常生活为题材的闲适诗,它们在白居易后半生的创作中占据了中心位置。对白居易不再创作讽谕诗,学者评价各异。一种看法认为他丧失了早年的社会关怀,只关心个人享乐,是一种退步。也有学者联系政治环境和个人处境,认为这个转变有不得已之处。白居易在宪宗初年入仕,彼时君臣都有改革的理想;经历贬谪后,在他回朝时,穆宗朝权力斗争激烈,实现政治抱负的空间很少。他面临的其实是一个古老的命题:当士人因种种原因无法实现政治抱负,他可以做什么?白居易的回答是"中隐"。其《中隐》诗云:"大隐住朝市,小隐入丘樊。丘樊太冷落,朝市太嚣喧。不如作中隐,隐在留司官。似出复似处,非忙亦非闲。"①他否定身在庙堂、心在山林的"大隐"和退居山林的"小隐",因为前者不能摆脱官场的险恶忧患,后者使生活贫困;不如在洛阳任闲职,在官场拿俸禄的同时享受自在的生活——这是"在两种同样不舒服的选择中间为自己创造一个空间,其关键的确是个人的舒适"②。白居易的同代人里,可能有不少会认同这个选择。中唐文人经常一边在公共事务中担任朝官、处理政事,一边在公务之余的闲暇时间享受属于自己的物品(鹤、石、池塘、花园、美食)、经验(恋爱)和活动(妓乐、出游)。这些闲暇时的享受构成一个"私人天地",它既存在于仕宦的公共世界之中,又自足而不受公共世界的影响,是在由政府垄断的社会价值(仕宦生涯)之外创造出的个人价值(日常生活)③。川合康三特别强调白居易在文学中表现日常生活的创新意义。他认为,白居易在理论上肯定"生活、吟咏现实中的欢愉",是"在文学上的创造",是中唐时"个体独立精神的张扬被发现,并得到广泛的认同"在文学中的显现。④

白居易有意识地为歌咏日常生活确立价值的做法,其实从贬谪江州的时期就开始了。在给亲友的信中,他强调在逆境中知命自适。在"老来尤委命,安处即为乡""无论海角与天涯,大抵心安即是家"⑤这样的诗句中,他重新定义"家"和"乡",将其内涵从地域转变为个人意志。这是用自我塑造的方式拒绝被外界环境左右:虽然不能改变贬谪的处境,却可以拒绝逐臣不遇的怨叹,创造自足的生活。为了"心安",为在贬谪地创造"家"和"乡",白居易营造出一个"私人天地"。他修葺房屋庭院,种花草树木,挖小池塘,在这个惬意的私人空

---

① 《白居易集笺校》卷二二,第1493页。
② 〔美〕宇文所安:《晚唐:九世纪中叶的中国诗歌(827—860)》,贾晋华、钱彦译,北京:生活·读书·新知三联书店,2011年,第49页。
③ 关于中唐作家创造"私人天地",见宇文所安《中国"中世纪"的终结:中唐文学文化论集》中的《机智与私人生活》一文。
④ 〔日〕川合康三:《终南山的变容——中唐文学论集》,第253、255页。
⑤ 白居易:《四十五》《种桃杏》,《白居易集笺校》卷一六、一八,第1010、1162页。

间里弹琴、吟诗、喝酒,享受愉快自适的生活。如果说贬谪导致士人社会价值减少是朝廷政府决定的大叙事,白居易拒绝这个叙事,宣称贬谪使他发现了自适的生活。

贬谪结束后,白居易营造私人天地的活动扩展到妓乐行乐。作为苏、杭刺史,他有官妓可以支配;在洛阳,他购置家妓。他描写携妓出游、观赏妓乐歌舞、与妓宴饮。一些最有名的咏妓诗,关于官妓商玲珑、杨琼,家妓樊素、小蛮,都写在这个时期。白居易此时书写妓乐的意义,与早年追忆长安旧游不同。简单地说,就是妓乐的位置从公共领域转移到了私人空间。追忆长安旧游时,他并置妓乐行乐与科举成功,以表现他们所属的群体是政治和情色两个领域的征服者。他在苏杭的诗则把政治和妓乐分开,在"公"与"私"、"公门"与"妓席"、"政事"与"风情"、"治吾民"与"乐吾身"之间划出界线,将妓乐、饮酒、吟诗和游山这些活动放在公务之余的私人空间。

享受妓乐欢娱甚至被看作是可以与追求仕宦相匹敌的人生选择。在《湖上醉中代诸妓寄严郎中》这首诗中,身为杭州刺史的白居易问在朝廷做官的严休复,是否对朝政感到倦怠,想念杭州的杯酒笙歌:

> 笙歌杯酒正欢娱,忽忆仙郎望帝都。
> 借问连宵直南省,何如尽日醉西湖?
> 蛾眉别久心知否?鸡舌含多口厌无?
> 还有些些惆怅事,春来山路见蘼芜。①

严休复是前杭州刺史,此时担任尚书省郎官。虽然郎官的官品普遍比刺史低,但由于唐人以入京任官为荣,加上郎官属于清要文官,严休复由杭州刺史入朝为郎官不是降职,而是正常的迁转,甚至升

---

① 《白居易集笺校》卷二〇,第 1390 页。

迁。①白居易把严休复称为"帝都"的"仙郎",就是赞美他的清贵身份。但是,对严休复在朝廷参政,白居易表示他并不羡慕。与唐诗中常见的以在尚书省值夜班、含鸡舌香在皇帝面前奏事为骄傲的态度不同,白居易问严休复,他是否厌倦了公务繁忙的政治生活?是否想念杭州的妓乐游宴?对比白居易和元稹在早年诗中写"同年"的"行乐""校书郎"也是"烂熳狂",强调政治生涯和妓乐行乐相得益彰,这首诗把妓乐和仕宦对立起来。通过对比"直南省"和"醉西湖"、"蛾眉"和"鸡舌",诗作把在京城追求仕进和在地方享受酒色呈现为两种可选择的生活方式。对白居易来说,在公共领域为政治成功拼搏不如在私人天地做醉翁、伴蛾眉更有吸引力。

在生命中的最后十七年,白居易在洛阳担任闲职并退休,丰厚的薪水支持他拥有园林家妓的舒适生活。没有了做刺史时需要完成的公务,私人天地成为他生活的全部。贾晋华从《汝洛集》《洛中集》《洛下游赏宴集》这三个以洛阳为中心的诗集考察围绕在白居易周围、以老人和闲官为主体的闲适诗人群,把他们的生活情趣和创作倾向归纳为"好佛亲禅""追步中隐""耽玩园林""诗酒放狂""沉迷声色"五点。② 其中"沉迷声色"的例子大多是歌咏家宴妓乐的作品。在白居易晚年的诗中,享受妓乐有时成为对抗衰老和死亡的一种姿态。很多学者注意到白居易喜欢记录年岁。如贾晋华指出的,对年岁增加的关切是对生死问题耿耿于怀,而白居易这种对生死的关切越到老年越强烈,因此他通过收藏文集追求文名流传后世,通过修佛法追求肉体的转世。③ 除了寄希望于来世和永生,白居易应对生死问题的另一种方式是在有限的人生尽量享受欢乐。他把与友人沉醉妓

---

① 关于郎官与刺史互相迁转和升降,见赖瑞和:《唐代中层文官》,台北:联经,2008年,第183—195页。
② 贾晋华:《唐代集会总集与诗人群研究》(第二版),北京:北京大学出版社,2015年,第132、133、135、137、138页。
③ 同上注,第123页。

乐描写为人间欢乐的极致,赞美裴度的家宴是"南山宾客东山妓,此会人间曾有无"①;描写自己和牛僧孺的家妓合奏歌舞是"人间欢乐无过此,上界西方即不知"②。当邻人去世,他用妓乐消散、再也不能享受"欢娱"表达对生命完结的无奈伤感:"绿绮窗空分妓女,绛纱帐掩罢笙歌。欢娱未足身先去,争奈书生薄命何。"③如此,享受妓乐被赋予超出一般消遣娱乐的意义,表征生命的存在。和中年时用创造自适生活的方式拒绝被纳入贬谪不遇的政治社会叙事一样,白居易在晚年用奋力追欢的方式拒绝被纳入衰老死亡的自然规律叙事。写给牛僧孺的《酬思黯戏赠(同用狂字)》就是一个例子:

> 钟乳三千两,金钗十二行。
> 妒他心似火,欺我鬓如霜。(思黯自夸前后服钟乳三千两甚得力,而歌舞之妓颇多,来诗戏予羸老,故戏答之。)
> 慰老资歌笑,销愁仰酒浆。
> 眼看狂不得,狂得且须狂。④

钟乳据说有延年益寿、益阳事的功效,在唐代盛行服食。白居易把牛僧孺自夸服食钟乳得力与歌舞之妓颇多联系在一起,诗的前半赞美牛僧孺虽然年老却精力旺盛,后半写自己虽然"羸老"却还可以欣赏妓乐,夸耀自己在有缺陷的人生中享受快乐的通达。尾联的三个"狂"字表现出诗人知道死亡迫近("眼看狂不得"),但拒绝自怜伤感的自嘲姿态("狂时且须狂")。

---

① 白居易:《夜宴醉后留献裴侍中》,《白居易集笺校》卷三二,第 2198 页。
② 白居易:《与牛家妓乐雨夜合宴》,《白居易集笺校》卷三四,第 2361 页。
③ 白居易:《闻乐感邻》,《白居易集笺校》卷二六,第 1867 页。
④ 《白居易集笺校》卷三四,第 2327—2328 页。

四 一个缩影

政治境遇与白居易妓乐书写的关系,在《霓裳羽衣歌》[①]这首长诗中可以清楚看到。诗中写到,《霓裳羽衣》乐舞在白居易的生命中先是政治成功的象征,然后变成闲暇生活中的享受。诗的前半描写得到和失去欣赏此舞的机会取决于仕宦沉浮。元和初,白居易任官清显,因此可以享受在宫中观赏歌舞的特权:"我昔元和侍宪皇,曾陪内宴宴昭阳。千歌百舞不可数,就中最爱霓裳舞。"然后,欣赏此曲的机会因他被贬谪而丧失,仿佛是从仙境跌落到人间,只能听到"山魈语"和"杜鹃哭"。在这个得与失的叙述中,白居易建立起欣赏这支乐舞与政治地位的关联。在诗的后半,妓乐的功能转变了。他叙述任苏、杭刺史时教官妓排演此曲,通过在地方复制宫廷乐舞,把《霓裳羽衣》从中央高层文官才有资格享受的特权,转变为地方官闲暇时的消遣。

不过,不是所有人都同意宫廷乐舞可以在地方复制。白居易在诗中转述元稹的看法,认为《霓裳羽衣》对表演者要求极高,"须是倾城可怜女",地方上没有符合要求的伶妓,因此不能重现宫廷乐舞的光彩。对此,白居易承认地方上的官妓并非"国色",但他主张,比起妓人的容貌,更重要的是有人提拔和培养她们:

> 妍媸优劣宁相远,大都只在人抬举。
> 李娟张态君莫嫌,亦拟随宜且教取。(娟、态,苏妓之名)

白居易对妓人的客观条件轻描淡写,强调自己创造价值的意义。他在这首诗的其他部分也赞美创造者的角色,比如杨敬述"创"霓裳

[①] 《霓裳羽衣歌》见《白居易集笺校》卷二一,第 1410—1412 页。

羽衣曲、元稹"造"霓裳羽衣谱。① 白居易也是创造者：他不仅将宫廷乐舞"翻传"到江南，而且提升地方官妓的价值。这里表现出的创造精神，与他贬谪时在异乡创造自适生活，为自己流行的咏妓写情诗确立价值是一致的。他对官妓的"抬举"不只体现在认为她们有资格表演宫廷乐舞，也体现在认为她们值得被记载。白居易留下近二百首跟伶妓有关的诗，即使在咏妓诗异常发达的九世纪，也相当引人瞩目。他诗中写到的有名字的妓人共有三十多人。单在《霓裳羽衣歌》这一首诗中，他提到的官妓就有商玲珑、谢好、陈宠、沈平、李娟和张态，还记下她们各自擅长的乐器。正因为白居易记下了这些妓人的名字、技艺和事迹，而不是认为她们微不足道，才使她们在历史记忆中有一席之地。作《霓裳羽衣歌》之后不久，白居易离开了苏州，晚年在洛阳训练家僮演奏《霓裳羽衣》。至此，这支乐舞经历了从公共领域到私人天地、从朝廷到地方政府到家庭的转换，其意义也从政治成功的象征转变为日常生活的欢娱——正好像是白居易一生中咏妓写情意义不断变化的缩影。

五 白诗中的两性关系

在唐代，无论官妓、家妓还是民妓，她们的社会地位都远远低于士人，是士人买卖、拥有、馈赠的对象，其主要功能是事宴佐欢。这种经济层面上的士妓关系，在白居易的咏妓诗中多有表现，如与同年征召伶妓侍宴，教导家妓努力工作（"莫辞辛苦供欢宴"），更换年轻美貌的家妓（"三嫌老丑换蛾眉"）②。最能体现白居易把家妓作为可以买卖、交换的个人财产的例子，是他把妓和马放在一起描写，比如告

---

① 霓裳羽衣谱可能指元稹描摹霓裳羽衣舞的长歌，见秦太明：《元稹〈霓裳羽衣谱〉辨析》，《中国音乐学》2007年第1期。

② 《府酒五绝·谕妓》《追欢偶作》，《白居易集笺校》卷二八、三四，第1990、2379页。

诫士人"莫养瘦马驹,莫教小妓女"①,理由是马养肥、妓女长大后就会更换新的主人。晚年病风后,白居易为节省开支处理财产,多次写诗说最舍不得自己的爱马和宠妓。例如,当裴度提出用良马交换白居易的一位歌妓,白居易说年老的自己需要她唱歌娱情,刘禹锡也作诗唱和。在这组唱和诗中,白居易把裴度比作携妓隐居东山的"风流"谢安,刘禹锡则称,如果白居易用歌妓交换名马,便是"奇才",可见当时的士人认为爱妾换马是风流的行为。②

白居易的很多咏妓诗写到士妓之间的感情。关于中晚唐咏妓诗表现的感情类型,王凌靓华着重分析了三种情况。第一种是士人对妓女的渴望,诗人通过在诗中表达对妓人的爱慕来赞美她的魅力和恭维宴会的主人。第二种是士人对妓人的同情,这种感情在叙述妓人生平的诗中最常见。第三种是爱情,很多诗叙写士妓之间的风流韵事,彼此深情,诗人借此既显示自己的文学才华,又塑造了自己的风流形象③。这三种感情类型在白诗中都很常见。第一种如在张愔席上赠关盼盼诗,《晚春欲携酒寻沈四著作先以六韵寄之》寄诗沈述师说希望见到他那位擅长演唱阳关词的歌妓,《戏答思黯》对牛僧孺说希望见到他的弹筝妓。第二种如《琵琶行》。第三种感情在白居易笔下经常表现为不能忘情,有时妓人不能忘情于士人,有时士人不能忘情于妓人。

先说妓人不能忘情于士大夫。宇文所安在分析中唐浪漫传奇时谈到,由于风月场中的关系由金钱支撑,女性一方的情爱表达往往会因为两性关系中的经济因素而受到质疑,所以这些故事用女子在经

---

① 《有感三首》,《白居易集笺校》卷二一,第1440页。丸山茂讨论了马在白居易一生中意义的变化,从坐骑逐渐变成可以和美妓媲美的良伴,见〔日〕丸山茂:《唐代文化与诗人之心》,张剑译,北京:中华书局,2014年,第193—197页。

② 白居易:《酬裴令公赠马相戏》,《白居易集笺校》卷三四,第2334页。刘禹锡:《裴令公见示酬乐天寄奴买马绝句斐然仰和且戏乐天》,刘禹锡著,瞿蜕园笺证:《刘禹锡集笺证》外集卷四,上海古籍出版社,1989年,第1264页。

③ 王凌靓华:《歌唇一世衔雨看——九世纪诗歌与伎乐文化研究》,第118—149页。

济上不依赖男方的情节来表现她们的真情。① 同样,官妓的职责是为地方官服务,包括演唱地方官的诗,因此白居易用描写官妓对离任后的地方官的思念来表现她们的真情。在杭州刺史任上,白居易寄诗告诉前杭州刺史严休复,说他让官妓演唱自己的"新词",却听到一名妓人唱严休复的诗,于是略带醋意地戏谑评论说:"但是人家有遗爱,就中苏小感恩多。"②这是在恭维严休复的才情,说杭州歌妓记挂他,是出于对他的感情。

白居易也用同样的手法夸耀自己的魅力。离任苏州设宴告别时,他描写在座官妓对他依依不舍,"欲语离情翠黛低",并嘱咐她们"莫忘使君吟咏处"③。离任后,白居易想象杭州和苏州的官妓没有忘记自己。在送姚和赴任杭州刺史的诗中,白居易想象姚和到杭州后,自己任期间的"故妓"向姚和询问自己的消息的情景,而他则托姚和带给她们两首"新诗"传唱④。友人也参与塑造白居易被歌妓思念的形象。当白居易寄诗给苏州刺史刘禹锡,回忆自己任苏州刺史时度过的快乐时光,刘禹锡在答诗中恭维白居易,说苏州的歌妓仍然记得他这位寄情杯酒的白太守,仍在歌唱他的诗篇,甚至有官妓因思念白居易而流下泪水:

> 座中皆言白太守,不负风光向杯酒。
> 酒酣擘笺飞逸韵,至今传在人人口。
> 报白君,相思空望嵩丘云。
> 其奈钱塘苏小小,忆君泪点石榴裙。⑤

---

① 〔美〕宇文所安:《中国"中世纪"的终结:中唐文学文化论集》,第 111 页。
② 《闻歌妓唱严郎中诗因以绝句寄之》,《白居易集笺校》卷二三,第 1556 页。
③ 《武丘寺路宴留别诸妓》,《白居易集笺校》卷二四,第 1688 页。
④ 《送姚杭州赴任因思旧游二首》,《白居易集笺校》卷三二,第 2205 页。
⑤ 刘禹锡:《乐天寄忆旧游因作报白君以答》,《刘禹锡集笺证》外集卷二,第 1127—1128 页。

家妓不能忘情于主人也是白诗中经常出现的主题。他和张仲素写的《燕子楼》诗,就赞美张愔爱妓关盼盼在主人死后"念旧爱而不嫁"。白居易作于晚年的《不能忘情吟》①则描写家妓不忍离开自己的戏剧化场景。当时,白居易病风,于是决定减少家用开支,计划卖马放妓。诗中描写马不肯走,妓不肯去,家妓樊素致辞,说骆马和自己都有情于主人,希望主人留下他们。前面分析白居易通过描写官妓不能忘情于严休复称赞后者的魅力,这里写樊素不能忘情于主君,也是同样的用意。但和官妓只表达思念之情不同,樊素用情的告白对主人提出了要求,这在白居易,甚至中晚唐的咏妓诗中都很特别。《不能忘情吟》中樊素的致辞是这样的:

> 辞曰:主乘此骆五年,凡千有八百日。衔橛之下,不惊不逸。素事主十年,凡三千有六百日。巾栉之间,无违无失。今素貌虽陋,未至衰摧;骆力犹壮,又无尰瘣。即骆之力尚可以代主一步,素之歌亦可以送主一杯。一旦双去,有去无回。故素将去,其辞也苦;骆将去,其鸣也哀。此人之情也,马之情也。岂主君独无情哉!

致辞包括三个层次。前两个层次从骆马和家妓的实用价值着手,论证他们不应该被解职。首先,骆马和樊素事主多年,兢兢业业履行职责,从没有过失,证明了他们的价值。其次,骆马和樊素还在壮年,可以继续服侍主人。这两个理由都是在经济层面强调自己有价值。不过在这个层面上,白居易可以说,虽然骆马和家妓都有用,但自己目前实在需要削减开支。樊素致辞中最有力的是第三个理由,属于感情层面的考量。她说骆马和自己有情于主人,因此不忍离去,然后反问,难道只有主君"无情"?樊素对白居易提出了感情的要求,说明

---

① 《不能忘情吟》,《白居易集笺校》卷七一,第3810—3811页。下引不再出注。

她认为主人和妓/马之间的关系应该是双向的：如果妓/马忠心侍奉主人，主人也应该把妓/马留在家里，善待他们。樊素的话给主人两个选择，一个是卖马放妓，承担"无情"的名声；另一个是留下马与妓人，证明他有情。白居易说他选择了后者，说明他认同樊素所描述的主人和妓/马之间双向感情关系的逻辑。前面谈到，白居易在一些诗中把妓/马当作可以买卖和交换的个人财产，这首诗则显示，他不总是把他们作为"简单的东西"来对待①。他这样解释自己留下骆马和樊素的原因：

> 噫！予非圣达，不能忘情，又不至于不及情者。事来挠情，情动不可柅。因自哂，题其篇曰《不能忘情吟》。

冯友兰谈魏晋风流的时候说，晋人经常区别能忘情和不能忘情。能忘情不是无情，而是有超越自我的深情，因有玄心而能超越自我，因此虽有情而无我。超越自我的人从天或道的观点看人生事物，他的情与万物有共鸣和同情，却不因个人的祸福成败而发生哀乐。② 忘情不易达到，多数人更像《世说新语》"伤逝"篇记述的王戎，执着于自我的得失。王戎因丧子而悲伤，山简问："孩抱中物，何至于此？"王戎答："圣人忘情，最下不及情。情之所钟，正在我辈。"③这则轶事肯定执着自我得失的真情。白居易把自己对宠妓、爱马的感情放在魏晋的情的话语中，为其确立价值。不过，虽然白居易在《不能忘情吟》中写他留下了骆马和家妓，但在现实中他还是按原计划卖马放妓了。之所以写留下了他们，是因为不如此不能维系他的有情形象。

---

① 丸山茂分析唐人对爱马和宠妓的态度，说虽然他们认为妓/马是个人财产，但并不是"简单的东西"，对他们倾注了爱惜之情。〔日〕丸山茂：《唐代文化与诗人之心》，第194页。
② 冯友兰：《论风流》，涂又光编选：《冯友兰选集》，天津：天津人民出版社，1994年，第311页。
③ 徐震堮：《世说新语校笺》，北京：中华书局，1984年，第349页。

与妓人不忘情于士人这个感情模式相对应的,是士人不忘情于妓女。这个模式也出现在白居易和其他同时代诗人的作品中。悼念亡妓是中唐出现的新诗歌类型。虽然悼亡诗从潘岳就有,但基本上都是悼念妻子,到了中唐才有比较多人作诗悼念自己和友人亡故的家妓,这说明士人和家妓的感情关系在九世纪的社交生活中可以被接受了。思念以前的妓人也成为中唐诗的新主题。在《对酒有怀寄李十九郎中》里面,白居易说自己对以前的三位家妓不能忘情:

> 往年江外抛桃叶(结之也),去岁楼中别柳枝(樊、蛮也)。
> 寂寞春来一杯酒,此情唯有李君知。
> 吟君旧句情难忘,风月何时是尽时。(李君尝有悼故妓诗云:"直应人世无风月,恰是心中忘却时。"今故云。)①

结之是白居易从杭州带回洛阳的妓人,姓陈,二人有过十年"欢爱"②。诗中说"抛桃叶",似乎暗示是白居易离开了她。樊素、小蛮是白居易在洛阳的家妓,从十三四岁就在他家,后来在白居易病风后清理财产时让她们离开了。前面讨论《不能忘情吟》描写樊素有情于主人,这首诗写白居易不能忘情于樊素等家妓,表现了主人和家妓相互的感情。然而,情的话语也可以遮蔽主人决定家妓命运的权力关系。这些家妓被遣离后下落如何,是成为别人的家妓还是像杜牧描写的张好好那样去酒肆工作谋生,她们的生活有没有保障,诗中都没有交代。用情的语言遮蔽权力关系的修辞策略,在白居易对官妓的描写中也能看到。在《醉戏诸妓》这首诗中,他问在座的官妓,谁愿意在他退休后跟随他归隐:"不知明日休官后,逐我东山去是谁?"③"逐"字暗示官妓有选择的自由,可以因为对他有情而在他离任后追

---

① 《白居易集笺校》卷三五,第2446页。
② 白居易:《结之》,《白居易集笺校》卷二六,第1855页。
③ 《白居易集笺校》卷二三,第1553页。

随他。但实际上,作为刺史的白居易才有权决定是否为一名官妓脱籍,把她收为家妓。强调官妓有自由选择的权力,更多是为了渲染自己的魅力。这类表述说明,白居易想要彰显的风流情感需要以遮蔽现实中士妓之间的等级秩序和权力关系为前提。

有研究者注意到白居易的女性观有前后不一致的地方,说他前期在乐府诗中积极为女性代言,后期则变成偎红倚翠的老人。一般认为这个转变跟白居易不同阶段人生理想的变化有关。他入仕初期希望通过讽谕诗改革社会,后半生则以享受人生为目标,这影响了他的女性观。舒芜提出,白居易的这种变化具有相当的普遍性,因为人在少壮时往往有公心,明辨是非善恶,到暮年则趋于老朽,不再关心他人的苦乐。① 不过,白诗对女性态度的不一致,不完全是创作的前期和后期、人的青年和暮年的差别,也跟创作的场合、读者、文体有密切的关系,因此他在同一个阶段写的诗也会包含不同的观点。比如同样是在入仕初期,他一方面在《秦中吟》《新乐府》等讽谕诗中批评朝廷官员沉迷妓乐、不顾政事,另一方面在酒席宴会写的社交诗中赞美妓乐行乐。这里,对妓乐活动的批评和赞美,取决于不同创作场合、接受对象对诗的体式的要求。②

白居易的诗对女性的态度,也跟作者与所写女性的距离有关。如果描写的女性是抽象的群体,如贫女或白头宫女,他可以从她们的角度同情其艰难处境。但如果描写的女性与白居易及其友人有直接的关系,比如是他任刺史时的官妓,或者他和朋友的家妓,则往往采取男性的视角。比如,白居易写宫人,会感慨她们在皇宫中虚度青春、年老色衰的悲凉,但是对他自己和别的士人购置的家妓,他倾向于站

---

① 舒芜:《伟大诗人的不伟大一面》,《读书》1997年第3期。
② 静永健讨论《长恨歌》和《新乐府》中不同的杨贵妃形象时也提出类似观点,认为杨贵妃在一个作品中很美好,在另一个作品中却是祸害天子的妖女形象,是作者的不同处境、创作意图和接受对象造成的。〔日〕静永健:《白居易写讽谕诗的前前后后》,刘维治译,北京:中华书局,2007年,第109—117页。

在士人的立场,伤感主人死后家妓散尽、欢娱不再,至于家妓在主人死后命运如何,他并不关注。① 被书写的女性与诗人距离越近,对她们的描写和诗人自我形象的塑造也就越交织在一起,不利于诗人自我形象的女性视角也就越需要被遮蔽和过滤。

《长恨歌》《琵琶行》这两首白居易流传最广的诗,都是不限于男性单一视角、描写男女间相互感情的作品。《长恨歌》歌咏唐玄宗和杨贵妃的感情。前半部分讲述唐玄宗宠爱和失去杨贵妃的故事,后半部分则描写杨贵妃对唐玄宗的深情,使他们之间相互的爱情得以成立。② 特别值得注意的是,《长恨歌》表现的感情超越了等级秩序。在诗的结尾,杨贵妃回忆生前与玄宗立下爱情誓约:"在天愿作比翼鸟,在地愿为连理枝。天长地久有时尽,此恨绵绵无绝期。"③其中的"比翼鸟"和"连理枝",是文学传统中常用的表达夫妇之爱的意象,比如《孔雀东南飞》和韩朋的故事都描写夫妇生前被迫分离,死后坟上的树根枝相连,象征他们生死不渝的深情。但唐玄宗和杨贵妃不是普通夫妇。皇帝需要众多嫔妃保证子嗣繁衍,以保障皇族的利益,专情于一个妃子与王朝利益有冲突。但唐玄宗和杨贵妃把王朝利益和皇帝妃子的尊卑秩序放在一边,立下了一个男人和一个女人的爱情誓言。虽说《长恨歌》对唐玄宗和杨贵妃的感情表现出一种矛盾的态度,一方面批评女色祸国,另一方面歌咏他们的真挚感情,也正是这种矛盾使诗的主题究竟是规讽帝王还是歌咏情事成为学者争论的热点,不过诗的结尾落实在爱情誓言不能实现的"恨",也是《长恨歌》题目中的"恨"字,表达了因为杨贵妃的死,他们在此世同享欢乐

---

① 白居易:《感故张仆射诸妓》《闻乐感邻》,《白居易集笺校》卷一三、二六,第761、1867页。
② 〔日〕川合康三:《终南山的变容——中唐文学论集》,第297—302页。
③ 《白居易集笺校》卷一二,第661页。

的可能性也已经完全丧失、无法挽回的悲哀。① 这种对有情人不能成眷属的伤感,显然是对超越等级秩序的男女之情的歌颂。

《琵琶行》②描写了士与妓的相互同情。这首诗在白居易贬谪初期写成,背景是他在江州浦口送别客人,遇到一位弹琵琶的女子,她本来是长安倡女,年长后成为商人妇。白居易邀请琵琶女参加他们的酒席,于是她弹京城曲,讲述自己的身世,白居易感慨赠诗。学者早就注意到《琵琶行》受到杜甫《观公孙大娘舞剑器行》和元稹《琵琶歌》的影响。但与杜甫和元稹关注舞蹈者、弹琵琶者的技艺不同,白居易被琵琶女的人生际遇感动。他对琵琶女的态度是同情和认同,他在琵琶女身上看到了自己:她年轻时在长安备受欢迎,年长后流落江湖为商人妇;自己曾在京城任官清显,现在贬谪到偏远外地,所以"同是天涯沦落人"。这种士人认同倡女命运的表述并不多见。虽然不少中唐士人描述对歌妓的同情,但很少把自己的命运和一个倡女类比。③ 白居易这种对一个具体的人的跨阶级、跨性别的认同,在王粲的《七哀诗》④可以找到先例。诗中描写战乱中王粲告别亲友南下,路上看到一个饥饿的妇人把自己的孩子放在路边。王粲三次使用"弃"字,描写自己离开家乡("复弃中国去")、母亲抛下孩子("抱子弃草间")、自己抛下妇人("驱马弃之去"),将自己离开家乡亲朋、离开路边的无助妇人,与妇人丢弃孩子,呈现为同样性质的行为。诗中最感人的部分是那个母亲向王粲解释她抛弃孩子的理由("未知身死

---

① 〔日〕松浦友久:《作为诗语的"怨"与"恨"——以闺怨诗为中心》,蒋寅编译:《日本学者中国诗学论集》,南京:凤凰出版社,2008年,第260页。
② 《白居易集笺校》卷一二,第685—686页。
③ 王凌靓华指出,杜牧《张好好诗》结尾通过张好好的话描写诗人自己的现状,把哀张好好的经历和哀自己的经历合二为一。见王凌靓华:《歌唇一世衔雨看——九世纪诗歌与伎乐文化研究》,第139页。不过,杜牧没有像白居易那样,直接感叹妇人和自己的相似性。
④ 《七哀诗》,逯钦立辑校:《先秦汉魏晋南北朝诗》魏诗卷二,北京:中华书局,1983年,第365页。

处,何能两相完"),然后王粲心中不忍、驱马弃之而去的场景。《七哀诗》写两个抛弃者的不忍和无奈,《琵琶行》则写两个人生走下坡路的人的悲哀。

最特别的是,《琵琶行》不只写了白居易对琵琶女的同情,也写了琵琶女对白居易的同情。互相的同情形成对称的结构:诗的序言描写白居易听到琵琶女自述经历而有所感动("感斯人言"),诗的末尾则描写琵琶女听到白居易自述贬谪经历而有所感动("感我此言")。两个感动的结果都是用自己擅长的文学艺术作品慰藉对方:白居易把琵琶女的故事、技艺以及他们的相遇写成长歌,琵琶女则把对白居易经历的感动和同情融入音乐,再弹一曲使满座掩泣。一般来说,同情会造成优越感;但这里,互相的同情促成了平等的关系。《长恨歌》《琵琶行》描写的男女情,无论是爱情还是同情,都超越了阶级、性别的等级秩序,这也许是它们别具魅力且这魅力没有随着时代的变化而消失的重要原因。

《长恨歌》《琵琶行》之所以能叙写男女之间相互的情感和平等的关系,作者和人物的距离是一个重要的条件。《长恨歌》中的人物距离白居易的写作已有半个世纪。《琵琶行》虽然写的是白居易的亲身经历,可是琵琶女和白居易没有直接的关系,琵琶女既不是他的家妓,也不是他辖区内的官妓。他们偶然相遇,随即各奔东西,因此作者不必顾忌因为描写她的思想感情而损害自己的形象,这给描写女性提供了更大的空间。相比较而言,在叙述自己的亲密关系时表现男女双方的视角就困难得多。在中晚唐作家中,元稹是进行这方面尝试的先锋。他用不同的文体写自己(或友人)的恋情,力图在表现女性视角的同时塑造男性的风流形象,引发出文本的矛盾和缝隙。这将是下一篇的内容。

元稹：自述恋情的尝试与难题

在中晚唐作家中，元稹（779—831）在自述恋情方面做出了最多样的尝试。从二十多岁到三十出头这十年间，他用多种诗文体裁书写自己的一段情爱经历：贞元二十年（804）作《莺莺传》，假托张生故事讲述自己的经历①；元和五年（810）作自叙诗《梦游春七十韵》，涉及对恋情的回顾；元和七年（812），应友人李景俭之请自编诗集，收录"艳诗"百余首，其中一些作品也以自身的感情经验为题材。

对于元稹写情作品的独特性，陈寅恪在《艳诗及悼亡诗》中指出，"吾国文学，自来以礼法顾忌之故，不敢多言男女间关系"，而元稹既写"非正式男女间关系如与莺莺之因缘"，又写"正式男女间关系如韦氏者"，"以绝代之才华，抒写男女生死离别悲欢之情感。其哀艳缠绵，不仅在唐人诗中不可多见，而影响及于后来之文学者尤巨"。② 以

---

① 关于《莺莺传》的写作时间，陈寅恪从元稹与韦丛的婚期、卞孝萱从元稹和李绅的行踪考证，都认为是贞元二十年。此外还有作于贞元十八年的看法。关于《莺莺传》中张生为元稹自寓的观点，由王铚在《〈传奇〉辨正》中提出，赵令畤在《辨〈传奇〉莺莺事》中引述了王铚的观点，并结合墓志铭、元稹艳诗、元稹生平等材料论证。赵令畤撰，孔凡礼点校：《侯鲭录》卷五（与《墨客挥犀》《续墨客挥犀》合刊），北京：中华书局，2002年，第126—132页。近人如鲁迅、陈寅恪、卞孝萱等多同意此说，但也有反对的意见。对这两个问题的梳理，见程国赋：《论元稹的小说创作及其婚外恋——与吴伟斌先生商榷》，《文学遗产》2002年第1期。

② 陈寅恪：《元白诗笺证稿》，《陈寅恪文集（纪念版）》之六，第99—100、81页。

往对元稹情感书写的研究,主要集中在本事考索、作品折射的道德观念与社会风气、《莺莺传》的艺术特色与诠释问题等方面,①下面的论述综合元稹在几种文体(自叙诗、艳诗、传奇故事)中的尝试,讨论中唐的自述恋情写作遇到的问题,包括文体特征对这些书写的影响和规约,以及元稹为解决这些难题采取的策略。

一 梦游春:在自叙诗中写情

《梦游春七十韵》(下文或简称《梦游春》)作于元和五年,元稹在这首诗中回顾了自己三十二岁以前的人生。诗分三个部分,各自围绕人生得失的主题展开:恋情写从相遇到分手,婚姻写结婚到妻子亡故,仕宦写官场成功到贬谪。《梦游春》的特别之处是在自传中写情,将婚外男女情描写为与婚姻、仕宦同等重要的人生经验,这在此前的自传性书写中并不多见,因此,其意义需要放在自传文学传统中来讨论。

在《中国的自传文学》一书中,川合康三讨论了宋朝以前自传的几种类型:书籍序言中的自传、带有虚构性的自传、自撰墓志铭,以及诗歌中的自传性作品。② 他认为,这些自传通常关注人在公共领域的活动,比如士大夫仕途生涯的沉浮,文学方面的成就,世变战乱中的遭遇,他们或入世、或出世的人生理想。其中,只有带虚构性的自传

---

① 这些方面的研究成果很多,这里只举出一些有代表性的论述。本事考索的议题主要包括张生是否元稹自寓、张生与莺莺的原型、张生弃莺莺的原因、艳诗中哪些是元稹为昔日恋情而作等问题。关于元稹艳诗及《莺莺传》反映的道德观念和社会风气,见陈寅恪:《艳诗及悼亡诗》(附:《读〈莺莺传〉》),《元白诗笺证稿》,第81—116页;〔日〕小南一郎:《唐代传奇小说论》第二章"《莺莺传》——元白文学集团的小说创作",童岭译,北京:北京大学出版社,2015年,第71—96页。关于《莺莺传》的艺术特色与叙事、诠释问题,见〔美〕宇文所安:《〈莺莺传〉:抵牾的诠释》,《中国"中世纪"的终结:中唐文学文化论集》,第128—150页;Manling Luo, "The Seduction of Authenticity: 'The Story of Yingying,'" *Nan Nü: Men, Women and Gender in Early and Imperial China*, 7.1 (2005): 40-70.

② 〔日〕川合康三:《中国的自传文学》,蔡毅译,北京:中央编译出版社,1999年。

涉及私领域,比如陶渊明《五柳先生传》中描写的读书、饮酒的隐居生活。

与《梦游春》直接相关的文学传统是自伤坎坷的自传诗,大致包括两种类型。一种描写遭逢世变丧乱的人生境遇变化。梁朝灭亡后,庾信的《哀江南赋》和颜之推的《观我生赋》写去国离乡的痛苦;安史之乱前后,杜甫以《自京赴奉先县咏怀五百字》《北征》记载社会动荡中自己颠沛流离的经历和情感,都是这样的例子。另一种类型关注人自身的变化,通常是在年迈或遭贬谪的情况下对生命的回顾。这种自传诗在杜甫的作品中最先见到,比如他晚年的《壮游》,其后有韩愈、白居易在贬谪后写长诗回顾以前的人生经历。① 这些诗的共同点是叙述今昔之间的巨大落差:少年时才华横溢、壮志凌云,但经过现实中的挫折和打击,只能在碌碌无为中蹉跎岁月,生活在令人失望的现状中。这是在遭到社会否定和排斥的情况下寻找自我价值的叙事。川合康三注意到,中国的很多自传性文学"缘于其特殊的自我发现:因为被周围世界否定,于是觉悟到自己与周围的不同,或者是意识到自己切实的存在。而要想从社会的否定中获得自我回归,自我表白,就成为一种有效的手段"②。这类作品在处理个人与社会的紧张关系上,或者批判世俗社会,或者努力与现实世界实现和解,或者把自己的志向付诸文字以期后人的理解。

《梦游春》就是受挫时回顾既往的自叙诗。元和五年,三十出头的元稹由监察御史贬江陵府士曹参军。贬官后的一年中,他写了三首排律——《梦游春七十韵》《酬翰林白学士代书一百韵》《答姨兄胡

---

① 关于中国诗里面的自传性作品,见〔日〕川合康三:《中国的自传文学》第五章"诗歌中的自传",第154—172页。关于杜甫的自传诗,见谢思炜:《论自传诗人杜甫——兼论中国和西方的自传诗传统》,《文学遗产》1990年第3期。

② 〔日〕川合康三:《中国的自传文学》,第18页。

灵之见寄五十韵》①——回顾自己的人生。和杜甫、韩愈一样,元稹在这些诗中讲述了一个意气风发的少年在现实中遭到挫败的故事。不过与杜甫、韩愈不同,元稹在这个被社会排斥的大叙事中加入了一个成长的小叙事,写自己少年时耽于享乐,然后幡然悔悟走上正途的转折。成长主题在三首诗中都出现了,不过因为诗的受众不同,享乐和悔悟的内容也有差异。《梦游春》中的享乐指迷恋艳色,悔悟后结婚成家。另两首诗中的享乐指年轻人一起饮酒。在给姨兄胡灵之的诗中,元稹回忆他们十几岁时在凤翔狂饮寻欢,悔悟后用功备考;在给白居易的诗中,他描写在长安与同任校书郎的年轻人宴游行乐,悔悟后参加制举考试,成为朝官。

元稹的成长叙事表现了个人与社会的冲突,并肯定了两种互相矛盾的价值。与德国文学十八世纪出现的成长小说(Bildungsroman)一样,元稹的自叙诗描述他在成长的过程中如何处理自我欲望和社会规范之间的矛盾,如何从年轻时做下的错事中汲取教训。一方面,他夸耀自己年轻时特立独行、狂放不羁、轻视社会规范,塑造"反社会"的自我形象。他在给胡灵之的诗里,写与兄长大盏喝酒,"谁忧饮败名",不在乎可能带来的恶果。在给白居易的诗中,他以狂歌醉舞、被朝官讥笑("几遭朝士笑")为傲,宣称"何曾爱官序,不省计家资"。《梦游春》把艳遇提高到实现平生所愿的高度("遂果平生趣"),也是把自己跟依照世俗观念行事、以在公共领域的成功为人生目标的士大夫相区别。但是,元稹并非完全拒绝社会规范。这三首诗的后半部分都写到诗人悔悟改过,并在仕途上获得成功。这表面上看是在

---

① 三首排律分别收录在韦縠编:《才调集》卷五,傅璇琮编撰:《唐人选唐诗新编》,西安:陕西人民教育出版社,1996年,第808—809页;《元稹集》(修订本)卷一○、一一,第132—135、141—142页。下文引用这三首诗时不再出注。《梦游春》与其他"艳诗"收在《元稹集》"补编",由明代编者马元调增补,但不见于时代较早的元集(如部分保存的元稹自编《元氏长庆集》、宋人编纂的《元微之文集》)。不过,这些诗收在五代时期编成的《才调集》中,因此在讨论这些作品时,我使用《才调集》的版本。

否定少年时期的错谬,其实并非如此。通过把"反社会"的自我形象放在少年阶段,把在社会上成功的自我形象放在成年阶段,元稹肯定了这两个形象互相矛盾的价值。

三首自叙诗中,《梦游春》偏离自叙文学传统最远。在唐代,以饮酒呈现"反社会"姿态是自叙诗文传统的一部分,但情爱不是。虽然中唐作品比以前更多描写私人生活,也仍然极少涉及男女情事。对自叙文不宜记情的理由,刘知幾在《史通·序传》中有所说明。他批评司马相如自述与卓文君的情事的做法,说司马相如"窃妻卓氏"不合礼法,而在文字中炫耀违背礼法的举止更不恰当("自媒自炫,士女之丑行")。他认为自传的目标并非记录真实的自己,而是记录合乎"理"的事迹,不夸张地呈现出自己的长处。① 因此,男女婚外情应隐而不书。另外,情爱主题也不见于贬谪文学传统。从《离骚》开始的"不遇"主题到"感物""感怀"诗,贬谪文学经常批评朝政腐败,赞美被贬者的正直人格。元稹被贬离开长安时白居易赠诗相送,特别说明那些诗"率有兴比,淫文艳韵,无一字焉"②。这说明当时士人对贬谪文学的一般认识:艳诗这类游戏文字不是面对人生重大变故的恰当反应。元稹寄给白居易的答诗也基本符合贬谪文学的传统,是有意旨的"兴比"之作。但《梦游春》是个例外。由于自叙诗尤其是贬谪时作的自叙诗没有写情事的先例,《梦游春》要在自述中书写情爱经验,将会遇到社会规范和文体传统方面的困难。

从《梦游春》可以看到,元稹采用了三个办法来尝试解决这些难题。首先,他创造了一个梦的空间,来容纳社会规范和自传文学传统中没有位置的情爱经验。高化岚(Philip A. Kafalas)在研究明清文学中的记忆书写时提出,梦提供了社会现实之外的、更灵活的空间,在

---

① 刘知幾:《史通》卷九"序传第三十二"(以浦起龙《史通通释》为底本,与章学诚《文史通义》合刊),长沙:岳麓书社,1993年,第91页。
② 白居易:《和答诗十首》,《白居易集笺校》卷二,第105页。

这里作者可以呈现社会家庭价值以外的、未经分析归类的个人经验的自我,那个自我常被视为过于任性和放纵,在醒着的世界中没有位置。[1]《梦游春》也可以从这个角度去理解。这首诗表现的三个主题中,婚姻与仕宦是唐代士人政治社会生活的两大支柱,但男女婚外情在士大夫的社会家庭结构、在自传文学传统中都没有位置。因此元稹把情爱经验描述为梦中的游历。这在诗题中已经点出,又在诗的开篇加以强调:"昔岁梦游春,梦游何所遇。梦入深洞中,遂果平生趣。"唐诗中的"梦游"常与游仙联系在一起,在"洞"中邂逅女仙是四世纪以来源于上清道教的故事类型,从六朝到唐代最流行的此类故事是刘晨、阮肇在天台山遇到女仙。和刘、阮故事中的女仙一样,元稹在梦中遇到的女子住在一个桃花盛开、溪水环绕的地方,溪水象征人世与世外桃源的边界。他描写穿过庭院接近女子居住的小楼,进入闺房见到她的形貌体态,最后梦醒。诗中,情爱的非社会性与婚姻的社会性对照鲜明:一边是妻子的姓氏、门第和社会地位,一边是没有姓氏、门第背景,被称为"仙"和"花貌人"的恋人。这个区别甚至体现在对池塘的描写中。情爱世界的池水中荡漾着道家仙界的重要意象彩霞("池光漾霞影"),婚姻世界的池塘则显示妻子家族的社会地位("甲第涨清池")。元稹对梦遇的描写当然也可以读作是梦境的单纯记录,但他在诗中刻意将梦遇与现实处境相关联,比如宣称梦遇让他一生的愿望得到满足("遂果平生趣"),说梦醒后再不流连风月场("觉来八九年,不向花回顾"),只作诗怀念旧人("我到看花时,但作怀仙句"),都暗示写的是一段真实的感情经历。此前的唐诗一般用"梦游"描写道家仙境,如王勃的《忽梦游仙》、李白的《梦游天姥吟留别》;把男女婚外情纳入"梦游"的理想世界,是元稹的创造。

其次,元稹通过强调恋情对成长的作用,来肯定这种经验的价

---

[1] Philip A. Kafalas, "Mnemonic Locations: The Housing of Personal Memory in Prose from the Ming and Qing," *Chinese Literature: Essays, Articles, Reviews* 27 (2005): 112-113.

值。前面谈到,元稹通过悔悟主题把狂饮、迷恋艳色描写为成长过程中需要汲取的教训,从而赋予这些经验回忆记录的价值。在给胡灵之和白居易的那两首诗中,悔悟的转折以两句过渡,狂饮少年变成专心科考的士人;在《梦游春》中,对追逐艳色这一经验的处理态度更复杂,对"转折"的描写也更曲折:

> 梦魂良易惊,灵境难久寓。夜夜望天河,无由重沿溯。结念心所期,返如禅顿悟。觉来八九年,不向花回顾。杂合两京春,喧阗众禽护。我到看花时,但作怀仙句。浮生转经历,道性尤坚固。近作梦仙诗,亦知劳肺腑。一梦何足云,良时事婚娶。

这些诗句描写经历了梦境中的恋情之后多层次的情绪。从分手后想念,到顿悟后不再流连风月,再到作诗怀念旧情,最后抛开那段感情和记忆步入婚姻。一般认为元稹以"一梦何足云,良时事婚娶"对比情爱与婚姻,表明他不在乎前者。但另一方面,在恋情结束八九年后还不能忘怀,仍在作诗追忆,正说明他并非不在乎。虽然他宣称这段感情经历不值一提("何足云"),但只要看他把这个经验详细写进自叙诗,与婚姻、仕宦两件人生大事并置的做法,就知道这段感情对他仍然意义重大。也就是说,虽然他采用了"悔悟"的书写模式,但并没有对悔悟的对象完全否定。

再次,元稹尝试"控制"读者圈子,以避免自述恋情可能遭受的非议。他把《梦游春》寄给白居易时在序中叮嘱:"斯言也,不可使不知吾者知,知吾者亦不可使不知。乐天知吾也,吾不敢不使吾子知。"① 诗中到底哪些部分,是他想要呈现给朋友却要向众人隐藏的呢?元稹没有明说。但从他另外一些作品的"呈现""隐藏"模式看,隐藏的应该是讲述恋情经历的部分。前面提到,元稹在同一时期还写给白

---

① 元稹《梦游春》诗序不传,但白居易在《和梦游春诗一百韵》的序中引录了元稹诗序的部分内容,见《白居易集笺校》卷一四,第863页。

居易另一首长篇自叙诗《酬翰林白学士代书一百韵》,回顾科考、游宴、做官的经历,其中描写在长安游玩有这样两句:"山岫当街翠,墙花拂面枝。"这本是景色描写,但元稹的自注却似乎暗示了某种情感经历:"昔予赋诗云:'为见墙头拂面花。'时唯乐天知此。"①注中提到的诗句出自《压墙花》,里面用"拂面花"指一个女子:

野性大都迷里巷,爱将高树记人家。
春来偏认平阳宅,为见墙头拂面花。②

元稹的小注用"时唯乐天知此"的私密语调,表明"拂面花"实为暗喻某一女子。这一隐喻,既能让"不知吾者"不可知,也让白居易这样的"知吾者""不可使不知";知道内情的读者把这首诗读作元稹对一个女子的思念,不知情者读作赏花。显然,元稹为这些自叙情感经验的作品预设了两类读者,一是他称作"知吾者"的知己读者群,他们的人数应该不多,另一类是"不知吾者"的一般读者。像《梦游春》这样的作品,他并不打算让一般读者读。即便是在公开传播的条件下,使用隐晦的语言,也能防止"不知吾者"达到"知吾者"那样的理解。元稹采取的这一方式说明,在九世纪初,情感经验在某些小圈子里得到承认甚至推崇,但在大范围的士人群体中却可能引发争议和批评。元稹借助隐晦私密的表达方式,希望在认同浪漫情爱价值的小圈子里炫耀自己不羁风流,同时避免来自广大士人群体的非议责难。这并非元稹多虑,白居易在《和梦游春诗一百韵》序中,也叮嘱元稹"予斯文也,尤不可使不知吾者知,幸藏之云尔"③。

基于这样的情况,元稹大概不会将《梦游春》收在自编诗文集,包括元和七年给李景俭的诗集和长庆四年(824)在浙东观察使任上编

---

① 诗中另一处自注云"余今年始三十二,去岁已生白发",说明这首诗的自注是元稹作诗的那年写的,而不是后来编辑文集时添加的。
② 《才调集》卷五,《唐人选唐诗新编》,第815页。
③ 《白居易集笺校》卷一四,第864页。

成的《元氏长庆集》中。这只是猜测,没有确实的史料证明。不过,《梦游春》的流传情况可以提供一些线索。在中晚唐、五代和宋初,《梦游春》的流传形态至少有两种:一是收录在《才调集》的《梦游春七十韵》,二是《梦游春》前三十六韵。后者只有情爱部分,没有婚姻和仕宦,这个版本由北宋赵令畤在《辨〈传奇〉莺莺事》中提及。他说自己家有"微之作《元氏古艳诗》百余篇",并引录多首,其中就包括三十六韵的《梦游春》。① 也就是说,唐五代和宋初的部分读者把《梦游春》读作梦遇女仙的艳诗,而非自叙诗。如元稹所希望的,作为自叙诗的《梦游春》很可能流传不广。

　　元稹在《梦游春》中呈现给知己的自我,是一个在时间中几经变化、在情感意向上困惑和分裂的人。他少年时期拒绝时俗,成长后接受社会规范而在婚宦两方面取得成功,继而遭到挫折,于是反过头来怀念已被否定的少年时期"反社会"的价值。不过,这个自我形象并不完全是怨愤消极的,里面描写的情感经验、仕途成功都包含对自己在情色与政治两个领域与众不同的夸耀。这种呈现自我的方式,来自元稹争强好胜、好冒险的个性,在他的一生中多有表现,比如准备制举策论时选择用激烈直言的方式取得高第,尽管他的师友都说这么做太冒险。"狂"也是元稹和白居易表现知己情谊、与众不同的方式。他们经常记述只有他们二人才知道、才去做、才书写的违反社会规范的行为,如元稹写《梦游春》回忆自己的情爱经验,元稹贬谪后在长安遇到白居易时二人骑马高声吟艳诗行至二十余里,身为朝官在内廷值班时大声彻夜吟诗让人惊视侧目。当然,这种"特异性"的标榜,把自己和代表社会规范的他人相区别的方式,以此确立自己身份的做法,也是中唐士人经常采取的姿态。② 元稹在《梦游春》中自叙情感经验,既是彰显他的独特个性,巩固与白居易的知己情谊,也是推

---

① 赵令畤:《侯鲭录》卷五,第127、131—132页。
② 〔美〕宇文所安:《中国"中世纪"的终结:中唐文学文化论集》,第14页。

崇"特异性"的中唐精神的一部分。

二 艳诗：纳入个人经验

元稹自述恋情的第二类作品，是以女性和男女之情为主题的艳诗。元稹曾用"艳诗"概括他的部分诗作，但由于文本流传的原因，他说的"艳诗"和我们现在通常讨论的元稹艳诗，可能内容并不完全相同。元和七年他送给李景俭的那部诗集，包括八百余首诗，分为十体，最后两体就是古体、今体"艳诗"百余首。三年后，元稹在《叙诗寄乐天书》中说，这些"艳诗"意在批评女性的"怪艳"时尚装束："又有以干教化者，近世妇人晕淡眉目，绾约头鬓，衣服修广之度，及匹配色泽，尤剧怪艳，因为艳诗百余首。"① 关于这些"艳诗"的原貌我们无法得知，因为诗集早已不存。我们也不清楚元稹是否把这些"艳诗"收入了编于长庆四年的百卷《元氏长庆集》，因为这个集子在北宋就已散佚。不过，宋人以《元氏长庆集》为基础"整理集合"成的《元微之文集》是今本《元稹集》的祖本，② 而《元稹集》里既没有与元稹描述的"艳诗"特征相符合的作品，也没有以男女之情为主题的诗。但是，由于《元微之文集》和《元氏长庆集》所收诗歌的内容和数量都有较大差别，我们不知道"艳诗"缺席的原因是元稹没把它们收入《元氏长庆集》，还是宋人没有收入《元微之文集》。我们通常讨论的元稹艳诗，一般指保存于《才调集》的以女性和男女情感为题材的元稹作品。其中有些诗作描写女性的时尚装束，而且能确定写作年代的几首都作于元和七年以前，所以学者一般认为它们属于元和七年元稹自编诗

---

① 《元稹集》（修订本）卷三〇，第407页。
② 关于《元氏长庆集》在北宋散佚的情况及其原貌，见赵超洋：《〈元氏长庆集〉的原貌及其在北宋的散佚——从〈叙奏〉和〈自叹〉的系年谈起》，武汉大学中国三至九世纪研究所编：《魏晋南北朝隋唐史资料》第39辑，上海：上海古籍出版社，2019年，第216—228页；关于《元氏长庆集》与《元微之文集》的关系，见这篇论文的第228页。

集中的"艳诗"。① 我也用艳诗指元稹的这部分作品。

元稹的艳诗对传统的写情诗多有继承,同时纳入个人经验加以创新。这里着重谈他如何在诗中纳入个人经验。从宋代开始,他的很多艳诗就被读作是为年轻时的一段感情、一位恋人而作,这种解读模式一直持续到今天。陈寅恪盛赞元稹艳诗在中国文学中的独特性,强调的也是他书写自己的经历这一点。这种解读的产生和经久不衰,与《莺莺传》从北宋起就被认为是元稹讲述自己恋情的作品有关。不过,除了《莺莺传》的因素,元稹的诗本身也带有自叙的痕迹。有些诗中的情爱场景与自叙诗《梦游春》相似:《离思六首》之三和《梦游春》一样,都描写一个与世隔绝、被溪水桃树环绕的楼中女子;《杂忆五首》之一里面的男主人公回忆进闺房时闻到香气,也是《梦游春》写到的情形。此外,有些诗描写了艳诗传统之外的具体、个性化的意象和情感,也指向个人经验的表达。

一个例子是桐花意象的使用。元稹有两首诗写男主人公由桐花想起往事。一首是《桐花落》,里面的男主人公回忆与昔日恋人共看桐花事。他回忆了很多细节,比如两个人一边看花,一边评论("同在后门前,因论花好恶");恋人绣桐花图案("都绣六七枝,斗成双孔雀");男主人公作绣桐花诗("我作绣桐诗,系君裙带着")。② 另一首是《忆事》,描写男主人公在不眠之夜闲步到某显贵人家门前,看到明月、池水、帘前的桐花("桐花垂在翠帘前")。③ 诗题暗示他回想往事,而桐花是引他感怀的旧物之一。这两首诗中的桐花意象,以及议论桐花、绣桐花、作桐花诗等细节,不见于此前的写情诗,应该是来自诗人的生活经验。

---

① 也有学者认为《才调集》中收录的很多元稹诗并不是元稹所说的"艳诗",因为题材并非女性的时尚装束,而是艳情。见张明非:《论中唐艳情诗的勃兴》,《辽宁大学学报(哲学社会科学版)》1990年第1期。
② 《才调集》卷五,《唐人选唐诗新编》,第809页。
③ 同上注,第816页。

另一个在艳诗中纳入个人经验的表现，是诗人对女性的衣着、姿态进行具有鲜明个性特征的描写。《白衣裳二首》之一和《离思六首》之六，都把思念的女子与白色联系在一起：她穿白衣（"玉人初着白衣裳"），被比作梨花（"一朵梨花压象床"），与梨花意象并置（"偏摘梨花与白人"）。① 再如诗中写旧日恋人穿色彩暗淡的旧衣裳，也是个人经验呈现的重要征象。《离思六首》之一写所思念的恋人"殷红浅碧旧衣裳，取次梳头暗澹妆"②，可以联系到《梦游春》的"鲜妍脂粉薄，暗澹衣裳故"。以往的闺情诗没有用旧衣裳、用暗淡颜色形容动人女性的传统，因此这种个性化的描写，让读者有理由推测《离思六首》之一所思念的旧日恋人，也可能是《梦游春》写到的那个女子。

在表现对情爱的复杂态度上，元稹的艳诗也具有鲜明的个性化印记。虽然在写神女的诗赋中，神女离开后男主人公感到惆怅是常见写法，但元稹既表达惆怅和追忆，也强调对情爱需要醒悟和远离，并通过修道来实现。从《梦游春》《桐花落》《离思六首》中，都可以看到追忆、惆怅与"顿悟"而"修道"的复杂交织。《梦游春》的男主人公从梦中醒来后"返如禅顿悟"，从此再未涉足欢场，随着时间的推移"道性尤坚固"。《桐花落》说男主人公与恋人分离后，"别来苦修道，此意都萧索"③，再没有赏桐花的兴致。《离思六首》之五则描写男主人公在恋情结束后"取次花丛懒回顾，半缘修道半缘君"④；他不再关心风月，既因为对她难以忘怀，也是坚持"修道"的结果。

虽然元稹在艳诗中融入了个人经验，但很多中晚唐、五代读者可能并没有把这些诗读作他对年轻时恋情的回忆，元稹也没有预期读者从艳诗中读出自己的经历。从上面的分析可以看到，元稹的艳诗

---

① 《才调集》卷五，《唐人选唐诗新编》，第815、818页。
② 同上注，第817页。
③ 同上注，第809页。
④ 同上注，第818页。

有自述成分这一推论,很大程度上是因为与《梦游春》这首自叙诗有相似之处而得出的,如前所述,作为自叙诗的《梦游春》在中晚唐很可能流传不广,因此许多读者无法通过比较《梦游春》看出元稹其他艳诗的自传成分。晚唐轶事也说明,元稹的公众形象虽然和他的艳诗有关联,却与元稹在《梦游春》和其他自述恋情诗歌中呈现的自我形象相去甚远。《云溪友议》"艳阳词"条叙述元稹和四位女性的关系,每段关系都用诗来表现。此条目前半部分写元稹和两位妓人,他先是在四川时对薛涛有情,离别时赠诗,然后若干年后为江南刺史时,对妓人刘采春的歌声着迷,于是赠诗赞美。后半部分写元稹和妻子,先用悼亡诗表现他对亡妻韦丛的深情,再用他和裴氏的赠答诗表现夫妻琴瑟和谐。这则轶事的结构可能受到元稹给李景俭的诗集的启发。诗集最后两个部分是"悼亡诗"和"艳诗",前者写夫妻感情,后者写男女婚外情,而《云溪友议》的轶事也由这两部分组成。也许因为这部诗集在中晚唐流传颇广,或者因为元稹写夫妻感情、男女婚外情的诗在当时很知名,使元稹的形象和这两个主题联系在一起。不过,《云溪友议》和元稹艳诗描写的男女婚外情,侧重完全不同,前者表现作为官员的元稹欣赏妓人的才艺,后者表现他入仕前的恋情。《云溪友议》由吴越处士范摅在唐末编成,透露出当时的部分士人对某些中晚唐公众人物的认知。这则轶事说明,很多中晚唐读者并没有把元稹的艳诗读作他为恋爱而写的诗。

　　除了在诗中融入个人经验,元稹在艳诗写作上的创新,还包括在个人诗集中设立"艳诗"的类别,在理论上赋予"艳诗"以"教化"的功能,力图把这一地位低微的题材纳入正统文学的范畴。① 在这个问题上,他的主张和创作并非始终一贯,而是根据个人境遇的变化进行调

---

① 关于这两方面的具体讨论,见 Anna M. Shields, "Defining Experience: The 'Poems of Seductive Allure' (*Yanshi*) of the Mid-Tang Poet Yuan Zhen (779-831)," *Journal of the American Oriental Society* 122.1 (2002): 67-72.

整。大的改变有三次。他的《莺莺传》和大部分艳诗作于科举考试期间。虽然元稹以明经擢第,非进士出身,但他贞元十八年(802)应吏部试博学宏词科,元和元年(806)应制举科策试,亦是凭借文学步入仕途。在这个阶段,写情作品的流传是他在士人群体中证明自己的文学才能、传播声誉的一种方式。贬官后,元稹的政治抱负受到挫折,转而强调其诗人身份,为自己的流行诗确立价值。一个做法是在个人诗集中收录流行于世的艳诗,宣称它们以"教化"为目标,试图用儒家文学观在理论上为艳诗确立价值。① 贬官结束后,元稹进入统治集团核心,艳诗对他不再重要。他元和十四年(819)献诗给当权者令狐楚、长庆元年(821)献诗给穆宗时,在《上令狐相公诗启》《进诗状》中重申儒家文学观,批评自己以前写的那些流行诗是"无六义"的"雕虫小事"②。不过,元稹的写情作品也没有对他的仕宦前程产生负面的影响,这从侧面说明中唐的政治生活有容纳艳体的空间。

三 《莺莺传》:为变心人辩护的难题

《莺莺传》③是八世纪末、九世纪初兴起的情爱故事中的一种。当时,年轻士人聚在一起,讲述听说的男女情事,写成故事和歌谣。④ 除了元稹的《莺莺传》和李绅的《莺莺歌》,还有白居易的《长恨歌》和陈鸿的《长恨歌传》,白行简的《李娃传》和元稹的《李娃行》,元稹的《崔

---

① 关于元稹艳诗流行的记载,见《唐国史补》、杜牧《唐故平卢军节度巡官陇西李府君墓志铭》中的描述。李肇:《唐国史补》,丁如明、李宗为、李学颖等校点:《唐五代笔记小说大观》,上海:上海古籍出版社,2000年,第194页;杜牧著,陈允吉点校:《樊川文集》,第137页。
② 《元稹集》(修订本)卷三五、六〇,第467、728页。
③ 《莺莺传》见李昉等编:《太平广记》卷四八八,北京:中华书局,1961年,第4012—4017页。下文引用《莺莺传》时不再出注。
④ 关于中唐士人讲述、写作、传播情爱故事的背景,见〔美〕宇文所安:《柳枝听到了什么,〈燕台〉诗与中唐浪漫文化》,载《他山的石头记——宇文所安自选集》,第142—144页;〔日〕小南一郎:《唐代传奇小说论》"序论",第1—21页。

徽歌》,蒋防的《霍小玉传》,等等。情爱故事在元白文学集团之外的士人群体也相当流行,如贞元十二年的应试举子蔡南史、独孤申叔将义阳公主与驸马反目的事情编成歌曲《义阳子》,贞元十七年孟简作《咏欧阳行周事》,记述刚去世的士人欧阳詹与一位太原妓人的情事。

《莺莺传》和其他中唐情爱故事有一个重要差异,就是叙述者与男主人公之间的关系。在别的故事里面,叙述者与男主人公不相识,即便认识也非友人,因此叙述者可以表达批评的态度,《李娃传》《霍小玉传》《咏欧阳行周事》都是例子。但在《莺莺传》中,叙述者与男主人公是朋友,听张生讲恋爱经历,读莺莺和张生的信札,作诗赞美他们的结合,询问张生决定与莺莺分手的缘由,最后写下他们的故事。这一关系决定了叙述者对男主人公的同情态度。而且,自赵令畤论证张生为元稹自寓开始,一般认为《莺莺传》是元稹假托张生讲自己的恋爱故事。这个说法虽有根据,但这里暂且搁置作者、叙述者与男主人公同是一人的假设,而主要从文本的内在结构来分析,讨论叙述者与故事人物的关系对故事叙述和事件评价产生的制约和影响。

对现代读者来说,《莺莺传》最激发读者兴趣的部分,是张生解释他为什么离开莺莺。张生给出的理由是,莺莺是危险的"尤物",因此他不得不"忍情"离开,以保护自己不受伤害。叙述者也认同这一说法,说自己常常向人讲述这个故事,以"使知者不为,为之者不惑"。然而,故事对莺莺的描写并不支持这一论断。与李娃欺骗、抛弃男主人公不同,莺莺因被弃而痛苦,在给张生的信中表达了对他的思念和担心被弃的绝望。《莺莺传》既写了张生对莺莺可能给他带来灾难的担心,同时也为莺莺提供了表达思想情感的空间——在她眼里,她是被张生诱惑却又被抛弃的受害人。故事为张生、莺莺各自提供了对恋情的不同叙事,争夺读者的同情。多数现代读者同情莺莺,拒绝张生的"尤物"说,认为那是"文过饰非,遂堕恶趣"①,是"最为可厌"的"迂矫议论"②,张生的说辞只是"场面话",是"为了使具体描绘自己的恋爱过程成为可能"③。很多读者不相信张生提供的分手原因,认为另有隐情,于是便从文本外寻找他们分手的原因。在对于分手的"真正"原因的解析中,读者将叙述者与作者等同,将《莺莺传》视为元稹的自叙,有的认为莺莺非高门之女,因此"热衷巧宦"的元稹"舍之而别娶";有的提出莺莺出身崔、郑名族,与非高门的元家联姻可能性小,等等。④ 这些解释也许是当时可能发生的情况,但真相已不可考。我们知道的是,元稹在这个文本中出人意料地呈现了两种互相冲突的声音,而文本的这一内在裂缝,引发了阐释上的难题,更重要的是反映了叙述上的难题。

也有学者从文体、叙述的角度,尝试对这一并置互相矛盾声音的现象做出解释。陈寅恪从文体的角度认为,《莺莺传》收录张生对莺莺的议论是小说之文"宜备众体"的需要;当时年轻士人常用传奇文证明自己的文辞能力,张生评价莺莺的部分可以证明元稹议论的才能⑤。不过这个说法无法解释,为什么元稹要让他的议论与他对故事的叙述相冲突。宇文所安从叙事学的角度提出了两种可能的解释:或者元稹是堪比福楼拜的反讽大师,使用不可靠叙述者,通过男女主人公的矛盾视角展现情爱关系的复杂性;或者元稹的写作出现盲点,没有意识到他对莺莺的描写提供了莺莺的视角,足以与张生的说法相抗衡。⑥ 宇文所安的"不可靠叙述者"的说法很有道理,《莺莺传》的叙述的确不是有确定视点的叙述。不过这一"不可靠",并非元稹

---

① 鲁迅:《中国小说史略》,杭州:浙江文艺出版社,2000年,第59页。
② 陈寅恪:《元白诗笺证稿》,第116页。
③ 〔日〕小南一郎:《唐代传奇小说论》,第93页。
④ 陈寅恪:《元白诗笺证稿》,第112页;谢思炜:《崔郑家族婚姻与〈莺莺传〉睽离结局》,《文艺研究》2010年第2期。
⑤ 陈寅恪:《元白诗笺证稿》,第116页。
⑥ 〔美〕宇文所安:《〈莺莺传〉:抵牾的诠释》,《中国"中世纪"的终结:中唐文学文化论集》,第149—150页。

有意识要充当"反讽大师",更可能是源于他处理生活经验内在矛盾的需求。

我认为,故事中出现两种说法的冲突,源于元稹以成长叙事表现恋爱经验所包含的内在矛盾:他既要赞美情爱,又要为男主人公抛弃恋人与恋情辩护。同样的矛盾也出现在《梦游春》中。《梦游春》和《莺莺传》都采用了成长叙事和悔悟主题,描述男主人公年轻时对浪漫情爱着迷,然后醒悟转变,弃恋人而结婚成家。不同之处是,诗在一定程度上调和、掩盖了这一矛盾,而故事的讲述却难以做到这一点:这与文类特征有关。在《梦游春》中,情爱和婚姻表现为前后相继的生命阶段:作为单纯的年轻人陶醉于情爱,作为成熟的成年人,他放弃情爱以进入责任和秩序的世界。至于分手原因和被弃恋人的情况则被略去。诗中对女子的容貌形态虽然也有大篇幅描写,但她基本上是一个"凝视对象","没有声音,没有欲望,只是作为一个记忆中美人的素描而存在于诗中"①。诗,即使是带有情节因素的诗,其叙事也可以做模糊化处理。分手被表现为男主人公从梦中醒来,恋人也就随着梦的结束而消失,因此无须讨论分手的是非曲直,也无须加入被弃女子视角这个棘手的问题。虽然读者也会发现《梦游春》存在的内在矛盾,但从诗的叙述、结构上说,男主人公从风流恋人到丈夫这一角色转变被处理得流畅光滑。

《莺莺传》作为传奇故事,则很难做到这一点。与诗倾向于使用单一视角叙事、抒情不同,故事注重人物性格与情节发展之间的关系。事实上,以情爱为主题的中唐故事也更多表现恋人之间的对话、冲突,更多容纳女性的视角。在《莺莺传》中,对女子的抛弃没有办法"诗意"地表现为梦醒,这就导致为负心汉张生的辩护成为难题。情爱故事通常谴责抛弃恋人的一方负心,但元稹需要把张生的行动描

---

① Anna M. Shields, "Defining Experience: The 'Poems of Seductive Allure' (*Yanshi*) of the Mid-Tang Poet Yuan Zhen (779-831)," 75.

写成明智的选择,为此他使用了多种修辞手法。

最重要的手法就是将莺莺说成是"尤物"。在红颜祸水的话语传统中,尤物使男性的事业和生命受到威胁,离开就理所当然。张生对此的阐述是:

> 大凡天之所命尤物也,不妖其身,必妖于人。使崔氏子遇合富贵,乘宠娇,不为云,不为雨,为蛟为螭,吾不知其所变化矣……予之德不足以胜妖孽,是用忍情。

张生将莺莺称为"尤物",现代读者会觉得匪夷所思,认为那只是张生变心的借口。但是,即便是个借口,张生决定使用它,而叙述者也为这一决定辩护,说明在元稹的那个时代,这样的论述也有它成立的理由。这个说法之所以能被接受,需要放在中唐士人对情爱的迷恋与焦虑的社会背景中去理解。当时,婚姻外的男女关系成为一些士人群体关注的对象。当年轻士人从全国各地到长安参加科举考试,接触到发达的伎乐文化,与妓和其他身份低于士人阶层的女子交往便成为他们生活的一部分。一方面,他们通过讲述、写作以情欲和爱恋为主题的诗歌和故事塑造风流才子的自我形象,传播自己的文学声誉;另一方面,对情欲的迷恋可能引起的"失序",与道德观念、理性自我之间可能发生的冲突又感到焦虑。迷恋与焦虑的交织,是推动中唐情爱故事产生的情感心理因素,诸多故事正是针对这一问题的困扰做的回应。元稹写《莺莺传》前不久,《李娃传》和孟简的《咏欧阳行周事》在长安流传,讲的就是士人因沉浸情爱而葬送前程和性命的故事,它们都告诫人们在恰当的时候要斩断情丝。如学者指出的,对激情的破坏力的不安,中唐士人常用"尤物"的话语来表达。[1]
"尤物"一词可以追溯到《左传》,叔向的母亲说,历来君主娶美貌的

---

[1] "尤物"概念的渊源,以及元白文学集团对"尤物"概念的使用,见 Glen Dudbridge, *The Tale of Li Wa: Study and Critical Edition of a Chinese Story from the Ninth Century* (London: Ithaca Press, 1983), 68-71;〔日〕小南一郎:《唐代传奇小说论》,第76—83页。

妻子往往招致亡国,因为"夫有尤物,足以移人。苟非德义,则必有祸"①。尤物叙事在九世纪初有了新用法,除了君主,也用来表现对士人的危害,如孟简写欧阳詹被"洞房纤腰"所"蛊惑"②,《李娃传》写郑生见到"妖姿要妙,绝代未有"的李娃后抛弃了事业和家庭③。作为对这种焦虑的反应,出现了在情爱使人偏离正轨前及时割舍的观点,这被视为解决激情导致失序的有效办法。孟简告诫年轻男子不要像欧阳詹那样因沉迷丽色丢掉性命,而应该在恰当的时候斩断情丝,"以时割断"④;元稹也在《梦游春》中庆幸自己及时从情爱中醒悟,"良时事婚娶"。两位作者都使用了"时"字,主张虽然男女之情是美好和值得拥有的经验,但不要因此迷失自己,关键是在个人感情和社会秩序发生冲突时,要当机立断结束情爱关系。在这样的话语框架中,张生离开莺莺就不是负心薄情,而是不为情迷失自己,因此能取得士人的谅解。

　　《莺莺传》对情事的描述,有些部分是支持莺莺是"尤物"的说法的。叙述者对莺莺的描写,可以使她被诠释为一个"尤物"⑤。故事中的莺莺既迷人,又让人难以琢磨,张生好几次为莺莺所"惑"。在崔氏家宴第一次见到莺莺,她颜色艳异,却不理张生,张"自是惑之"。张生追求莺莺时,莺莺先斥责张生非礼,然后又在他完全绝望后突然在一个夜晚出现在他的房间,使他惊讶不已,自疑为梦。最后,虽然张生多次请求,莺莺却不肯向他展示她的文笔和琴艺,张"愈惑之"。对采取张生视角的读者来说,莺莺的任性、她对张生态度的突然转变、对张生有所保留,都可以是"尤物"变化无常的证明。

---

① 《左传》昭公二十八年;杨伯峻编著:《春秋左传注》(修订本),北京:中华书局,1990年,第1493页。
② 《太平广记》卷二七四,第2161页。
③ 《太平广记》卷四八四,第3985页。
④ 《太平广记》卷二七四,第2162页。
⑤ 〔美〕宇文所安:《〈莺莺传〉:抵牾的诠释》,《中国"中世纪"的终结:中唐文学文化论集》,第134—139页。

叙述者为张生辩护的另一种修辞方式，是避免把他写成违背誓言的人，中唐的情爱故事当事人在离别时通常有做出保证、立下誓言的描述，如欧阳詹答应太原妓过一段时间就派人来接她去长安，李益答应霍小玉数月后"寻使奉迎"，《韦皋》里的男主人公也应承玉箫五到七年内重聚。如果没有兑现承诺，通常会受到责难，李益和韦皋就因为没有履行对恋人的承诺而被称为薄情。假如张生对莺莺做出承诺，然后违背，他也会被冠以薄情人的称号。但《莺莺传》没有承诺的情节。实际上，《莺莺传》中的离别场景因为不平衡而显得有些怪异：一方面，莺莺有所有浪漫女主角在离别时刻应有的"规定动作"，用语言表达与张生长相厮守的希望、用琴声传达离别的痛苦，可是张生一直沉默，只是"愁叹于崔氏之侧"。沉默可以从恋爱心理的角度解释：准备结束感情关系的一方明白自己的决定不可扭转，也知道自己无论说什么也难以缓解对方的痛苦。但沉默也可以从叙事的角度来理解：既然违背承诺会遭到谴责，沉默就是最佳的选择。同样，故事中也回避披露张生给莺莺的信的具体内容。读者只是从莺莺信中的"捧览来问，抚爱过深"，可以推测张生在给莺莺的信中表达了他的感情。甚至也可能有山盟海誓般的承诺，而这些都被略去不写，这就省去了处理后来违背誓言的道德问题。

《莺莺传》的叙述虽然有为张生开脱的尝试，但是又为莺莺提供了自辩的空间：这显示了文本的复杂性。在莺莺的声音面前，为张生开脱显得缺乏说服力。虽然张生说离开莺莺是为了躲避诱惑的自我保护行为，莺莺却说张生是诱惑者，自己是受害人。二人分别的那天晚上，莺莺对张生说了这番话：

> 始乱之，终弃之，固其宜矣。愚不敢恨。必也君乱之，君终之，君之惠也。则殁身之誓，其有终矣。又何必深感于此行？

莺莺提出两个道德观念供张生选择。一个是婚前与男子发生性关系的女性失去被明媒正娶的资格。按照这个标准,张生不娶莺莺是符合社会规范的行为("宜")。另一个是为人的准则。莺莺说,当初是张生诱惑了她,违背社会规范与她发生性关系("乱"),如果为人宽厚仁善,他应该用结婚的方式把他们的关系合法化。莺莺提到"殁身之誓",是提醒张生曾经做出的承诺,敦促他履行诺言,对自己有始有终。同样的意思,莺莺在给张生的信中再次强调。她把他们的关系描述为"君子有援琴之挑,鄙人无投梭之拒",说自己"既见君子,而不能定情。致有自献之羞,不复明侍巾帻",是把张生放在诱惑者的位置;并又一次让他做出选择:

> 倘仁人用心,俯遂幽眇,虽死之日,犹生之年。如或达士略情,舍小从大,以先配为丑行,以要盟为可欺。则当骨化形销,丹诚不泯,因风委露,犹托清尘。存没之诚,言尽于此。

虽然可供选择的"仁人"和"达士"都是符合社会道德的形象,但莺莺的表述具有明显的褒贬取向。"达士"认为未行礼而先有私情是"丑行",认为儿女情是人生中次要的事情,违背对恋人的承诺也没什么关系。但如莺莺强调的,是张生诱惑她发生私情。在这种情况下,如果张生又以与男子发生性关系的女性失去明媒正娶资格为由抛弃她,是德行有亏。莺莺暗示张生做一个有宽厚的爱和同情心的"仁人",自己也会感激一生。

莺莺的声音在故事中分量很重。因为她付出深情,却得不到回报,使读者对她产生同情。她在信中表达的对张生的思念尤为感人:"自去秋已来,常忽忽如有所失。于喧哗之下,或勉为语笑,闲宵自处,无不泪零。乃至梦寐之间,亦多感咽,离忧之思,绸缪缱绻,暂若寻常,幽会未终,惊魂已断。"她表明自己会坚守誓言:"终始之盟,则固不忒",以至"骨化形销,丹诚不泯"。和所有的爱情信件一样,莺莺的信要求对方的回应,但故事没有写到有无回复,张生的兴趣点在于把莺莺的信在朋友间展示。因此,莺莺对自己的痛苦的有效表达,加上张生对莺莺的感受表现出的漠然态度,使莺莺的叙事具有一种道德权威。

既然莺莺的信不利于张生的形象和元稹的叙事,为什么张生要把莺莺的信给朋友看?为什么元稹选择把这封信收录在故事里?我想是因为,莺莺的信服务于情爱叙事:张生展示莺莺的信以表现自己风流,元稹收录莺莺的信以塑造张生的风流形象。这个风流形象的核心是张生与莺莺之间非同一般的深情,故事对这一点的表现贯穿始终。在故事开头,张生被朋友嘲笑对女色没兴趣,他辩白说自己是"真好色者",只不过还没遇到使自己不能"忘情"的"物之尤者"。然后他就遇到了莺莺。也就是说,张生和莺莺的关系不是一般的情欲,而是张生对一个出色女子动情的结果。在故事结尾,张生离开莺莺被表现为"忍情",而非"忘情"。二人各自结婚后,张生仍念念不忘,想见莺莺一面,她的拒绝使他痛苦,"怨念之诚,动于颜色"。直至张生得到莺莺的赠诗,一面表示对他仍旧有情("不为旁人羞不起,为郎憔悴却羞郎"),一面用敦促他以旧时情意对待新人("还将旧时意,怜取眼前人")的方式给他重新开始的"许可",这段感情才能结束。

和莺莺的诗一样,莺莺的信也是情爱叙事的重要部分。信用闺情诗传统的弃妇声音,表达离别的痛苦和对恋人的思念;在这个传统中,女人的思念和痛苦是男性作者与读者的观看及欲望对象。① 现代读者可能觉得张生向朋友炫耀莺莺的信很奇怪。余宝琳(Pauline Yu)评论说,虽然张生对莺莺没什么话说,却"忍不住和京城的朋友说

---

① 对闺怨诗的讨论,见梅家玲:《谁在思念谁?——徐淑、鲍令晖女性思妇诗与汉魏六朝"思妇文本"的纠结》,载张宏生、张雁编:《古代女诗人研究》,武汉:湖北教育出版社,2002年,第129—144页。

个不停,轻率地泄露细节,分享莺莺的来信"。① 但对九世纪的年轻士人来说,和朋友谈论浪漫情事,是建立风流才子身份的重要方式。年轻的李商隐就曾经跟朋友讲述他和柳枝的浪漫相遇,后来又在诗序中记述这件事情,只不过李商隐的艳遇不及"乱",不涉及谁抛弃谁的问题,讲起来更安全。

故事收录莺莺的信,还可以让男性读者参与情爱故事。这种参与在九世纪屡见不鲜,很多故事写到一个女人的浪漫表达引起男性士人的回应。《开元天宝遗事》中一则轶事讲一个妓人遣婢女骑马送信给情郎,在信中表达她的激情和对重聚的期盼,这封信在"长安子弟"中广泛流传。②《云溪友议》"三乡略"讲一个年轻寡妇作诗表达对亡夫的思念,引出大量和诗。③《莺莺传》包括两首旁观者为莺莺、张生情事所作的诗,表现士人共享浪漫情感的情形。第一首为元稹所作,以神女赋的传统歌咏二人遇合情事。第二首诗的作者是杨巨源,在故事里是张生的朋友,他在诗中赞美张生是"风流才子"。至于张生弃莺莺一节,他们略去不谈。

在《莺莺传》中,元稹既歌咏情爱,也为变心辩护。为歌咏情爱,他描写常见的情爱场景,如艳遇,结合,离别后的思念,旁观者对情事的赞叹。为了给张生弃莺莺寻找合理的解释,他把莺莺塑造为"尤物",小心排除张生承诺莺莺的证据,使他不会成为违背誓约的负心恋人。但问题是,歌咏情爱与为变心人辩护互相矛盾。莺莺对爱和思念的表达,虽然有助于渲染情爱,却动摇了她被赋予的"尤物"形

---

① Pauline Yu, "The Story of Yingying," in Pauline Yu et al., eds., *Ways with Words: Writing about Reading Texts from Early China* (Berkeley: University of California Press, 2000), 184. 卢建荣则认为,真情告白这种情欲论述的出现和被接受,既说明一个社会珍视感情,也说明情欲的禁忌被打破;卢建荣:《欲望之河——唐代情、义边界的建构和逾越》,熊秉真主编:《欲盖弥彰:中国历史文化中的"私"与"情"——公义篇》,台北:汉学研究中心,2003年,第55页。

② 《唐五代笔记小说大观》,第1733页。

③ 同上注,第1287—1288页。

象。而张生的沉默和不承诺虽然可以让他摆脱违背誓言的名声,却使他成为一个不称职的恋人。元稹努力把张生塑造为令人同情的形象,可莺莺的深情和痛苦似乎更有感染力。结果是,莺莺的声音揭示了张生将莺莺命名为"尤物"的男性中心话语,也动摇、削弱了叙述者为张生辩护的努力。

在中晚唐,创作与传播以情欲和爱恋为主题的诗歌和故事成为一种社会风尚,也是以文学仕进的士人在竞争的大环境中展现文学才华、经营社会关系、建构自我身份的一种方式。① 不过,讲述自己的恋情仍然是讳言的话题。杜牧晚年准备自编文集时焚毁了可能被解读为自己情爱经验的诗篇,李商隐则直接否认自己的风流诗作与生活经验有任何关联。② 因此,元稹用多种文体自述恋情是很特别的现象。这里有情感的因素。显然元稹年轻时的恋爱经验让他难以忘怀,在之后的十年间是让他牵挂的心结,于是他用不同文体、从不同角度反复书写:在短小艳诗里追忆恋人与恋情的美好瞬间,在《莺莺传》中讲了一个跟自己的情事有千丝万缕关系的恋爱故事,在自叙诗《梦游春》中反思这段感情对自己人生的意义。也有性格的原因。前面谈到元稹争强好胜、好冒险,什么事都要为他人所不敢为、证明自己与众不同的个性,也是他书写禁忌题材的重要原因。

自述恋情的困难因文体的不同而有区别,元稹则尝试多种策略来解决这些难题。在自叙诗的写作中,他用限制读者群的办法向朋友展示、向一般读者遮蔽作品中的情感经验,通过创造梦的空间来容纳社会规范和自传传统中没有位置的男女情爱,用悔悟主题强调情感经验对于成长的教谕意义。相对于自叙诗,艳诗与诗人之间的关联不那么紧密,诗中处理的情爱场景、情爱叙事也无须与诗人的经验相

---

① 相关研究,见〔美〕宇文所安:《柳枝听到了什么:〈燕台〉诗与中唐浪漫文化》;王凌靓华:《歌唇一世衔雨看——九世纪诗歌与伎乐文化研究》。
② 相关讨论,见洪越:《读者与作者的"竞争"——论晚唐五代杜牧形象的生成》,《文艺研究》2021年第9期。

关。因此,元稹可以通过在诗中描写具体的、个性化的细节融入个人经验,同时不太担心这些诗被解读为自己的情爱经验表达。用传奇故事自述恋情的最大问题是作者、叙述者、男主人公之间距离过近。作者元稹将自己设置为叙述者,叙述者是男主人公的朋友,而男主人公很可能是作者的自寓。这样,作者、叙述者与男主人公之间或朋友或重合的关系,会影响对情爱事件的看法和叙述。其他中唐情爱故事谴责背弃恋人者,但元稹要为自己或朋友的行为寻找合理性,因此精心选择纳入与排除的内容,叙述的裂缝却由此而生。正是因为元稹作品这个窗口,我们得以看到中唐自述恋情的写作在伦理、文体的规约上遇到的问题,以及作家在处理这些问题时所做的选择。

沈亚之：带有边缘性质的写作

沈亚之约于建中元年(780)出生,卒于大和五年(831)后不久。他年轻时有文名,三次进士落第后于元和十年(815)登第,但之后仕途并不顺利,可以用"一生栖皇羁旅,始于微官而终于谪宦"来形容。① 沈亚之擅长写男女情感,他比较有名的几篇传奇小说,如《异梦录》《秦梦记》《湘中怨解》《冯燕传》,都以此为主题,对他的研究也主要集中在这些作品的版本校勘、内容寓意和艺术特色等方面。② 除了传奇小说,沈亚之也在骚体文、传记文、墓志铭等文体中写妓妾与男女之情,如《为人撰乞巧文》是一篇为妓人七夕乞巧的骚体文,《歌者叶记》叙写崔莒家妓的一生,《卢金兰墓志》悼念自己的亡妾,《表刘薰

---

① 王梦鸥:《沈亚之生平及其小说》,《唐人小说研究二集:陈瀚〈异闻集〉校补考释》,台北:艺文印书馆,1973年,第103页。关于沈亚之的生平,见王梦鸥:《沈亚之生平及其小说》,第97—106页;肖占鹏、李勃洋校注:《沈下贤集校注》附录"沈亚之年谱",天津:南开大学出版社,2003年,第273—318页。

② 下面列出部分具有代表性的论述。李剑国:《唐五代志怪传奇叙录》(增订本),北京:中华书局,2017年,第435—455、473—480、540—542页;〔日〕内山知也著,查屏球编:《隋唐小说研究》第四章第九节"沈亚之与《秦梦记》及其他",益西拉姆等译,上海:复旦大学出版社,2010年;程毅中:《沈亚之及其〈秦梦记〉——唐代小说琐记》,中国唐代文学学会、西北大学中文系主办:《唐代文学论丛》第五辑,西安:陕西人民出版社,1984年,第183—187页;杨胜宽:《也谈沈亚之及其〈秦梦记〉——兼与程毅中先生商榷》,《四川师范学院学报(哲学社会科学版)》1990年第2期;〔美〕倪豪士(William H. Nienhauser):《唐传奇中的创造和故事讲述:沈亚之的传奇作品》,《传记与小说:唐代文学比较论集》,北京:中华书局,2007年。

兰》赞美房叔豹的家妓。

把沈亚之所有写女性及男女情的作品放在一起看,会发现它们具有某种边缘的性质。这里说的边缘包括几层含义。一是地理上的。沈亚之写这些作品的十年前,讲述情爱故事、写艳诗已在长安的年轻士人中间流行,如以白居易、元稹为中心的士人群体创作了《莺莺传》《莺莺歌》《长恨歌传》《长恨歌》《崔徽歌》《李娃行》等。不同于那些作品多作于长安,沈亚之的作品创作于多个地方,既包括洛阳这样的政治文化中心,也包括周边地区如西北的泾州(今甘肃泾川),河南的滑州(今滑县),河北的邯郸等。二是书写对象的地位和身份。沈亚之为地位低微的家妓立传,写艳遇故事以女性为中心,尤其是对她们的个人特质(品德、能力)予以赞扬,表现出作者发掘"小人物"价值的兴趣。三是作者的身份。虽然沈亚之由进士及第登上仕途,属于政治文化精英成员,也有一定的社会关系,但他家境困窘,也没有父祖兄弟担任清贵朝官,处于精英圈中比较边缘的位置。他作品的受众经常是地位比他高、处境比他优越的人,比如上司或救济帮助他的官员和士人。因此,从沈亚之的创作可以探讨这样的问题:一个位置相对边缘的中唐文人书写女性及男女情,与他寻求仕途发展、经营社会关系、积累文化资本有着怎样的关联?

一 擅写"情语"的文学声誉

沈亚之家世不显。他原籍吴兴(今浙江湖州),年轻时曾在长安居住。吴兴沈氏在六朝和唐代是南方望族,到中唐时沈氏家族名位特别显著者有两支。一是沈房一族,因被定为德宗母亲沈皇后的族脉而地位显赫;[①]二是沈既济、沈传师、沈述师父子,都以文学才能和科考成功取得政治精英身份。沈亚之的直系亲属寂寂无闻,父祖已

[①] 刘昫等:《旧唐书》卷五二,北京:中华书局,1975年,第2189页。

不可考。他和沈房一族有交往,称沈房为"从祖",曾介绍自己的前幕府府主、泾原节度使李汇之女嫁给沈房之子,①也曾应邀为西河公主的丈夫郭铦写墓志铭,因为西河公主故去的前夫沈翚是沈房的堂侄,而沈翚与西河公主之子过继给郭铦为其主丧。② 沈亚之和沈既济一族似乎关系不深,现存材料中只有沈亚之的一首献给沈传师的诗,称他为"八叔大人"③。沈亚之的仕途在何种程度上得到沈房、沈既济这两房的帮助,在他的诗文中没有显示。他说自己直到三十岁左右才因为有人勉励而决定参加进士考试,以获取禄位养家,可由于不擅长进士试所推重的律诗,而且文章"不合于礼部"三次落第,④说明他年轻时对仕进科举缺乏了解和准备。沈亚之经济上也不宽裕,经常拜谒官员请求接济,《唐摭言》也有一则轶事谈到他在晚唐五代有客游丐食的名声。⑤ 虽然有这些困难,沈亚之决定参加进士考试后,五年间四次得到地方州府推荐应试,说明他的文才得到承认,并且有强有力的推荐人。

家世资源以外,沈亚之着意结交著名文士,建立文学声誉。王梦鸥认为:"当时,李贺诗名与韩愈文名,倾动公卿间。沈亚之既结意求售,不唯钦迟李诗,且游韩愈之门,而极意模拟其为文。"⑥沈亚之在

---

① 沈亚之:《沈参军故室李氏墓志》,《沈下贤集校注》卷一一,第247页。
② 沈亚之:《唐故银青光禄大夫检校左散骑常侍兼宫苑闲厩使驸马都尉郭公墓志》,《沈下贤集校注》卷一一,第241页。沈翚的祖父沈济与沈房的父亲沈震都是沈易直的儿子、沈皇后的兄弟;见李剑国:《唐五代志怪传奇叙录》(增订本),第436页。
③ 沈亚之:《题海榴树呈八叔大人》,《沈下贤集校注》卷一,第15页。岑仲勉指出此八叔大人为沈传师。岑仲勉:《唐人行第录(外三种)》,上海:中华书局上海编辑所,1962年,第64页。
④ 沈亚之:《与京兆试官书》,《沈下贤集校注》卷八,第148页。沈亚之生年不可考,但他贞元十九年(803)年娶妾,之前应已娶妻,生于建中元年前后。由此推测,他元和五年(810)第一次参加进士考试时可能在三十岁左右。
⑤ 沈亚之在《与薛浙东书》《上寿州李大夫书》《与潞鄘州书》等书信中谈到请求接济。《沈下贤集校注》,卷七,第131页;卷七,第133页;卷八,第143页。王定保:《唐摭言》卷一三,上海:中华书局上海编辑所,1960年,第148页。
⑥ 王梦鸥:《沈亚之生平及其小说》,第99页。

《送韩北渚赴江西序》中自述曾游韩愈门下十余年,在《叙诗送李胶秀才》中盛赞"故友"李贺诗,他下第时李贺、贾岛也都有诗相赠。沈亚之进士及第可能与游韩门有关,他登第那年是崔群知贡举,而崔群和韩愈是交情颇深的同年。不过,沈亚之和韩愈、李贺的私交可能并不深。韩愈、沈亚之都没有记录二人交游的文字;李贺虽然在沈亚之下第时赠诗,但他在诗序中说是"感沈之勤请"而作,从语气看他们的关系并不很近。①

沈亚之在参加进士考试期间就以擅长史笔、写情知名。他写情方面的名声从同时代人的评价中可以看到。一个例子是李贺在《送沈亚之歌并序》中对他的描绘。此诗作于元和七年沈亚之第二次进士落第后,先写他携传世文章从江南到长安赴试,再写他因才华不被赏识而落第,最后鼓励他明年再来应试争取成功。李贺特别称赞沈亚之的文才,将其诗文比作"雄光宝矿",落第比作"掷置黄金解龙马";同时把文才与多情连在一起,在诗的开篇将沈亚之描绘为带有浪漫色彩的江南才子:"吴兴才人怨春风,桃花满陌千里红。紫丝竹断骢马小,家住钱塘东复东。"②桃花、紫丝、骢马、钱塘这些意象在诗歌中常与绚烂奢华、声色行乐联系在一起,被这些意象围绕的"吴兴才人"也染上文笔风流的气息。另一条与写情相关的材料来自沈亚之的转述。元和九年,沈亚之在《为人撰乞巧文》序中谈到写作缘由,说史馆陈学士"妓妇"李容子七夕乞巧,"其夫以为沈下贤工文,又能创窈窕之思,善感物态,因请撰为情语,以导所欲"③。显然,沈亚之文章的某些特征使人觉得他擅为"情语",而且他对此颇感自豪。

---

① 李贺:《送沈亚之歌并序》,李贺著,王琦等评注:《三家评注李长吉歌诗》,上海:上海古籍出版社,1998年,第41页。关于沈亚之与韩愈交游的讨论,见兵界勇:《论沈亚之学韩得失》,明道大学中国文学系主编:《忆记与超越——唐宋散文研究论集》,台北:万卷楼,2013年,第239—292页。
② 《三家评注李长吉歌诗》,第41页。
③ 《沈下贤集校注》卷二,第28页。王梦鸥将此文系年于元和九年,见王梦鸥:《沈亚之生平及其小说》,第100页。

沈亚之擅长写情的名声包括诗、文两个方面。虽然他的现存作品主要是文,但其实他的诗在中晚唐也相当有名。除了前面提到的李贺的称许,在后一辈诗人中,杜牧曾在沈亚之故居作《沈下贤》追思其诗,李商隐有《拟沈下贤》。九世纪下半叶顾陶编《唐诗类选》、张为著《诗人主客图》,也都谈到沈亚之的诗歌声誉。从沈亚之现存的十几首诗作,很难判断他的诗被时人推重的原因,不过,从李商隐的《拟沈下贤》可以约略看到被欣赏的沈诗风格。李诗如下:"千二百轻鸾,春衫瘦着宽。倚风行稍急,含雪语应寒。带火遗金斗,兼珠碎玉盘。河阳看花过,曾不问潘安。"[1]关于这首诗的意旨是警诫还是戏谑,是否暗示沈亚之或者李商隐的恋情,学者意见不一。不过可以确定,诗以艳色、情感为主题。诗人先以黄帝御女一千二百的典故,将众艳色比作体态轻盈的鸾鸟。次写众女子轻歌曼舞,用"倚风""含雪"形容她们天仙般的姿态,用《白雪》的典故形容音乐高雅绝俗。然后写众艳色娇贵任性,遗弃金斗、敲碎玉盘。最后诗人自比潘岳。"河阳"指潘岳为河阳令时,遍种桃李,在李贺、李商隐诗中常代指繁花艳色之风流地。这两句继续写众艳色娇贵任性,虽然诗人如潘岳般美姿容,她们也并不在意。那么,从李商隐的拟沈诗可以看出沈亚之诗什么样的特征?我们先看李商隐的另一首拟作,题为《河清与赵氏昆季宴集得拟杜工部》[2]。诗题描述了创作情境,是友人在宴席上同作拟诗,李商隐分到杜甫诗。如果《拟沈下贤》也在这种情境中写出,说明沈亚之的诗在李商隐的时代也受到推崇,被广泛阅读。从李商隐的拟杜诗看,他模仿的是诗法与风格,学者普遍认为颇得杜诗神韵。[3] 设若他的拟沈诗也得到沈诗神韵,可以推想沈亚之以写艳体著名。只可惜沈诗大多亡佚,其艳体诗的具体样貌也已无从知晓。

---

[1] 李商隐撰,刘学锴、余恕诚著:《李商隐诗歌集解》,北京:中华书局,1998年,第1746—1747页。

[2] 同上注,第1956页。

[3] 同上注,第1957—1958页。

比起诗,沈亚之的文保存较多,其中写女性或男女之情的包括《为人撰乞巧文》《卢金兰墓志》《冯燕传》《异梦录》《表刘蕙兰》《歌者叶记》《湘中怨解》《秦梦记》。这些作品在创作的时间、空间上各自呈现出一些特征。时间上,除了《秦梦录》,其他都在沈亚之进士及第前后的五年间写成。这一时期,沈亚之奔走各地求贡解,或在幕府任职,或寻求任官机会。对他这样以文学进入宦途、事业刚刚起步的士人来说,建立、传播文学声誉至关重要。因此他为文自记年月,常在作品中转述别人对自己文学才能的赞语,而书写流行的遇艳故事、为有影响力的士人撰文赞美他们的家妓,也是传播文名的一种方式。《异梦录》《冯燕传》《湘中怨解》中传写的事情——年轻人梦遇美人赠诗,冯燕在滑州杀掉相好妇人后自首,太学生遇蛟宫女仙——都是当时在某些地域、某些人群中流传的著名故事;《表刘蕙兰》《歌者叶记》则在所表彰家妓的主人的社交圈内传播。即便是相对私密的丧葬文本也有彰显作者文才的功能,如沈亚之在《卢金兰墓志》中用赞美亡妾浪漫个性的方式将自己塑造为深情雅人。前面提到沈亚之参加进士考试前后以写情知名,这个名声是他在这段时间用心经营的结果,并得到同时代人的认同。在空间上,沈亚之的创作比较分散。不像其他中唐情爱故事往往由在长安参加科考的年轻士人于闲谈夜话时写成,沈亚之写的经常是他在各地游历、在幕府任职时听到的故事、遇到的人物。创作地点与场合的多样性使沈亚之写女性及男女情的作品有别于其他中唐作家,下面就用他在三个不同场合、为不同受众写的作品来讨论这一特征。

二 在武人幕府"著录"故事

元和十年,沈亚之进士登第,被刚上任的泾源节度使李汇聘为掌书记,五月离开长安到泾州赴任。五月十八日,李汇宴请宾客,其间宾主闲谈讲故事,沈亚之作《异梦录》记述。这篇作品记录了两个故事:一个是李汇讲自己认识的一个帅家子梦遇美人并得诗的故事,另一个是宾客姚合讲他的友人王炎梦遇西施葬礼、为作挽歌的故事。除了这两个故事本身,沈亚之还详细记录了讲故事活动的经过,包括时间、地点、过程、听者的姓名籍贯,以及他们对故事的反应。这些描述常被用来说明唐人如何讲故事、写传奇。① 这里要强调的是,《异梦录》不只是要记录幕府的文学活动,它还有更重要的写作目的。通过记载李汇幕府名士云集、宾主沉浸于讲故事活动的盛况,沈亚之赞美他的上司,将他描述成一位有文化、因此能吸引有识之士的武将。先看文中对讲故事活动的描述:

> 元和十年,沈亚之以记室从陇西公军泾州。而长安中贤士,皆来客之。五月十八日,陇西公与客期,宴于东池便馆。既坐,陇西公曰:"余少从邢凤游,得记其异,请语之。"客曰:"愿备听。"陇西公曰:"凤帅家子……"是日,监军使与宾府郡佐,及宴客陇西独孤铉、范阳卢简辞、常山张又新、武功苏涤,皆叹息曰:"可记。"故亚之退而著录。明日,客有后至者,渤海高允中、京兆韦谅、晋昌唐炎、广汉李瑀、吴兴姚合,泊亚之,复集于明玉泉,因出所著以示之。于是姚合曰:"吾友王炎者……"炎,本太原人也。②

这个叙述与其他中唐传奇小说有两个共同点。一是说明讲故事人是事件的亲历者或者事件亲历者的亲友,以强调故事真实可信。

---

① 戴伟华:《唐代使府与文学研究》(修订本),桂林:广西师范大学出版社,2007年,第196—197页;郑广薰:《说故事传统和唐代中后期文学变革》,北京大学博士学位论文,2012年,第58—59页;〔日〕小南一郎:《唐代传奇小说论》,第2—4页。
② 沈亚之:《异梦录》,汪辟疆校录:《唐人小说》,上海:上海古籍出版社,1978年,第192—193页;据明翻宋本《沈下贤文集》校录,"于是"以上十八字据《太平广记》补。下文引《异梦录》不再出注。

《异梦录》里面,李汇讲他少年从游帅家子的亲身经历,姚合讲友人的亲身经历。二是描写听故事人的反应,以突出故事的传写价值。价值有时候是故事提供的道德教训,如李公佐《南柯太守传》转述李肇听完故事的议论云"贵极禄位,权倾国都,达人视此,蚁聚何殊"①,指出看破富贵权势之虚无是转述这个故事的理由。也有时候,作者转述听者的肯定作为故事记录的依据。沈既济《任氏传》记载其与金吾将军裴冀、京兆少尹孙成、户部郎中崔需、右拾遗陆淳在旅途中夜话,他们一致认为任氏之事值得记载,"因请既济传之"②。沈亚之也是用听众的反应说明故事的传写价值:李汇讲完故事后,在座者都说"可记",于是他"退而著录"。

不过,不同于很多中唐传奇小说,沈亚之描述的讲故事活动不是在文士圈,而是发生在幕府;主要的讲故事人不是文士,而是武将出身的藩镇节度使。③ 由于场合与讲故事人身份的特点,沈亚之的记述包含了其他故事所不具备的另外两层含义。

第一层含义是,他通过列出听者的姓名说明幕府才士云集,从而赞美李汇贤能得人。作者特别强调听者的身份。开篇就说李汇赴任泾原节度使后,"长安中贤士,皆来客之",然后列出宴席间宾客共九人,其中除了韦谅和李瑀不见于现存文献记载,其他七人都是享有文学声誉的文士。他们中间,有的已进士登第,如高允中、卢简辞、张又新;有的正在应进士试,如姚合、唐炎④。独孤铉和苏涤也是进士出身,但不知此时是否已经登第。⑤ 这些宾客不仅本人以进士科入仕,

---

① 《唐人小说》,第108页。
② 同上注,第58页。
③ 我们熟悉的中唐笔记小说,不管是李公佐、沈既济与友人旅途夜话,还是元稹、李绅在长安讲莺莺事,或者白居易、陈鸿、王质夫在盩厔县讲唐明皇、杨贵妃事,都是文士圈的活动。
④ 姚合元和十一年进士登第。唐炎是元和八年京兆府解送的状元,但进士落第,此时应仍在应进士试。见《唐摭言》卷二"府元落"条,第15页。
⑤ 独孤铉是元和进士;苏涤从后来官至翰林学士看,也很可能是进士出身。

父祖兄弟也如此,属于几代或同代中兄弟几人进士出身、任职清显的文学官僚家族。譬如,卢简辞为范阳卢氏,是唐代最显赫的望族之一。他父亲卢纶是著名文士,而他与卢简能、卢简求、卢弘正兄弟四人都在进士及第后为幕府征辟,然后入朝为清职官,在当时传为美谈。[1] 游李汇幕时,卢简辞已经进士登第并为幕府征聘,应该已有相当的声誉。名单中其他人也属于兄弟或祖孙父子几代以文章学问著名的文官家族。张又新兄弟都是进士,父亲任史馆修撰、工部侍郎,曾祖是武后时文名极高的张鷟;苏涤父苏冕、叔父苏弁分别以儒学、文学知名,兄苏特、堂兄苏景胤都是进士[2];高允中兄弟皆为进士,都官至尚书;姚合是姚崇的曾侄孙,而姚氏也是人才辈出的唐朝望族[3]。沈亚之列出的宾客都是有文名的士人,即便是还没有进士登第的,由于其文官家族的背景,在当时人眼中也是具有才名声望的政治文化精英。也有在座者不在名单上。沈亚之提到"监军使"和"宾府郡佐"也参加了宴集,却没有提到姓名,应该是因为监军使是宦官,而其他幕府僚佐并非知名文士,不值得记录。

　　沈亚之叙述名士云集的意义,需要放在中唐藩镇体制、用人制度和文职幕僚的仕途路径这个语境中加以理解。军事藩镇虽然在唐初就有,但朝廷在全国范围内广泛设置藩镇是在安史之乱以后,目的是平息叛乱、安定局势。在中晚唐,担任幕僚逐渐与中央、地方重要文官的任命紧密结合,"进士及第后辟从藩府,入朝为清官,这在宪宗特别是文宗以后,成为士大夫迅速升迁、致位显要的主要方式"[4]。在用人上,藩镇节度使自行聘任幕僚。被聘任者需要一定的名望、才学和

---

[1] 《旧唐书》卷一六三《卢简辞传》。《卓异记》"兄弟四人皆任掌记"条记载卢氏兄弟四人进士及第后皆因有文学声誉被聘为掌书记的荣耀经历。李翱:《卓异记》(明正德嘉靖间顾氏文房小说本),7a—7b。

[2] 王谠撰,周勋初校正:《唐语林校证》卷二,北京:中华书局,1987年,第147页。

[3] 传世文献记载姚合是姚崇的曾孙或玄孙,吴企明根据墓志指出实为曾侄孙;吴企明:《〈全唐诗〉姚合传订补》,《杭州大学学报(哲学社会科学版)》1979年第4期。

[4] 吴宗国:《唐代科举制度研究》,北京:北京大学出版社,2010年,第237页。

人脉关系;同时,名望不佳的幕府也无法吸引到条件好的士人。因此,节度使和幕僚的声誉密切相关。对文士来说,被幕府争相聘用,可以证明他的文学才华与声誉;对节度使来说,聘到有才学名望的文士则说明他贤能得才。中唐文士经常以能否吸引才士作为衡量节度使好坏的重要指标。① 比如文士符载就盛赞西川节度使韦皋"虚中下体,爱敬士大夫,故四方文行忠信豪迈倜傥之士,奔走接武,麇至幕下"②;而当荆南节度使赵宗儒征辟符载时,柳宗元对他称许不已,祝贺他得到"奇宝"③。反之,节度使所用非人会遭到批评,沈亚之就在一篇文章中说某藩府诸侯聘任阿谀奉承者为幕僚,为天下笑。④《异梦录》记载的文士虽然不是幕僚,但他们游李汇幕说明李汇具有一定的名望。像沈亚之这样通过记录客游幕府的名士来赞美地方官的做法早有先例。建中年间,李翰《河中鹳鹊楼集序》记述河南尹赵惠伯与众宾客登楼作诗唱和,就列出了宾客名单,说"上客有前美原尉宇文邈、前栎阳郡郑鲲,文行光达,名重当时;吴兴姚係,长乐冯曾,清河崔邠,鸿笔佳什,声闻远方",称颂幕府中人才济济。⑤《异梦录》之外,沈亚之也在墓志铭中采用这种手法。在为郭铦写的墓志铭中,沈亚之赞美郭铦的父亲郭暧(即郭子仪之子、升平公主之夫),就说他因为贤能,"长安中名人文士,自李端、司空曙之徒,咸游其门,赋诗席酒更日"⑥。

---

① 这方面的例子,见石云涛:《唐代幕府制度研究》,北京:中国社会科学出版社,2003年,第325—328页。
② 符载:《剑南西川幕府诸公写真赞并序》,《全唐文》(影印本)卷六九〇,北京:中华书局,1983年,第7079页。
③ 柳宗元:《贺赵江陵宗儒辟符载启》,《柳宗元集》卷三五,北京:中华书局,1979年,第900页。
④ 沈亚之:《送韩北渚赴江西序》,《沈下贤集校注》卷九,第170页。
⑤ 李昉等编:《文苑英华》卷七一〇,北京:中华书局,1966年,第3665页。关于使府中诗歌唱和的例子和讨论,见戴伟华:《唐代使府文学研究》(修订本)第五章"文人入幕和诗歌创作"第一节"使府文人的诗歌风尚"。
⑥ 沈亚之:《唐故银青光禄大夫检校左散骑常侍兼宫苑闲厩使驸马都尉郭公墓志》,《沈下贤集校注》卷一一,第241页。

沈亚之记载讲故事活动的第二层特殊含义是,通过描写知名文士被李汇的故事吸引,赞美这位武将节度使的文学修养和趣味。在他笔下,李汇不仅是文学活动的召集人,也是参与者。讲故事虽然不同于创作诗文,却也体现讲述者的才情。文中的两个故事讲述者中,李汇是武将,姚合是文士,但他们所讲故事的主题和结构却相当一致。李汇讲一个叫邢凤的帅家子在长安租住豪门宅邸,梦见一位古装美人执卷吟诗。她说自己以前就住在这里,并给邢凤看她的诗。邢凤抄下一首描写少女跳舞的《春阳曲》,美人还向他展示了一个诗中写到的舞蹈动作,之后离去。邢凤醒来后在襟袖间发现了自己抄的那首诗。姚合讲友人王炎梦游吴,遇见西施下葬,吴王让词客作挽歌,王炎应命献诗一首,醒来后记得梦中的事和诗。

两个故事都包括梦、遇艳、诗歌这三个要素。男主人公都在梦中遇艳:一个遇到美人,一个遇到美人的葬礼。他们都从艳遇得到一首诗:一个是美人赠诗,一个是为美人作诗。不同之处是男主人公的身份:邢凤是武将后代,王炎是望族(太原王)文士。这个区别引出他们与诗歌的不同关系:邢凤是诗的接受传抄者,王炎则是作者。梦、艳遇、诗歌都体现出中唐文学趣味,是笔记小说中反复出现的主题。李汇讲的故事表现出武人与文士在经验、趣味上的一致性,说明李汇对长安精英文化的认同。作为刚赴任的节度使,面对从长安去他幕中做客的政治文化精英,李汇讲了一个符合他们趣味的故事。文士的热烈反应,包括在座者听完故事后都主张记录下来,以及姚合受到这个故事的启发又讲了一个类似的故事,都说明他们肯定李汇故事的感染力和传写价值。沈亚之详细记录整个活动的过程,正是在称许李汇的文学趣味。

中晚唐幕府中的闲话风气很盛,也因此产生了记载藩府闲谈的著作,但与沈亚之的记述不同的是,那些作品中积极参与文学活动的节度使经常是文官。李汇则不同。他家本是契丹武将,父亲李光弼在平定安史之乱时立下战功。他本人也是武人履历,先在河北、河南等地军事将领麾下服务,然后迁为都将、刺史、节度使等职。① 戴伟华指出,幕府中宾主、幕僚集体唱和的文学活动从大历开始,主要盛于南方,这跟文人经常游历南方并在南方做官有关。② 李汇的例子说明某些北方武将群体也认同文的价值和言情趣味,于是武将后代梦到美人赠诗的故事会在武人圈子里成为美谈。先在贞元年间由邢凤讲给当时还很年轻的李汇,再于元和年间由李汇讲给他的宾客。这个故事认同的是长安的文化。邢凤梦美人时寓居长安平康里南,而平康里正是长安妓人居住的地方;李汇讲邢凤事虽然在泾州,听众却是"长安中贤士"。长安文化趣味向地方的传播与中央文官力量渗透到地方藩府是同步的。据卓遵宏统计,任藩镇节度使中进士出身的比例在中唐有明显提高,肃宗至德宗时期占7.35%,顺宗至武宗时期则占到30.41%。③ 这种权力结构的改变也意味着以文为中心的价值取向从中央渗透到地方。虽然大部分以文官充任藩镇节度使的情况发生在南方,文武权力结构的改变也主要在南方,但李汇的例子说明,即便是在武人掌权的西北藩镇,"文"的价值也有重要的地位。以李汇的武人家世和履历,他却认同长安的精英文化趣味,并得到长安文士的认同,说明元和时期北方武人中价值取向发生的变化。

对沈亚之来说,《异梦录》是具有政治意义的文学书写。在李汇幕府担任掌书记对沈亚之意义重大。前面说过,进士及第后任职幕府是中晚唐士人理想政治生涯的开始。幕职一般从巡官、推官做起,接着才是掌书记,但有文辞才华者也可能一释褐就出任掌书记,沈亚之就是这样,这预示着他美好仕途的开始。此前,沈亚之客游藩府寻求资助时,每到一地都撰文歌咏当地诸侯,或应节度使之请作诗文纪

---

① 沈亚之:《泾原节度使李常侍墓志》,《沈下贤集校注》卷一一,第236—237页。
② 戴伟华:《唐代使府与文学研究》(修订本),第130页。
③ 转引自石云涛:《唐代幕府制度研究》,第354页。

念某事，或记录当地著名人事以期流传史册。除了获取经济资助，这些活动也帮助他建立人脉关系和文学声誉。以《异梦录》传写幕府文学活动也具有同样的政治、文学双重意义。

三 为家妓立传

然而，沈亚之的掌书记只做了两个月。元和十年七月，李汇去世，沈亚之离开了泾州。那年冬天，他到洛阳住在南卓的朋友房叔豹家。南卓比沈亚之年轻十岁左右，此时在长安参加进士考试。① 他和沈亚之很可能是在李汇幕府认识的，李汇的墓志铭就由沈亚之撰，南卓书②。在房叔豹家，沈亚之写了《表刘薰兰》表彰房叔豹的家妓，南卓读到后作《题刘薰兰表后》。这两篇短文虽然写的是同一名家妓，却一个写德，一个写色，形成有趣的对比。

其实，德与色是唐人书写家妓的两个类型，而选择哪个类型常与文体有关。在社交场合写的诗经常夸赞家妓的色艺，以巫山神女、洛神形容她的美貌，称赞她的歌舞感动观众。诗人有时直接赞美家妓主人的风流艳福，有时通过表达自己对艳妓的欲望来渲染她的魅力。中晚唐也出现很多悼念亡妓的诗作，经常是亡妓主人先作诗悼念，然后友人唱和。关系较远的诗人一般赞美亡妓的色艺，叹息尤物早逝；关系近的友人可能描写主人对家妓的深情。不过，咏家妓的诗经常不包括家妓的名字。诗人用来称呼她们的是她的社会身份（"妓""姬"），或者她擅长的技艺（"柘枝妓""笙妓""筝妓"），或者她的家乡（"鄂姬""秦姝"），或者她主人的名字和官职（"崔七妓人""卢侍

---

① 南卓的年龄是根据他给姐姐写的墓志推算的。元和六年南卓姐姐去世时二十二岁，估计此时南卓二十岁左右。南卓：《唐故颍川陈君（商）夫人鲁郡南氏墓志铭并序》，吴钢主编：《全唐文补遗》第一辑，西安：三秦出版社，1994 年，第 261 页。
② 陈思：《宝刻丛编》（清光绪归安陆氏刻《十万卷楼丛书》本）卷一〇《唐赠工部尚书李汇志》引《京兆金石录》云"唐沈亚之撰，南卓书，贞元十八年立在华原"，第 21 页。

御小妓")①。这说明诗人咏家妓的重点是经营与其主人的社会关系,因此家妓的名字并不重要。作为纪念表彰亡者的文体,墓志包含更多家妓本人的信息,也更强调德的方面。② 唐人为家妓或妓人出身的妾所作的墓志数量不多,大多数出现在中晚唐。有的描述她德色兼备,有的称许她虽然由色艺成为家妓,但进门后有妇德女功,生儿育女,鸣谦自收。从"色"到"德"的转变标志着她社会角色、身份地位的改变。

沈亚之写刘薰兰所用的文体是短小的传记文,《表刘薰兰》的"表"字是表彰的意思。这篇短文称赞刘薰兰为"贤女",先介绍她的生平,然后用一件事说明她的德行,最后交代撰文意图。全文如下:

> 刘薰兰者,洛阳中女子也,字嫣苏,故居家时名郑儿。元和九年,年十六,房叔豹来求弹弦者,其母以郑儿入焉。后以善笑得大悦。因更名薰兰。叔豹为人喜酒多废,薰兰勉之曰:"某以孙稚蒙君曲误之爱,使得奉巾馔,诚不足以正非是。然而君之齿方壮,且又足给,幸疴恙无有,乃终日碌碌自堕,如即至力,旦暮将何以拔之?若终不更,则亲戚友朋,视君若某,皆貊之乎?"于是房叔豹蹶然自咎。遂取古籍诗书并学之。是岁,余罢陇西军,来舍房氏,始闻其语。因嘉之。遂为著篇以继劝。且古语有云:"女为悦己者容",亦见其志也。知薰兰之能引媚其志,归于至理,岂不知贤女之为容?③

虽然刘薰兰的身份是以色艺事人的家妓,沈亚之却始终没有用妓称呼她。篇首对她的第一个称谓是"洛阳中女子",然后是她的字"嫣

---

① 当然也有例外,如樊素、小蛮、关盼盼都是唐诗中写到的家妓。
② 对唐朝妓人或妓人出身之妾的墓志铭的研究,见姚平:《唐代妇女的生命历程》,上海:上海古籍出版社,2004年,第199—226页,第202页有唐代妓人墓志列表。
③ 《沈下贤集校注》卷一一,第251—252页。

苏"和她在娘家使用的小名"郑儿"。给出她的三个名字,并提到她的家和母亲,是要强调刘薰兰是良家女出身。虽然文中提到刘薰兰以弹弦者身份入房家,是一位得到房叔豹喜爱的家妓,却没有特别关注她的色艺。介绍生平后,沈亚之用刘薰兰劝房叔豹不要饮酒度日、碌碌无为的一段话说明她的贤德。女子劝谏夫主,最著名的先例是班婕妤。当汉成帝提出要与她同辇游后庭,班婕妤不同意,说古画上的圣贤君主身边是名臣,末世君主身边才是宠妃,如果同辇就和亡国之君近似了。班婕妤辞辇的故事从东汉到唐代流传很广:先由《汉书》记载,然后在魏晋六朝由张华写进《女史箴》,顾恺之画入《女史箴图》,北魏司马金龙墓中的漆画屏风描绘的班婕妤辞辇说明这个故事在北朝流行[1],唐代诗人也常用"辞辇"的典故。沈亚之讲述的刘薰兰劝谏和《汉书·外戚传》记载的班婕妤事有不少相似之处。两位女子对夫主的劝告都与她们的个人利益相悖,说明她们把夫主的前途看得比自己的得失更重要。对班婕妤来说,虽然君主的宠爱可以给她带来地位和财富,她却为使汉成帝成为贤明君主而劝他不要过度宠爱自己。同样,刘薰兰作为侍宴的家妓,应该希望主人爱好宴会歌舞,可她却为了房叔豹的前程劝他不要沉迷酒席。班婕妤和刘薰兰都使用社会认同的道德规范作为自己劝谏的依据,前者用经典("古图画")提供的经验教训[2],后者用家庭和社会("亲戚友朋")对士人的期许。两个叙述也都强调劝谏的积极结果:汉成帝同意班婕妤,于是没有同辇;房叔豹则豁然醒悟,开始学习古籍诗书。这些相似点说明,沈亚之用《汉书》写班婕妤的手法,也是史传写贤女的手法,将刘薰兰描述为妇德的典范。他在文章结尾指出,刘薰兰是以色艺为手段使夫主认识到"志"和"理"的"贤女",因此特别值得表彰。

《表刘薰兰》这个文本特别有趣的一点,是南卓在《题刘薰兰表

---

[1] 扬之水:《北魏司马金龙墓出土屏风发微》,《中国典籍与文化》2005年第3期。
[2] 班固:《汉书》卷九七下《外戚传》,北京:中华书局,1962年,第3983页。

后》中记述了他阅读沈亚之作品的经过,并透露出他对刘薰兰、房叔豹关系的不同看法,与沈亚之的叙述形成鲜明对比。南卓文如下:

> 余所善房叔豹。豹好色,得刘薰兰,最为嬖,后即不复顾他色。始余与房宴言,薰必预,故余得周视薰所。举凡为言,虽尚才功柔戏以乐左右,而往往甚正。余独恨对薰兰凝视之移晷刻,将有嘲述,卒不能云云。顾余才不足当语薰耳。十年冬,余友沈亚之抵豹居,下贤诚才,尤精为太史公言;一见其书,果能备薰善。时余贡于京师,豹与张孝标善,喜言文并挑笑事,因录沈述来。余知薰之色,而待沈之才,才色两相宜耶!故复叙之以系于沈左。①

南卓说房叔豹和刘薰兰的关系建立在"色"的基础上:房叔豹"好色",宠爱刘薰兰后便"不复顾他色"。沈亚之虽然也提到刘薰兰得到房叔豹的喜爱,但把原因描述为"以善笑得大悦",淡化了他们之间的情色关系。对刘薰兰"德"的一面,南卓也有观察,说她言语"往往甚正",但与沈亚之的表彰态度不同,南卓的态度是嘲谑。两位作者都注意到刘薰兰的劝谏行为与家妓身份不相称,不过评价有异。沈亚之通过刘薰兰的话指出这一点,说以"奉巾馔"的身份,本不该"正非是"。对沈亚之来说,正是这种与地位身份不相称的举止使刘薰兰超越了她的社会身份(家妓)而获得道德身份("贤女")。南卓也写到刘薰兰的行为与身份之间的矛盾,说她在宴席上用才艺娱乐宾客,却出语严肃庄重。在南卓眼中,刘薰兰身为家妓,言谈却很正经,是件好笑的事。根据一般的观点,女性的言行应该戏谑还是严正,说到底取决于她的身份。持家的妻妾应该遵守妇德、举止严正;侍奉酒宴、

---

① 《沈下贤集校注》卷一一,第252—253页。

娱乐宾客的妓人则应该谈笑戏谑①,使宾主尽欢。关于刘薰兰对房叔豹的影响,两位作者也有不同的看法。沈亚之说房叔豹被刘薰兰的劝谏点醒,从饮酒度日转变为读书上进。南卓却说,房叔豹和张孝标因为喜"挑笑事",所以抄录《表刘薰兰》给南卓看,这说明房叔豹把沈亚之撰文表彰刘薰兰看成一件好玩的事,并没有严肃对待刘薰兰的进言,大概也没有被刘薰兰改变。

怎么解释沈亚之、南卓对刘薰兰的不同叙述和评价呢？造成不同的原因,一个是两位作者的处境、他们与书写对象及作品受众的关系不一样。此时,沈亚之刚失去掌书记的职位,经南卓介绍客舍于房叔豹家。房叔豹家在洛阳,很可能是南北朝后期在洛阳成为望族的河南房氏子弟。河南房氏在唐代连续任官,又因为在玄宗、肃宗两朝任宰相的房琯而名声大振,被称为"太尉家"。② 房氏子弟与韩愈交往密切,房叔豹的朋友南卓、张孝标也是当时的年轻政治文化精英。③ 对沈亚之来说,撰文表彰房叔豹的宠妓可以在一定程度上报答他对自己的帮助,而他与房叔豹并不熟识的关系使他对刘薰兰的描述倾向于德的方面。相较而言,南卓与房叔豹的亲近关系,使他对刘薰兰的嘲谑写法成为可能。南卓是房叔豹的朋友,经常在他家饮酒。作为友人,南卓可以调笑房叔豹"好色",嘲谑刘薰兰在酒席上太正经。

另一个原因涉及作者的文学观念。沈亚之以史家自居,自诩效仿

---

① 《北里志》对妓女的最高评价包括"善谈谑""巧谈谐";孙棨:《北里志》,《唐五代笔记小说大观》,第 1405、1406 页。

② 韩愈:《唐故兴元少尹房君墓志铭》,刘真伦、岳珍校注:《韩愈文集汇校笺注》卷一五,北京:中华书局,2010 年,第 1617 页。关于河南房氏在唐代的任官情况,参见欧阳修、宋祁:《新唐书》卷七一下《宰相世系表》,北京:中华书局,1975 年,第 2399—2403 页;房春艳:《中古房氏家族研究》,陕西师范大学硕士学位论文,2007 年,第 12—23 页。

③ 元和六年,韩愈应房式之请为其兄房武作《唐故兴元少尹房君墓志铭》。七年,韩愈在房式任河南尹时推荐李贺参加并通过房式主持的河南府试,其时韩愈任河南令。韩愈与房式子房次卿也有交游,见《唐故兴元少尹房君墓志铭》。此外,韩愈为房琯孙房启作墓志铭。张孝标不见史载,疑为章孝标,章孝标与南卓年龄相仿,元和十四年进士。

司马迁,撰文以备史听。① 除了记述地方官员的政绩,他注重为"义烈端节"的小人物立传,如《喜子传》表彰不受淫行自杀的女仆,《郭常传》称许不接受巨额报酬的医者,《歌者叶记》赞美歌艺出众、洁身自好的家妓,《冯燕传》称赞为避免冤枉他人而自首领罪的侠士。这些人社会地位低微,但事迹不同寻常。为突出他们的特异品质,沈亚之将其举止与一般的行为方式做对比。比如《郭常传》借郭常之口描述一般商人追逐利益、锱铢必较,然后叙述郭常的不同看法,他认为接受高额报酬会使病人因心情郁结病情加重,所以拒绝做这样的"不仁"之事。② 更多的时候,沈亚之预设读者熟悉一般的行为方式,在这个前提下表彰举止特别的人物。以他记述的两位家妓为例,虽然一般家妓凭借艳色取悦主人,叶却因才华出众、"为人洁峭"而得到尊重③,刘薰兰则恪守妇德、不顾主仆尊卑等级秩序去纠正夫主的错误。

南卓没想为刘薰兰立传。他用一般家妓的标准衡量刘薰兰,并不认为她与家妓不相称的贤德举止能为她赢得尊重,反而觉得滑稽。当然,爱嘲谑也是南卓的性格,晚唐笔记中记述了他这方面的名声。一则轶事说南卓对"性迂僻"的表弟李修古颇为轻视。当李修古被聘为许州从事,南卓寄信相嘲,说自己老而不死,有幸见到他做官,讽刺他得官太迟。④ 嘲笑别人无能的另一面是自负,南卓在晚唐也有这方面的名声。《云溪友议》"南黔南"条描述南卓恃才自傲:他撰写《驳史》三十卷,攻难三国二晋以下之文;才识卓越,朝廷论辩没人能让他折服;即使在贬官时,也以曾在天子身边为近臣自傲,"矫翼翩翩,无

---

① 沈亚之在《冯燕传》《与京兆试官书》《旌故平卢军节士文》《万胜岗新城录》《歌者叶记》等文中都谈到这一点。
② 《沈下贤集校注》卷四,第 80 页。
③ 《沈下贤集校注》卷五,第 85 页。
④ 《太平广记》卷二五一"诙谐"类收录了这条轶事,引自《卢氏杂说》。《玉泉子》也包括这条轶事,二者文字基本相同。见《太平广记》卷二五一,第 1950 页;《唐五代笔记小说大观》,第 1441 页。

所羁束"①。虽然这些轶事中写到的南卓事迹大多发生在他的中晚年阶段,不过里面表现的自负与嘲谑这两个核心特征,在他年轻时写的《题刘薰兰表后》中已经有所体现。南卓说自己的文才不足以写刘薰兰,但联系上下文他其实是说,一见刘薰兰就忍不住要"嘲述",所以写不出不带嘲讽意味的文章。他对沈亚之的赞美也带有嘲谑的口吻:刘薰兰本来是以色事人的家妓,却被沈亚之的史笔文才呈现为"贤女",所以他说刘薰兰的"色"需要等到沈亚之的"才"方能得以彰显,他们是"才色两相宜"。

四 以女性为主角的人神遇合

写《表刘薰兰》《题刘薰兰表后》三年后,沈亚之和南卓又有两篇文字形成互相呼应、互相对话的关系,那就是南卓的《烟中怨解》和沈亚之的《湘中怨解》②,不过这次是南卓文在前,沈亚之在后。沈亚之在《湘中怨解》中叙述了写作缘由。元和十三年,他从朋友那里听到一件"怪媚"之事,于是写下来警诫"沉溺之人"。沈亚之特别提到自己对听到的故事进行了加工,这与他在其他作品中的自我表述不同。在《异梦录》里,他说自己是记录者("退而著录"),但在这里,他说自己是故事的补充者("悉补其词")。强调自己对故事进行润色、补写,说明他希望读者把这篇故事看作是他的文学作品。

沈亚之在《湘中怨解》中提到了两篇相关作品。一篇是韦敖根据这个故事写的乐府诗。关于韦敖,我们只知道他于宝历二年(826)由

---

① 范摅撰,唐雯校笺:《云溪友议校笺》,北京:中华书局,2017年,第141—142页。
② 这两个故事都有不止一个题目,具体讨论见李剑国:《唐五代志怪传奇叙录》(增订本),第432、473页。《湘中怨解》的文本,见《沈下贤集校注》卷二,第21—22页;《烟中怨解》见曾慥编:《类说》(北京图书馆古籍珍本丛刊62)卷二九《丽情集》"烟中仙"条,北京:书目文献出版社,1988年,第482页。下文引用这两篇作品不再出注。

京兆府推荐应进士试①。沈亚之说自己接触到韦敖的乐府,于是写这篇故事"以应其咏"。不过乐府诗不存,两篇作品之间的关联无从知晓。另一篇是南卓的《烟中怨解》。沈亚之说,之所以将自己的作品题名为《湘中怨解》,是为了与南卓的"烟中之志"成为可以并比的姊妹篇("偶倡")。他将诗歌唱和的形式挪用到故事,用自己的故事回应南卓的故事,或与之对话。南卓文不存,《类说》所引是节本,所以很难讨论沈亚之和南卓的作品在语言、风格等方面的异同。不过,即便是比较两个故事的基本情节和人物,仍然可以看到,二者虽然处理同样的主题,却侧重不同,其中体现出的文学趣味和价值观念也有差异。

两篇作品的主题都是人神遇合。这个主题从《楚辞》写巫师求遇神灵、汉赋写帝王梦遇神女开始,作品中的神女形象凭借超自然力量呼风唤雨、变幻无常,她可望不可即,经常使追求她的巫师或帝王感到迷茫。在六朝到唐的文学作品中,包括巫山神女、湘妃、洛神在内的神女经历了一个世俗化、情色化的过程。薛爱华(Edward H. Schafer)认为,早期文学中的神女既美艳迷人,又有超自然力量,这两个因素在六朝和唐代文学中发生了变化,前者逐渐壮大,后者消失殆尽。②一方面,神女形象的塑造以人间女性为模型,如曹植《洛神赋》中的神女与贵族女子几乎没有区别,建安时期诗赋里的神女被描写为诗人的红颜知音③,唐代故事中的神女则热衷与人间男子恋爱。另一方面,神女被用来形容人间女子,如六朝贵族女诗人以巫山神女、洛神描写自己的美貌,唐诗用神女指称妓人。世俗化的另一个表现是神

---

① 韦敖于826年由京兆府推荐应进士试,见《唐摭言》卷二"等第罢举"条,第15页。
② 〔美〕薛爱华:《神女:唐代文学中的龙女与雨女》,程章灿译,北京:生活·读书·新知三联书店,2014年,第55—56页。下面对神女世俗化、情色化的概述得益于薛爱华的研究。
③ Qiulei Hu, "In Search of a Perfect Match: Jian'an (196-220) Writing about Women and the Formation of a Literati Community," *Nan Nü: Men, Women and Gender in China*, 21.2 (2019): 194-223.

女被纳入父系家族：以前她们独来独往，在六朝和唐代则成为父亲的女儿（洛神成为伏羲的女儿），丈夫的妻子（湘妃成为舜的妻子）。在世俗化的同时，神女形象也被情色化。早期文学中的神女虽然艳丽，但反复无常，可望不可即；唐朝文学中的神女则温柔多情、自荐枕席。

神女形象世俗化、情色化的原因，一个可能是神女信仰的衰落。因为唐代官方认可的自然界神祇是男神或者没有性别的神，巫山神女、洛神、湘妃等神女在这个官方宗教体系中没有位置，对她们的信仰也逐渐边缘化了。① 另一个原因则与汉朝以后的社会逐渐以男性为主导有关。薛爱华认为这个社会变化的一个表现是传说中的神女被配给父亲和丈夫，②唐小说中出现的神女与人间男子恋爱的主题可能也是这种社会变化的表现。而且，不只是神女，其他身份尊贵的女性，如女仙、历代名媛、已故妃嫔也来与人间男子恋爱同衾。在对男女情感的描写上，《楚辞》《高唐赋》《神女赋》等早期文学中地位尊贵的神女往往拥有控制权，说明阶级（神人）比性别（男女）更重要。但在唐代故事中，即使女子的社会阶层很高，如神女、女仙、古代帝王的妃嫔，她们也都逢迎爱恋人间男子，说明性别变得比社会阶层更重要了。考虑到讲述、撰写和阅读故事的人主要是凭借文学才华获取政治地位的文士，故事的男主人公也往往是文士，人神遇合书写也是在构筑这个以男性尤其是男性文士为主导的社会秩序。

《烟中怨解》和《湘中怨解》都属于唐代人神遇合故事的范畴。其中，南卓塑造了世俗化、情色化的女仙形象，沈亚之则反其道而行之。《烟中怨解》情节如下：越渔者杨父有一个绝色的女儿，作诗两句后因情思缠绕而没有终篇。有谢生求娶，杨父让他把女儿的诗续完。杨女见到谢生的续诗非常满意，于是嫁给了他。七年后，杨女题诗暗示自己将不久于人间，谢生续诗，杨女逝去。一年后，谢生见到杨女立

---

① 〔美〕薛爱华：《神女：唐代文学中的龙女与雨女》，第 67、68 页。
② 同上注，第 173 页。

于江中,对他说自己本来是仙,之前乃是谪居人间。

与很多唐代人神遇合故事一样,《烟中怨解》包含男女主人公相遇、结合、离别、真相大白的基本结构,以及吟诗、追怀旧情的主题。故事以男性为主导,女仙是配角。六朝著名的谪仙故事,如成公智琼、萼绿华,都是独自谪下人间;这个故事却设置了父亲的角色,女仙与人间男子的结合由父亲促成,以婚姻形式出现,说明女仙被纳入了父系家族的体系,被赋予女儿、妻子的角色。故事用大量篇幅赞美谢生的机智和文才。在他与杨父的对话中,谢生用谚语说服对方自己拥有的年轻("少郎")比其他追求者拥有的政治资本("公卿")更重要;在和女仙的诗歌赠答中,他也表现出深刻的理解力和文学才华。诗歌赠答是唐代情爱故事的重要主题,承担多种功能。有的故事里的诗是男女主人公交流的工具;有的故事写女主人公因为对一首诗着迷而喜欢上它的作者,是要强调文才是衡量男性魅力的重要指标;也有故事把诗当作预示未来的谜语,用诗中透露出的信息向读者暗示主人公的真实身份和思想情感。《烟中怨解》包括两次诗歌创作,都由女仙开始,谢生续完。第二首诗的功能比较简单,是用花在春末凋谢这个自然现象暗示女仙谪居人间的日子即将结束。第一首诗则既起到推动情节的作用,也具有以女仙的未竟诗篇衬托男主人公的诗才与理解力的功能。女仙作诗不能终篇,却需要谢生帮她完成,已经说明谢生在诗艺上技高一筹。不仅如此,谢生的认知力也高于女仙。女仙的前两句诗描写月夜景色、暗示不眠("珠帘半床月,青竹满林风"),谢生则在后两句中指出,诗中的女主人公,即女仙自己,需要一个伴侣欣赏美景、共度良宵("何事今宵景,无人解与同")。女仙读完谢生续诗立刻决定嫁给他的举动,说明她认同谢生对她的解读。但之前她不能自己完成诗句,说明她虽然触景生情,却不能理清思绪,倒是谢生明晰地言说出她自己尚未了然的心意。在确立谢生在语言、认知方面比女仙优越的同时,故事把情感设置为女性特征,文才设置为男性特征,并建立情感低于文才的等级秩序。女仙作诗失败的原因被归结于"无奈情思缠绕,至两句即思迷,不复为继",也就是说,女性的情感给人带来困扰,男性的文才是解除困扰的良方。作品渲染男主人的机智与文才,将女仙塑造为一个弱女子。

与《烟中怨解》相反,《湘中怨解》的主角是女性。故事情节如下:垂拱年间,在洛阳学习的太学生郑生在洛水边看见一位"艳女"在桥下啼哭,于是邀她回家住在一起。这位女子号曰"汜人",能诵《九歌》《招魂》《九辩》,并能作同调辞赋,曾撰《风光词》。几年后,她告诉郑生,自己是湘江蛟宫中的侍女谪到世间,现在需要离开。十余年后,郑生在岳阳楼与人宴饮时思念汜人,吟诗两句,马上有画船出现在江中,船上"神仙蛾眉"奏乐,一个长得像汜人的女子歌舞一曲,之后"风涛崩怒",船也在瞬间消失。

在故事开始,女仙的形象也包含很多世俗化、情色化的因素,比如她被纳入父系家族体系,与兄嫂住在一起,又比如她以弱女子的形象出现在郑生面前,在桥下啼哭,等待男主人公的救助。但是,随着故事的发展,从我们知道她叫汜人开始,女仙的形象就越来越有光彩。故事花大量篇幅称赞她的诗歌才华。虽然郑生是进士科太学生,但文中赞美的是汜人的文才,称她的作品"其词丽绝,世莫有属者",并引录她的两首诗,一首是楚辞体的《风光词》,另一首是她在江中画船上起舞时所唱的歌词。这两首诗都没有推动情节发展的功能,而且《风光词》篇幅又长,在文中的作用就是展现汜人的文学才华。除了文采斐然这个特点,汜人还保留了早期文学中的神女既迷人又难以捉摸的特征,表现在他们分手后再次见面的场景。当郑生吟诵想念汜人的诗句,接下来:

> 声未终,有画舻浮漾而来。中为彩楼,高百尺余,其上施帷帐,栏笼画饰。帷裹,有弹弦鼓吹者。皆神仙蛾眉,被服烟霓,裾袖皆广长。其中一人起舞,含睇凄怨,形类汜人。舞而歌曰:"溯

青山兮江之隅,拖湘波兮褭绿裾。荷卷卷兮未舒,匪同归兮将焉如!"舞毕敛袖,翔然凝望。楼中纵观方怡,须臾,风涛崩怒,遂迷所往。

这里,氾人与其他神仙一起,忽然出现,又忽然消失。她所在的画船彩楼壮观奢华,神仙蛾眉的服装华美飘逸,她的歌舞令人迷醉;但同时,她又给人距离感,江中的画船可望不可即,她的突然消失令人怅惘。这种捉摸不定的神秘感使她比唐人小说中的很多神女都更接近早期文学中的神女形象,也因此在众多人神遇合的唐人小说中决然独立,令人难忘。从沈亚之对氾人的描写,可以看到他所推重的李贺诗的影子。李贺以神女为主题的诗作在唐诗中是特例,他热爱《楚辞》,拒绝把神女世俗化[1]。沈亚之写《湘中怨解》时李贺诗名极盛,他塑造的女仙形象和文中的诗赋风格可能会让读者感到他具有李贺那样的才情。

比较南卓、沈亚之写同样人物、同样题材的两组作品,可以发现沈亚之更注重一个人的个人特质。对刘薰兰,南卓将她等同于她的社会地位,透过家妓这个社会角色的滤镜观察她,因此看到的只能是她的色。沈亚之则强调,刘薰兰的德使她超越了她的社会地位,进入值得表彰的"贤女"范畴。在讲述人神遇合故事的时候,南卓采取了唐人将神女世俗化、情色化的主流叙述,将女仙塑造为在情感、智力上依赖男性的人;沈亚之则赞美女仙的独立、神秘与文学才华。这种对个人特质的强调,在沈亚之其他写"小人物"的作品中也有体现。除了前面提到的《喜子传》《歌者叶记》《冯燕传》《郭常传》,沈亚之为自己亡妾卢金兰撰写的墓志也具有这个特征。唐人给妾写的墓志一般称颂她养育子女、恭顺自谦,沈亚之却写卢金兰并不像其他女孩子

---

[1] 薛爱华认为,唐代诗人普遍把神女世俗化,但李贺是例外。〔美〕薛爱华:《神女:唐代文学中的龙女与雨女》,第151—164页。

那样学女红,而是去学自己着迷的伎乐歌舞,赞美她执着追求梦想的浪漫个性。① 沈亚之的作品经常包含知人的主题,即地位低微者因为卓尔不群的行为赢得地位较高者的认可,如"博陵大家子"崔莒对叶的歌艺的赏识,滑州刺史贾耽宁愿放弃官印也要为冯燕争取赦免死罪,沈亚之娶卢金兰为妾,房叔豹听从刘薰兰的劝告,等等。当然,作为史家的沈亚之更是这些人物的知音。

之所以两位作者描写女性时有不同的侧重,可能与他们的家世、成长地域、教育背景都有关系。南卓的境况比沈亚之优越得多。从家世看,南卓的祖父官给事中,父亲官刺史,都是中高层文官;沈亚之虽有族人是皇亲国戚、重要文官,但他的直系亲属没有做官,家境也颇为困窘。从地域看,南卓家在洛阳,与长安的进士文化圈接近,亲友中多人(友人章孝标、姐夫陈商、表弟李修古)考取进士,熟悉科举仕进的规则。沈亚之则生于陇北,家在吴江,与长安的进士科举圈关系较远。他接受的也不是"应试教育":进士考律诗,他好尚歌行与楚辞体;进士考骈文,他擅长古文。作为中高层朝官的子弟,南卓经常自负于身份、文才而嘲谑他人;沈亚之则是身处边缘的文士,要依靠文学才能和声誉提高自己的政治地位。也许是这个原因,沈亚之更能认同地位边缘的小人物,或者说更容易被她们的事迹所吸引,更愿意记述她们凭借个人能力超越自己所属社会阶层的故事。

---

① 对卢金兰墓志的讨论,见洪越:《中晚唐墓志中的浪漫书写》,刘倩译,《文学研究》2019 年第 2 期。

读者与作者的"竞争"
——论晚唐五代杜牧形象的生成

杜牧早在晚唐五代就有"颇纵声色""狎游饮酒""狂于美色"①的名声,由此形成的风流形象影响了后人对他的诗和人的评价。不过,杜牧是否风流,也还是个有争议的问题。学者的判断常与他们对材料的看法有关。质疑者认为,表明杜牧"纵声色"名声的材料,主要是一些咏妓写情诗和几个当年流传的轶事,可这些文本大多并不可靠。比如,收录了此类咏妓写情诗的《樊川外集》和《樊川别集》,讹伪情况就很严重。②而轶事中描写的风情韵事是否发生过,由于没有佐证,或者部分信息与另外的史料有冲突,真实性也是个问题。③他们

---

① 这几个描述分别出自晚唐五代笔记《唐阙史》《本事诗》《金华子杂编》,《唐五代笔记小说大观》,第1340页;王梦鸥:《唐人小说研究三集·〈本事诗〉校补考释》,第69页;《唐五代笔记小说大观》,第1760页。《金华子杂编》用"狂于美色"形容杜牧子杜晦辞,但紧接着的一句"有父遗风"又指向了杜牧。

② 关于《樊川外集》《樊川别集》杂入他人之作的讨论,见缪钺:《杜牧年谱》,北京:人民文学出版社,1980年,第92页;吴企明:《唐音质疑录》,上海:上海古籍出版社,1986年,第68—74页;郭文镐:《〈樊川外集〉诗辨伪》,《唐都学刊》1987年第2期;吴在庆:《杜牧论稿》,厦门:厦门大学出版社,1991年,第19—22页。

③ 关于杜牧湖州之约事真实性的讨论,见缪钺:《杜牧年谱》,第81—82页;杨广才:《杜牧与〈叹花〉诗本事》,《东岳论丛》2004年第3期;〔美〕文征:《再论杜牧之〈叹花〉诗本事》,《长江学术》2016年第4期。关于杜牧洛阳妓席事的真实性的讨论,见吴企明:《唐音质疑录》,第68—70页。

倾向于认为,这些轶事是好事者的附会,或者是党争中人"编造故事以丑诋杜牧"①。但相信这些材料的学者,则会从家风浮薄、因政治抱负不能实现而纵情声色等方面,寻找杜牧放荡的原因。② 对杜牧是否以及为何风流的讨论,对诗和轶事的真伪辨正,这些工作无疑都有意义,其目标是试图还原一个真实的杜牧。不过,如果我们相信有生命力的作家的形象不仅是一种自动呈现,而且也是历史过程中读者、批评家种种阐释积累的结果,那么,围绕这一争议,也许可以换个角度,从读者以及读者与作者、文本的关系入手,讨论杜牧形象出现的过程和原因。

这一方面的研究,王凌靓华已有涉及。她描述了杜牧风流形象生成的过程,指出先是杜牧在诗中呈现了这一自我形象,之后这个形象又在唐五代的笔记和宋以后的诗词、戏曲中具体化、传奇化。③ 本文则主要关注晚唐五代时期读者与杜牧及其作品之间的复杂关系。一是因为这一时期建构的杜牧形象雏形,是后来各个时期引申、质疑的基础;二是因为读者与杜牧及其文本之间的关系,在这个时段呈现了相当程度的复杂性:这种关系既是互相支持、增殖的,也存在反向性质的"竞争"。尽管杜牧年轻时的作品创造了浪子的自我形象,但到了晚年(其实只有五十岁)却力图摆脱,把与这一形象相关的诗作排除在他的文集之外。然而,读者并未遵从他的意向,而是继续阅读、传播他删除的诗作,同时也想象、制造、讲述他的风情韵事。这些故事可以看作是读者在诗和诗人经验之间,依靠想象建立的某种关联。了解读者建构杜牧形象的方式(如想象诗与诗人之间的关系,将诗中

---

① 吴在庆:《杜牧论稿》"引言",第8页。
② 如吴锡麒:《杜樊川集注序》,张金海编:《杜牧资料汇编》,北京:中华书局,2006年,第298—299页;陈寅恪:《唐代政治史述论稿》,台北:里仁书局,1980年,第240—242页;戴伟华:《唐代幕府与文学》,北京:现代出版社,1990年,第45—47页。
③ 王凌靓华:《歌唇一世衔雨看——九世纪诗歌与伎乐文化研究》第五章第二节"杜牧个案研究:风流诗人形象的形成"。

描写的普遍性情感读作诗人自身的情感经验表达,化用诗的词语、格调和传记材料讲诗人的故事等),有助于我们思考文学作品在传播中如何被取舍、改写和化用,以及读者与作者、作品之间的复杂关系。

关于材料的"真实性",本文的关注点不是某首诗是否为杜牧所作,或者记载的事件是否发生过,而是把逸诗和轶事看作晚唐五代某些人群对杜牧其诗其人的评价。逸诗无论是杜牧所作还是他人伪托,都可以说明读者对杜牧诗的阅读接受倾向。轶事则可以"填补史学与个人文集之间的空白":官修正史给出朝廷的评判,个人文集表现作者的视角,而轶事则提供士人群体的眼光。① 在这个意义上,"不可靠"的逸诗和轶事也能揭示士人群体(杜牧诗的读者,杜牧轶事的讲述者、阅读者)层面的某种真实。

一 一首诗的焚毁与流传

杜牧年轻时就获得了擅长写女性和男女之情的诗名,②但他在晚年焚毁了不少这类诗作。现存的《樊川文集》(下文简称《文集》)是杜牧外甥裴延翰在杜牧自选作品的基础上编纂的。裴延翰在序言中谈到,大中六年(852)冬,杜牧在病中检阅自己的诗文,焚毁了七八成的作品:"明年冬,迁中书舍人,始少得恙,尽搜文章,阅千百纸,掷焚之,才属留者十二三。"③编《文集》时,裴延翰除了收录杜牧自选诗文约258篇外,还增补了他多年来保存的杜牧作品约192篇,总共收录

---

① Anna M. Shields, "Gossip, Anecdote, and Literary History: Representations of the Yuanhe Era in Tang Anecdote Collections," in *Idle Talk: Gossip and Anecdote in Traditional China*, ed. Jack W. Chen and David Schaberg (Berkeley and Los Angeles: University of California Press, 2014), 107.
② 王凌靓华:《歌唇一世衔雨看——九世纪诗歌与伎乐文化研究》,第201—202页。
③ 裴延翰:《樊川文集序》,杜牧著,陈允吉点校:《樊川文集》,第1页。该本以《四部丛刊》影印明翻宋刊《樊川文集》为底本,用景苏园影宋本进行对校。

了约450篇,而为杜牧所焚且未被裴延翰增补入集的作品则有约629篇。①《文集》行世的同时,一些被删除的诗继续流传,到北宋时被编为包括150多首诗作的《樊川外集》和《樊川别集》(下文简称《外集》《别集》)②,其中包括很多描写男女之情的作品。这两个诗集呈现了为作者汰除而晚唐五代读者不愿遗忘的杜牧诗的样貌。

比较这三个集子收录的咏妓写情诗,可以约略看到作者与读者之间的"竞争"关系:杜牧、裴延翰将可能涉及诗人情色经验的诗排除在《文集》外,而读者则试图保留这类诗。《文集》中写男女之情的诗大多与诗人的情感经验无关:有的是咏史怀古诗,如《扬州三首》《过华清宫绝句》;有的描写其他士人与妓的交往,如《张好好诗》《赠沈学士张歌人》《见刘秀才与池州妓别》《见吴秀才与池妓别因成绝句》《寄扬州韩绰判官》;有的是代别人写的情诗,如《代人寄远》《代吴兴妓春初寄薛军事》。当然也有例外,《赠别》《闺情》《旧游》就可以读作诗人自己的情感表达。与《文集》相比,《外集》《别集》包含更多可以联系诗人经验的诗,如《倡楼戏赠》《春思》《偶题》《宣州留赠》《寄远人》《留赠》《遣怀》《偶作》。

从上述篇目可以大致看出作者自我呈现和读者阅读趣味之间的差异,不过,因为《外集》《别集》讹伪情况严重,很难用具体的诗分析这种差异。杜牧去世后,很多其他诗人的作品因为读起来像杜牧的诗而被当作杜牧诗流传,继而进入《外集》《别集》,致使集中的诗作真伪难辨。有些诗因为在其他材料中归于别的作者名下而受到质疑,但即便是没有材料证明伪托或重出的诗,在作者问题上也有不确定性。在这种情况下,我们很难去追问到底《外集》《别集》中哪些诗

---

① 这里使用王凌靓华统计的数字,王凌靓华:《歌唇一世衔雨看——九世纪诗歌与伎乐文化研究》,第204页。
② 据北宋田概为《别集》所作序,《外集》《别集》共录诗154首,比现存两集收录的诗作少20余首。本文所论《文集》《外集》《别集》皆据陈允吉点校的《樊川文集》。

确为杜牧所焚以及是什么原因促使他焚毁了某首诗。

不过,收在《外集》的《遣怀》是个例外,基本可以确定为杜牧所作,却被他排除在《文集》之外。除了《外集》,这首诗还保存在晚唐笔记《本事诗》《唐阙史》和"唐人选唐诗"《才调集》中,①文字颇多差异,足证杜牧为其作者,也说明这首诗在晚唐五代流传很广。一首诗如此知名却没有收录在《文集》中,应是杜牧自己删选的结果,而不是其他偶然因素所导致的。

那么,为什么杜牧要焚毁而读者却偏爱这首诗呢? 先从问题的后半部分谈起。对很多读者来说,《遣怀》的主人公和杜牧的风流形象紧密相连。早在晚唐,这首诗就被读为杜牧对扬州经历的回忆,诗中"赢得青楼薄幸名"的荡子被视为诗人的自画像。②宋以后,扬州追欢的主题反复出现在诗词、杂剧中,成为杜牧形象的重要构成部分。这首诗之所以特别流行,一个重要原因是,诗作并非对"荡子"的类型化描写,而与诗人在其他文字中表现的自我形象有相似特征,读起来是首典型的杜牧诗。这一点,若比较《遣怀》和杜牧回忆幕府生活的诗句以及他写给同僚上级的信,就能看出:

落魄江南载酒行,楚腰肠断掌中轻。
十年一觉扬州梦,占得青楼薄幸名。(《遣怀》)③

十载飘然绳检外,樽前自献自为酬。

---

① 孟启:《本事诗》,王梦鸥:《唐人小说研究三集·〈本事诗〉校补考释》,第69页;高彦休:《唐阙史》,《太平广记》卷二七三,第2151—2152页;韦縠:《才调集》卷四,傅璇琮主编:《唐人选唐诗新编》,第789页。《遣怀》诗不见于今本《唐阙史》,但《太平广记》引《唐阙文》杜牧事包括这首诗。《唐阙文》不见史载,学者多疑为《唐阙史》之误,缪钺较早提出这个看法,《杜牧年谱》,第80页。

② 《外集》中此句作"占得青楼薄幸名"(《樊川文集》,第321页),不过"赢得青楼薄幸名"更脍炙人口,出现在《才调集》《本事诗》《太平广记》中;见《唐人选唐诗新编》,第789页;《唐人小说研究三集·〈本事诗〉校补考释》,第69页;《太平广记》,第2151页。

③ 《樊川文集》外集,第321页。

秋山春雨闲吟处,倚遍江南寺寺楼。(《念昔游》)①

萧洒江湖十过秋,酒杯无日不迟留。(《自宣城赴官上京》)②

江湖醉度十年春,牛渚山边六问津。(《和州绝句》)③

诗中的"十年""十载""十过秋",指杜牧二十六岁进士及第后在江西观察使沈传师、淮南节度使牛僧孺幕中任职的这段时间。虽然有行政事务,但在杜牧的描写中,幕府生活是在"江南""江湖"醉酒吟诗,与政治相当疏离。他用"飘然""萧洒"形容这种精神状态。诗中的自我放纵姿态,有时也出现在杜牧写给同僚、上级的信中。在《上李中丞书》中,他把自己描写成一个闲散官员,嗜酒好睡,忽视礼制和行为规范。他说自己没有和有权势者保持良好关系,还经常不参加丧葬仪式、社交活动。对这些行为,杜牧表现出一种既自责又有点自得的态度:他自省这是痼癖,又说并不后悔。④《遣怀》和幕府时期所作其他诗、信一样,都用自我放纵的姿态表现与众不同。《遣怀》中的不羁浪子也和其他诗、信中呈现的不受约束的自我形象有相通之处。因此,熟悉杜牧作品的读者会看重《遣怀》,将其读作具有杜牧风格的情色表达。

可是,为什么其他幕府诗收入了《文集》,而《遣怀》却被焚毁?这很可能跟士人对情色的保留态度有关。《遣怀》和幕府时期所作其他诗、信的重要区别是自我放纵的内容不同:《遣怀》中是情色,其他诗中是诗、酒,信里是酒、睡。这些不同形式的自我放纵在士人群体中的接受度也不一样。从杜牧在信中自夸嗜酒嗜睡,可以推知这两种行为是可以被容忍甚至常见的特异举止。幕府时期所作其他诗里的

---

① 《樊川文集》卷二,第27页。
② 《樊川文集》卷三,第45页。
③ 《樊川文集》卷四,第72页。
④ 《樊川文集》卷一二,第183页。

吟诗、醉酒,是诗词描写不因循守旧者的常规模式。情色则比较复杂。书写情色时,作家会小心翼翼。有些写法可以被接受,比如炫耀闲暇时有美妓歌舞陪伴,但如果写自己沉浸于感官享受,就会引起争议。作者处于哪个人生阶段、读者是哪些群体,也是造成他对情色态度不同的因素。年轻人在热衷风流韵事的"朋友圈"分享浪漫诗篇固然有助于传播文才诗名,可到了功成名就、考虑身后留名的时候,就不希望这是自己被后人记住的形象。这应该是《文集》不收《遣怀》的原因。杜牧删除了作品的个人形象中有争议的情色风流,保留了被认可的诗酒风流。晚唐五代士人德高望重后焚毁艳体诗词的例子还有和凝,他少年时好为曲子词,入相后"专托人收拾焚毁不暇",时人评论说,他的名誉"为艳词玷之"。①

《遣怀》的焚毁与流传,让我们看到作者和读者之间的复杂关系,前者力图控制自己的作品和声誉,后者则不断削弱作者的控制。杜牧焚毁的作品不但没有消失,反而广泛流传,成为他的代表作之一。这首诗的传播是"流行趣味"的表达,体现了读者对写男女情色诗歌的兴趣。在《遣怀》一诗的流传上,作者杜牧似乎输掉了掌控自己作品和声誉的"竞赛",而读者的流行趣味则取得了胜利。而《遣怀》中的青楼浪子对杜牧风流形象的形成,又有着重要的奠基作用。

二 想象诗与诗人的关系

中国古典诗歌多为抒情诗,与作者经历、情感的关联更为密切。读者读诗,处理文本与作者身世、情感之间的关系时,大致存在两种不同的方式:一是关注文本自身,将阅读、感受限制在文本内部;二是联系作者身世、经历等外缘性因素,将之作为解读的重要依据。究竟采取何种方式,既为阅读者的态度制约,也和诗自身的形态相关。举

---

① 孙光宪:《北梦琐言》卷六,《唐五代笔记小说大观》,第1856页。

例来说,唐代歌诗常使用类型化的语言,表达普遍性的情感。① 很多乐府诗、无名氏古诗也是这样,《古诗十九首》的情感表达就经常和某种叙事模式联系在一起。这些诗的叙事语境"封闭"在诗的"故事"内部。②《玉台新咏》《才调集》中的很多诗也情况相似。另一种读诗的方式是将诗放置在具体历史情境中解读。毛诗序就注重"回到"具体的历史时刻,重建诗歌创作的具体情境。唐人对诗歌创作情境也很关注,因此关于诗歌的创作、传播和阅读的故事非常流行,保存在《本事诗》《云溪友议》等轶事集中。

杜牧的一些诗虽然也可以在"内部叙事"中解读,但很多读者倾向于将其和具体情境相勾连。前面谈到的《遣怀》就是这种情况。如果在文本内部封闭式解读的话,可以把这首诗读作扬州叙事。晚唐有很多以扬州为题、赞美扬州奢华享乐的诗,杜牧有几首就很流行。虽然这首诗在《外集》中题为"遣怀",但在早于《外集》约一个世纪成编的《才调集》里,却题为"题扬州"③,说明有些晚唐五代读者把它读成一首描写扬州的诗。这首诗也适合在宴席上演唱,用来赞美扬州这个城市的魅力,在这种情况下,欣赏此诗就完全不需要知道作者的身世背景。读者或观众将诗读作普遍性情感的描写,而不与诗人的特定经验联系起来。

不过,很多读者把这首诗读成杜牧的自述。关于其阅读情况,后世经常引用的一条材料出自北宋胡仔。他说原来读《遣怀》,"尝疑此诗必有谓焉",如今读到笔记中对杜牧在扬州狭斜游的记载,"方知牧

---

① Paul F. Rouzer, *Writing Another's Dream: The Poetry of Wen Tingyun* (Stanford: Stanford University Press, 1993), 34-35.

② Xiaofei Tian, "Woman in the Tower: 'Nineteen Old Poems' and the Poetics of Un/concealment", *Early Medieval China*, 15 (2009): 20. 中译见田晓菲:《高楼女子:〈古诗十九首〉与隐/显诗学》,卞东波译,《文学研究》2016年第2期。

③ 《才调集》卷四,《唐人选唐诗新编》,第789页。

之此诗,言当日逸游之事耳"。① 对胡仔来说,即便猜想这首诗可能与诗人的经验有关,还需要杜牧扬州逸游的记载作为佐证,才能将诗读为自述。不过,很多不"严谨"的读者就喜欢直接从诗的内容推想诗人的生活经验。《本事诗》就把这首诗的创作和杜牧的逸游经历、怀旧心情联系起来了。今本《本事诗》说他"登科后,狎游饮酒"写此诗②;《太平广记》所录《本事诗》说他写作的缘由是"以年渐迟暮,常追赋《感旧》"③。这种将诗和诗人经验联系在一起的读法,在晚唐相当普遍。李商隐曾经拒绝这种阅读方式。他在《上河东公启》中婉拒柳仲郢赠妓的提议,说自己虽然在诗中描写女性,但这和他的生活举止无关:"至于南国妖姬,丛台妙妓,虽有涉于篇什,实不接于风流。"④他的辩解所针对的,正是这种将诗的内容和诗人生活联系起来的带有普遍性的阅读方式。

有时,读者也把并不涉及诗人经验的诗读成诗人对自己生活、情感的自述。一个例子是《寄扬州韩绰判官》。这首诗是杜牧写赠朋友的作品,但经常被读为杜牧抒发对一位歌妓的思念。这首诗的《文集》版如下:

青山隐隐水遥遥,秋尽江南草木凋。
二十四桥明月夜,玉人何处教吹箫。⑤

杜牧想象韩绰在扬州的声色之乐。"玉人"在唐诗中可以指男性,也可以指女性,这里应指韩绰,最后一句询问韩绰在扬州何处欢

---

① 胡仔纂集,廖德明校点:《苕溪渔隐丛话·后集》卷一五,北京:人民文学出版社,1962年,第109页。
② 王梦鸥:《唐人小说研究三集·〈本事诗〉校补考释》,第69页。
③ 《太平广记》卷二七三,第2151页。
④ 刘学锴、余恕诚:《李商隐文编年校注》,北京:中华书局,2002年,第1902页。
⑤ 《樊川文集》卷四,第73页。

宴、命妓吹箫。但是,晚唐五代出现的一些异文说明,有些读者认为这首诗写的是杜牧对一个女子的思念。《才调集》中,诗题不是"寄扬州韩绰判官",而是"寄人"①,这使诗的接收者可以被当作女性,即吹箫的歌妓。《文苑英华》中,虽然诗题没变,最后一句的"玉人"却变成了"美人"②,使诗可以理解为杜牧向韩绰诉说他对扬州"美人"的思念。诗的接收者或主人公性别的改变,可能促成了另一处异文:"教"在《文苑英华》中作"坐"③,在《唐诗纪事》中作"学"④。这个改变可能跟诗歌的常规表达有关。《文集》版士人命歌女吹箫或演奏其他乐器以及歌舞,在诗中很常见,可当"教吹箫"的主语从"玉人"变成"美人",意思就变成歌妓命人吹箫,这不合常情,也很少入诗。因此,这位"美人"就从"教吹箫"的身份较高的歌妓,变成了"坐吹箫"的妓人或者"学吹箫"的年轻歌女。异文变化说明,在传播中,这首诗的诗意正从诗人对一位男性友人的感情表达,朝着对一位歌女的思念这个方向变更。

另一个例子是《别集》中的《伤友人悼吹箫妓》,写友人对死去妓人的伤悼。《才调集》题为"悼吹箫妓"⑤,悼妓者成了杜牧自己。虽然《别集》《才调集》都有诗题讹误的情况,但选本在录诗时往往会将原题简化,因此诗题从"伤友人悼吹箫妓"变成"悼吹箫妓"的可能性较大。诗题的改变可能是有意的,也可能是无意的,不管怎样,这一变更都说明一些读者(抄写者、传播者、诗集编者等)更倾向于认定诗中所写即是诗人经验的表达。

---

① 《才调集》卷四,《唐人选唐诗新编》,第788页。
② 《文苑英华》卷二六一,第1312—1313页。
③ 同上注,第1313页。
④ 计有功著,王仲镛校笺:《唐诗纪事校笺》卷五六,成都:巴蜀书社,1989年,第1522页。
⑤ 《才调集》卷四,《唐人选唐诗新编》,第789页。

三 化用诗讲诗人的故事

晚唐五代保存的十几则杜牧轶事中,有半数跟冶游有关,说明杜牧这方面的名声广为人知。其中三个故事构成了杜牧风流的核心叙述,其共同点是化用了杜牧诗的词语、格调和自我形象,使这些故事读起来"像"杜牧的故事。

第一个是扬州逸游,在现存的唐五代史料中有两种讲述。一种出自晚唐笔记《芝田录》,说杜牧在扬州牛僧孺幕中任职时狭斜游,牛僧孺派人暗中保护,以防不测,并在杜牧离开扬州前进行劝诫。这个版本的重点是赞美牛僧孺宽宏大量、关心下属。故事对逸游持保留态度,认为那是需要戒除的"纵逸"。① 另一种讲述保存在《太平广记》中,文末称引自《唐阙文》,学者多疑为《唐阙史》之误。② 相比《芝田录》简单记述事件,《唐阙史》对如何讲好一个故事更有兴趣。故事的篇幅比《芝田录》里的长四倍,有大量细节描写和对话,还增加了杜牧报答牛僧孺的内容。化用杜牧诗的正是这个故事。《唐阙史》由高彦休于中和四年(884)编撰,当时他在淮南节度使高骈幕中任从事,治所就在扬州。杜牧歌咏扬州的诗在晚唐很流行,在扬州当地更应脍炙人口,《唐阙史》就使用了杜牧扬州诗的语汇,赞美这座城市的奢华:

> 扬州胜地也,每重城向夕,倡楼之上,常有绛纱灯万数,辉罗

---

① 《芝田录》早佚。关于这部笔记的作者、著录与版本、内容的分析,见周勋初:《唐代笔记小说叙录》,《周勋初文集》第五卷,南京:江苏古籍出版社,2000年,第388—390页。《芝田录》记载的杜牧扬州逸游事由胡仔引录,见《苕溪渔隐丛话·后集》卷一五,第109页。

② 不过,《太平广记》所引的扬州故事不见于今本《唐阙史》。《太平广记》的引文包括扬州逸游、洛阳宴席、湖州之约三个故事,而今本《唐阙史》只有湖州故事,而且,这两个版本的湖州故事字句多有差异。有学者认为,今本《唐阙史》很可能是"从他书钞撮而成,非其原本"(余嘉锡:《四库提要辨证》卷一八,北京:中华书局,2007年,第1152页)。

耀烈空中。九里三十步街中,珠翠填咽,邈若仙境。牧常出没驰逐其间,无虚夕。①

这段文字化用了杜牧写扬州诗的词汇。如"重城向夕"化用《扬州三首》之三"霞映两重城"②,"倡楼"与《遣怀》"青楼"对应,"九里十三步街"与《赠别》"春风十里扬州路"相应。③ 故事对扬州豪奢的夸张描写,如"绛纱灯万数,辉罗耀烈空中""珠翠填咽",可以看作是《扬州三首》之三"豪华不可名"的具体表现④。在人物形象上,"出没驰逐"倡楼"无虚夕"的杜牧,也迹近《遣怀》"占得青楼薄幸名"的浪子以及《扬州三首》之一"千金好暗游"的醉少年⑤。对扬州奢华的描写给杜牧的逸游染上了浪漫的色彩,流连倡楼的杜牧被描写成在仙境中追逐欢乐的洒脱之人。

第二个故事是洛阳宴席事,出自孟棨《本事诗》⑥。故事讲述杜牧担任洛阳监察御史时,在李司徒宴请朝官名士的酒席上向主人提出赠妓的要求,然后作诗。杜牧被描写成一个不在意等级秩序、社会规范的人。虽然作诗对有权势者的歌妓表示爱慕在晚唐很常见,但要求后者赠妓却是悖礼行为。孟棨把这个故事放在"高逸"类,里面的三个条目都赞美"超凡脱俗的高雅的精神境界"⑦。第一条包括三个描写李白文学才华、不羁个性的故事:贺知章赞美李白为"谪仙",喜爱古体诗的李白嘲笑杜甫作律诗太认真,李白在玄宗面前醉酒作诗。第二条讲杜牧遇到的一位僧人对杜牧的家庭声誉、科举成功一无所

---

① 《太平广记》卷二七三,第2151页。
② 《樊川文集》卷三,第42页。
③ 《樊川文集》卷四,第82页。王凌靓华已指出以上借用,见《歌唇一世衔雨看——九世纪诗歌与伎乐文化研究》,第215页,注1、2、3。
④ 《樊川文集》卷三,第43页。
⑤ 同上注,第42页。
⑥ 关于孟棨名字的写法以及他的家世与生平,见陈尚君:《〈本事诗〉作者孟棨家世生平考》,项楚主编:《新国学》第八卷,成都:巴蜀书社,2006年。
⑦ 〔日〕内山知也:《隋唐小说研究》,第428页。

知。第三条是洛阳宴席事。这些故事都称赞轻视社会成功和等级秩序的超然态度。李白在皇帝面前喝醉,是触犯上下尊卑秩序的行为,连他对古体诗的偏爱也表现出对规则的不屑。僧人对门第、成功毫不关心,说明他无视主流价值观。同样,杜牧忽视公职、纵情酒色,也表现了他对社会规范的违背。

扬州故事主要化用、参照杜牧诗对扬州的描写,而洛阳宴席故事则与杜牧的幕府诗和自叙诗相关,《本事诗》对赠妓场景有如下描写:

> 杜独坐南行,瞪目注视,引满三卮,问李云:闻有紫云者孰是?李指示之。杜凝睇良久曰:名不虚得,宜以见惠。李俯而笑。诸奴亦皆回首破颜。杜又自饮三嚼①,朗吟而起,曰:华堂今日绮筵开,谁唤分司御史来。忽发狂言惊满座,两行红粉一时回。意气闲逸,傍若无人。②

这段故事对杜牧诗的化用,主要表现在两个方面。一是"独"的意象。故事表现杜牧"高逸"的一个方式是写他独处:在家里"对花独酌",在宴席上"独坐""自饮"。"独"是杜牧诗中最常见的词之一,出现了约四十次,如"独酌""独伤""独游""独登""独念"③。此外,还有一些不用"独"字的"独"意象,如《念昔游》中的"樽前自献自为酬"。"独"也表现为对周围情况的无视。当赠妓要求引起在座者惊讶时,他"意气闲逸,傍若无人",这种精神气质和杜牧《独酌》中那种"独佩一壶游,秋毫泰山小"④的自我形象也很契合。二是不太在意政治生活。故事中的杜牧对酒色比对政务更热心。监察御史的职责是

---

① 内山知也在《〈本事诗〉校勘记》中提出,"嚼"在其他各校本中作"爵",应为"爵",《隋唐小说研究》,第454页。
② 《本事诗》"高逸第三",王梦鸥:《唐人小说研究三集·〈本事诗〉校补考释》,第69页。
③ 《樊川文集》,卷一,第15页;卷二,第22页;卷二,第26页;卷三,第61页;卷四,第68页。
④ 《樊川文集》卷一,第15页。

监察当地官员,因此李司徒宴请朝官时"以杜持宪,不敢邀置"①,可杜牧执意参加。这种轻忽政务、纵情声色的举止,和杜牧幕府时期所作诗中自叙诗酒江湖、信中自述嗜酒好睡的行为也很协调。故事结尾引用的两首诗,第一首是"落拓江湖载酒行,楚腰纤细掌中情。三年一觉扬州梦,赢得青楼薄行名",第二首是"觥船一棹百分空,十载青春不负公。今日鬓丝禅榻畔,茶烟轻扬落花风",都强化了杜牧故事和杜牧诗之间的同质关系②。

第三个故事是湖州之约,保存在高彦休《唐阙史》中。故事讲述杜牧去湖州寻找美貌女子,经过一番周折,终于找到"奇色",是一个还没有完全长大的女孩,便约定十年内回湖州来找她。十四年后杜牧成为湖州刺史,女子却已嫁人,成为两个孩子的母亲,杜牧为此作诗抒发感叹。③ 这个故事可能是在为杜牧暮年的一次不寻常的官职变动提供解释。大中四年(850),杜牧以吏部员外郎求官湖州刺史。吏部员外郎虽然薪水不如湖州刺史,但属于清流官,又是京官,在一般唐人眼中比后者更清贵。④ 再加上此前有七年时间杜牧一直在三个小州做刺史,急切地想回到京城,后来终于在宰相周墀的帮助下于大中二年如愿以偿。为什么杜牧回京不到两年又要离开,且申请逊于现任的官职?其实对这些问题,杜牧在给宰相的求职信中已有说明(《上宰相求湖州第一启》《第二启》《第三启》)⑤。他谈到两个原因。一是湖州刺史薪水高,可以帮他养家,二是想带弟弟杜𫖮去湖州一带治疗眼疾。第二个原因在杜牧的自撰墓志铭、新旧《唐书》杜牧本传中也都提到了。不过,在这个故事中,他求官湖州被解释成是为

---

① 王梦鸥:《唐人小说研究三集·〈本事诗〉校补考释》,第69页。
② 同上注。
③ 《唐阙史》,《唐五代笔记小说大观》,第1340页。
④ 赖瑞和在分析唐人如何看待郎官、刺史的迁转时,讨论了杜牧的例子,见赖瑞和:《唐代中层文官》,第193—195页。
⑤ 《樊川文集》卷一六,第242—248页。

追寻美色而在仕途方面做出的牺牲。对熟悉杜牧风流浪子名声的晚唐读者来说,这个解释很合理。但是,毕竟也有明白杜牧求职湖州真实内情的读者,他们当然难以接受这样的解释。这很可能是为什么故事的另一个版本纳入了杜牧给宰相写信的情节,力图把矛盾的叙事(为给弟弟治病和为追寻美色)调和起来,让它们共存在一个叙述里。这个版本把两个理由分派到杜牧的不同人生阶段,说他发现"奇色"后虽然想回湖州和女子重聚,但因为"官秩尚卑"不敢求官,直到多年后才有机会写信给宰相乞守湖州,而此时他的心思已经转移到给弟弟治病了。① 这样,知道内情的读者也就可以接受了。

湖州故事比扬州、洛阳故事更"激进"。虽然在扬州、洛阳故事里面,杜牧追逐声色的行为和他担任的官职有冲突,但在湖州故事里,则进一步发展成为追求美色而弃官、求官,这在一般人的认知中是本末倒置的事。尽管晚唐诗歌、故事经常写士人在公务闲暇时狎妓,但那只是仕宦生活的点缀。湖州故事在这一点上与众不同。故事详细描述杜牧为寻找美色付出种种努力。在听说湖州"有长眉纤腰有类神仙者"后,他"罢宛陵从事,专往观焉"。当他在官妓和民妓中找不到理想的女子,就把范围扩大到民女,"择日大具戏舟讴棹较捷之乐,以鲜华夸尚,得人纵观,两岸如堵。紫微则循泛肆目,竟迷所得。及暮将散,俄于曲岸见里妇携幼女,年邻小稔。紫微曰:'此奇色也'"。②

在这个故事里,对杜牧来说,"奇色"是值得尽心竭力去追求的。他跟女孩的母亲承诺:"余今西航,祈典此郡,汝待我十年不来而后嫁。"③故事开头,杜牧为寻觅美色而放弃宛陵从事;这里,他为了要和喜欢的女子相聚而谋求湖州刺史的职位。也就是说,官职的选择和

---

① 《太平广记》卷二七三,第2152页。
② 《唐阙史》,《唐五代笔记小说大观》,第1340页。
③ 同上注。

取舍成了追寻美色的手段，这无疑是违背那个时代"常理"的举动。湖州故事对杜牧诗的化用没有扬州、洛阳故事那么具体，主要是综合地演绎了其诗作（特别是幕府时期所作诗）中那些对疏离政治的生活方式的抒写。

在晚唐五代的某个时刻，有读者把扬州（长版本）、洛阳、湖州这三地的故事连在一起，构成了杜牧一生风流的叙述。这个叙述保存在《太平广记·妇人》"杜牧"条①中。三个故事正好涉及杜牧的不同人生阶段：年轻时在扬州逸游，稍后在洛阳要求赠妓，最后的湖州之约跨越十四年，终结在杜牧去世两年前。

四　杜牧式风流

以《遣怀》诗和扬州、洛阳、湖州故事为核心形成的杜牧风流形象，不只关系到男女之情本身，也表征了一种以纵情声色疏离政治的方式。中国文化传统中一些令人憧憬的理想人格是远离政治的，如"竹林七贤"、陶潜、李白。唐以前，远离政治的姿态主要表现为退隐和醉酒，杜牧的形象使情色也被纳入进来。传统上，纵情声色常被视为对社会秩序的威胁或者无足轻重之事，但在杜牧所代表的风流形象中却被赋予了积极意义，理想化为超凡脱俗、不受拘束的生活状态。宋人有时把李白和杜牧放在一起，认为他们是逸才的典范。如杨万里所写"谪仙狂饮巅吟寺，小杜倡情冶思楼"②，将李白的"狂饮"和杜牧的"倡情"，视为非凡文才、不羁个性与疏离政治的精神人格之表征。

在杜牧与情色相关的轶事和诗歌中，契合这种风流形象的作品生命力很强，而且像磁石彼此吸引一样互相抱团，如洛阳故事纳入《遣

---

① 《太平广记》卷二七三，第 2151—2152 页。
② 杨万里撰，辛更儒笺校：《杨万里集笺校》卷三三，北京：中华书局，2007 年，第 1677 页。

怀》诗,《太平广记》"杜牧"条连缀扬州、洛阳、湖州三地的故事。相反,与这个形象关系不太密切的作品则容易散落、遗忘,比如关于杜牧妓席嘲咏的轶事和诗。这方面的轶事有两则,一个保存在《云溪友议》中,记载杜牧作《赠肥录事》诗嘲笑妓女形貌,有"一车白土将泥项,十幅红旗补破裈"①之句。另一个出自《唐摭言》,讲述张祜和杜牧在宴席上联句。当张祜对席上妓有意,"索骰子赌酒",杜牧作诗相嘲:"骰子逡巡里手拈,无因得见玉纤纤。"②这两则轶事中的诗很可能不是杜牧的作品③,但杜牧被视为作者的现象,说明他当时以写作这类诗出名。这个诗名也可以在晚唐五代流传的逸诗中找到佐证,像《外集》《别集》的咏妓诗就经常带有游戏、幽默特征。④ 到了宋初,妓席嘲咏的诗和故事仍在流传,不过这类作品和杜牧风流的叙事是分开的。上述两则轶事虽然也收录在《太平广记》中,却没有被纳入"妇人"之"杜牧"条,而是放在"嘲诮""诙谐"两个类别中。⑤ 宋以后,这两个故事很少得到诗人、批评家的关注,也没有融入表现杜牧风流的杂剧、传奇中。

杜牧的晚唐五代读者,多是以进士入仕的精英士人群体。以保存杜牧轶事的笔记编者为例,《本事诗》编者孟启结集前官至司勋郎中;《唐阙史》编者高彦休编集时尚未登进士第,为淮南节度使高骈幕中从事;《唐摭言》编者王定保唐末进士及第,唐亡后仕南汉,官至中书侍郎同平章事,丈人吴融是唐末高层文官;只有《云溪友议》编者范摅是江南处士,但他关心的也是进士出身的文官的故事。他们收录的

---

① 《云溪友议校笺》,第 124 页。
② 王定保:《唐摭言》卷一三,《唐五代笔记小说大观》,第 1693 页。
③ 王凌靓华认为,这两首诗既不见于《文集》《外集》《别集》,而且《全唐诗》注《赠肥录事》云"一作崔立言诗",并把杜牧、张祜的联句归在李群玉名下,小诗人把诗假托在大诗人名下以期流传,或者诗歌在流传中失去诗题、作者,因风格相近被收入大诗人集中,是常见的现象(《歌唇一世衔雨看——九世纪诗歌与伎乐文化研究》,第 228—229 页)。
④ 王凌靓华:《歌唇一世衔雨看——九世纪诗歌与伎乐文化研究》,第 209 页。
⑤ 《太平广记》,卷二五六,第 1995 页;卷二五一,第 1948 页。

轶事在上层公卿、下层文士等各个层次的士人群体以及京城、江南等不同地域的交游圈中传播。士人热衷分享以情欲和爱恋为主题的诗歌和故事，不只是为了表达男女之情，也为了在士大夫圈子里，在对提携后进感兴趣的男性读者群体面前展现自己的才华，①是建构自我身份的方式。杜牧是这个群体的一员。和很多其他晚唐诗人一样，他年轻时以写风情诗来展现自己的才情与不羁。到了晚年，当他不想让自己留下"赢得青楼薄幸名"的声誉，便焚毁相关诗作，但那些诗早已流传开来，成为读者塑造"风流杜牧"的基础。不过，读者和作者的"竞争"也不完全是对立的。读者并不只是强调他浪迹风月场的一面，也化用杜牧诗的语言、风格及其所塑造的自我形象，赋予他的风流以传统士大夫高逸、疏离政治的品格。正是这种作为另类人生选择的追欢，深深地吸引了晚唐五代及以后的士人，成为一种具有持久魅力的理想人格。

---

① 〔美〕宇文所安：《柳枝听到了什么：〈燕台〉诗与中唐浪漫文化》，《他山的石头记——宇文所安自选集》，第171页。

韩偓《香奁集》的编录与唐末回忆性书写

一 韩偓为何编《香奁集》

韩偓(842—923)是昭宗朝重臣,进士及第后为左拾遗、刑部员外郎、谏议大夫、翰林学士、翰林学士承旨等清职官,一度成为宰相人选。他任官时政治动荡,光化三年(900)进入昭宗统治集团核心后不久,朱温就控制朝政,在几年间弑昭宗,杀贬朝官,灭唐立梁。天复三年(903)被贬官,之后弃官南下入闽,直至去世。在历史上,韩偓以忠节著称,《四库全书》馆臣这样评价他:"内预秘谋,外争国是,屡触逆臣之锋,死生患难,百折不渝,晚节亦管宁之流亚,实为唐末完人。"①

在文学史上,韩偓以《香奁集》知名。② 他晚年在福建编的这本诗

---

① 《四库全书总目》(清乾隆武英殿刻本)卷一五一,集部·别集类四。
② 关于《香奁集》的作者,自宋代至今一直存在争议,但大多数学者认为作者是韩偓。对争议情况的介绍,见韩偓撰,吴在庆校注:《韩偓集系年校注》"前言",北京:中华书局,2015年,第35—43页。认为韩偓不是《香奁集》作者的原因,见张兴武:《〈香奁集〉非韩偓所作再考订》,《甘肃高师学报(社科版)》1998年第2期。

集收诗约百首①,大多是描写女性姿态和男女情爱的"艳诗"②。《香奁集》对后代的闺情诗和词影响很大,其诗风被称为"香奁体",很多诗人写过"效香奁""香奁体""续香奁"的拟作,词人也常化用里面的诗句。③ 不过,由于艳诗在中国文学传统中地位低下,《香奁集》一直受到各种批评,从"丽而无骨"④到"词工格卑""诲淫之言,不以为耻"⑤。宋代以来不少人认为,韩偓身为忠臣而作艳语是矛盾的,并试图为这种矛盾寻找合理的解释。有人不相信耿直忠臣会钟情艳诗写作,因此认为韩偓不是《香奁集》的作者。⑥ 有人为韩偓的艳诗寻找高尚意义,认为那些诗不是情色表达,而是政治隐喻或歌咏爱情。政治隐喻的看法盛行于清初和民初,那些和韩偓一样经历了易代亡国的

---

① 《香奁集》的结集时间没有记载。一般认为韩偓入闽后不久编成此集,但对其入闽后哪年成集有不同看法,霍松林、邓小军、周祖譔认为编于天祐三年(906),吴在庆则认为编在后梁开平四年(910)以后。霍松林、邓小军:《韩偓年谱(中)》,《陕西师大学报(哲学社会科学版)》1988 年第 4 期;周祖譔:《韩偓诗的编集、流传与版本》,《文学遗产》2000 年第 1 期;吴在庆:《韩偓〈香奁集〉和〈香奁集序〉撰成时间探赜》,《厦大中文学报》2019 年 1 月第 6 辑。

② 关于"艳诗"概念的历史变迁与和在唐代的使用情况,见严明、熊啸:《中国古代艳诗辨》,《社会科学》2014 年第 10 期;熊啸:《唐人所述"艳诗"概念论析》,《华北电力大学学报(社会科学版)》2017 年第 1 期。

③ 关于"香奁体"概念的提出和对"香奁体"的效仿,见熊啸、沈妤:《论唐以后"香奁体"诗作的发展流变》,《广东广播电视大学学报》2012 年第 3 期。部分模拟仿效香奁体诗的例子收录在吴在庆:《韩偓集系年校注》,第 1346—1441 页。关于《香奁集》对词的影响,见曹丽芳:《论韩偓诗歌在唐宋时期的传存与接受》,《南京师范大学文学院学报》2013 年第 2 期。

④ 这是胡仔《苕溪渔隐丛话·后集》卷一五引许彦周《诗话》记录高秀实对韩偓《香奁集》的评价;胡仔纂集,廖德明校点:《苕溪渔隐丛话·后集》,第 113 页。

⑤ 方回选评,李庆甲集评校点:《瀛奎律髓汇评》,上海:上海古籍出版社,1986 年,第 279、280 页。

⑥ 刘克庄在《读金銮密记》这首诗中说,当他读到韩偓在《金銮密记》中描写的翰林学士经历,就相信韩偓不是《香奁集》作者的说法("小窗细读金銮记,始信香奁属别人");刘克庄著,辛更儒笺校:《刘克庄集笺校》,北京:中华书局,2011 年,第 550 页。

学者认为,韩偓是在用香草美人寄托忠君爱国之情。① 为韩偓辩护的现代学者则提出,他的艳诗不只是描写女性姿色的狭邪之作,也表现了真挚的恋情。② 从这些批评和辩护,我们可以看到艳诗在中国文学传统中的尴尬位置。

其实,韩偓的特别之处不是创作艳诗,而是把自己的艳诗结集。在中晚唐,士人与妓交往、创作艳诗相当常见,只不过他们一般把这些诗视为游戏之作,很少保存。元稹在元和七年(812)编的诗集中设置"艳诗"类别收诗百首是个例外,反映他年轻时的文学观念,他是否把这些"艳诗"收在长庆四年(824)编成的百卷《元氏长庆集》中,我们不得而知,但可以确定"艳诗"在《元氏长庆集》中已不再是一个类别。③ 杜牧的做法可能更有代表性,他晚年为编文集做准备的时候,把一些早年创作的风流诗作排除在诗文集外。④ 我们现在看到的唐代艳诗,很多靠《才调集》才得以保存,就是因为这类作品很少收在个人诗集。可是,韩偓不但把自己的艳诗结集保存,而且在诗集序言中正面肯定艳诗的价值,这在唐代作家中是独一无二的。他显然知道自编艳诗集的行为不合常规,因此在《香奁集序》开篇就"检讨"自己的艳诗写作,同时为自己辩护:"余溺于章句,信有年矣。诚知非士大

---

① 钱谦益、吴汝纶、震钧都有此说。钱谦益著,钱曾笺注,钱仲联标校:《牧斋有学集》,上海古籍出版社,1996年,第116页;吴汝纶评注:《韩翰林集》(1923年武强贺氏刻本)"序";震钧:《香奁集发微》(宣统三年刊巾箱本)"序"。部分相关论述收在吴在庆:《韩偓集系年校注》,第1242—1246页。对这种观点的讨论,见熊啸:《情本与寄托:对〈香奁集〉两种诗学阐释的分析》,《广西社会科学》2017年第7期。

② 黄世中:《韩偓其人及"香奁诗"本事考索》,《古代诗人情感心态研究》,杭州:浙江大学出版社,1990年,第166—192页;尹楚斌:《咸、乾士风与艳情诗风》,《文学遗产》2002年第6期;吴在庆:《韩偓集系年校注》"前言",第9页。

③ 关于《元氏长庆集》的原貌和散佚情况,这个集子与现存《元稹集》祖本《元微之文集》之间的关系,见赵超洋:《〈元氏长庆集〉的原貌及其在北宋的散佚——从〈叙奏〉和〈自叹〉的系年谈起》,载武汉大学中国三至九世纪研究所编:《魏晋南北朝隋唐史资料》第39辑,上海:上海古籍出版社,2019年,第216—228页。

④ 洪越:《读者与作者的"竞争"——论晚唐五代杜牧形象的生成》,《文艺研究》2021年第9期。

夫所为，不能忘情，天所赋也。"①然后述说创作、保存这些诗的理由。不过，韩偓为艳诗辩护的方式与其他唐人不同，表现出一种更包容、更肯定的态度。相关段落如下：

> 退思宫体，未解称庾信工文；却诮《玉台》，何必使徐陵作序。粗得捧心之态，幸无折齿之惭。柳巷青楼，未尝糠秕；金闺绣户，始预风流。咀五色之灵芝，香生九窍；咽三危之瑞露，美动七情。若有责其不经，亦望以功掩过。

首先，韩偓确立了《香奁集》在文学传统中的位置。以前的唐代作家接受正统诗教观，承认缺乏社会意义、格调不高是艳诗的严重缺陷，他们为保存艳诗辩护的方式大致有两种。一是把政教功能强加给这些作品，如元稹说他在自编诗集中收录"艳诗"百首，为的是达到"教化"的目的。② 二是强调艳诗是无伤大雅的游戏之作，如白居易解释说，虽然缺乏政教功能的咏妓写情诗是"雕虫之戏，不足为多"，但因为读者喜欢，就也不妨把这些"时俗所重"的作品收入诗集。③ 韩偓则正面肯定艳诗的诗歌价值。他把《香奁集》放在宫体诗写作和《玉台新咏》编集这样的脉络中加以评价，称这本诗集超过了宫体诗经典《玉台新咏》：说不理解为什么大家称赞庾信擅长宫体，是暗示自己写得更好；说《玉台新咏》何必由徐陵作序，是说《玉台新咏》那样的作品不值得徐陵作序吹嘘，以表示《香奁集》更值得赞美，或者是夸耀自己编集无须请别人作序。韩偓显然不觉得需要给艳诗附加教化意义，也没有因为艳诗不具有教化意义而斥之为"雕虫之戏"，而是声称这些诗因品质上乘而具有阅读、保存价值。他最后说，如果要求诗歌承担社会伦理责任的读者"责其不经"，那么希望这些诗能因为它们

---

① 《香奁集序》，《韩偓集系年校注》卷六，第1054页。下面引此文不再出注。
② 元稹：《叙诗寄乐天书》，《元稹集》（修订本）卷三〇，第407页。
③ 白居易：《与元九书》，《白居易集笺校》卷四五，第2793页。

的审美价值"以功掩过"。

其次，韩偓从文学作品与生活经验关系的角度赞美艳诗的品质。他说自己的诗是"风流"经验的表达，夸耀自己交往的女子如西施一般美丽，而且自己受其青睐，因此没有像谢鲲那样，因挑逗邻家女被对方投过来的梭子打折牙齿①。他强调自己"风流"的对象是有选择的，她们不是一般的妓女（"柳巷青楼""糠秕"），而是高流品妓人（"金闺绣户"），即《北里志》中所说的"卑屑妓"与"铮铮者"②的区别。他把情感经历比作是"咀灵芝""咽瑞露"一样的神仙体验，称这些经验使他"香生九窍""美动七情"，写出高品质的诗。韩偓说自己的诗源于"风流"经验，是"引导"读者对自己的艳诗进行自传式解读，这和中晚唐大多数诗人的做法正好相反。在元和十年（815）写给白居易的信中，元稹虽然也谈到自己的艳诗来自生活经验，不过他指的不是情爱经验，而是观察时尚的经验："近世妇人，晕淡眉目，绾约头鬓，衣服修广之度，及匹配色泽，尤剧怪艳，因为艳诗百余首。"③尽管后世论者结合元稹的生平材料，认为他的很多艳诗写年轻时的恋人，但元稹从没说过那些诗与他的情感经验有关。杜牧和李商隐也倾向于把生活经验和文学作品分开，不希望读者把写情作品读成诗人经验的表达。大中六年（852）杜牧为编文集挑选诗文时，焚毁了不少可能被读作自己生活经验的风情诗。几乎与此同时，李商隐婉拒东川节度使柳仲郢提出的将一名官妓赠与他作妾的提议，说自己虽

---

① 谢鲲因挑逗邻家女而被女子扔织布梭子打折牙齿这个典故，在唐末情感书写中很常用。《北里志》记载赵光远赠妓女莱儿的诗中，用"困掷金梭恼谢鲲"描写莱儿困倦着恼的情态。韩偓在《黄蜀葵赋》中也用了这个典故，把黄蜀葵比作女子，有"感苟粲之殷勤，誓无缄著；怨谢鲲之强暴，未近风流"之句。"折齿"还有一个当代典故，是温庭筠任醉酒，被军中虞候打折牙齿，不过这个折齿事件和狭邪游关系不大。见《唐五代笔记小说大观》，第1409页；《韩偓集系年校注》卷六，第1035页。

② 《唐五代笔记小说大观》，第1404页。"金闺"在唐诗中一般指朝廷或闺阁，但《香奁集》中不少诗作对女性身体、情欲性爱进行直接描写，使人觉得这部分作品的书写对象应该还是妓的身份。

③ 元稹:《叙诗寄乐天书》,《元稹集》(修订本)卷三〇, 第407页。

然在诗中写到妙妓,却不曾与她们交往:"至于南国妖姬,丛台妙妓,虽有涉于篇什,实不接于风流。"①和元稹、杜牧、李商隐形成鲜明对比的是,韩偓"鼓励"读者把他的艳诗读作风月场上的"即事诗",还声称高品质的风流经验使他写出高品质的诗。

那么,为什么韩偓肯定艳诗的价值,而且非但不讳言还强调艳诗与生活经验之间的关联?为什么一位政治地位显赫的朝廷重臣,会在晚年结集保存自己的艳诗?本文提出两个原因:一是唐朝末年的战乱和社会剧变、个人处境的变化促成了"回忆性书写",而辑录艳诗成集是这种"怀旧"的组成部分;二是九世纪下半叶,随着进士出身的新型精英成为政治文化的主导力量,士人群体对"风流"现象及其书写的认识和评价发生了变化,使创作、保存艳诗更能被接受。在这两个背景中考察,《香奁集》是一部唐末士人怀念已经逝去的太平年代的作品,它通过回忆"风流文化"来保存、延续唐代的政治文化秩序。

二 回忆性书写

唐末五代出现的大量回忆性书写,从黄巢之乱开始。广明元年(880)的黄巢举兵,是安史之乱后唐朝遭受的最大打击,长安毁于战火,僖宗逃到四川。虽然朝廷在中和四年(884)借助李克用的沙陀军击败黄巢,但中央已经没有能力协调地方势力,各地区走向独立割据的道路。从黄巢之乱到唐朝灭亡的唐末时期,由于政治环境的变化,文学创作和文化活动出现了与中晚唐不同的特征。傅璇琮提出,在这段时间,一些著名作家已经离开京城到南方各地,开始确立五代十国的文学格局,因此五代文学系年可以从光启元年(885)开始,而不

---

① 李商隐:《上河东公启》,刘学锴、余恕诚:《李商隐文编年校注》,第1902页。

以唐亡的天祐四年(907)为分界。① 唐末五代文学的一个显著特点是回忆性书写的涌现,唐末笔记如高彦休的《唐阙史》、孙棨的《北里志》、裴廷裕的《东观奏记》、康骈的《剧谈录》、令狐澄的《贞陵遗事》、阙名《玉泉子》,五代十国笔记如王定保的《唐摭言》、尉迟偓的《中朝故事》、孙光宪的《北梦琐言》、刘崇远的《金华子》,都属于回顾过去盛时的记录文学。

在《怀旧的未来》一书中,斯维特兰娜·博伊姆根据"一个人与过去、与想象中的群体、与家园、与自我感受的关系"将"怀旧"分为两种:修复型的和反思型的。修复型的怀旧强调"怀旧"中的"旧",尝试"重建失去的家园";反思型的怀旧强调"怀旧"中的"怀",关注"怀想与遗失,记忆的不完备的过程"。② 唐末五代的回忆性书写与修复型的怀旧比较接近,这些作品尝试"重建"的,是以"清流文化"为核心的唐代政治文化秩序。"清流文化"的概念由陆扬提出。他认为,清流是唐玄宗时开始出现的新的政治精英评定方式,在中晚唐成为主流,其核心是文学(指广义的"文学",相当于"文")素质和特定资历,包括进士词科的成功和任官的清显。之所以"文"得到至高无上的地位,一方面是延续了南北朝晚期的清流传统,当时"清"的标准逐渐从门第转为文学才能。另一方面,当这个清流传统遇到唐朝的政治结构(武后到玄宗形成的君主独裁体制;以政治地位决定身份的取向使做官成为社会精英的人生目标),"文"和以皇帝权威为核心的政治形态高度结合,其结果是"文"被认为是传达道德政治理念和朝廷意志的终极手段。因此,科举成功的士人可以凭借文学才能成为词

---

① 傅璇琮在1989年为李珍华校点《五代诗话》所作的序文中提出了这个观点;傅璇琮:《重视对五代文化的研究——〈五代艺文考〉序》,《常德师范学院学报(社会科学版)》2003年第4期。张兴武在研究五代十国文学的三部力作《五代作家的人格与诗格》《五代十国文学编年》《五代艺文考》中,也认为五代的文学创作和文化活动应该从昭宗朝(889—904)开始考虑。

② 〔美〕斯维特兰娜·博伊姆:《怀旧的未来》,杨德友译,译林出版社,2010年,第46页。

臣,担任最需要文辞能力的朝廷职位,如知制诰、中书舍人、翰林学士、吏部侍郎知贡举等,最终成为宰相。他们为朝廷代言,展现皇帝的权威,维系帝国统治。进士之所以在人们心目中具有崇高地位,就是因为它标识了最高政治文化精英的身份。① 清流文化在唐末藩镇军将争权的政治环境中遭到巨大破坏,最具有象征意味的事件是"白马驿之祸"。天祐二年(905),朱温在滑州白马驿诛杀朝中最重要的清流大臣三十余人,将尸体投入黄河,让这些"自谓清流"者"永为浊流"②。

不过,清流文化并没有随着唐朝的灭亡而消失,而是在五代十国和宋初得以延续,这种连续性不只依靠"仕进和科举等机制",清流成员"通过有目的的回忆性书写,在历史记忆中不断对这种文化的细节加以建构和渲染",也起到相当的作用,前面提到的那些唐末五代回顾记录过去的笔记,都是这种努力的体现。③ 笔记的书写者大多以进士入仕、任清职官,如《剧谈录》作者康骈是乾符进士,《北里志》作者孙棨为唐末中书舍人,裴庭裕写《东观奏记》时为右补阙兼史馆修撰,《贞陵遗事》作者令狐澄是乾符中书舍人,《唐摭言》作者王定保为唐末光化进士,在南汉官至中书侍郎同平章事,等等。他们的回忆涉及唐代政治文化的多个方面:《东观奏记》记载宣宗朝事,《玉泉子》收录中晚唐政治传闻和人物轶事,《唐摭言》记述科举制度掌故与士人言行,《北里志》记载狭邪游。有些笔记作者特别谈到作品的追忆性质,他们目睹战乱导致文献流失,产生写下历史的紧迫感。裴庭裕在昭宗朝初期受命修撰《宣宗实录》,但发现日历、起居注这些最基本的史料,经过"中原大乱"已"不存一字",于是"搁笔未就";有感于此,

---

① 以上对"清流文化"概念的描述,转述自陆扬:《唐代的清流文化——一个现象的概述》,《清流文化与唐帝国》,北京大学出版社,2016年,第213—263页。
② 《新唐书》卷一四〇,第4648页。
③ 陆扬:《清流文化与唐帝国》,第257页。

他把幼时"耳目闻睹"的宣宗朝事辑录为《东观奏记》上奏丞相。① 裴廷裕提到的宣宗朝史料的流失,是黄巢举兵长安的直接后果,当时黄巢军焚毁宫殿官署,包括宫廷书库的五万卷藏书。② 个人藏书和文稿也在战乱中大量丢失。《剧谈录》作者康骈谈到,由于以前搜集的"史官残事"在战乱中"亡逸都尽",又担心以前的事情经丧乱后"寂寥湮没,知者渐稀",因此记述旧日见闻,"聊以传诸好事者"。③

在唐末回忆性书写的语境中,狭邪游、写艳诗这些娱乐游戏活动,也因为是"大乱"前太平时代的一部分而获得记录保存的价值。唐代唯一专门记载狭邪游的笔记《北里志》、唯一的自编艳诗集《香奁集》都产生于这一时期,并不是偶然的巧合。另一部性质类似的记述娱乐活动的唐代作品是安史之乱后撰写的笔记《教坊记》。斋藤茂注意到崔令钦的《教坊记》和孙棨的《北里志》有相似之处:它们都在巨大动乱(安史之乱、黄巢起义)后写成,"都描写了象征着唐代长安之繁华的特殊去处——教坊和狭邪",都属于"回顾过去盛时的记录文学"。④ 虽然《香奁集》和《教坊记》《北里志》的文本性质不同——它不是笔记,也不是严格意义上的回忆性书写,因为绝大多数作品不是为回忆过去所写的诗,而是把以前写的诗结集,因此更准确的说法是"回忆性编录"——但它也是乱后"回顾盛时"之作,属于宽泛意义上的"回忆性书写"。三本集子的作者都在序言中强调著作的追忆性质。崔令钦说写《教坊记》是为了在安史乱后记录往昔的声乐之盛:"今中原有事,漂寓江表,追思旧游,不可复得;粗有所识,即复疏之,作《教坊记》。"⑤孙棨说写《北里志》的动因是在黄巢之乱后记录乱前

---

① 郑处诲、裴庭裕撰,田廷柱点校:《东观奏记》(唐宋史料笔记丛刊,与《明皇杂录》合刊),北京:中华书局,1994年,第83页。
② 《旧唐书·经籍志》,第1962页。
③ 《唐五代笔记小说大观》,第1459页。
④ 〔日〕斋藤茂:《关于〈北里志〉——唐代文学与妓馆》,中国唐代文学学会等主编:《唐代文学研究》第三辑,桂林:广西师范大学出版社,1992年,第607页。
⑤ 《唐五代笔记小说大观》,第122页。

的"太平遗事":"不谓泥蟠未伸,俄逢丧乱,銮舆巡省崤函,鲸鲵逋窜山林,前志扫地尽矣。静思陈事,追念无因,而久罹惊危,心力减耗,向来闻见,不复尽记。聊以编次,为太平遗事云。"①韩偓说编《香奁集》的缘由是"大盗入关"后吟咏以前的文学作品并加以保存:"大盗入关,缃帙都坠。迁徙流转,不常厥居。求生草莽之中,岂复以吟咏为意。或天涯逢旧识,或避地遇故人,醉咏之暇,时及拙唱。自尔鸠集,复得百篇,不忍弃捐,随即编录。"

与《教坊记》《北里志》记录乱前的"旧游""闻见"不同,《香奁集》追忆的方式是编录乱前的文学作品。韩偓说编《香奁集》的一个重要原因是他的文稿在"大盗入关"时全部丢失了。一般认为"大盗入关"指"黄巢陷长安"②,我觉得更有可能指天复元年(901)宰相崔胤为对抗宦官韩全晦召朱温领兵进京,继而引发韩全晦劫持昭宗西幸凤翔这件事,因为韩偓在《无题序》中这样描述这次变故:"余辛酉年(901)……是岁十月末,余在内直,一旦兵起,随驾西狩,文稿咸弃,更无孑遗。"③这里所说的"兵起"后"文稿咸弃,更无孑遗",与《香奁集序》中所说的"大盗入关,缃帙都坠"用语相似,应指同一件事。④昭宗被劫持至凤翔时,部分大臣连夜追随,当时情况紧急,韩偓很可能来不及携带自己的文稿。文稿丢失两年后,他弃官南下入闽,编《香奁集》。

编《香奁集》是具有怀旧意味的文学活动。随着唐代政治秩序的崩溃,失去尊贵地位的政治文化精英在一起讲述过去的故事,吟咏旧

---

① 《唐五代笔记小说大观》,第1403页。
② 陈寅恪:《唐代政治史述论稿》,上海:上海古籍出版社,1980年,第92页;霍松林、邓小军:《韩偓年谱(上)》,《陕西师大学报(哲学社会科学版)》1988年第3期;《韩偓集系年校注》卷六,第1057页。震钧认为指天复三年(903)朱温"举兵入朝事";震钧:《韩承旨年谱》(北京图书馆藏珍本年谱丛刊12)北京:北京图书馆出版社,1999年,第513页。
③ 《韩偓集系年校注》卷四,第942—943页。
④ 周祖譔也注意到《香奁集序》和《无题序》都谈到文稿丢失,认为这说明韩偓诗"曾两次遭到浩劫"。周祖譔:《韩偓诗的编集、流传与版本》,《文学遗产》2000年第1期。

日的诗作,编辑保存以前的作品。韩偓在序言中说,集中的作品是他避乱南下途中遇到"旧识""故人",大家在酒席上吟咏旧诗然后记录下来的结果。从韩偓这一时期的社交诗看,这些友人是他以前在朝中共事的中高层文官,如在长沙遇到的同年及虞部郎中李冉,在抚州遇到的中书舍人王涤等。他们的诗歌唱和内容常与怀旧有关,如回忆翰林院旧事、感念君恩;而吟咏大家熟悉的艳诗旧作,也是对太平时代时光的怀想。《香奁集》中也有少量作品来自友人保存的抄本。在《无题序》中,韩偓这样描述得到诗稿的经过:"丙寅年(906)九月,在福建寓止,有前东都度支院苏昈端公,挈余沦落诗稿见授,中得《无题》一首。因追味旧作,缺忘甚多,唯第二、第四首仿佛可记,其第三首才得数句而已。今亦依次编之,以俟他时偶获全本。"①苏昈交给韩偓的"沦落诗稿",可能是苏昈抄录的韩偓诗小集,也有可能是他通过某种契机得到的韩偓亡佚诗稿的一部分。除了《无题》这样的艳诗,这个抄本可能也包括其他类型的诗,②不过,通过读者记忆或者小集形式流传下来的韩偓诗,很多还是那些流行的艳诗。因此,韩偓将幸存的艳诗旧作结集,其意义就包含着保存自己的文学作品,以及留下太平时代的诗歌创作与传播的集体记忆。

除了编《香奁集》,韩偓还有两类回忆性书写,也都作于贬官南行之后。一是《金銮密记》,自述在翰林院数年参与朝政的经历。③ 二是追怀昭宗朝事的诗,其中包括描述政治事件的纪事诗,如《感事三十

---

① 《韩偓集系年校注》卷四,第942页。
② 这些诗有可能是现存韩偓早年诗作的重要来源之一。韩偓保存下来的早期诗作包括进士及第时写的诗、任翰林学士时写的诗等约二十首,有些可能是韩偓在福建时凭记忆誊录的。参见周祖譔:《韩偓诗的编集、流传与版本》,《文学遗产》2000年第1期。
③ 关于《金銮密记》的成书时间,因为书中所记事止于天复三年韩偓贬濮州司马,所以一般认为作于此时或之后,陈尚君认为是韩偓贬官南行后"回忆在翰林院数年经历"撰写的。傅璇琮主编,吴在庆、傅璇琮著:《唐五代文学编年史·晚唐卷》,沈阳:辽海出版社,1998年,第445页;陈尚君:《述陈寅恪先生批读〈韩翰林集评注〉》,《古典文学知识》2015年第1期。

四韵》《八月六日作四首》①写昭宗朝的兴衰历程,也包括感怀诗,回忆最多的是他在翰林院那几年。虽然那段时间充满政治危机和变故,韩偓回忆的重点却是朝廷的祥和秩序、翰林学士的尊贵地位和他对昭宗的忠诚感激之情。有时他触物生情,在湖南见到新摘樱桃,便想起昭宗将樱桃贡品"先宣赐学士",不禁"忍泪看天忆帝都"(《湖南绝少含桃,偶有人以新摘者见惠,感事伤怀,因成四韵》)②。有时他遇到旧日同僚,于是怀念为昭宗草诏的荣耀:"不向东垣修直疏,即须西掖草妍词。紫光称近丹青笔,声韵宜裁锦绣诗。"(《同年前虞部李郎中自长沙赴行在,余以紫石砚赠之,赋诗代书》)③有的诗描写梦见百官上朝的肃穆和谐景象:"礼容肃睦缨绥外,和气熏蒸剑履间。"(《梦中作》)④韩偓的这两类回忆性书写历来得到史家重视:《金銮密记》为《资治通鉴》所取,被认为是研究唐末政治的重要记录;纪事感怀诗则被称许为"杜甫以后最有诗史意义之作品"⑤。其实,《香奁集》也有记录历史的意义,只不过记录的不是政治,而是"风流文化"。

三 "风流文化"

韩偓自编艳诗集的第二个原因,涉及艳诗地位在九世纪的逐渐提升。中晚唐时期,在科举成功步入仕途的文官群体中,狭邪游、写艳诗相当盛行,这种风气在懿僖两朝的咸通、乾符(860—879)年间达到极致。《北里志》记述的就是咸乾时期的长安狭邪游盛况,《香奁集》收录的也大多是韩偓在这一时期写的艳诗,当时他二三十岁,尚未进士及第。在《香奁集序》中,韩偓这样回忆自己年轻时写艳诗,以及这

---

① 《韩偓集系年校注》卷二,第235—236、417—441页。
② 同上注,第501页。
③ 《韩偓集系年校注》卷三,第535页。
④ 《韩偓集系年校注》卷二,第286页。
⑤ 陈尚君:《述陈寅恪先生批读〈韩翰林集评注〉》,《古典文学知识》2015年第1期。

些诗受到读者喜爱、广泛流传的情形:"自庚辰辛巳(860、861)之际,迄己亥庚子(879、880)之间,所著歌诗,不啻千首。其间以绮丽得意者,亦数百篇,往往在士大夫口,或乐工配入声律。粉墙椒壁,斜行小字,窃咏者不可胜纪。"这里描述的咸乾香艳诗风,其他同代人也有评述,如黄滔就在《答陈磻隐论诗书》中批评这种风气:"咸通乾符之际,斯道隳明,郑卫之声鼎沸,号之曰今体才调歌诗。"①

关于狭邪游、写艳诗在咸乾年间特别盛行的原因,通行的有两种观点。一是从懿僖两朝的政治环境出发,认为这是士人政治抱负不能实现而在风月场中寻找精神寄托的表现。这个说法可能很难成立。看《北里志》就知道,当时出入平康里或召妓外出的士人,很多是贵胄子弟和举子、进士、翰林学士等政治文化精英,他们对仕途充满信心。第二种观点是把咸乾时期的风气看作中晚唐风气的一部分,从进士群体的道德观念进行解释。陈寅恪提出,不同于山东旧族崇尚经学礼法,出身庶族的新兴进士阶级"重辞赋而不重经学……尚才华而不尚礼法,以故唐代进士科,为浮薄放荡之徒所归聚,与倡伎文学殊有关联"②。这种观点影响很大,多为今人征引,但没有解释为什么"重辞赋""尚才华"的进士群体会"浮薄放荡"。很多其他时代的文士群体并不以流连风月场著称,为什么在中晚唐的进士群体中,文学与道德之间会产生这种关联?

我的看法是,狎妓及其书写之所以在进士群体中盛行,是因为这些风流行为是年轻文士在竞争的大环境中彰显才情的一种方式。这个群体形成新的"道德观念",不是因为出身寒素不尚礼法,而是与上文谈到的清流精英评定方式有关。由于进士考试、文官选拔的重要

---

① 《全唐文》卷八二三,第8672页。
② 陈寅恪:《艳诗与悼亡诗》,《元白诗笺证稿》,上海:上海古籍出版社,1980年,第86页。对陈寅恪的新兴进士阶级与山东旧族对立说,一些学者提出质疑,指出进士并非都出身庶族,而是来自社会各阶层,包括公卿子弟、政治上衰微的旧门第成员、唐朝前期勋贵家庭的后辈、庶族人士等等。陆扬:《清流文化与唐帝国》,第225、233页。

标准是文学素质，而写易于流传的艳诗可以使自己的文学才华为人所知，因此年轻士人通过自述风流经历和传播艳诗在有兴趣提携后进的士大夫群体面前把自己表现为年轻才子。李商隐在洛阳里巷的墙壁上写下自己和柳枝相遇的浪漫诗篇就是这样一个例子。同时，妓乐欢娱也是进士登第的"奖励"、获得精英身份的标志。每年春天，进士及第者在公众场合展示、炫耀成功的重要方式，就是在曲江举办有美妓陪伴的庆功宴。诗人对这个场景的描写，如元稹的"同年同拜校书郎，触处潜行烂熳狂"①、黄滔的"名推颜柳题金塔，饮自燕秦索玉姝"②，常把狎妓表现为科举成功者享受的荣耀。此外，中高层文官享受官妓服务或者购买家妓，也是政治地位和精英身份的象征，这一点在白居易大量夸耀妓乐的中晚年诗作中可以看到。

而狭邪游、写艳诗在咸乾年间达到极致，则由于清流精英在这一时期的政治文化中占据主导位置。这个群体"从八世纪中叶开始形成"，"经过德、宪两朝君主的有意识推动"，到九世纪中叶以后"成为唐代政治文化的主旋律，特别是在宣宗和懿宗等朝达到巅峰"。③ 在这个过程中，尤其是九世纪下半叶，进士出身的士人获得越来越多特权。在赋税上，穆宗规定进士出身者免除徭役，僖宗规定进士出身者的家族免除服役赋税，使"进士及第者有了两晋南北朝时期的士族门阀和唐初以来五品以上官僚所拥有的能庇护一家的特权"。④ 在狭邪游方面，懿僖两朝给新进士特殊待遇。《北里志》记载，朝士召籍属教坊的饮妓外出侍宴，"须假诸曹署行牒，然后能致于他处"，只有新进士无须这道手续，他们"设筵顾吏，故便可行牒追"。⑤ 这里，进士的尊贵地位给他们带来的风月场特权被制度化了。随之而来的是士人群

---

① 元稹：《赠吕二校书》，《元稹集》（修订本）卷一七，第228页。
② 黄滔：《成名后呈同年》，《全唐诗》卷七〇六，第8127页。
③ 陆扬：《清流文化与唐帝国》，第248页。
④ 吴宗国：《唐代科举制度研究》，第262页。
⑤ 《唐五代笔记小说大观》，第1403页。

体对情感书写的肯定。如果说九世纪初,狎妓及其书写是一些年轻士人小圈子里的新事物;到了咸乾时期,这些行为则在更广泛的士人群体中成为风气,可以称之为"风流文化"。"风流文化"的内涵,既不是个人欲望在缺乏礼法约束情况下的自然流露,也不是士人政治失意后寻找寄托,而是清流成员彰显政治文化精英身份。这才是人们热衷"风流"的根本原因。

随着狎妓成为清流精英的身份标识之一,写情地位提高并成为风气,艳诗的主题和艺术也相应地发生了改变,主要表现在两个方面:对狎妓的浪漫化处理,以及对男女情爱更直露、也更深入的表达。这既是咸乾时期艳诗的共性,也是韩偓艳诗的特征。

在对狎妓的浪漫化书写方面,这一时期的诗人常用神仙的语汇描写妓人,将狎妓塑造为风雅之举。虽然用仙子形容妓人在盛唐诗中已经出现,但"将仙子直接用以隐喻妓女"①从中唐开始,到晚唐五代更普遍。晚唐诗常用"神仙""仙子"指称妓人,《北里志》中很多妓人的名字包含仙字。李丰楙指出,以仙咏妓是在娼妓成为唐代文人生活的一部分后,恩客自命风雅而创造出的语言风格。② 尤其是,当狎妓成为清流精英的身份标识之一,妓女就不能只是情色交易对象,而需要被神秘化、浪漫化,以仙写妓就起到这个作用。清流精英常自称仙才,相应的,他们也把交往的妓女称为仙子。譬如,韩偓一面形容进士及第为"凡骨升仙籍",称自己为"谪仙才",翰林学士为"蓬岛侍臣";一面以"瑶台"指妓馆,以"谪仙""神仙"称妓。③

和以仙写妓看起来正相反的一个特点,是对女性身体、情欲性爱

---

① 李丰楙:《仙、妓与洞窟——唐五代曲子词与游仙文学》,《忧与游:六朝隋唐游仙诗论集》,台北:台湾学生书局,1996年,第385页。
② 同上注,第396页。
③ 韩偓:《及第过堂日作》《早玩雪梅有怀亲属》《同年前虞部李郎中自长沙赴行在,余以紫石砚赠之,赋诗代书》《自负》《马上见》《偶见背面是夕兼梦》,《韩偓集系年校注》卷三、卷一、卷三、卷四、卷四、卷四,第585、106、535、974、725、906页。

的直接描写,这也是咸乾艳诗最受人诟病的一点。比起元稹、白居易、杜牧、李商隐的同类诗作,薛能、唐彦谦、韩偓的诗"映着绮艳的肉色,透着狎昵的风态"①。对韩偓诗的批评也主要集中在这个方面。写女性身体的诗句"鬓垂香颈云遮藕,粉着兰胸雪压梅"(《席上有赠》)②,被认为"俗甚""语气欠雅"③;描写性爱的"怀里不知金钿落,暗中唯觉绣鞋香"(《五更》)④,被评为"太猥、太亵"⑤。这一特点产生的背景,是到了九世纪下半叶,进士在人们心中的地位越发崇高,获得这种精英身份的竞争也愈加激烈,而这种竞争从科场到风月场无处不在。《北里志》描写的风月场是科场的延伸:成功者被选择,失败者被轻视;一边是状元赢得妓女温情,一边是考试失利导致感情低潮。⑥ 在这个背景下,美妓对年轻士人的青睐可以"证明"被选择者具有文学声誉和科考成功的潜力。她的青睐可以表现为欣赏他的诗,或者与他亲昵。因此孙棨强调福娘最喜欢他的诗,韩偓自夸某妓女只与他有亲密关系:"经过洛水几多人,唯有陈王见罗袜。"(《密意》)⑦或者诗人通过描述她的亲昵举止展示自己有才:"人许风流自负才,偷桃三度到瑶台。至今衣领胭脂在,曾被谪仙痛咬来。"(《自负》)⑧

与描摹女性身体相对应的,是书写男性的深情与悲哀。既然狎妓被视为士人精英的风流之举,对男性情感经验的表达也就比较容易被接受。在《中国的恋歌》这本书中,川合康三说中国"古典诗里面的

---

① 罗时进:《咸乾士风及其才调歌诗》,《文学评论》2003年第2期。
② 《韩偓集系年校注》卷四,第784页。
③ 方回选评,李庆甲集评校点:《瀛奎律髓汇评》,第290页。
④ 《韩偓集系年校注》卷四,第787页。
⑤ 方回选评,李庆甲集评校点:《瀛奎律髓汇评》,第288页。
⑥ Paul F. Rouzer. *Articulated Ladies: Gender and the Male Community in Early Chinese Texts* (Cambridge[Massachusetts] and London: Harvard University Asia Center, 2001), Chapter 7.
⑦ 《韩偓集系年校注》卷四,第841页。
⑧ 同上注,第974页。

男女关系,通常是把女性当作可悲存在的结构占了上风,把失意的男性当作中心非常罕见"①。这种情况在中晚唐有所改变,元稹和韩偓都写了很多关于情爱经历的诗。② 元稹在《桐花落》《梦昔时》《忆事》《春晓》《杂忆诗五首》《梦游春七十韵》等诗中表现男性放弃恋情的复杂心情,一边下决心丢开,一边怅惘回忆旧情的美好瞬间。韩偓则在《香奁集》的约二十首诗中描写失去恋情后男性的思念、孤独与悲哀。《倚醉》描写在昔日恋人窗下徘徊时"抱柱立时风细细,绕廊行处思腾腾"③;《寄远》自述因想念"美人"而"空床展转怀悲酸"④;《寒食日重游李氏园亭有怀》写旧地重游的难过;《半夜》写因想起旧情而失眠憔悴;《有忆》形容得不到她消息时的痛苦是"愁肠泥酒人千里,泪眼倚楼天四垂"⑤。闺情诗有大量作品描写女性的此类情感,但像韩偓这样表现"男性的闺怨"⑥的,则属罕见。韩偓也有些诗表现男性的深情。在"光景旋消惆怅在,一生赢得是凄凉"(《五更》)⑦、"此生终独宿,到死誓相寻"(《别绪》)⑧这样的诗句中,情爱的失去意味着一生不幸。这种对男性深情的描写,在九世纪下半叶其他士人的作品中也能看到,如油蔚在临别赠诗中对相好营妓承诺"此生终不负卿

---

① 〔日〕川合康三:《中国的恋歌:从〈诗经〉到李商隐》,第139页。
② 刘宁提出,元稹、白居易、李商隐、韩偓等中晚唐及唐末诗人以追忆为主题记叙感情经历,注重自省,形成"深曲"的艺术特征。刘宁:《论唐末的香艳诗人》,中国唐代文学学会等主编:《唐代文学研究》第九辑,桂林:广西师范大学出版社,2002年,第719—728页。李商隐以男子口吻追忆恋情的恋爱诗,也许不宜读作诗人爱情经验的表达,因为如前面所说的,李商隐曾在信中否认自己的风流诗篇与生活经验之间的关联。川合康三也认为,李商隐用《无题》作为爱情诗的题目,是"否认(诗的)内容是作者个人生活的一部分"。〔日〕川合康三:《中国的恋歌:从〈诗经〉到李商隐》,第166页。
③ 《韩偓集系年校注》卷四,第803页。
④ 同上注,第814页。
⑤ 同上注,第911页。
⑥ "男性的闺怨"是借用川合康三分析李商隐《夜雨寄北》的话。〔日〕川合康三:《中国的恋歌:从〈诗经〉到李商隐》,第150页。
⑦ 《韩偓集系年校注》卷四,第751页。
⑧ 同上注,第718页。

卿"①,源匡秀在墓志铭中表达对妓女沈子柔的爱:"火燃我爱爱不销,刀断我情情不已。"②

　　了解咸乾时期"清流文化"的内涵,就可以知道韩偓年轻时写艳诗的缘由,以及他的艳诗形成以上特色的原因。有后代学者不理解为什么韩偓这样的大臣会写轻薄无聊的艳诗,批评他"身列士林而词效俳优"③,或者为他辩解说这是无损大节的"游戏"之作④,但这些看法都没有考虑到,狭邪游及其书写在咸乾年间成为新型政治精英的身份标识之一,"风流文化"是清流文化的组成部分。不过,尽管"风流"在咸乾时期成为社会风气,写情却还没有进入正统文学的范畴,因此这一时期没有出现《香奁集》那样的自编艳诗集,或者《北里志》那样记述狭邪游的文字。只有到了唐末,当战乱破坏了唐代的政治文化秩序,当追忆太平时代的"风流文化"成为清流精英怀念正在迅速消失的既有秩序的一种方式,狭邪游、艳体诗才真正获得记录保存的价值,于是孙棨在黄巢乱后写《北里志》,韩偓于唐亡之际编《香奁集》。也只有在这个"回忆性书写"的背景中,自述情感经验,尤其是对亲密关系的描绘,才成为可以接受的主题。此前的唐代作家,即便是在自述恋情方面走得最远的元稹,也行文隐晦,用虚构手法写自己的恋情,在《梦游春》中把恋人写成梦遇的仙子,在《莺莺传》中把自己的经历写成朋友的故事。但在《北里志》和《香奁集序》中,孙棨"坦言"自己与平康里妓福娘的交往,韩偓夸耀自己的风流经验,鼓励读者对自己的艳诗进行自传式解读——因为记述那些经验不只是对男女之情的眷恋,也是对太平时代时光的怀想。虽说韩偓晚年编《香奁集》、全力赞美自己的艳诗可能也有不得已的地方,因为假如他的

---

① 《全唐诗》卷七六八,第8719页。
② 周绍良、赵超主编:《唐代墓志汇编续集》,上海:上海古籍出版社,2001年,第1085页。
③ 纪昀:《纪文达公遗集》(清嘉庆十七年纪树馨刻本)卷一,"书韩致尧《香奁集》后(二则)"。
④ 周紫芝:《太仓稊米集》(清文渊阁《四库全书》补配清文津阁《四库全书》本)卷六七。

严肃诗稿没有"沦落"殆尽,也许不会对艳诗这么重视。但无论如何,他对男女之情、对艳诗的正面肯定,他直接赞美艳诗的方式,他结集保存艳诗的努力,在元白创作的中唐,甚至在韩偓自己写艳诗的咸乾时期,都是难以想象的。

四 回忆与重建

"怀旧"作品从来不完全是对过去的忠实记录,更是作者对过去的"重建",其中蕴含着个人对已经逝去的时间和消失的家园的思考和感情。韩偓的"怀旧"作品也不例外。他回忆朝廷往事的诗对昭宗朝的呈现,就和我们对这一时期历史的了解有不同的侧重。读政治史,我们知道唐末朝廷危机重重,极为动荡,但韩偓回忆的重点却是朝廷的祥和秩序与君臣励精图治。这一方面是因为他的事业在唐末处于巅峰,在很短时间里由进士及第官至翰林学士承旨,成为昭宗最信任的执事重臣之一,因此那个时期值得怀念;另一方面也是因为,从他写怀旧作品的唐亡之际或唐亡之后回看昭宗朝,那还是一个相对太平有序、没有完全失去希望的时代。

因此,韩偓对"风流文化"的回忆也包括唐末这个时段,尽管唐末的狭邪游、写艳诗活动只在朝廷掌控的极小范围内断续存在,完全无法与咸乾时期的盛况相提并论。《香奁集》收录的艳诗有少量写在唐末。一般认为香艳诗风在黄巢举兵后中断,直到五代十国诗坛才又复起,可韩偓作于唐末的艳诗说明,"风流文化"仍然在一定程度上继续着。龙纪元年(889),韩偓进士及第后作《余作探使,以缭绫手帛子寄贺,因而有诗》[①],写相好妓女寄赠手帕祝贺他科举成功,说明举子

---

① 《韩偓集系年校注》卷三,第 654 页。这首诗收录在韩偓别集,而非《香奁集》。关于韩偓别集的版本源流情况,见周祖譔:《关于韩偓集的几个问题》,中国唐代文学研究会等主编:《唐代文学研究》第八辑,桂林:广西师范大学出版社,1998 年,第 636—649 页;邓小军:《韩偓集版本》,《诗史释证》,北京:中华书局,2004 年,第 351—369 页。

进士的狭邪游仍在进行。即便是在唐朝灭亡的前几年,虽然战乱不断、政局动荡,但在相对平静的日子里,高层文官仍"戏作"艳诗。《无题序》就描述了这样一次活动。天复元年(901),韩偓与王溥、吴融、令狐涣、刘崇誉、王涣等五人唱和艳诗,韩偓作《无题》十四韵,其他人次韵和诗,韩偓再作,他人再和,然后三作三和,最后倒押前韵再作。韩偓颇为骄傲地回忆,三轮唱和过后,当他倒押前韵成第四首,其他人都称赞他诗艺出色,"谨竖降旗"①,甘拜下风。参与唱和者都是宰相、翰林学士、吏部员外郎、中书舍人等高层文官,其中韩偓、吴融、王涣以文藻著名,并有情诗传世。吴融诗虽然不以绮丽闻名,但有艳诗传世,有时和韩偓一起被视为晚唐艳诗的代表。王涣年轻时有"妍词丽唱"在缙绅士大夫间传诵,一生中写作大量诗文,②不过现存作品只有《才调集》收录的十三首诗,其中十二首是《惆怅诗》,每首歌咏一个唐人熟悉的情感故事或人物,包括莺莺、李夫人、杨贵妃、刘阮遇仙、卓文君、王昭君等。韩偓、吴融和王涣的例子说明,对唐末有文学声誉的清流精英来说,写艳诗是文学创作的组成部分。韩偓回忆这次诗歌活动的时候,既没有批评这种行为,也没有标榜这是特立独行,说明朝廷重臣唱和艳诗是唐末主流精英文化的一部分。

对韩偓来说,"风流文化"之所以值得回忆,不只是因为妓乐欢宴、男女之情的快乐本身,或者这种快乐所代表的繁荣安乐生活,更重要的是"风流"包含的政治象征意义。正如韩偓在湖南见到樱桃,就想到昭宗将樱桃贡品赐予翰林学士的君臣之情,读到艳诗旧作则让他怀念已经失去了的清流精英身份与唐代政治文化秩序,正如他在《思录旧诗于卷上,凄然有感,因成一章》这首诗中表达的:

---

① 《韩偓集系年校注》卷四,第942页。
② 我们对王涣的文学声誉的了解,很大程度上依靠1954年于广州出土的作于天祐三年(906)的王涣墓志铭(卢光济:《唐故清海军节度掌书记太原王府君墓志铭》),收录在岑仲勉:《从王涣墓志解决了晚唐史一两个问题》,《金石论丛》,上海:上海古籍出版社,1981年,第441—444页。

> 缉缀小诗钞卷里，寻思闲事到心头。
> 自吟自泣无人会，肠断蓬山第一流。①

这首记述韩偓抄录艳诗旧作的诗对理解《香奁集》的涵义至关重要，历来受到重视。清代主张微言大义说的学者从中看出《香奁集》为"寄恨"之作、"楚骚之苗裔"②，认为诗人在梁政权下不能直言亡国的痛苦，所以只能寄情艳诗，辗转表达。现代学者一般认为，韩偓感伤的原因是由抄录艳诗旧作想到昔日恋情，这种解读认为"蓬山第一流"指韩偓爱恋的女子③。不过，从唐代的词语用法看，"蓬山第一流"更可能指诗人自己。唐诗常用"第一流"指最杰出的人物，如才子、封侯少年、诗人、高官，或者最出色的事物，如花园、牡丹、歌声，但没有见到形容出众女性的例子。唐代文章会用"第一流"指凭借文学才能获得进士科举成功的政治精英。④ 蓬山、蓬岛、蓬瀛常在唐诗中指皇宫或翰林院，入翰林院为学士被称为"登瀛洲""溯紫霄""凌玉清"，进士或清职文官被称作"仙人"。虽然个别诗人用"蓬山"形容恋人所在之地遥不可及，⑤但在韩偓的诗歌语汇中，"蓬岛"指皇宫、翰林院。在另一首诗中，韩偓用"蓬岛侍臣今放逐"⑥形容自己由翰林学士贬官的处境，故而这首诗的"蓬山第一流"也应该是诗人自指，强调的是他以前的清贵地位。因此，韩偓抄录艳诗旧作而"肠断"的原因包含两个层面的怀旧：既怀想旧情（"闲事"），也怀念失去了的清流精英身份（"肠断蓬山第一流"）和清流文化这个土壤。

韩偓编《香奁集》也具有更广泛的文化意义，是唐末清流精英"重

---

① 《韩偓集系年校注》卷四，第 878 页。
② 李商隐著，冯浩笺注：《玉溪生诗集笺注》，上海：上海古籍出版社，1979 年，第 460 页。
③ 《韩偓集系年校注》卷四，第 881 页。
④ 穆员：《刑部郎中李府君墓志铭》，《全唐文》卷七八四，第 8198 页。
⑤ 李商隐："刘郎已恨蓬山远，更隔蓬山一万重。"（《无题四首》其一）刘学锴、余恕诚：《李商隐诗歌集解》，第 1467 页。
⑥ 韩偓：《同年前虞部李郎中长沙赴行在，余以紫石砚赠之，赋诗代书》，《韩偓集系年校注》卷三，第 535 页。

建失去的家园"的努力。作为清流文化组成部分的"风流文化"在五代十国延续了下来,在不同的地方政权中表现为不同的形式,也使绮艳诗词成为"五代文学中最具时代特色的部分"①。在北方,后唐庄宗李存勖擅长艳词写作,仕途生涯贯穿五代的重要文臣和凝长于艳词的名声遍布西蜀、荆南、辽国。在南方,西蜀宫廷制作艳词演唱,文官编《才调集》收录以闺情别怨为题材的唐诗,朝官文士描写女性、情感的词作被编为《花间集》;南唐君臣创作曲子词,韩熙载的家宴妓乐轶事广为流传。香艳诗风得以在五代十国部分诗坛复起,很大程度上得益于唐末士人辑录、保存、传播艳诗和跟男女情感有关的故事。以天复元年唱和《无题》艳诗的几位朝臣为例,他们和他们的后人将"风流文化"带到五代十国的闽、南唐、蜀、南汉等地。韩偓入闽后编录《香奁集》,其子韩寅亮入南唐后讲述的韩偓任翰林学士时深夜被皇帝召见、之后由宫妓秉烛送回翰林院的故事广为流传,保存在郑文宝的《南唐近事》中。吴融虽然在天复三年就去世了,他的女婿王定保仕南汉官至宰相,在南汉编写《唐摭言》,记录从吴融、王溥、王涣等前辈那里听来的唐代科举掌故,包括进士风流的轶事。王涣的十二首《惆怅诗》保存在《才调集》中,说明这些诗在五代时期流传到蜀。除了唱和《无题》的作者,避乱南下的擅长艳诗的清流精英及其后代,还有成为前蜀开国勋臣的韦庄,皇甫湜子皇甫松(牛僧孺表甥),牛僧儒孙牛峤、重孙牛希济,以唱《浣溪沙》著名的薛昭纬等——他们都成为前蜀朝廷的高层文官,词作收入《花间集》。"风流文化"在五代十国的继续,是唐末清流精英"重建失去的家园"的努力之一种,而"重建"的方式之一就是《香奁集》这样的回忆性书写。

---

① 张兴武:《五代作家的人格与诗格》,北京:人民文学出版社,2000年,第146页。

中晚唐墓志中的浪漫书写

中唐出现的一个引人瞩目的现象是浪漫文化。"浪漫文化"的概念由宇文所安在《柳枝听到了什么:〈燕台〉诗与中唐浪漫文化》和《中国"中世纪"的终结:中唐文学文化论集》中的《浪漫传奇》这两篇文章中提出。这种文化涉及年轻精英士子和身份低于精英阶层的女性,如妓、妾、良家女子。他们痴迷于激情,并通过讲述和写作分享以情欲和爱恋为主题的诗歌和故事,从而参与了浪漫话语。宇文所安认为,浪漫文化的兴起是中唐文人建立私人空间的一种形式,其所营造的是一个建立在两情相悦和个人选择基础上的情爱世界。但是,这个理想化的浪漫情爱世界在以等级秩序、道德规范为主导的社会中难以长期维系,而我们熟知的中唐传奇故事如《霍小玉传》《莺莺传》就是探讨在情爱世界与社会秩序发生冲突时,情人做出何种反应,公众又如何对他们进行道德判断。

构成这个"浪漫文化"的除了传奇,还有诗歌、轶事等文体,它们都描写激情、相思和哀怨等情感;我把这类表达统称为"浪漫情感"。譬如,很多作品描写精英士人与风尘女子一见钟情的场景:女子先是被诗歌所吸引,然后爱上诗人;而男子则倾倒于她的美貌和歌舞表演才华。① 也有很多作品描写等待恋人归来的"弃妇"形象。在漫长的等待中,孤独的女子给爱人寄去亲手制作的情真意切的诗歌、书信或自画像。在有些时候,女子寄赠这些充满激情的物件后就因为孤独悲伤而死去。② 诗歌和故事也讲述男子的激情:油蔚在一首赠别诗中发誓要永远爱一个营妓③,而欧阳詹在得知自己相好太原妓的死讯后伤心而绝④。

与这种不断增长的话语相伴随的是新型社会身份的出现。除了用家世、官职、社会家庭地位、道德品质定义一个人的身份,人们开始用浪漫情感对一个人做出判断。上文提及的欧阳詹就是一个例子。欧阳詹与韩愈同榜进士,去世后韩愈在哀辞中把他描述为闽地才士、孝子、信友。与此同时,在欧阳詹前一年进士登第的孟简撰写了《咏欧阳行周事并序》⑤,其中用大量篇幅描写欧阳詹与某太原妓的恋情。据孟简记载,欧阳詹在太原迷恋一位妓人,离开时约定回来接她。太原妓在等待中相思成疾,抑郁而终。得知她的死讯后,欧阳詹也感伤而亡。这个故事在欧阳詹身后流传很广,不仅晚唐笔记《云溪友议》提到,唐末五代黄璞《闽川名士传》也记载了这个事情。这说明在中晚唐五代,欧阳詹在人们记忆中不但是才士、孝子、信友,也是至诚爱人。⑥

欧阳詹的情事由他人记述,也有不少中晚唐精英士人书写自己的

---

① 如李商隐《柳枝五首》写洛阳商人的女儿柳枝在听到自己的诗作后追求自己,见《全唐诗》卷五四一,第6232页。另如《霍小玉传》,霍小玉对李益诗歌的热爱使她对李益产生爱慕,见李昉等编:《太平广记》卷四八七,第4006—4011页。

② 如崔徽送给裴敬中自画像后一病不起;刘国容在郭昭述离开赴任后寄书传情;玉箫在韦皋没有按照约定回来后自杀。《全唐诗》卷四二三,第4652页;《唐五代笔记小说大观》,第1733、1277页。

③ 油蔚:《赠别营妓卿卿》,《全唐诗》卷七六八,第8719页。

④ 《太平广记》卷二七四,第2161—2162页。

⑤ 《全唐诗》卷四七三,第5369—5370页。

⑥ 范摅《云溪友议》"南海非"条提及欧阳詹情事,见《唐五代笔记小说大观》,第1268—1269页。《闽川名士传》中的"欧阳詹"条,见《太平广记》卷二七四,第2161—2162页。

情感经历,以表现个性中风流的一面。李商隐在《柳枝五首》序文中描述自己与一位叫柳枝的女子在洛阳里巷的邂逅,孙棨在《北里志》中追忆自己与平康里妓福娘的一段感情,杜牧也在诗中写到自己在江南沉醉于宴乐青楼。如王凌靓华指出,"风流"这个词在中晚唐开始被用来描写精英士人与女妓之间的浪漫情感。① 譬如,刘禹锡歌咏"风流太守"韦夏卿被泰娘吸引,把她录为家妓;白居易在苏州作诗,称自己是沉醉于江南丽人、歌舞妓席的"风流吴中客";韩偓自述狭斜北里被人称作"风流";王仁裕记载晚唐人称长安平康坊妓女所居之地为"风流薮泽"。② 此外,晚唐诗人杜牧的风流形象与他流连青楼密切相关。一些妓人也因浪漫情感而被人铭记。蜀中官妓薛涛的形象就和她与韦皋、元稹的恋情故事联系在一起。③ 她的诗歌作品也经常被置于情爱语境中加以解读,譬如《十离诗》就被读为她想要重新获得元稹(或韦皋)的宠爱。④

本文考察墓志中因浪漫情感而被人铭记的三位唐人,其中两位是妾,一位是妓。综合陈尚君统计由夫主为亡妾所作的十九篇唐代墓志,以及姚平统计为女妓和由妓转为妾作的十八篇唐代墓志,去掉重合的七篇,可考的为妾作的唐代墓志有二十九篇,为妓作的有一篇⑤。两位学者分析了亡妾墓志的基本特征。与其他墓志一样,亡妾墓志大致由四个部分组成,先叙妾的简历和家世,次叙其品行才能,再述

---

① 王凌靓华:《歌唇一世衔雨看——九世纪诗歌与伎乐文化研究》,第194—198页。
② 刘禹锡:《泰娘歌并引》,《全唐诗》卷三五六,第3996—3997页;白居易:《郡斋旬假始命宴呈客示郡寮》,《全唐诗》卷四四四,第4967页;韩偓:《自负》,《全唐诗》卷六八三,第7845页;王仁裕:《开元天宝遗事》,《唐五代笔记小说大观》,第1725页。
③ 薛涛、元稹情事,见《云溪友议》"艳阳词"条,《唐五代笔记小说大观》,第1308页。薛涛、韦皋情事,见何光远撰,邓星亮、邬宗玲、杨梅校注:《鉴诫录校注》"蜀才妇"条,成都:巴蜀书社,2011年,第250—251页。
④ 据王定保《唐摭言》,薛涛在酒席上争掷注子误伤元稹侄子,所以写《十离诗》试图挽回元稹。见《唐五代笔记小说大观》,第1690—1691页。据《鉴诫录》,薛涛写作此诗是为了挽回韦皋。见《鉴诫录校注》,第251页。
⑤ 姚平:《唐代妇女的生命历程》,第202页;陈尚君:《唐代的亡妻与亡妾墓志》,《贞石诠唐》,上海:复旦大学出版社,2016年,第87—89页。

亡故及丧葬事宜，最后表达作者和家人对死者的悼念。陈尚君注意到，与亡妻墓志重在表彰其知书达理、相夫教子的道德操行不同，亡妾墓志较多直接描写妾的美貌色艺和歌舞技能。① 但另一方面，如姚平所说，唐代的亡妾墓志铭也经常"强调她们的谦顺、俭朴的品德以及对家族的贡献"。② 妾对夫家最重要的贡献之一被描写为生育子嗣。李肱在为亡妾所作的墓志中，就称赞她是五个儿子的母亲。他对亡妾母亲身份的强调也体现在墓志的标题上：《前邢州刺史李肱儿母太仪墓志》③。这篇墓志中关于死者本人的信息很少，表现出一个妾的价值很大程度上仰仗于她生育男性后嗣的能力。除了生子，衡量女性价值的另一个重要标准是妇德。妾往往因"鸣谦自牧""恭谨柔顺""奉上以敬顺，接下以谦和"这类美德受到赞誉。④ 譬如，元稹为亡妾所作的墓志就强调她谦顺简朴、任劳任怨。安氏去世后，元稹检点她的遗物，震惊于她"无盈余之帛，无成袭之衣，无完里之衾"，这才发现安氏生前的生活是如此艰难，而她又是如此隐忍。⑤ 元稹的描写经常被当作特例，说明他对亡妾的深挚感情；不过，他所赞美的这类妇德在亡妾墓志中非常普遍。

本文将要讨论的三篇墓志颇为与众不同，它们不是颂扬亡妾、亡妓的女德或对家族的贡献，而是赞美她们身上的浪漫情感，或者别人对她们产生的浪漫情感。其中，崔倬将幕主的亡妾描写成迷人的歌舞伎人，沈亚之赞美自己的妾对歌舞表演的执着热忱，源匡秀歌咏自己深爱的妓女。⑥ 这三篇墓志的作者都对妓妾的人生意义提出了新的主张，即一个人的价值可以取决于她的情感生活，而不是家族关

---

① 《贞石诠唐》，第68页。
② 《唐代妇女的生命历程》，第144页。
③ 周绍良主编：《唐代墓志汇编》，上海：上海古籍出版社，1992年，第2401页。
④ 《唐代墓志汇编》，第1562、2425、2442页。
⑤ 元稹：《葬安氏志》，《元稹集》卷五八，第707页。
⑥ 崔倬文，见周绍良、赵超主编《唐代墓志汇编续集》，第728页；沈业之文，见《沈下贤集校注》卷一一，第250—251页；源匡秀文，见《唐代墓志汇编续集》，第1085页。

系、社会地位、道德品质。

一 郝闰：迷人的女伎

先来看崔倬的《郝氏女墓志铭》。墓志这样介绍死者的简历家世、品行才能，亡故原因和丧葬事宜：

> 郝氏女墓志铭并序
> 　　郝氏女名闰，字九华子，出于赵郡李氏。父暹，左武卫大将军，禀温恭之纯行。外祖邈，皇韶州刺史，为轩冕之著姓。储祉舍芳，而生九华。九华聪敏柔懿，婉淑明秀，亭亭闲态，艳艳丽容，善吹笙，舞柘枝等十余曲。每至移指遣声，回眸应节，则闻者专听，睹者专视，而倾人城矣。年十有六，侍巾栉于柱史李君之门。历四年而无□顺。李君门风肃素之子，性所慕尚，诵习诗礼，不出帷房。时人思复见之，杳杳然如隔云霄而望神仙矣。悲夫！怀孕八月而遘疾，弥留。以建中四年八月七日终于河阳县花林里之私第，享年一十有九。即以其年八月廿一日，窆于缑氏县之东原，从外祖之茔，涂迩故也。

崔倬此文具有墓志的一些基本特征。它包括死者的生平信息如姓名、故里、家世、婚姻状况、年龄、死亡时间、死因、下葬时间和安葬地点。据这些信息我们知道，死者名叫郝闰，建中四年（783）十九岁孕中病逝；在成为妾以前，她是高层武官家庭的女儿，也是颇受欢迎的妓人。虽然墓志中没有明说郝闰曾是妓人，但是描写她歌舞表演说明她伎的身份。唐代妓人的社会地位属于奴婢，所以精英家庭出身的年轻女性学习歌舞不受鼓励，更不用说公开表演了。郝闰成为妾后，就停止了表演活动，开始"诵习诗礼"。这个细节说明郝闰由妓转为妾后社会地位的提升。

我们不知道这个高官之女是如何沦落为妓人的。有可能她是在某个家庭成员获罪后隶籍教坊的,当时有不少轶事谈及这种现象。还有一个可能是她母亲地位卑微。崔倬提到郝闰的母亲"赵郡李氏",但没有交代李氏的家世或婚姻状况。有可能李氏不是精英家庭的女儿,也不是郝闰父亲的妻子,而是婢女或妾。官员和婢妾所生的女儿后来失去精英地位,唐代文字有这方面的记载,比如《霍小玉传》里面,霍小玉是藩王与婢女的女儿,父亲死后,她被诸弟兄逐出王府,失去尊贵的社会地位。

这篇墓志由郝闰夫主的掌书记崔倬撰写。我们对崔倬知之甚少,只知道他撰写墓志时署名"河阳怀卫节度掌书记大理评事清河崔倬"。墓志没有给出郝闰夫主的名字,只称其为"柱史李君"。不过,结合墓志和其他材料,我们可以推断这位"柱史李君"是崔倬的幕主河阳节度使李芃。一条材料来自《旧唐书》,记载李芃在建中元年(780)成为河阳三城镇遏使,建中三年为"河阳三城怀州节度观察使";建中四年郝闰亡故时仍在任上,并与河东节度使等诸军破魏博节度使田悦叛军。①《旧唐书》中所说的"河阳三城怀州节度观察使"和崔倬墓志中所说的"河阳怀卫节度"是同一个官职。所以,崔倬写郝闰墓志铭时,他的幕主"河阳怀卫节度"正是李芃。还有一条材料可以作为辅证。崔倬说大历十四年(779)纳郝闰为妾的李君是"柱史"。"柱史"是"柱下史"的简称,二者常指侍御史。开元以后,御史台的官衔授予地方官员和军事官员作为宪衔非常普遍,侍御史为其中一种。《旧唐书》记载李芃在代宗后期宪衔为侍御史,到德宗继位的建中元年时升为御史中丞。也就是说,大历十四年李芃的宪衔是侍御史,与墓志提供夫主的"柱史"宪衔相符。所以,据墓志提到的姓氏和宪衔,再结合李芃的任官履历,这个"柱史李君"是李芃,是他委托掌书记崔倬撰写这篇墓志铭的。

---

① 《旧唐书》卷一三二,第 3655 页。

这篇墓志很特别的一点是,郝闰受到赞誉不是因为她的美德,而是因为她作为表演者的技艺和魅力。文中对她演艺才能的描写十分生动,没有使用"善音律,妙歌舞""七盘长袖之能,三日遗音之妙""皓齿工歌,长袖妙舞"①等程式化套语,而是选取她演出时的迷人特殊时刻加以描绘。崔倬这样写:"每至移指遣声,回眸应节,则闻者专听,睹者专视。"通过渲染郝闰对观众的吸引力,崔倬描写出她的表演技艺。

崔倬对郝闰才艺的赞美,与其他一些墓志中对女妓出身的妾的描写大异其趣。杨筹在咸通五年(864)为他亡妾王娇娇撰写的墓志是一个很好的例子。② 杨筹说,王娇娇虽然是个有才艺的妓人,"因女兄③遂习歌舞艺,颇得出蓝之妙",但最终让她超越其卑微出身的是她异乎寻常的忠诚。杨筹用一个细节阐明自己的观点:当他获罪受到严厉惩罚,处于"待死"状态,王娇娇没有离开他回到"女兄"那里,而是"坚不去,愿同疚于荒墅"。正是因为她忠诚不渝,他才"遂忘前所谓出蓝之妙"。换句话说,王娇娇的妓人出身背景被视为胜任贤妾这个新角色的障碍。为表彰其德行,杨筹必须"忘记"她的从妓经历。

和杨筹不同,崔倬并不想淡化郝闰的妓人出身,反而是着力强调和赞美她这方面的经历。对于这种非常规的做法,我们该作何理解?我们必须假定崔倬赞美郝闰的演艺才华意在取悦李芄,即郝闰的夫主、崔倬的幕主。在中晚唐,中央、地方朝官的举荐对年轻士人仕途晋升非常重要。这一时期不少轶事都提到年轻精英士人寻求有权势的官员举荐以通过科举考试,谋取官职。与此同时,朝官也四处延揽年轻士子以增加自己的政治文化资本。崔倬担任的节度掌书记这个职位,对于有文学才华的年轻士人来说是非常理想的位置。赖瑞和

---

① 《唐代墓志汇编》,第 2376、1724 页;《唐代墓志汇编续集》,第 625 页。
② 《唐代墓志汇编》,第 2407—2408 页。
③ 《教坊记》《北里志》都提到妓人互称"兄弟""女弟女兄",见《唐五代笔记小说大观》,第 125、1404 页。

《唐代基层文官》描述中晚唐精英士子的仕途,最成功的途径是这样的:进士出身,又考中制科或博学宏词,先在京城任校书郎,然后被某节度使或观察使辟为掌书记。① 当崔倬为郝闰撰写这篇墓志时,他正走在赖瑞和描述的成功仕途上,提笔时一定会考虑李苀的好恶。这篇墓志用于丧葬,也说明李苀对它十分满意。

崔倬对郝闰不同寻常的赞美可以取悦李苀,个中缘由必须在中晚唐浪漫文化的语境中加以理解。有权势的朝官在宴会上使家妓歌舞表演,并邀请宾客作诗助兴,在当时很常见。李商隐《席上作》序就提到这种现象:"予为桂州从事,故府郑公出家妓,令赋高唐诗。"②如宇文所安所言:这首命题诗"调子是艳情的"③。在这类诗作中,诗人经常通过表达自己对女子的欲望而赞美她的情色魅力。有时候,就像李商隐此诗一样,诗人甚至描写女性对诗人的欲望:

淡云轻雨拂高唐,玉殿秋来夜正长。
料得也应怜宋玉,一生惟事楚襄王。

在第二联,李商隐自比宋玉,把郑公比作楚襄王。这样一来,李商隐暗示歌者更喜欢自己(宋玉)而不是她的主人(楚襄王),尽管诗人强调说歌者只侍奉她的主人。④ 这种挑逗性书写带有明显的情欲底色,在当时不仅是允许的,而且受到鼓励。虽然诗人与歌者彼此怀有欲念,但只有歌者的主人郑公才有资格在公开聚会和私人卧寝这两个场合都享受她的表演。诗人表达对歌者的欲望,是为了强调歌者的价值。诗人对歌者的欲望无法满足,又突出了主人对歌者的独占权。

---

① 赖瑞和:《唐代基层文官》,台北:联经,2004年,第441页。
② 《全唐诗》卷五三九,第6167页。"高唐"是唐诗中的一个常见隐喻,常指精英士人与妓女之间的性爱或浪漫邂逅。如李涉:《寄荆娘写真》,《全唐诗》卷四七七,第5424页;薛能:《戏题》,《全唐诗》卷五五八,第6477页。
③ 〔美〕宇文所安:《晚唐:九世纪中叶的中国诗歌(826—860)》,第353页。
④ 同上注,第354页。

崔倬赞美李芃亡妾的用语，与李商隐赞美郑公家妓的用语有类似之处。崔倬描写观众对郝闰的迷恋，以强调她的魅力不可抗拒；然后在写观众对郝闰的欲望的同时，又特别强调说李芃才是她唯一的主人。在郝闰成为李芃的妾后，崔倬这样写："时人思复见之，杳杳然如隔云霄而望神仙矣。"简言之，公众对郝闰的浪漫情感增加她的价值：观众越渴望她，她对李芃就越有价值。因此，在墓志结尾伤悼死者的部分，崔倬也着力描写公众因郝闰去世而感到的震惊和悲伤：

> 呜呼！红萼初折，秋霜忽零。舞榭方春，泉台已夕。闾巷惊怛，行路凄欷。盖赏动群目，而悲牵众情，况其亲属乎？况其宠爱乎？余之室尝谓人曰：姬人常妇所恶，□若九华，复为所好焉。及其殁也。

二　卢金兰：充满激情的女子

本文所要讨论的第二篇墓志由沈亚之为亡妾卢金兰撰写。我们对崔倬知之甚少，沈亚之却留下了不少作品，使我们可以了解他的生平经历以及他在当时的名声。沈亚之在建中元年前后出生，原籍吴兴，在长安长大，但早年也往来吴地。吴兴沈氏在六朝和唐代是南方望族，但是沈亚之的直系亲属籍籍无名，父祖已不可考。元和十年（815），沈亚之进士登第。此前，他四处游历，结识朝官和有文学声誉的文士，寻求资助推荐。

元和九年沈亚之为卢金兰撰写墓志时，他的作品已广为人知。李贺作于两年前的《送沈亚之歌并序》已称他为"吴兴才人"。《送沈亚之歌》首章如下：

> 吴兴才人怨春风，桃花满陌千里红。

紫丝竹断骢马小①,家住钱塘东复东。②

钱塘是名妓苏小小的家乡,苏小小也是中晚唐诗人喜爱的题材。在李贺和沈亚之的时代,钱塘这个地名已经和浪漫与声色联系在一起。通过将沈亚之与钱塘、春风、桃花、骢马这些意象联系起来,李贺把沈亚之塑造为吴地风流才子。

沈亚之深以自己的文名为荣,经常谈到受人请托撰文。在一篇文章中,他提到某士人因为知道沈亚之"工文,又能创窈窕之思",所以请他为自己的妓妇李容子写《乞巧文》,"撰为情语,以导所欲"③。撰写卢金兰墓志的次年,沈亚之作《表刘蕙兰》,赞美房叔豹的妾刘蕙兰。房叔豹和沈亚之的朋友南卓,在其《题刘蕙兰表后》中赞美沈亚之的文才,说"下贤诚才,尤精为太史公言";南卓还开玩笑说沈之才堪比刘之色,因此沈亚之是为刘蕙兰作文的合适人选:"余知蕙之色,而待沈之才,才色两相宜耶。"④

由于清楚自己的文学声誉,沈亚之在写作这篇墓志时很可能心中也以当时和后世的读者为念。也就是说,沈亚之的亡妾墓志不只是丧葬文本,也是意在传世的文学作品。这篇墓志收入十一世纪编成的《沈下贤集》,说明沈亚之自己留有底稿。无论是作为丧葬文本还是文学作品,这篇墓志都具有唐代墓志和中晚唐浪漫文化的诸多特征。墓志部分文字如下:

---

① 第三句不好理解。紫丝,可能指《世说新语》中记载的王恺、石崇炫富争豪故事。王恺"作紫丝布步障碧绫里四十里,石崇作锦步障五十里以敌之"。见徐震堮:《世说新语校笺》卷下"汰侈第三十",第469页。紫丝形容沈亚之的家乡乃绚烂奢华之地。竹断,所指不明。霍华德·古德曼(Howard L. Goodman)在与笔者的电子邮件中认为"断"字或乃"籪"字之误;籪,渔具。九世纪时"籪"在吴语中也作"沪"。陆龟蒙《渔具诗·沪》自注"吴人今谓之籪"。见《全唐诗》卷六二〇,第7136页。"竹断"可能是强调沈亚之家乡吴地。"骢马"在六朝诗歌中就与江南少年的形象联系在一起,如鲍照《代结客少年场行》:"骢马金络头,锦带佩吴钩。"见逯钦立:《先秦汉魏晋南北朝诗》宋诗卷七,第1267页。

② 《全唐诗》卷三九〇,第4394页。

③ 沈亚之:《为人撰乞巧文》,《沈下贤集校注》卷二,第28页。

④ 《沈下贤集校注》卷一一,第253页。

卢金兰墓志(九年冬作)①

卢金兰,字昭华。本亦良家子。家长安中,无昆弟,有姊四人。其母以昭华父殁而生,私怜之,独得纵所欲。欲学伎,即令从师舍。岁余,为绿腰、玉树之舞,故衣制大袂长裾,作新眉愁嚲,顶髻为娥丛小鬟。②自是而归,诸姊不为列矣。因恚泣,谓其母曰:"今不等我,不若从所当耳。"年自十五归于沈。居二年,从沈东南,浮水行吴越之间。从七年,乃还都。又二年,沈复东南,而昭华留止京师,不得随。病且逝。从沈凡十一年,年二十六。生男一人,女一人。葬于城南尹村原之下。

和其他唐代墓志一样,这篇墓志的散文部分也包含了死者的家世、婚姻、年龄、子嗣、死亡时间、死因、安葬地点等常规内容。卢金兰生于普通人家,在长安长大,十五岁为沈亚之妾,生有一子一女,二十六岁病逝,葬于长安城南的一个村庄。这篇墓志与其他墓志的最大区别在于,它描写了卢金兰这样一个"良家子"从师"学伎"的细节。卢金兰学习歌舞,在她这个社会阶层的女性中是很罕见的。像她这样的女子,社会家庭对她的预期是学习女红等技能,好在婚后成为对夫家有用的人。女红是女子教育的重要部分,这一点从墓志中对贤德女性的赞美可以看出,譬如"三岁知让,五岁知戒,七岁能女事"③。学习歌舞是年轻女性成为女妓作准备,而因为妓的社会地位低于"良家子",所以这方面的训练也意味着社会地位的下滑。

唐妓社会地位低下,所以沦落为妓通常被描绘为父母去世、遭诱拐、重要家族成员获罪等不幸事件的后果。以纪念和赞美为目标的

---

① 九年,指元和九年,814 年。
② 卢金兰的发型和妆容,乃元和年间时尚,其在白居易乐府诗《时世妆》中有生动描写,见《全唐诗》卷四二七,第 4705 页。卢金兰的"愁嚲"眉,可以对应白居易诗的"双眉画作八字低""妆成尽似含悲啼"。卢金兰的发式"娥丛小鬟"也与白居易诗"圆鬟无鬓堆髻样"的描写相似。
③《唐代墓志汇编续集》,第 853—854 页。

墓志,大多对女子如何成为妓人不予说明,也是讳言的意思。譬如崔倬就没有交代郝闰是如何从高官之女成为妓人的。相对比,沈亚之则详细描写亡妾如何以良家子身份学习歌舞,不过他不是把这种转变写成社会地位的下滑,而是写成一个年轻女子对妓乐表演充满激情的表现。沈亚之说得很清楚,卢金兰是"欲学伎";她不是为环境所迫才学习表演的,这是她的个人选择。

沈亚之对卢金兰的赞美,也必须置于九世纪浪漫文化的语境中加以理解。他对卢金兰的描写,与李商隐在追忆浪漫邂逅的《柳枝五首》序中对柳枝的描写有诸多共同之处①。卢金兰和柳枝都生于都城良人家庭,卢金兰是长安人,柳枝是洛阳人。二人都年幼丧父,由宠爱她们的母亲抚养成人。城市背景和父亲的缺席,说明她们缺乏保护,但同时也更自由。和卢金兰一样,柳枝对婚姻所需的那些实用技能毫无兴趣,而是喜欢"吹叶嚼蕊,调丝擪管,作天海风涛之曲,幽忆怨断之音"。除了热爱音乐,柳枝和卢金兰都决意追随自己的激情。从这个角度看,她们都是"浪漫主义者"。用柳枝邻居的话来说,她们"醉眠梦物"。

两个女子的追求都招致物议,被视为良家女子极不得体的行为。柳枝的亲戚和邻居中没有人来下聘定亲;卢金兰的亲姊妹也排斥她,不愿与她为伍。卢金兰和柳枝都被描绘成富有激情的人,其离经叛道之举不被旁人理解。这些反对的声音,与两位作者的激赏态度形成鲜明对比。通过赞美柳枝和卢金兰,李商隐和沈亚之表现出他们自己也和两位女子一样浪漫不羁。两位作者也都与他们赞赏的女子发生恋情:李商隐和柳枝有一次短暂的约会,沈亚之则纳卢金兰为妾。他们的结合被描写成两个志趣相投者的结合。

李商隐和沈亚之的作品有很多共同之处,但是因为文体差异,他们的浪漫表达又传达出不同的意义。李商隐在《柳枝五首》序中描写

---

① 《全唐诗》卷五四一,第 6232 页。

自己的浪漫邂逅,把这些诗写在洛阳里巷的墙上广泛传播,将自己呈现为一个不拘一格的浪漫诗人。沈亚之则在墓志中肯定卢金兰的浪漫激情,对她的人生意义提出了不同寻常的看法。他指出,卢金兰的人生价值不取决于她生育子嗣,或者具有妇德,而在于她不妥协的浪漫个性。

三 沈子柔:青楼爱人

最后讨论的是源匡秀为亡妓沈子柔所作的墓志。此文作于咸通十一年(870),是现存唯一为亡妓作的唐代墓志。志文中叙述死者生平的部分如下:

> 有唐吴兴沈氏墓志铭并序
>
> 吴兴沈子柔,洛阳青楼之美丽也。居留府官籍,名冠于辈流间,为从事柱史源匡秀所瞩殊厚。子柔幼字小娇,凡洛阳风流贵人,博雅名士,每千金就聘,必问答辛勤,品流高卑,议不降志。居思恭里。实刘媪所生,①有弟有姨,皆亲骨肉。善晓音律,妙攻弦歌,敏惠自天,孝慈成性。咸通寅年,年多疠疫,里社比屋,人无吉全。子柔一日晏寝香闺,扶衾见接,饫展欢密,倏然吁嗟曰:妾幸辱郎之顾厚矣,保郎之信坚矣。然也,妾自度所赋无几,甚疑旬朔与疠疫随波。虽问卜可禳,虑不能脱。余只谓抚讯多阙,怨兴是词。时属物景喧秾,栏花竞发,余因招同舍毕来醉欢。俄而未及浃旬,青衣告疾,雷奔电掣,火裂风摧,医救不施,奄忽长逝。

源匡秀介绍沈子柔为"洛阳青楼之美丽",说明她是妓女,身份与

---

① 据《北里志》,长安平康里妓女多为"假母"购得。源匡秀强调沈子柔和其他妓女不同,她是刘媪的亲生女儿。

《北里志》中描写的长安平康坊妓女相同。墓志作者源匡秀是沈子柔的客人;可能是沈家,或者沈子柔本人委托他撰写此文的。孙棨所作《北里志》有类似记载,说妓女颜令宾临终前举办宴会,请赴宴的精英士人为自己撰写挽词。① 孙棨的颜令宾故事和源匡秀的沈子柔墓志,虽然都是客人为亡妓撰写丧葬文本,但是亡妓与和客人的关系却不一样。颜令宾与其客人的关系建立在欣赏彼此诗才的基础上。孙棨描写颜令宾"举止风流,好尚甚雅",因好尚诗歌"为时贤所厚"。染病后,她写了一首诗表达举办告别宴会的愿望,然后遣童仆持诗邀请"新第郎君及举人"前来赴宴。可见,颜令宾看中的是能欣赏她的诗情并具有诗才的士子。颜令宾与精英士子的关系基于诗歌实践,沈子柔与源匡秀的关系则基于二人之间的感情。墓志开篇,源匡秀就点明自己对沈子柔"所瞩殊厚"。沈子柔是和源匡秀单独在一起时,在自己卧室这个私密场所预言自己死期的,这也显示出二人的亲密关系。孙棨《北里志》也以类似方式记述了自己与福娘的长期交往。孙棨写道,有时在宴会中间福娘会神情惨然,等到二人有机会独处时,她才开口解释个中缘由。② 通过强调福娘只向自己袒露心扉,孙棨暗示两个人的关系超越了妓与客之间的关系。

在墓志结尾的悼念部分和铭文部分,源匡秀直接表达了他对沈子柔的爱:

> 呜呼!天植万物,物固有尤,况乎人之最灵,得不自知生死。所恨者贻情爱于后人,便销魂于触响,空虞陵谷,乃作铭云:
> 丽如花而少如水,生何来而去何自?火燃我爱爱不销,刀断我情情不已。虽分生死,难圻因缘。刻书贞珉,吉安下泉。

铭文包括了四个常见主题:(一) 颂美死者,(二) 关心死者的身

---

① 《唐五代笔记小说大观》,第1408页。
② 同上注,第1410—1412页。

后安乐,(三)表达对死者的哀悼,(四)祈祷死者泉下安息。源匡秀对(一)(二)(四)的处理遵照传统惯例,但是他对主题(三)的处理却与众不同。在伤悼亡妻的诗歌传统中,最著名的是潘岳的悼亡诗,回忆亡妻生前的音容笑貌,描写她死后自己的孤独。在中晚唐,悼亡诗中一些常见意象和主题,如泪水、悲伤和孤独,也见于哀悼亡妾、亡妓的文字。如李德裕为亡妾徐盼所作铭文就有"郁余思兮哀淑人","洒余涕兮沾巾"的句子。① 《北里志》中士人为颜令宾写的哀辞也包含了悼亡诗中的常见主题,有诗人这样形容颜令宾死后往日客人的孤独:"孤鸾徒照镜,独燕懒归梁。"② 但是,源匡秀没有借用悼亡诗的传统意象表现他的悲伤,而是大张旗鼓地宣布自己对沈子柔的爱:

　　火燃我爱爱不销,刀断我情情不已。

"我爱""我情"都是口语。最常使用这两个词的唐代诗人是李白和白居易,他们都以口语体著称。③ 源匡秀这联诗呼应的是李白的著名诗句:

　　抽刀断水水更流,举杯销愁愁更愁。④

　　李白和源匡秀都描写了不可阻挡的力量。在李白诗中,这种力量是水和诗人的忧愁。在源匡秀铭文中,这种力量是他对沈子柔的爱。叠用指代不可阻挡力量的字(李白诗中的"水"和"愁",源匡秀铭文中的"爱"和"情")营造出一种紧迫感。像这样直接而富有激情地表达精英士人对亡妓的爱,在铭文传统中极为罕见。

---

① 《唐代墓志汇编》,第2114页。
② 《唐五代笔记小说大观》,第1408页。
③ 李白有四首诗用过"我爱",七首诗用过"我情";白居易有四首诗用过"我爱",五首诗用过"我情"。
④ 李白《宣州谢朓楼饯别校书叔云》,瞿蜕园等校注:《李白集校注》卷一八,台北:里仁书局,1981年,第1077页。

像源匡秀这样表达对沈子柔的爱,在中晚唐涉及士人妓女关系的书写中也相当独特。《北里志》是晚唐长安青楼生活的重要文献,其中孙棨记述了自己在咸乾年间游北里的经历,大致与源匡秀为沈子柔撰写墓志铭同时段。在《北里志》所呈现的士妓交往中,士人欣赏妓女的才智可以接受,但不能爱上妓女。以孙棨追忆与福娘的长期交往为例。他描写自己对福娘敏感个性的欣赏,对她不幸遭遇的同情,也述说福娘对自己诗歌的偏爱和对自己的特殊感情。通过使用这种方式描述与福娘的关系,孙棨渲染自己风雅有才,也标榜自己在北里的士人群体中具有竞争力。不过,孙棨并未表现他对福娘的激情与爱恋。在《北里志》描写的那个环境中,精英士人对妓女的迷恋被看作误入歧途。罗吉伟研究《北里志》时注意到,青楼并没有被描写成客人和妓女坠入爱河的私密空间,而是被描写成一个可以从中汲取经验、展开竞争的公共场所。① 需要汲取的最重要的一个经验,便是不受诱惑。孙棨把强烈偏爱、迷恋某一位妓女描写为"惑"与"溺",认为那是应该避免的行为。② 像源匡秀这样渲染对沈子柔的爱,放在《北里志》描写的平康坊,应该会遭到精英群体的嘲讽,负面影响他的声誉。那么,怎么理解源匡秀的做法?

一种解释是,虽然源匡秀知道他的情爱表达如果公之于众会遭到非议,但是因为这篇墓志铭只为丧葬而作,他无须担心精英社会的反应。墓志铭的读者往往取决于死者和作者的社会地位。如果死者是官员或社会精英,他们的墓志铭可以作为传记资料保存下来,供日后公私史家采纳。如果作者是著名作家,其所作墓志铭可以像其他文学作品一样保存和流传。传世文献中就保存了很多具有政治、历史、文学价值的墓志铭。另一方面,很多墓志铭只为丧葬而作。如果死

---

① Paul F. Rouzer, *Articulated Ladies: Gender and the Male Community in Early Chinese Texts*, 256.
② Ibid., 260.

者不是重要的精英或官员,作者也无意以文名传世,人们就不会保存墓志铭的抄本。这样一来,墓志铭只有少数读者,如死者的家人。很多出土的墓志,尤其是为低级官员、普通民众、女性撰写的就属于这一类。由于读者有限,这类墓志是相对"私人"的写作,作者有更多余地表达非正统的思想情感。

还有一种解释是,源匡秀之所以公开表达自己对妓女的强烈感情,是因为他所在的精英圈子崇尚这种表达,他们的价值观与孙棨的圈子不尽相同。如果我们承认在同一时代,不同精英群体因为地域、年龄、身份、位置的差别可能持有不同的价值观的话,就存在着这样一种可能性,即一个精英群体贬斥士人对妓女的爱,另一个则对之推崇有加。当时的写作不仅证实这种迥异态度的存在,有时甚至同一个文本中也可以看到完全不同的看法。譬如,801年孟简所作的《咏欧阳行周事》,一方面以同情的笔调将欧阳詹与太原妓的感情描写为相互的爱慕和忠诚,另一方面又批评这种情感的破坏力,最终导致了两人的死亡。高彦休作于884年的《唐阙史》记载一个年轻士人在所爱恋的妓女死后郁郁而终,之后转述当时士人对这件事的评价,说有些人同情他用情至深,也有些人责备他是个傻瓜,放任痴情导致自己的毁灭。① 这些例子都说明大家对精英士人爱恋妓女这个问题有截然不同的看法,也有复杂矛盾的心情。所以,对于源匡秀的沈子柔墓志,不同的精英群体可能有不同的看法。孙棨和他的朋友们很可能会嘲笑源匡秀不知节制,源匡秀的朋友们可能会予以同情理解。

四 结语

本文讨论的三位女性,都因为她们身上的浪漫情感或别人对她们生发的浪漫情感而被人铭记。郝闰因其音乐、舞蹈表演让观众如痴

---

① 《唐五代笔记小说大观》,第1356—1257页。

如醉而受到称赞,卢金兰因追逐自己的激情和梦想而受到赞誉,沈子柔被尊为墓志作者的至爱。在每一篇墓志中,作者都基于浪漫情感,而不是家世与地位塑造死者的价值,尝试赋予妓妾生活以新的意义。

中晚唐悼念亡妾亡妓的作品比初盛唐明显增多。在姚平和陈尚君统计的为亡妾所作的二十九篇唐代墓志中,没有七世纪作品,八世纪六篇,九世纪二十三篇。这个变化与唐代悼妓诗的情况是一致的。初盛唐士人虽然写诗描写观看家妓表演,却很少作诗悼亡妓妾;张说《伤妓人董氏四首》是个例外。中晚唐出现很多悼妓诗,或表达对亡故家妓的思念,或同情友人失去宠妓。[①] 这说明在中晚唐精英群体,士人对亡故妓妾的追念相思成为可以被接受甚至被赞美的情感。这种观念变化与中晚唐的浪漫文化密切相关。当精英士人把他们与地位低微女子间的关系营造为浪漫情爱世界,士人对亡故妓妾的思念也成为一种"浪漫情感"。这种新价值观念的出现,使一些地位低微的女性成为精英书写的对象。出身于妓的妾和妓女在墓志铭中得到一席之地,也是这个变化的结果。

与其他中晚唐浪漫书写一样,悼妓诗与亡妾墓志不只为表达男女之情,也是精英士人巩固朋友情谊、经营社会关系、建构自我身份的方式。很多悼妓诗是精英士人的诗歌唱和作品。家妓亡故的士人会作悼妓诗寄送给友人,并请友人和诗。譬如,杨虞卿在家妓英英亡故后作《过小妓英英墓》,描写自己的思念之情,把徘徊在英英墓前的自己比作"狂夫"。读到这首诗后,杨虞卿好友白居易与刘禹锡和诗伤悼。他们回忆英英的娇容与音乐表演,同情杨虞卿失去宠姬、人去"床空"的孤单,并表达自己的伤痛之情。最特别的是姚合诗,题为《杨给事师皋哭亡爱姬英英,窃闻诗人多赋,因而继和》。与白居易、

---

① 如长孙佐辅《伤故人歌妓》、杨虞卿《过小妓英英墓》、崔涯《悼妓》、杜牧《伤友人悼吹箫妓》、李群玉《伤柘枝妓》,见《全唐诗》卷四六九、四八四、五〇五、五二五、五七〇,第5333、5498、5741、6009、6613页。

刘禹锡应友人之请和诗不同，姚合在异地听说众人诗歌唱和的盛事，便也加入。他不属于杨虞卿的朋友圈子，也从未在杨虞卿家宴见过英英，所以以圈外人身份表达伤悼之情。他先叙哀悼："未识遥闻鼻亦辛"，再感慨英英红颜薄命，最后称颂杨虞卿不能"忘情"。① 在这个悼念亡妓的诗歌活动中，杨虞卿展现其多情"狂夫"的不羁品格，白居易与刘禹锡传达朋友情谊，姚合则以此机会与杨虞卿圈子建立联系。同时，他们的悼妓诗在不同的精英圈子广泛流传，也能彰显他们的才情。

与悼妓诗作者一样，本文讨论的三位精英作家也通过墓志铭写作建构自我身份、确立自己在男性精英群体中的位置。通过描写观众对郝闰歌舞表演的痴迷，崔倬得以恭维幕主的艳福，并向他展示自己的才华。作为著名作家，沈亚之在为卢金兰撰写墓志时，其预期读者也包括当时的精英士人群体。通过赞美卢金兰热情追逐自己的梦想，并把丧葬文本作为文章流传保存，沈亚之把自己塑造为深情雅人，奠定自己作为风流才子的文学声誉。至于源匡秀，通过描写与沈子柔的亲密关系，使得他有可能区别于其他精英士人，在所属的精英群体中展现自己的超群才华与不羁。

---

① 杨虞卿诗、白居易《和杨师皋伤小姬英英》、刘禹锡《和杨师皋给事伤小姬英英》、姚合诗，见《全唐诗》卷四八四、四四九、三六〇、五〇二，第 5498、5071、4066、5711 页。

中编 在五代十国的延伸

傅璇琮在2003年为张兴武《五代艺文考》所作的序文中谈到,关于五代十国文学的研究比较缺乏,文学史很少把五代十国文学列为专章,研究这一时期文学的专著也很少。① 一个原因是从唐朝灭亡到宋朝建立只有五十多年,很多活跃在五代十国的作家要么在唐末已有文学声誉,要么到宋初仍活跃于文坛,五代十国很难被当作独立的研究阶段。② 另一个原因是这个时期的著名作家不多,研究者大多关注"花间词",对别的文体研究很少。③ 不过,二十一世纪以来,关于五代十国文学的研究增多了,包括傅璇琮、张兴武的文学编年,张兴武研究五代十国作家、艺文志的专著,以及一些研究西蜀、南唐文学的专书。④

写情作品在五代十国文学中占有重要的位置,如张兴武所说的,"艳情诗词向来被视为五代文学中最具时代特色的部分"。⑤ 在北方五代,后唐庄宗李存勖擅长艳情词写作,仕途生涯贯穿五代的重要文臣和凝"长于短歌艳曲"⑥,其艳词名声遍布南北:后蜀词集《花间集》收入了他的作品,荆南作家孙光宪的《北梦琐言》也记载他写艳词的事迹,说他"少年时好为曲子词,布于汴、洛",入相后使人焚毁旧作,

---

① 傅璇琮:《重视对五代文化的研究——〈五代艺文考〉序》,《常德师范学院学报(社会科学版)》2003年第4期。
② 张兴武:《五代作家的人格与诗格》,第2页。
③ 张海:《前后蜀文学研究》,上海:上海古籍出版社,2013年,第3页。
④ 下面列一些具有代表性的研究。关于五代十国文学的综合研究,见傅璇琮主编,贾晋华、傅璇琮著:《唐五代文学编年史·五代卷》,沈阳:辽海出版社,1998年;张兴武:《五代十国文学编年》,北京:人民文学出版社,2001年;张兴武:《五代作家的人格与诗格》;张兴武:《五代艺文考》,成都:巴蜀书社,2003年;李定广:《唐末五代乱世文学研究》,北京:中国社会科学出版社,2006年。关于五代十国文学的国别研究,见张海:《前后蜀文学研究》;陈葆真:《李后主和他的时代——南唐艺术与历史》,北京:北京大学出版社,2009年。
⑤ 张兴武:《五代作家的人格与诗格》,第146页。
⑥ 薛居正等撰:《旧五代史》卷一二七,北京:中华书局,1976年,第1673页。

但仍被称为"曲子相公"①。在南方十国,前蜀王衍朝宫廷制作艳词演唱,文官韦縠编选《才调集》收录以闺情别怨为题材的唐诗②;后蜀赵崇祚编选了第一部文人词集《花间集》;南唐君臣创作曲子词,韩熙载的家宴妓乐故事广泛传播。此外,韩偓在闽地编《香奁集》,楚国君臣游宴赋诗,其中学士徐仲雅诗尤以"浮脆轻艳,皆船华妩媚"著称③。

写情文学在五代十国兴盛的原因,一般认为与时代剧变时的政治有关。一个普遍接受的观点是,唐末至五代政治黑暗、朝廷腐败,士人因政治无望寄情于酒色,在文学上表现为艳情文学。这个印象有史料支持,史籍经常记载南方君臣沉湎酒色、荒废朝政。如《宋史·荆南高氏世家》记载荆南统治者高保勖召娼妓与军中士卒调谑,自己和姬妾观看笑乐;《新五代史·闽世家》说闽主王延钧立婢女陈金凤为皇后,陈金凤又与别人私通;《鉴诫录》《北梦琐言》《蜀梼杌》记述前蜀王衍与内臣、嫔妃通宵达旦宴饮唱艳歌,宿于娼家,甚至夺人妻女④;《新五代史·后蜀世家》记载孟昶之子孟玄喆领兵时"辇其爱姬,携乐器、伶人数十以从,蜀人见者皆窃笑"⑤;《新五代史·南唐世家》《清异录》、马令《南唐书》则说南唐后主李煜"性骄侈,好声色","微行倡家",在皇后病中与其妹有染;《五代史补》记载南唐大臣韩熙载家宴淫乱不堪,宾客女仆调戏殴击笑乐;等等。

然而,这个荒淫亡国以及政治衰败导致寄情声色的看法,其实与

---

① 孙光宪著,林艾园校点:《北梦琐言》卷六,上海:上海古籍出版社,1981年,第47页。
② 一般认为韦縠在后蜀编《才调集》,但从韦縠的弟弟韦毅的墓志铭看,韦縠编《才调集》很可能在前蜀。具体讨论见下文《前蜀的宫廷唱和与诗集编选——唐代文化"继承者"身份的塑造》。
③ 文莹撰,郑世刚、杨立扬点校:《玉壶清话》(唐代史料笔记丛刊,与《湘山野录》《续录》合刊)卷七,北京:中华书局,1984年,第69页。
④ 王衍与嫔妃饮酒唱歌、荒淫亡国的叙事在五代时期已经盛行,五代笔记《鉴诫录》《北梦琐言》都有记载。这个叙事在宋朝进一步发展,如《蜀梼杌》写王衍夺人妻女、宿娼家,以及王衍的宠妃各有幸臣等。
⑤ 欧阳修撰,徐无党注:《新五代史》卷六四,北京:中华书局,1974年,第806页。

五代十国和北宋的意识形态有关。五代十国以北方政权兼并南方政权结束，宋朝史家以北方政权为正统，以南方政权为"世家"或"僭伪"，而确立这个历史认知的方式之一就是营造南方政权荒淫亡国的叙事。田安、孙承娟等学者指出，宋朝史家描写西蜀与南唐的统治者道德颓废，很大程度上是否定南方政权与统治者的类型化描写，不应该被直接当作史实。① 皇帝纵情声色导致败亡的叙事也出现在某些对北方君主的描述中，这些记载也同样不见得可靠。《旧五代史》《新五代史》《资治通鉴》都记述后唐庄宗李存勖沉迷宴乐，不但制作歌词，而且化妆表演，最终被夺位杀死。戴仁柱（Richard L. Davis）指出，宋代编写的史书依赖后唐明宗李嗣源时修的庄宗实录，而由于李嗣源是反叛李存勖夺得帝位，所以他有理由通过把庄宗描写为纵情声色、宠信宦官伶人的昏君来建立自己兴兵称帝的合法性，因此对史书中记述李存勖宠信伶人宦官的部分应采取审慎态度。②

从下面的四篇论文里可以看到，五代十国写情文学的繁荣主要不是乱世中文人因政治无望而纵情声色的结果，而是中晚唐的风流文化与情感书写的继续和发展。虽然五代十国的创建者大多是黄巢之乱后势力壮大的军人集团领袖，但文职官僚体系没有改变，使五代十国的政治具有延续性。③ 在中晚唐占据主导地位的清流文化价值体系以及它所依托的制度也在五代继续成长，唐末清流代表人物及其子弟在五代十国的许多政权中占据了显要的位置，五代政权内部培养出的代表性文臣也与唐代政治文化精英在旨趣和观念上没有根本

---

① 田安：《缔造选本：〈花间集〉的文化语境与诗学实践》，马强才译，南京：江苏人民出版社，2016年，第73页；孙承娟：《亡国之音：本事与宋人对李后主词的阐释》，卞东波译，《文学研究》2015年第2期。

② Richard L. Davis, *Fire and Ice: Li Cunxun and the Founding of the Later Tang* (Hong Kong: Hong Kong University Press, 2016), xi.

③ 毛汉光：《五代之政治延续与政权转移》，原刊1980年"中研院"《历史语言研究所集刊》第51本，后收入《中国中古政治史论》，上海：上海书店出版社，2002年，第418—474页。

的差异。① 同样,作为清流文化组成部分的风流文化也在这一时期的许多政权中延续下来,只不过由于政治环境不同,这个时期的情感书写和中晚唐又有差异。比如,中晚唐风流文化的核心成员是参与进士考试的年轻士人,他们在现实生活和文学作品中炫耀狭斜游,这个方面的风流文化在五代十国没有继续,因为南方十国多不设进士考试,即使设置也不持久,而北方五代虽然一直有科考,然而朝代更易、战乱不断促使文士大量南迁,没有形成举子聚集都城、召妓饮宴的风尚。在五代十国,情感书写活动往往是在宫廷诗唱和、大臣的"文学沙龙"、朝官社交往来的环境中进行的。

虽然写情作品在五代十国的很多地方都存在,下面的讨论集中在西蜀与南唐,因为这两个地区的文学创作相对比较繁荣,留存的相关材料也比较多。张兴武在《五代作家的人格与诗格》中有专章讨论"文学重心南移",谈到因为北方战乱频繁,南方相对稳定,经济重心南移,文学作家也逐步南迁。他考察唐末著名文士的移民去向,认为唐末后梁时的南下作家主要去西蜀和闽中,"沙陀三王朝"时的南迁作家则以入吴与南唐者居多。据他统计,唐末五代作家的诗文集共879卷,北方五代234卷,南唐297卷,西蜀145卷,吴越70卷(罗隐53),荆南68卷(孙光宪55),闽52卷,楚13卷;现存诗歌总数7607首,北方1382首,南唐2228首,西蜀1321首,闽940首(以韩偓、黄滔、徐寅为主),荆南894首(齐己为主),吴越767首(罗隐490),楚75首。② 傅璇琮注意到五代十国的金石碑刻最多的区域是南唐、吴越与西蜀,认为碑刻揭示的文人去向与文化流播可与张兴武的观察互证。③ 以上材料都说明,五代时期文学创作最活跃的地区是南唐和

---

① 见陆扬《清流文化与唐帝国》中《唐代的清流文化——一个现象的概述》一文中第三部分"清流文化的扩散和唐五代政治文化新格局的形成",第253页。
② 张兴武:《五代作家的人格与诗格》第三章"文学重心的南移",第56—81页。
③ 傅璇琮:《重视对五代文化的研究——〈五代艺文考〉序》,《常德师范学院学报(社会科学版)》2003年第28卷第4期。

西蜀。

五代时期,北方虽然文学创作很多,也有写情文学,如后唐庄宗与和凝的艳词,但与南方不同的是,北方政治文化精英对写情文学持批评态度,不利于这类作品的保存。以和凝为例,虽然他年轻时创作的艳词流传很广,他也曾把这些作品编录成集①,但成为宰相后他使人焚毁了这类作品,并把它们排除在文集之外。和凝晚年对艳词的态度在北方可能是具有普遍性的,致使北方词作保存很少,词在北方五代的创作、传播、阅读、表演的情况也少有记载。相比之下,西蜀与南唐的君臣以写艳词、编艳诗集为文化成就,如两蜀朝臣编《才调集》《花间集》,南唐后主把词写成书法作品,冯延巳将自己的词结集,因此保存下来的作品较多。

在材料的使用方面,研究十国的学者历来重视欧阳修的《新五代史》、司马光的《资治通鉴》和吴任臣的《十国春秋》。② 但是,考虑到宋代史家对南方的偏见,可能要谨慎地使用《新五代史》和《资治通鉴》,把它们看作宋代史家对五代十国具有倾向性的历史书写。而《十国春秋》是清代著作,虽然收集了大量的十国材料,但成书距所写时代既远,又没有注明材料来源,只能当作八百年间人们对十国的叙述、想象与记忆之大成。下面的论述尽量采用生活在五代十国的人书写自己历史的文字,来说明当时人的看法,但这类史料大多早已亡佚,只能依靠幸存下来的笔记③——这是我们不得不面对的难题。

---

① 和凝《游艺集》自序说自己曾有《香奁集》收艳词,但不行于世。这篇自序不存,但沈括曾见到和凝著述,在《梦溪笔谈》中引述。见《梦溪笔谈》卷一六"艺文三",上海:上海书店出版社,2003年,第138页。

② 《旧五代史》主要记述北方五代的历史,150卷中十国只占5卷。

③ 关于五代十国史料的撰写和保存的情况,见郭武雄:《五代史料探源》,台北:台湾商务印书馆,1987年;Johannes L. Kurz, "A Survey of the Historical Sources for the Five Dynasties and Ten States in Song Times," *Journal of Song-Yuan Studies* 33 (2003): 187-224.

前蜀的宫廷唱和与诗集编选
——唐代文化"继承者"身份的塑造

关于前蜀(907—925)的写情文学,人们最经常谈到的是后主王衍与朝臣妃嫔制作演唱艳歌。此外,虽然一般认为韦縠编《才调集》、花蕊夫人写宫词都是在后蜀,但实际上更可能在前蜀(具体原因后面讨论),因此,《才调集》收录以闺情别怨为主题的唐诗,还有花蕊夫人作百首《宫词》,也应属于前蜀情感书写的范畴。这些材料分属不同文体,对它们的考察也往往在不同的研究领域里进行。比如笔记对唱艳歌的记载被用来研究前蜀历史,《才调集》被用来讨论唐五代的诗歌创作、诗学理论和诗集编纂等情况,花蕊夫人的宫词则被当作了解宫廷文化的重要材料。下面的论述把写情文学放在统治集团建立政权合法性的语境下考察,认为前蜀君臣通过模仿唐代宫廷唱和、编选唐诗集等方式将自己塑造为唐代政治文化的"继承者",以确立蜀政权的正统地位,而创作和编录的艳诗的文学活动,是"继承者"身份塑造的重要组成部分。

用宣称自己是唐代继承者的方式强调自身的正统地位,是五代十国独立称帝的政权普遍采用的策略,前蜀也不例外。在统治前蜀的十八年中,两位君主从不同的方面继承唐代的政治文化:王建因袭唐代的礼仪、典章制度和统治理念,王衍则以唐朝为典范开展宫廷文学活动。

先说王建。在礼仪象征层面,他建国时以"金德"自命,接续唐朝的"土德"。在典章制度方面,他依照唐制设立国子监、孔庙、翰林院、枢密使等机构,实行祭祀、改元大赦、制作历法等开国礼仪,并通过收集经典图书、尊崇道教与佛教、官修历史等活动推进意识形态和文化建设。① 王建虽是军旅出身,但他重用入蜀避乱的唐朝文官。在中晚唐统治集团占据主导地位的文学官僚在前蜀仍居要位,先以文学入仕、然后在中央和地方担任清职官、最后成为宰相三公的履历也相当普遍。王建重用文士的轶事在五代十国传为美谈,笔记中有不少记载,如唐末进士冯涓恃才傲物爱讥诮,在王建生日时作歌批评进谏,却得到王建的表彰和赏赐②;卢延让因诗作得到王建的欣赏而拜工部侍郎③;有大臣认为王建"恩顾"翰林学士太过,他回答说,以前在神策军时目睹唐朝皇帝对待翰林学士的态度,自己还远远不如④。

与王建创立蜀政权、继承唐代政治文化的正面描述不同,史料对王衍的记载都是"荒淫亡国"的负面叙事。其实王衍和王建一样,也有志于通过继承唐朝政治文化秩序来营造蜀政权的正统性。不过,作为年轻的第二代君主(即位时仅二十岁),王衍的个人经历、教育背景都决定了他的行为方式与父亲不同。他没有军旅经验和军人训练经历,接受的是文学教育,因此他的继承主要表现在文学文化方面:一是在宫廷中开展诗词唱和活动,接续初唐遗风;二是与文臣编唐诗

---

① 关于前蜀通过沿用唐代典章制度、招募文才建立蜀的合法性,见 Hongjie Wang, *Power and Politics in Tenth-Century China: The Former Shu Regime* (Amherst, NY: Cambria Press, 2011), chapter 4.

② 何光远撰,邓星亮、邹宗玲、杨梅校注:《鉴诫录校注》卷四"轻薄鉴"条,成都:巴蜀书社,2011年,第96—98页。

③ 《鉴诫录校注》卷五"容易格"条,第116—117页。

④ 陶岳:《五代史补》卷一"王建礼待翰林学士"条,《丛书集成续编》第二七四册,台北:新文丰出版公司,1988年,第69页。《新五代史》卷六三"前蜀世家",第787页。

集、作风情诗,继续晚唐的艳诗趣味。

一 宫廷唱和:接续初唐遗风

前蜀亡国后不久,关于王衍"荒淫亡国"的类型化叙事就在南方的后蜀、北方的后唐出现了。较早进行这些叙事的,是作于后蜀广政四年(941)前后的《鉴诫录》。这部笔记纂辑唐五代可资借鉴的君臣事迹,也收录了很多晚唐五代的诗作及其本事故事。① 作者何光远编写此书时任普州军事判官,书中记录的历史事件可以看作后蜀中下层文官中流传的轶闻。② 为《鉴诫录》作序的刘曦度在广政年间(938—965)的某个时期官侍郎,说明书中的观点得到一些后蜀中高层文官的认同。集中包括不少有关前蜀亡国教训的条目,如"亡国音"批评王衍宴游无度,"陪臣谏"记载蒲禹卿上表劝谏王衍不要出巡秦州,"仿十在"讥讽朝中十个大臣的丑行,"徐后事"描述因王衍"性多狂率"而女主掌权结果导致亡国:这些都说明王衍"荒淫亡国"的叙事在后蜀相当流行。这种流行,很大程度上出于后蜀政权意识形态的需要。《鉴诫录》成书时后蜀建国不久,后主孟昶才二十岁出头,朝臣需要向年轻的君主提供前朝亡国的教训和警诫,对王衍的批评正好符合这种需要。同时,孟昶也需要一个反例来说明自己是不一样的明主;他曾向大臣表示:"王衍浮薄,而好轻艳之辞,朕不为也。"③北方的后唐政权也需要塑造王衍的"荒淫"形象,以确立灭蜀的合法性,《鉴诫录》"雪废主"就记载了后唐君主鼓励大臣批评王衍"荒淫

---

① 关于何光远的生平和著作,以及《鉴诫录》的成书时间、版本流传、体例内容和文献来源,见吴晨:《〈鉴诫录〉研究》,复旦大学硕士论文,2009年;陈尚君:《何光远的生平和著作——以〈宾仙传〉为中心》,《江西师范大学学报(哲学社会科学版)》2010年第5期。

② 陈尚君:《何光远的生平和著作——以〈宾仙传〉为中心》,《江西师范大学学报(哲学社会科学版)》2010年第5期。

③ 张唐英著,王文才、王炎校笺:《蜀梼杌校笺》卷四,成都:巴蜀书社,1999年,第345页。

亡国"的事情,说后唐灭前蜀后,唐明宗让亡蜀旧臣以"蜀主降臣唐"为题作诗,大部分作者都批评王衍"荒淫失国",只有牛希济说前蜀因气数已尽而被后唐取代,得到唐明宗的赞赏,说他"不伤两国,迥存忠孝"。① 这条记载里的唐明宗虽然欣赏牛希济不批评旧主的做法,可他指定这样一个题目让前蜀降臣作诗的行为本身就体现了对"荒淫亡国"叙事的引导。

　　五代时期对王衍朝文学活动的记载,也采取了"荒淫亡国"的叙事模式,讲述君臣后妃沉迷宴乐、演唱艳歌之事。《鉴诫录》"亡国音"记述王衍与内臣宫人通宵达旦宴饮,演唱前朝的亡国之曲《后庭花》《思越人》《柳枝词》②,"嫔御执卮,后妃填辞,令手相招,醉眼相盼,以至履舄交错,狼籍杯盘。是时淫风大行,遂亡其国"③。蜀人孙光宪在荆南编写的《北梦琐言》也把王衍与朝臣宫妓沉迷宴乐当作亡国的前兆,并引用王衍所作的歌词"这边走,那边走,只是寻花柳。那边走,这边走,莫厌金杯酒"④,来突出他的荒唐和不称职。

　　但其实,除了在酒席上唱艳歌,王衍朝的宫廷诗歌唱和也包括其他主题,如巡查边疆、去圣境祷告祈福等。历代史料对这些文学活动的记录很少,因为五代和北宋以来的史家对王衍朝的叙述只关注"荒淫亡国",而前蜀人记前蜀事的著述,如李昊等撰写的《前蜀书》、庾传昌的《金行启运集》《青宫载笔记》《玉堂集》等早已亡佚。⑤ 不过也有极少数的例外,有两条笔记,本来作者的意图是叙述前蜀亡国的经

---

① 《鉴诫录校注》卷七,第 165—166 页。
② 关于《柳枝词》如何变成亡隋之曲的指代,见吴晨《〈鉴诫录〉研究》,第 46—50 页。
③ 《鉴诫录校注》卷七,第 163 页。
④ 此条不见于今本《北梦琐言》,但收录在《类说》(北京图书馆古籍珍本丛刊 62)卷四三,第 735 页;以及阮阅编,周本淳校点:《诗话总龟》卷二二"宴游门",北京:人民文学出版社,1987 年,第 242 页。
⑤ 张兴武:《补五代史艺文志辑考》,上海:上海古籍出版社,2016 年,第 54、56、391 页;Johannes L. Kurz, "A Survey of the Historical Sources for the Five Dynasties and Ten States in Song Times," 193, 218-219.

过,以提供历史教训,但却无意中保留了王衍朝宫廷唱和的珍贵资料。

第一条出自王仁裕的《王氏见闻录》,是收录在《太平广记》"谄佞"这个类别里面的"王承休"条①。全文约四千字,描述王衍幸秦州以及兵败亡国事。咸康元年(925)十月,王衍与群臣北上巡视西北边境的秦州,半路上得到后唐攻蜀的消息后狼狈返回,不战而降。作者王仁裕当时任中书舍人,也是随驾去秦州的大臣之一,所以这条记载是当事人的回忆性书写。王仁裕的记述表现出他的两种身份、两个视角。一方面他作为亡国之臣回顾历史教训,认为龙武军统帅宦官王承休对前蜀灭亡负有直接责任:他用"歌舞伎乐"诱惑王衍幸秦州,②以至后唐攻蜀时因君主不在朝中而无法及时应对;在得知后唐进攻的消息时他又拒绝带兵作战,只顾自己逃命。王仁裕对王衍也有颇为严厉的批评,说正是因为他"狎昵"宠爱王承休、喜好"伎乐"美色,才不顾太后朝臣劝谏坚持巡游秦州,并全文引录秦州节度判官蒲禹卿长达二千余字的谏表。另一方面,作为前蜀的高层文官,王仁裕表现出对宫廷文化的感情。虽然他反对幸秦州,还是用大量篇幅记述了去秦州路上君臣唱和的情形,并抄录了十首诗:

> 上梓潼山,少主有诗云:"乔岩簇冷烟,幽径上寒天。下瞰峨嵋岭,上窥华岳巅。驱驰非取乐,按幸为忧边。此去将登陟,歌楼路几千。"宣令从官继和。中书舍人王仁裕和曰:"彩杖拂寒烟,鸣驺在半天。黄云生马足,白日下松巅。盛德安疲俗,仁风扇极边。前程问成纪,此去尚三千。"成都尹韩昭、翰林学士李浩弼、徐光浦并继和,亡其本。
>
> 至剑州西二十里已来,夜过一碛山。忽闻前后数十里,军人

---

① 《太平广记》卷二四一,第1858—1864页。关于《王氏见闻录》的著录辑佚情况,见李剑国:《唐五代志怪传奇叙录》(增订本),第1535—1541页。

② 《太平广记》卷二四一,第1858页。

行旅,振革鸣金,连山叫噪,声动溪谷。问人云:"将过税人场,惧有鸷兽搏人,是以噪之。"其乘马亦咆哮恐惧,棰之不肯前进。众中有人言曰:"适有大驾前,鸷兽自路左丛林间跃出,于万人中攫将一夫而去。其人衔到溪洞间,尚闻唱救命之声。"况天色未晓,无人敢捕逐者。路人罔不流汗。迟明,有军人寻之,草上委其余骸矣。少主至行宫,顾问臣僚,皆陈恐惧之事。寻命从臣令各赋诗。王仁裕诗曰:"剑牙钉舌血毛腥,窥算劳心岂暂停。不与大朝除患难,惟于当路食生灵。从将户口资噇口,未委三丁税几丁。今日帝王亲出狩,白云岩下好藏形。"翰林学士李浩弼进诗曰:"岩下年年自寝讹,生灵餐尽意如何。爪牙众后民随减,溪壑深来骨已多。天子纪纲犹被弄,客人穷独固难过。长途莫怪无人迹,尽被山王税杀他。"少主览此二篇,大笑曰:"此二臣之诗,各有旨也。朕亦于马上构思,三十余里,终不就。"于是命各官从臣,翰林学士徐光浦、水部员外王巽亦进诗。

至剑门,少主乃题曰:"缓辔逾双剑,行行蹑石棱。作千寻壁垒,为万祀依凭。道德虽无取,江山粗可矜。回看成阙路,云叠树层层。"后侍臣继。成都尹韩昭和曰:"闭关防外寇,孰敢振威棱。险固疑天设,山河自古凭。三川奚所赖,双剑最堪矜。鸟道微通处,烟霞镍百层。"王仁裕和曰:"孟阳曾有语,刊在白云棱。李杜常挨托,孙刘亦恃凭。庸才安可守,上德始堪矜。暗指长天路,浓峦蔽几层。"又命制《秦中父老望幸赋》一首进之,今亡其本。

过白卫岭,大尹韩昭进诗曰:"吾王巡狩为安边,此去秦亭尚数千。夜照路歧山店火,晓通消息戍瓶烟。为云巫峡虽神女,跨凤秦楼是谪仙。八骏似龙人似虎,何愁飞过大漫天。"少主和曰:"先朝神武力开边,画断封疆四五千。前望陇山屯剑戟,后凭巫峡镍烽烟。轩皇尚自亲平寇,嬴政徒劳爱学仙。想到陇官寻胜处,正应莺语暮春天。"王仁裕和曰:"龙旆飘飘指极边,到时犹更二三千。登高晓蹋巉岩石,冒冷朝充断续烟。自学汉皇开土宇,不同周穆好神仙。秦民莫遣无恩及,大散关东别有天。"

君臣每到一处,或者"少主"题诗,"宣令从官继和";或者大臣进诗,"少主"和之。有时王衍命从臣就路上遇到的事情赋诗,有时给从臣出命题作文,如以"秦中父老望幸赋"为题作诗。与王衍唱和的是中高层文官,包括翰林学士李浩弼、徐光浦,成都尹韩昭,水部员外郎王巽和中书舍人王仁裕自己。这几个官职中只有成都尹不是清职官,不过韩昭在乾德三年(965)以吏部侍郎主铨选,① 说明他很可能是以文学仕进的履历;前蜀林罕《十在文》讥刺韩昭"兴乱本逞章呈之妙",也说明他有文学声誉。② 显然,王仁裕对自己的诗歌才华颇为骄傲。在他抄录的十首诗中,自己的占了四首,其他包括王衍三首,韩昭两首,李浩弼一首。

这条材料最有趣的地方在于,由于收录了王衍的诏令、蒲禹卿的谏表、君臣唱和诗篇等不同类型的材料,很难得地呈现出王衍"荒淫亡国"之外的多种形象。蒲禹卿的谏表显示出,在一个耿直忠诚的大臣眼里,王衍是好享乐、需要师傅朝臣管教的年轻君主:他"生当富贵,坐得乾坤,但好欢娱,不思机变",所以应该"受师傅之训",才能"知社稷之不易"。从王衍的诏令和君臣酬唱的诗歌可以看到,君臣共同把王衍塑造为有德君主:王衍强调自己幸秦州不是为了"取乐",而是因为"忧边",他谦虚地说自己德行无取,赞美蜀国的大好河山;大臣也纷纷在诗中歌颂王衍,把他与历史上励精图治的有为皇帝相提并论。描写君臣唱和的文字也让我们看到一个执着于诗歌创作的"少主",他苦思冥想构思诗篇,热心与文官才士切磋技艺。笔记中有

---

① 《蜀梼杌校笺》卷二"前蜀后主",第173页。
② 《鉴诫录校注》卷七"仿十在",第160页。

一个细节说明王衍对作诗的热情。一天夜里有猛兽吃掉了一个随行人员，第二天早上王衍听到这个消息后命从臣赋诗。王仁裕和李浩弼写了两首，王衍很是赞赏，然后颇有自嘲精神地说自己孜孜不倦地"于马上构思"，可"三十余里，终不就"。这里，王衍是个好学上进、一心提高诗艺的年轻君主。

王衍朝宫廷唱和的第二条材料，是何光远《鉴诫录》"徐后事"条，①记述王衍的母亲顺圣太后、顺圣太后的姐姐翊圣太妃游青城山并作诗的事情。她们是王建的大小徐妃。② 这条记载的主旨是批评女性掌权亡国，说因为王衍"性多狂率"，频繁出游巡视四方，所以"政归国母"，但太后热衷四处巡游题诗，致使前蜀在后唐攻打时不战而降。和前面分析的王仁裕《王氏见闻录》条目一样，这条笔记也属于"荒淫亡国"叙事，说统治者巡游无度导致亡国。何光远也抄录了巡游途中写的诗作，包括太后、太妃所作的《题青城丈人观》《题谒丈人观先帝圣容》《题玄都观》《题金华宫》《题丹景山至德寺》《题彭州阳平化》《题汉州三学山夜看圣灯》《又题天回驿》等十六首。不过，由于记述者的身份不同，被记述的统治者性别有异，王仁裕、何光远对统治者作诗的态度差别很大。作为前蜀宫廷唱和的亲历者，王仁裕记录王衍君臣的诗作，是为了彰显宫廷清雅文化、赞美君主和包括自己在内的朝臣的文学才华。何光远没有宫廷唱和的经历，他是从后蜀回顾前蜀灭亡教训的旁观者，收录太后、太妃诗作的意图是告诫读者，女子作诗颠倒自然秩序，是亡国的前兆：

> 议者以翰墨文章之能，非妇人女子之事，所以谢女无长城之志，空振才名；班姬有团扇之词，亦彰淫思。今徐氏逞乎妖志，饰自幸臣，假以风骚，庇其游佚，取女史一时之美，为游人旷代之

---

① 《鉴诫录校注》卷五"徐后事"，第105—113页。
② 关于王衍的母亲是大徐妃还是小徐妃的争议和推论，见陈尚君：《唐女诗人甄辨》，北京：海豚出版社，2014年，第17—23页。

嗟。唐朝兴吊伐之师，遇蜀国有荒淫之主，三军不战，束手而降，良由子母盘游，君臣凌替之所致也。

何光远记述的太后、太妃巡游青城山事，发生在咸康元年九月，是王衍幸秦州的前一个月。其实王衍也参与了这次巡游，多种史料记载他与太后、太妃去青城山"设醮祈福"。① 考虑到王衍对诗歌的喜好，他很可能也参加了题诗活动。何光远之所以没有在"徐后事"中收录王衍诗，甚至没有提到王衍同游青城山，可能因为这条笔记的主旨是批评女主作诗亡国。他有意忽略王衍，也忽略这次活动的道教信仰背景，而把巡游写成太后、太妃"姊妹以巡游圣境为名，恣风月烟花之性"的享乐活动。

从这两条材料可以看到，王衍朝的宫廷诗歌活动内容丰富多样，其性质、情境与初唐宫廷的诗歌活动颇有相似之处。在唐太宗贞观年间、武后和中宗景龙年间，宫廷唱和都很盛行。② 太宗朝的唱和规模大，时间长，贯穿贞观二十余年，参与者四十五人，创作诗歌二百余篇。贾晋华根据这些诗的题材与风格将其分为四类：（一）怀旧、征边；（二）述志、咏史、赠答；（三）朝会、宴游、咏物；（四）歌辞（词）。武后和中宗景龙年间宫廷唱和的特点，是女主和女官占据了非常重要的位置。中宗景龙年间的唱和虽然只有三年，但参加人数众多，诗歌总数达到三百多首。这一时期的唱和场合主要是君臣在宫殿苑囿中举办的游宴集会，或者出游长安附近的名胜古迹、佛道寺观和皇室公卿园林。相对比，王衍朝的宫廷唱和规模小，时间短，而且只有零星记载，但是我们所看到的三类王衍朝宫廷唱和诗歌——征边、宴游和歌词——都可以在初唐的宫廷唱和中找到源头。王衍幸秦州路上

---

① 对这件事，《旧五代史》《新五代史》《五国故事》《蜀梼杌》都有记载，《蜀梼杌》有引录，见《蜀梼杌校笺》，第208—209页。

② 下面对太宗、武后、中宗时期的宫廷唱和活动的叙述，参见贾晋华：《唐代集会总集与诗人群研究》（第二版），第11—72页。

的君臣唱和与唐太宗幸灵州君臣唱和的情景相似；太后、太妃游青城山的诗作与中宗游古迹寺庙时的创作相仿；王衍和大臣为宴会制作艳词在太宗朝也有先例，如位列三公的长孙无忌为宴会创作两首题为《新曲》的歌词，一首写歌女，一首写男女之情。可以说，王衍朝的宫廷诗歌活动是对于初唐宫廷唱和传统的继承和延续。

二 结集与创作：继承晚唐的艳诗趣味

王衍朝"继承"唐朝文化的第二个方面，是通过编选诗集、创作诗词来继续晚唐的绮艳文学趣味。有学者指出，前蜀编选唐诗的风气很盛，收录的作品数量也相当多，举出的例子包括王衍的《烟花集》五卷，王仁裕的《国风总类》五十卷，王承范的《备遗缀英》二十卷，不过它们均已亡佚。① 关于这三部诗集是唐诗选的说法，宋代书目著录中并无记载②，这一说法在明代才出现，如胡震亨《唐音癸签》把这三本诗集列为"五代人选唐诗"③，胡应麟的《诗薮》将《国风总类》《备遗缀英》列为"唐人自选诗"④。研究"唐人选唐诗"的部分学者采纳或同意这个观点，如吴企明讨论五代人选唐诗的八种集子，就包括这三部，并对它们的内容和性质在宋代书目中缺乏介绍做出解释，说由于这些诗集"在宋时已流传不广，诸家书目很少载及"⑤；陈尚君也把这

---

① 傅璇琮、龚祖培：《〈才调集〉考》，《唐代文学研究》第五辑，桂林：广西师范大学出版社，1994年，第689页。
② 《直斋书录解题》卷一五"总集类"著录《烟花集》五卷，题云："蜀后主王衍集艳诗二百篇，且为之序。"《崇文总目》卷五"总集类下"著录《国风总类》五十卷，王仁裕编"，"《备遗缀英》二十卷，王承范编"。见陈振孙撰，徐小蛮、顾美华点校：《直斋书录解题》卷一五，上海：上海古籍出版社，1987年，第443页；王尧臣等编次，钱东垣等辑释：《崇文总目》卷五，长沙：商务印书馆，1939年，第337页。
③ 胡震亨：《唐音癸签》卷三一，上海：上海古籍出版社，1981年，第321页。
④ 胡应麟：《诗薮》外编卷三，上海：上海古籍出版社，1979年，第164页。
⑤ 吴企明：《"唐人选唐诗"传流、散佚考》，《唐音质疑录》，第157页。

三部诗集列为"断代诗选(唐人选唐诗)"①。

除了上述三种诗集,韦縠的《才调集》很可能也在前蜀编选。一般认为韦縠是后蜀人,主要根据《直斋书录解题》的记载:"《才调集》十卷,后蜀韦縠集唐人诗。"②对韦縠生活、任官的年代虽然也有不同的看法,如《四库全书总目》载"縠仕王建为监察御史"③,但一般还是遵从陈振孙的说法。然而,近年发现的韦縠弟弟韦毅(885—956)的墓志铭提供了一些新材料,说明韦縠编选《才调集》很可能是在前蜀。这篇墓志铭作于后蜀广政十九年(956),其中叙述韦氏兄弟六人于唐末入蜀,得到前蜀开国皇帝王建的礼遇,紧接着就一一交代他们的官职:

> 长兄栾,皇任东川节度副使。仲兄縠,皇任侍御史。次兄瑕,起家授简州金水县、广都县,赐绯鱼袋,训转守礼部郎中兼太常博士,赐紫金鱼袋。今朝先皇帝镇临之初,首蒙拔擢,云霄路稳,羽翩风高,践履清华,便蕃贵盛。今上弥隆倚注,迥降丝纶,乃自大仪兼领彭郡,久悬众望,即副具瞻。次弟宏,皇任源州观风判官。季弟毅,前守陵州录事参军。④

这里的"仲兄縠"就是韦縠。陈尚君认为,"墓志称'今朝先皇帝镇临之初',指后蜀开国皇帝孟知祥入蜀事,前此似指前蜀事,即不能排除韦縠编选《才调集》和官至侍御史都在前蜀的可能性"⑤。实际上,墓志所说的韦縠"皇任侍御史",更有可能是在前蜀。《才调集》中韦縠的官职署为"监察御史",应该是他编集时的官职,墓志给出的"侍御

---

① 陈尚君:《唐人编选诗歌总集叙录》,《唐诗求是》,上海:上海古籍出版社,2018年,第656、663页。
② 《直斋书录解题》卷一五,第443页。
③ 《四库全书总目》(清乾隆武英殿刻本)卷一八六,第26页。
④ 陈尚君:《〈才调集〉编选者韦縠家世考》,《贞石诠唐》,第288页。
⑤ 同上注,第290页。

史"应该是他担任过的最高官职。二者都属于御史台,按唐制,监察御史是八品上,侍御史从六品下,一般的升迁顺序是从监察御史到侍御史。那么,如果墓志显示韦縠官侍御史在前蜀,他担任监察御史、编《才调集》应该也在前蜀。这个推测也和韦縠的年龄相符。陈尚君从韦縠的年龄推测韦縠的生年最迟在广明、中和间(880—884),入蜀时大约二十岁,其后三十来年在前蜀生活为官。①

如果算上《才调集》,在前蜀编选的唐诗选就有四部。它们都与前蜀宫廷有关,其中至少有三部和王衍朝有关联。《烟花集》由王衍编选。《才调集》是在王建朝还是王衍朝编选难以确证,不过韦縠编集时为"监察御史",是充任皇帝耳目的清贵官职,应该接近前蜀宫廷。关于《备遗缀英》的编者王承范,我们知之甚少。从名字推测,他有可能是王衍的假子,或者王建假子所生的第二代。唐末五代时期,藩镇节帅、皇帝经常把有能力的将领和部下认成假子以加强联盟,形成政治军事集团。史载王建有假子百余人,包括同姓宗戚、同乡部从、立功或纳降的将卒等。② 假子被赐予养父姓,名字中表示排行的字和养父的亲生儿子一样,比如王建的假子和儿子都是"宗"字辈。虽然没有王衍认假子的记载,但如果他有,应该和他的儿子王承祧、王承祀一样是"承"字辈。王承范也有可能是王建的假子的儿子,他们也是"承"字辈,比如王建假子王宗侃的三个儿子叫王承绰、王承肇、王承遵。③ 无论王承范是王衍的假子,还是王建假子之子,从辈分、年龄看,他活跃于前蜀宫廷的时间更可能是在王衍朝。最后,关于《国风总类》,历代书目著录只说编者是王仁裕,但王仁裕曾仕前蜀、后唐、后晋、后汉、后周,到底他在哪个时期编选这部诗集,并没有

---

① 陈尚君:《〈才调集〉编选者韦縠家世考》,《贞石诠唐》,第290页。
② 田玉英:《关于王建假子的情况及王建与假子的关系蠡测——兼论前蜀宦官干政的缘起》,《学术探索》2009年第5期。
③ 朱祎:《前蜀王宗侃夫妇墓志校读及相关问题探讨》,武汉大学中国三至九世纪研究所编:《魏晋南北朝隋唐史资料》第四十三辑,2021年,第199页。

记录。我觉得最有可能的时间是他在王衍朝任中书舍人、翰林学士的时期。《国风总类》共五十卷,是唐五代规模最大的唐诗选,编纂这么大规模的诗集,需要大量唐诗总集和别集作为参考,而最有可能提供这些资料的是皇家藏书。虽然说王仁裕在王衍朝,在后唐、后晋、后汉等朝都曾经担任中央高层文官,有机会使用皇家藏书,[1]但比较起来,王衍朝的诗歌创作、诗集编选活动最为兴盛。正是在这一时期,王仁裕随王衍幸秦州,一路上君臣唱和;太后太妃游青城山并题诗;几部唐诗选集也相继出现,包括王衍编的《烟花集》。因此,王仁裕的《国风总类》更可能是这一时代风尚的产物。

前蜀君臣编选的唐诗选集中,除了《备遗缀英》因材料太少无法讨论,其他三部分别从属于《文选》《玉台新咏》开始的两个文学选集传统,前者重视有"化成天下"意义的篇章[2],后者收录用来消遣娱乐的"艳歌"[3]。

《烟花集》和《才调集》继承了《玉台新咏》的传统:《烟花集》"集艳诗二百篇",《才调集》收录以闺情别怨为题材的唐代歌诗一千首。编纂这类诗选的动因显然是消遣,韦縠在《才调集序》中这样描述自己编集的情形:"或闲窗展卷,或月榭行吟,韵高而桂魄争光,词丽而春色斗美。但贵自乐所好,岂敢垂诸后昆。"[4]唐人对《玉台新咏》的评价比较复杂,也在不断变化。一方面,初唐的文学批评贬抑齐梁诗和《玉台新咏》;另一方面,唐人阅读、效仿《玉台新咏》,受其诗风影响。到了晚唐,艳诗进入了主流精英文化。到唐末五代,艳诗又被看作已经逝去的太平时代的一部分而被追怀,因此唐末重臣韩偓在唐

---

[1] 关于王仁裕的生平,见蒲向明:《王仁裕年谱稿》,《甘肃高师学报》2005 年第 4 期;李剑国:《唐五代志怪传奇叙录》(增订本),第 1529—1533 页;陈尚君:《贞石偶得——王仁裕碑》,《贞石诠唐》,第 316—318 页。

[2] 萧统编,李善注:《文选》"序",上海:上海古籍出版社,1986 年,第 1 页。

[3] 徐陵编,吴兆宜注,程琰删补,穆克宏点校:《玉台新咏笺注》"序",北京:中华书局,1985 年,第 13 页。

[4] 《唐人选唐诗新编》,第 691 页。

亡之际把自己年轻时写的艳诗编为《香奁集》,宣称自己的"绮丽"歌诗接续了《玉台新咏》的传统。晚唐盛行的艳诗趣味,被唐末的政治文化精英带到了前蜀,韦縠就是这些精英中的一员。韦縠的父亲韦贻范是京兆杜陵韦氏,他虽然是关中显族,但不属于以文学仕进的清流成员,而是依靠藩镇将领李茂贞和宦官的势力拜相,韩偓在昭宗朝任翰林学士时曾拒绝为他起草宰相任命诏书。不过,韦贻范的下一代入蜀后,有的以文学声誉著称,加入了清流精英的行列。韦贻范第三子韦赮在后蜀任清职官,为孟昶掌丝纶,他在韦縠的在墓志中得到的篇幅最多,显然被视为全家的骄傲。从这个细节可以知道,清流文化在前后蜀占据主导地位。虽然韦贻范的长子韦栾担任东川节度副使,是重要的武将,但在韦氏家族眼中,他的地位远远不如为皇帝起草诏令的高层文官韦赮。和韦赮一样,韦縠也属于以文学仕进的清流精英,这一点从他担任的御史台官职可以看出。他编选的《才调集》明显表现出晚唐文学的趣味,不仅收录了大量晚唐诗,如胡震亨在《唐音癸签》中所说的,"晚唐人诗十居其七八"[①],而且入选诗作偏重以闺情别怨为主题的流行诗作。《才调集》这个名字也显示出这部诗集与晚唐艳诗的关联,唐末黄滔在《答陈磻隐论诗书》中批评咸通乾符之际盛行的香艳诗风,就把那些"郑卫之声"称作"今体才调歌诗"[②]。韦縠把诗集命名为《才调集》应该不是偶然,"才调"指的就是晚唐流行的以宴乐娱乐为目的的诗歌。

《国风总类》虽已亡佚,书目著录也没有对其内容进行描述,但从诗集的名字看,它继承的是《诗经》代表的诗歌传统和《文选》代表的文学选集传统。韦縠在《才调集序》中说,他相信自己的文学品味,因此不在乎那些自以为学问渊博其实僵化者的讥诮:"又安可受诮于愚卤,取讥于书厨者哉。"韦縠心目中讥诮他的人可能泛指主张文学要

---

① 《唐音癸签》卷三一,第 322 页。
② 《全唐文》卷八二三,第 8672 页。

有教化意义的士人,也可能包括《国风总类》那样的"正统"诗集的编选者。《国风总类》的编者王仁裕来自清流精英之外的群体,他生于僖宗乾符六年(879),在秦州(甘肃天水)长大,祖父、父亲和兄长都是秦陇间州佐官。他年轻时喜欢畋游,二十五岁因感梦而能文章,被秦帅李继崇召为秦州节度判官。李继崇降蜀后,王仁裕入蜀为官,历任兴元节度判官、礼部郎中、中书舍人、翰林学士。王仁裕和韦縠是同代人,年龄相差无几,但他们的家庭背景截然不同。韦縠家是关中显族,父亲韦贻范在唐末有宰辅身份,他家从唐政治文化中心长安避乱入蜀。王仁裕的家庭没有达官显贵背景,父祖兄弟都是地方佐吏,他从边远的秦州来到前蜀政治文化中心成都。不同的成长地域、家庭背景使他们接受的文学教育也不一样。韦縠接触到唐末长安的政治文化精英和在他们中间流行的艳诗写作,而王仁裕在秦州的文学训练可能远离晚唐的艳诗风气,他更熟悉《文选》《诗经》代表的"传统"和"经典"趣味。韦縠的《才调集》、王仁裕的《国风总类》也是这两种文学传统和诗歌趣味的体现。

在创作方面,前蜀宫廷偏好晚唐诗歌趣味的一个例子是花蕊夫人的百首《宫词》。北宋以来一般认为花蕊夫人是后蜀后主孟昶的妃子,但经浦江清考证,作为《宫词》作者的花蕊夫人是前蜀太祖王建的小徐妃,即王衍生母顺圣太后,而百首宫词的作者可能不止一人,还有顺圣太后的姐姐翊圣太妃、后主王衍、昭仪李舜弦等。浦江清的主要证据包括《宫词》中提到的君主生日是王衍的生日,《宫词》中描写的宫殿池园、后宫人物也契合史籍中记载的前蜀宫廷。[①] 虽然浦江清这篇刊于1947年的考证论文解决了宫词作者的问题,但流传不广,不少学者还在沿用花蕊夫人为后蜀孟昶妃这个错误的宋人传闻,因

---

① 浦江清:《花蕊夫人宫词考证(附宫词校订本)》,《浦江清文录》,北京:人民文学出版社,1989年,第47—80页。

此近年来有唐五代文学研究者撰文重申浦江清之说,并进行补证。①花蕊夫人的《宫词》继承了中晚唐的宫词写作。虽然以宫女的生活和感情为题材的宫怨诗在南朝和初唐、盛唐就有,但用多首七言绝句写当代宫廷里具体生活琐事的"宫词"从中唐开始,王建有一百首,王涯有三十余首。②王建宫词描写穆宗长庆年间的宫廷生活,如天子宣赦、宫中打球、后妃诊病;花蕊夫人宫词则描写前蜀宫中的日常生活,如宫人夜宴,用弓箭射鸭,皇帝给宫人颁月份钱,鹦鹉念诗给皇帝听,三元节在宫中做道教法事;后者对前者在诗歌题材方面的继承很明显。

前蜀文学创作偏好中晚唐趣味的另一个例子是曲子词的创作。田安在《缔造选本——〈花间集〉的文化语境与诗学实践》一书中指出,文人的曲子词创作与中晚唐的风流文化关系密切,进士文官为宴会写诗填词供歌妓演唱,在这种场合创作的曲子词多以闺情别怨为主题。后蜀编《花间集》收录的词家包括四位唐末入蜀的文士:韦庄、牛峤、毛文锡、牛希济。他们都凭借文学才能任清职官,避难入蜀后成为前蜀统治集团的成员,担任高级文官和宰辅的职位。他们在长安参加科举考试和任官时,正是艳诗进入主流精英文化的时期,他们的词创作体现出艳诗趣味的影响。晚唐的风流文化也渗透到前蜀地方文人和武将的创作中。孙光宪生于西蜀农人家庭,年轻时在前蜀任陵州判官,他的《浣溪沙》描写一个年轻才士在蜀地追逐名利,过着"陪烟月醉红楼"的"风流"生活。《花间集》中的前蜀作者还包括武将魏承班、鹿虔扆,他们的词也同样旖旎,如魏承班的《满宫花》有"醉时想得纵风流,罗帐香帷鸳寝"之句。

---

① 陈尚君:《唐女诗人甄辨》,第17—23页;谢桃坊:《花蕊夫人宫词补考》,《西华大学学报(哲学社会科学版)》2017年第4期。

② 对宫词概念范畴的辨析和讨论,见俞国林:《宫词的产生及其流变》,《文学遗产》2009年第3期。

王衍在位的七年间,前蜀宫廷的文学活动非常繁盛:王衍幸秦州时君臣唱和诗歌,游青城山时太后、太妃题诗,君臣编纂多种唐诗选集,花蕊夫人作百首《宫词》,文武官员作艳歌及曲子词。在文学趣味方面,王衍、他的母亲、太妃及其他宫人,还有前蜀的政治文化精英,对晚唐的艳诗有明显的偏好,但他们同样也擅长以国家社稷为念的诗作。前蜀灭亡后,王衍朝的宫廷诗歌活动被纳入"荒淫亡国"叙事,唱艳歌是"亡国音",太后、太妃作诗是"逞乎妖志",君臣唱和诗歌也被批评为宴游无度。宋太宗雍熙三年(986),李昉在为王仁裕撰写的神道碑中这样描述王仁裕仕王衍的经历:"蜀后主衍好文工诗,偏所亲狎,宴游和答,殆无虚日,后主昏湎日甚,政教大隳,公屡陈谠言,颇尽忠节。"①李昉把王衍喜好诗文和宴游无度、狎宠佞臣并列在一起,认为那些都是皇帝昏聩沉湎导致国家政教毁坏的原因。而实际上,王衍君臣开展宫廷诗歌活动的时候,仿效的是唐代君臣唱和写作的"模板",只不过时过境迁,这种继承在后来人眼里成为君主玩物丧志、不听朝臣劝谏的表现。

---

① 转引自陈尚君:《贞石偶得——王仁裕碑》,《贞石诠唐》,第317页。

《花间集》的编选：构建具有"包容性"的后蜀文化

一 引子

前蜀统治者通过效仿唐代文学,把自己塑造为唐代政治文化的继承者,主要的方式是延续宫廷唱和的活动,编唐诗集,写绮艳诗词;后蜀则是在继承唐文化的同时试图建构有特色的蜀文化。和前蜀政权一样,后蜀也是父子两代君主,不过孟知祥建国后半年就去世了,后蜀三十年由孟昶治理,史称后蜀后主。王衍和孟昶在前后蜀的文化建设中都起到重要的作用,但他们的角色不尽相同。王衍是参与者,他好尚诗文创作,通过与朝臣宫人唱和诗歌、编选诗集等活动繁荣宫廷文学。孟昶的角色更接近倡导者、支持者,通过官方刻印经典、官修历史、鼓励诗书画的创作建设后蜀文化。一方面,孟昶以唐代为典范建设后蜀的政治文化秩序,如恢复进士科考试;由宰相毋昭裔出资设学馆,镌刻儒家经典于石壁,雕版刻印《文选》《初学记》《白氏六帖》等典籍;命李昊以宰相监修《前蜀书》,并撰写后蜀两位皇帝的《实录》等。① 另一方面,孟昶君臣把蜀地擅长的文学艺术形式提升为

---

① 杨伟立:《前蜀后蜀史》,成都:四川省社会科学院出版社,1986年,第229—234页。

精英文化，作为后蜀的骄傲。

  一个这方面的例子是蜀画。五代十国时期，蜀地和南唐的绘画很发达，这两个地方的杰出画手、画作也比别的地方多。① 蜀地绘画的繁荣，与安史之乱、黄巢之乱后大量士人避乱南迁、很多画师入蜀有关，如李畋在景德三年(1006)为黄休复《益州名画录》所作的序文中指出的："盖益都多名画，富视他郡，谓唐二帝播越，及诸侯作镇之秋，是时画艺之杰者，游从而来，故其标格模楷，无处不有。"②后蜀绘画的成就，也得益于孟昶的大力扶持。③ 对绘画的重视从唐代就已经开始了，比如宫廷画家取得官职俸禄，他们中间最杰出的被授予玄宗朝设立、中晚唐制度化的"翰林待诏"职位，"名誉地位虽然并不高，但实际待遇却很优厚，超过唐代以后的其他王朝"④。后蜀继承了这一传统，效仿唐制设翰林画待诏，礼遇画师。比起唐代，后蜀的画师和绘画的地位更尊贵，表现为高层文官撰写诗文赞美画作，皇帝也参与品评绘画。比如广政八年(945)，翰林学士徐光溥作《秋山图歌》称赞黄筌父子所画的《秋山图》；十六年，孟昶命翰林学士欧阳炯撰《壁画奇异记》赞美黄筌在宫中八卦殿墙壁上画的花木鸟兽；十七年，孟昶生日时有大臣进张素卿所画《十二仙真形》十二帧，孟昶命翰林学士、礼部侍郎欧阳炯"次第赞之"⑤。在后蜀，画作还被当作本国的特色赠送给别国作为礼物。广政八年，南唐李璟派使臣到后蜀，带来几只仙鹤；后蜀则将黄筌父子画的《秋山图》送给南唐。⑥ 后蜀和南唐互赠的礼

---

  ① 陈师曾：《中国绘画史》，武汉：崇文书局，2015年，第30页；赵振宇：《五代画家地理分布考述》，《西北美术》2017年第2期。
  ② 黄休复著，何韫若、林孔翼注：《益州名画录》，成都：四川人民出版社，1982年，第1页。
  ③ 段玉明：《略论五代时期的西蜀画派》，《四川文物》，1986年第4期，第23—26页。
  ④ 关于唐代翰林院画待诏的设置、选任、叙迁、结衔和俸禄等情况，见李万康：《唐代翰林院画待诏任用制度考述》，《故宫博物院院刊》2017年第4期，第46—57页。
  ⑤ 以上三事，见《益州名画录》卷中、卷上、卷上，第72、50、25页。
  ⑥ 郭若虚撰，邓白注：《图画见闻志》卷六"秋山图"条，成都：四川美术出版社，1988年，第331页。

物都是本国特产,南唐用蜀地没有的仙鹤展现自己的物产,后蜀则用画作展示自己的山川和文化。

编《花间集》是后蜀大臣把蜀地擅长的艺术形式提升为精英文化的另一个例子。曲子词在前后蜀都很盛行,这从《花间集》收录大量蜀地词作可以看出。此外,宋灭后蜀时抓获了一百三十九名乐工,比从文化也很发达的南唐抓获的三十二名多三倍,可见后蜀的教坊规模之大。不过,词历来被看作不登大雅之堂的低等级文体。在中晚唐,歌词在酒席宴会上演唱,功能是消遣娱乐,不被认为是有价值的文学作品,虽然很多文士在社交场合写词,但并不把它们收进自己的诗文集。唐代和前蜀文士编了很多诗的选本,却没有词的选本,《花间集》的编纂是后蜀大臣把词纳入"正统"文学范畴的尝试。编选者通过书写词的历史、强调词作者的诗人身份和政治地位,来说明词是雅正的文学形式,和诗一样值得保存传播。《花间集》是后蜀初期来自不同背景的大臣共同合作的产物。由将门之子赵崇祚编选、中层文官欧阳炯作序的这部集子,收录了身份各异的作者的词作,隐含了不论文武、民族、地域、家庭出身,只要有文学才华就可以成为政治文化精英的理念,这间接显示出后蜀的政治文化具有相当强的"包容性"。这种"包容性"既是文学观念上的,使原先地位低下的歌词进入正统文学;也表现在精英评定标准上,使原来地位低下者如农人子弟、军人子弟、异族人也有进入政治文化精英集团的可能。

二 为什么一个武将之后要编选词集?

关于《花间集》的编选,讨论较多的是欧阳炯写的序文,对词集的编者赵崇祚则关注很少,从陈振孙的《直斋书录解题》到《四库全书总目》都不清楚赵崇祚的情况,直到近年才有学者综合历史文献、出土墓葬的材料,基本理清了他的身世。① 赵崇祚是武将之子,父亲赵廷隐(884—950)先后仕后梁、后唐,帮助孟知祥镇西川、建后蜀,是孟知祥临终委托辅佐幼主的六位大臣之一。孟昶在位期间,赵廷隐掌兵权,封宋王,是后蜀唯一的异姓王;他的显赫地位在传世文献中多有记载,从他墓葬的规模和规格也能看出。赵廷隐的长子就是赵崇祚,依靠门第得官,编《花间集》时三十多岁,②任卫尉少卿,此前任大理少卿。后蜀沿用唐代官制,据《唐六典》,大理少卿、卫尉少卿从四品上,前者负责协助"掌邦国折狱刑详之事",后者协助"掌邦国器械、文物之政令,总武库、武器、守宫三署之官属"。③ 那么,为什么一个武将之后、一个管理器械文物政令的朝官要编选一部词集?

李博昊在《论赵氏家族的政治危殆与〈花间集〉编纂的政治动机》一文中,从后蜀初期的政治形势和赵氏家族的政治处境解释编纂动机。《花间集》成书于后蜀初期的广政三年(940),即孟昶即位的第七年。李博昊认为,后蜀初期有些老臣居功自傲,少主孟昶为加强皇权而削弱武人的力量,如杀李仁罕,罢李肇,使武将感到岌岌可危;赵氏家族为自保而选择由武向文转型,编纂《花间集》就是向孟昶传达这个信息。④ 这个推想可能难以成立,因为赵廷隐、赵崇韬(赵崇祚的弟弟)父子一直是孟昶朝的重要将领,赵家是后蜀最稳固、最有实权的武将家族之一。赵廷隐先后担任左匡圣都指挥使、卫圣马步都指挥使、卫圣都指挥使等职位,兼领节度使,他统领多年的匡圣军、卫圣

---

① 王毅、谢涛、龚扬民:《四川后蜀宋王赵廷隐墓发掘记》,《中国社会科学报》2011年5月26日;房锐:《〈花间集〉编者赵崇祚考略》,《中华文化论坛》2015年第2期。
② 赵崇祚的生卒年不见史载,陈尚君根据赵廷隐的生年(884)推算,赵崇祚约生于唐末至后梁初年。陈尚君:《"花间"词人事辑》,《唐诗求是》,第648页。
③ 李林甫等撰,陈仲夫点校:《唐六典》卷一八"大理寺"条、卷一六"卫尉寺"条,北京:中华书局,1992年,第502、459页。
④ 李博昊:《论赵氏家族的政治危殆与〈花间集〉编纂的政治动机》,《江苏社会科学》2017年第3期。

军是后蜀"六军"中实力最强的两支军队。① 赵崇韬在孟昶即位之初就在孟昶亲设的殿直军中担任将领,赵廷隐去世后承袭父任统领卫圣军,直到后蜀灭亡前夕还在领兵作战。赵崇韬的权臣地位也可以从君臣联姻中看出。孟昶用婚姻网络巩固孟蜀政权,把五个女儿都嫁给了亲信大臣的儿子,②这五位大臣是宰相李昊、枢密使伊审征(孟知祥妹妹的儿子)、枢密副使韩保正、掌盐铁的毋守素(父亲毋昭裔为宰相)、掌军权的赵崇韬;其中伊审征、韩保正、赵崇韬等人,在后蜀后期"分掌机要,总内外兵柄"。③ 从孟昶即位到《花间集》成书的那几年间,孟昶对武将老臣的态度是剥夺一部分人的兵权,倚重另一部分,赵廷隐属于后者。当李仁罕要求判六军以掌握全部兵权时,孟昶虽然不得已答应了,但任命赵廷隐为六军副使来制约李仁罕;孟昶杀李仁罕后,又任命赵廷隐接替李仁罕统领禁军中兵力最雄厚的卫圣军,兼任武德军节度使镇东川,加中书令。也就是说,赵廷隐没有面临政治危机,也谈不上弃武从文的家族转型。

更有可能的情况是,赵崇祚、赵崇韬兄弟在后蜀的活动说明军人家族可以通过文武两种途径巩固其政治地位:赵崇韬继续武将家族的传统,而赵崇祚则借助文学活动获得政治文化精英的身份。实际上,赵家对文化活动的兴趣和支持从赵廷隐就开始了。作为开国勋臣,赵廷隐倡导文化活动,他的家也成为文士、佛道之士、学者、画家、隐士等各种文化人物聚集的场所。关于这一点,我们有两条来自五代宋初的材料。第一条见于北宋黄休复《益州名画录》"姜道隐"条:

> 宋王赵公廷隐于净众寺创一禅院,请道隐于长老方丈画山水

---

① 杜文玉:《前后蜀兵制初探》,《江汉论坛》2004年第11期。
② 关于孟知祥、孟昶两代政治联姻策略的讨论,见胡耀飞:《后蜀孟氏婚姻研究——兼论家族史视野下的民族融合》,奇文瑛主编:《民族史研究》第十一辑,北京:中央民族大学出版社,2014年。
③ 《宋史》卷四七九《西蜀孟氏》,北京:中华书局,1977年,第13874页。

松石数堵。宋王与诸侍从观其运笔,道隐未尝回顾,旁若无人。画毕,王赠之十缣。置僧堂前,拂衣而去。他皆放此。今绵竹县山观寺多有画壁,见存。①

这条记载主要赞美画师姜道隐淡泊名位钱财的高逸品格,也侧面说明赵廷隐对文化的爱好和支持。好尚佛教创禅院请画师作画,而且亲自观看"运笔",显示了他对绘画的兴趣。第二条材料见于《北梦琐言·逸文》:

> 伪蜀主当僭位,诸勋贵功臣竞起甲第,独伪中令赵廷隐起南宅北宅,千梁万栱,其诸奢丽,莫之与俦。后枕江渎,池中有二岛屿,遂甃石循池,四岸皆种垂杨,或间杂木芙蓉,池中种藕。每至秋夏,花开鱼跃,柳阴之下,有士子执卷者、垂纶者、执如意者、执麈尾者、谭诗论道者。一旦,岸之隈有莲一茎,上分两岐开二朵,其时谓之太平无事之秋,士女拖香肆艳,看者甚众。赵廷隐画图以进,蜀主叹赏。其时歌者、咏者不少。无何,禁苑中有莲一茎,岐分三朵,蜀主开筵宴,召群臣赏之。是时词臣已下皆贡诗,当时有好事者图以绘事,至今传之。②

这则轶事传达了这样几条信息。第一,赵廷隐家在后蜀初期的勋贵功臣中以豪奢著名。这一点在宋初路振的《九国志》也有记述,说他"久居大镇,积金帛巨万,穷极奢侈,不为制限,营构台榭,役徒日数千计"③。第二,赵廷隐家是文化名流聚集、文化活动发生的场所。文化名流包括"执卷"的文士、"垂纶"的隐士、"执如意"的信佛者、"执麈尾"的道人,他们在赵家庭院中"谭诗论道"。当有奇异的事情发生,赵

---

① 《益州名画录》卷下,第106页;注本"十缣"后原为逗号。
② 《北梦琐言》"逸文卷四",第167页。关于《北梦琐言》的辑佚情况,见房锐:《〈北梦琐言〉辑佚》,《四川师范大学学报(社会科学版)》2004年第6期。
③ 路振:《九国志》(清守山阁丛书本)卷七后蜀,第5页。

廷隐让画师描摹盛况献给孟昶欣赏,诗人文士则歌咏赞叹。第三,赵廷隐和孟昶争相开展文化活动,在每个"比试"中,孟昶都更胜一筹。当赵家的莲花一支茎上开出两朵,皇家庭苑的一支茎上开出三朵;赵家的莲花引来众多"士女"观看,孟昶则召集"群臣"观赏;赵廷隐家有文士歌咏,孟昶更有"词臣"赞颂。赵廷隐和孟昶被描写为热心诗画活动的君臣,在他们的倡导下,后蜀朝廷笼罩在赏花、作画、吟诗的风雅气氛中。

　　成长在这样的文化氛围里,赵崇祚有机会结交文士,参与宴饮、写诗、作画等活动。《宋史·艺文志》引北宋马永易《实宾录》"忘年友"条,称赞赵崇祚虽是显贵家族子弟,却尊重、交游年长有德儒士,说他"以门第为列卿,而俭素好士。大理少卿刘昺、国子司业王昭图,年德俱长,时号宿儒,崇友之,为忘年友"①。赵崇祚可能熟悉甚至精通文字学,编《花间集》前曾经参与一部古文字字书的讨论。林罕在《林氏字源编小说序》中说,明德二年乙未(935)至丁酉(937)冬,他"与大理少卿赵崇祚讨论,成一家之书"②,这本著作是"汇集古今篆隶之字"的《说文集解》③。

　　《花间集》是赵崇祚参与文学活动的另一个例子,这次他的角色更重要,是词集的编选者。欧阳炯在《花间集序》中这样描述赵崇祚的编选工作:

　　　　今卫尉少卿字弘基,以拾翠洲边,自得羽毛之异;织绡泉底,独殊机杼之功。广会众宾,时延佳论。因集近来诗客曲子词五百首,分为十卷。④

---

① 马永易:《实宾录》卷六,《四库全书珍本初集》本,上海:商务印书馆,1934年,第16页。
② 《全唐文》卷八八九,第9291页。
③ 后来林罕删削此书撰成《字源小说》,习称《字源偏傍小说》;顾宏义:《五代林罕及其〈字源偏傍小说〉考略》,《辞书研究》2010年第1期。
④ 赵崇祚编,杨景龙校注:《花间集校注》,北京:中华书局,2014年,第1—2页。《花间集校注》以南宋绍兴十八年晁谦之建康郡斋本《花间集》为底本。后文引《花间集序》不再出注。

欧阳炯从三个层面赞美赵崇祚的编选之功。首先是他的眼界和斟酌使他选得佳作；其次是编辑上体现的有造诣的构思和布局；最后称赞他编集时博采众议的态度。① 这里，发表"佳论"的"众宾"可能正是《北梦琐言》描写的聚集在赵家的"谭诗论道者"，包括欧阳炯这样的文士。《花间集》成书时，欧阳炯是赵廷隐的僚佐（赵廷隐为武德军节度使，欧阳炯为武德军节度判官），有机会出入赵家，和赵崇祚讨论编词集的事情。② 应该说，《花间集》的编选体现了赵崇祚和他身边的文士群体的趣味。对赵崇祚来说，编纂《花间集》可以彰显他文化支持者和赞助人的身份以及他对文学的兴趣和品位，使他加入文化精英的行列。

三　书写词的历史

《花间集》是第一部文人词集。对《花间集》的研究，主要集中在词的内容和艺术特点，词集对后世词风的影响，以及"花间词"在词史上的地位。相比之下，较少讨论《花间集》作为文学选本的意义这一重要问题。③ 文学选本是中国古代文学批评的一种重要形式，它既是某种文学观念的呈现，也参与对这种观念的建构。在唐五代，词不被看作是有价值的文学作品，《花间集》是第一次把词这种低等级的文体纳入"正统"文学范畴的努力。这种努力特别表现在欧阳炯的《花

---

① 张以仁：《〈花间集序〉的解读及其涉及的若干问题》，《花间词论续集》，台北："中研院"中国文哲研究所，2006年，第12页。

② 广政四年（941），即《花间集》成书后的第二年，赵廷隐罢武德军节度使，据此推知《花间集》成书时赵廷隐任武德军节度使。《花间集序》题名为"武德军节度判官欧阳炯撰"，可知编选词集时欧阳炯的任官情况。后蜀常以将相遥领节度使，节度使在京城而非地方，赵廷隐此时以卫圣军指挥使兼领武德军节度使，因此他应在成都赵氏宅第，而不是武德军节度的治所梓州。欧阳炯作为他的僚佐，很可能也在京城。

③ 田安在专著《缔造选本：〈花间集〉的文化语境与诗学实践》第三章"撷诗之'英'：唐和蜀的选本"中，认为《花间集》的编纂意图是捍卫流行于蜀朝廷的填词活动，将曲子词作为风雅文学来提倡。

间集序》中,序文以叙述这一文体的历史的方式,将词加入"雅正"文学的系列。欧阳炯这样描述曲子词的历史:

> 镂玉雕琼,拟化工而迥巧;裁花剪叶,夺春艳以争鲜。是以唱云谣则金母词清;挹霞醴则穆王心醉。名高白雪,声声而自合鸾歌;响遏行云,字字而偏谐凤律。杨柳大堤之句,乐府相传;芙蓉曲渚之篇,豪家自制。莫不争高门下,三千玳瑁之簪;竞富樽前,数十珊瑚之树。则有绮筵公子,绣幌佳人,递叶叶之花笺,文抽丽锦;举纤纤之玉指,拍按香檀。不无清绝之辞,用助娇娆之态。自南朝之宫体,扇北里之倡风。何止言之不文,所谓秀而不实。有唐已降,率土之滨。家家之香径春风,宁寻越艳;处处之红楼夜月,自锁嫦娥。在明皇朝,则有李太白应制《清平乐》词四首。近代温飞卿复有《金荃集》。迩来作者,无愧前人。

序文用骈文写成,脉络不易把握,学者的解读也存在很多不同的意见。一个常见的问题是没有读出叙述中的时间线索,结果把欧阳炯描述的词在其他历史阶段的特征,包括他对南朝词的批评,当成他的词学观点和《花间集》的审美追求。① 即便是注意到序中时间脉络的学者,对一些段落也有不同的看法。因此,在讨论之前有必要陈述文义,下面的概括参考了张以仁的疏解。② 序文开始揭示歌词的特点是经过匠心创作,好像是美玉经过雕琢,春花经过剪裁;它的美巧夺造

---

① 这个问题的提出和讨论,见贺中复:《〈花间集序〉的词学观点及〈花间集〉词》,《文学遗产》1994年第5期;彭国忠《花间集序:一篇被深度误解的词论》,《学术研究》2001年第7期;李定广:《也论〈花间集序〉的主旨——兼与贺中复、彭国忠先生商榷》,《学术研究》2003年第4期。张以仁在《〈花间集序〉的解读及其涉及的若干问题》(《花间词论续集》,第1—42页)这篇文章中讨论了一些具有代表性的误读,并提出由于夏承焘、唐圭璋等词学前辈的一些误读,影响了大批后来学者。李定广在同年出版的专著中也介绍了学界关于《花间集序》解读的一些争议,见李定广:《唐末五代乱世文学研究》,北京:中国社会科学出版社,2006年,第206—208页。

② 见张以仁:《〈花间集序〉的解读及其涉及的若干问题》,《花间词论续集》,第7—11页。

化之工,更胜过天然。序文接下来讲述歌词的历史,从上古西周一直到后蜀。首先,歌词的源头可以追溯到上古西周的仙境,在西王母那里听到《云谣》使穆天子沉醉,《白雪》那样的古代名曲音乐有鸾凤之声,歌词与音乐协调无间。其次,传世的歌曲中,有的从古代传下来,比如《杨柳》《大堤》这样的乐府;有的由豪门贵族制作,比如《芙蓉》《曲渚》这类歌词。这些豪门贵族好像是战国时期的平原君和春申君让门客争奢斗侈,也好像是西晋时期的石崇和王恺竞富夸豪。在这些奢华的宴会上,青年才俊写清绝的歌词,演唱的歌姬有娇娆的姿态。到了南朝,由于宫体艳词的流行,煽扬起妓人歌曲的风气,结果歌词沦落,不仅没有文采,而且浮华虚美。到唐朝,国势强盛,歌词普及,到处歌舞宴乐,诗人也开始创作歌词,唐玄宗时李白奉诏制《清平乐》词四首,后来有温庭筠的歌词集《金荃集》问世①。近来更是作者辈出,他们写的歌词一点不比前人逊色。

  欧阳炯的序,实际上是用建构词史的方式,来从两个方面确立词的雅正地位。首先,他指出曲子词历史悠久、源头尊贵。他把歌词的起源追溯到周穆王会见西王母,这既在文体上把词和以《诗经》为源头的诗加以区别,也是在强调词的传统和诗一样久远。因为仙人和帝王是天上人间的最尊贵者,写仙家用歌词款待帝王是在赞美词的尊贵地位。② 序文的开头强调词的特点是巧夺天工,使工巧的词区别于"言志"的诗,让词发出与诗不同的光彩。③ 不过,工巧在唐代也被用来赞美诗文写作。初唐大臣在应制诗中描写雕琢之美胜过自然之美,以此赞美皇帝主宰世间万物的权力,他们把皇帝比作神仙,说朝

---

① 温庭筠《金荃集》不存。《崇文总目》《新唐书·艺文志》著录《金荃集》十卷,但是没有说明所录文体的样式、何人结集。毛晋《金荃集跋》认为唐志所言《金荃集》为诗集。见吴河清、朱腾云:《温庭筠诗集版本源流考》,《南京师范大学文学院学报》2007 年第 4 期。
② 张以仁:《〈花间集序〉的解读及其涉及的若干问题》,《花间词论续集》,第 8 页。
③ 同上注,第 17 页。

廷制作之物比自然更"自然",称花开、春至、草木生长等自然现象都是朝廷恩泽的结果。在中晚唐,从元白开始流行的以显示才华、竞争技艺为目标的次韵唱和,以及以贾岛为代表的炼句苦吟的晚唐诗风,都崇尚诗的技艺。此外,骈体文一直是唐五代文章的主流文体这一事实,也说明工巧是被崇尚的诗文价值。《花间集序》强调词的雕琢之美和它的仙家帝王源头,是渲染歌词地位尊贵、技艺高超。

其次,欧阳炯认为词的发展经历了一个从清贵到浮华到雅正的过程。从上古到南朝以前的歌词具有清贵的特点:周穆王在西王母那里听到的歌曲被形容为"清",豪家宴会上的歌词被描写为"清绝"。考虑到"清"在唐五代清流文化中所具有的意义,这是对歌词的艺术和地位的最高评价。然后,南朝的歌词在"宫体"的影响下变得华而不实。最后,词在唐朝成为雅正的文体。歌词再一次和帝王联系在一起,而且享有盛誉的诗人也写词,甚至将词结集保存,说明词在唐朝和诗一样具有文学价值。欧阳炯进一步宣称,两蜀词是唐代的继承。在把李白和温庭筠的作品树立为词的最高成就之后,欧阳炯用"迩来作者,无愧前人"概括近来的词作,表现出他对蜀文化的自负。

通过与历史上最高成就相比较的方式赞美蜀文化,是欧阳炯和后蜀词臣常用的手法。比如,欧阳炯在《禅月大师应梦罗汉歌》中说,僧人贯休的水墨罗汉壁画,比唐代最著名画师的作品更杰出:"唐朝历历多名士,萧子云兼吴道子。若将书画比休公,只恐当时浪生死。"①他也在《题景焕画应天寺壁天王歌》中称赞唐末的孙位和后蜀的景焕这两位画师在应天寺门口墙壁上画的天王,说他们的画艺与周昉、张僧繇、吴道子并驾齐驱,而且天宝年间出现的"画龙致雨"的绘画最高境界,"唯此二人堪比肩"。② 翰林学士徐光溥在歌咏黄筌父子画作的

---

① 《益州名画录》卷下,第108页;《全唐诗》卷七六一题为《贯休应梦罗汉画歌》,一作《禅月大师歌》,第8638页。贯休不是蜀本地人,但于唐末入蜀后得到王建的礼遇,在那里居住到去世,欧阳炯赞颂的壁画就是贯休在蜀地的龙华禅院中所作的。

② 《全唐诗》卷七六一,第8639页。

《秋山图歌》中,也才采用了同样的手法,说他们的技艺使"大李小李灭声华,献之恺之无颜色"①。在这些评论绘画和歌词的文字里,后蜀文臣声称蜀地作品不仅可以达到而且可以超越历史最高水平。在欧阳炯叙述的歌词演进历史中,唯一受到批评的是"南朝宫体"影响下的歌词,仿佛他有意把曲子词和在正统文学观念中常被否定的宫体诗拉开距离,好为塑造词的雅正形象清除障碍。

讲述词史后,欧阳炯从词集编选的角度,说明《花间集》是一部高水准的选本。他先称赞赵崇祚的审慎编选态度(上文已经讨论),然后介绍《花间集》的作者身份、词集题名和编选意图:

> 因集近来诗客曲子词五百首,分为十卷。以炯粗预知音,辱请命题,仍为序引。昔郢人有歌阳春者,号为绝唱,乃命之为《花间集》。庶以阳春之甲,②将使西园英哲,用资羽盖之欢;南国婵娟,休唱莲舟之引。时大蜀广政三年夏四月日序。

欧阳炯把《花间集》的作者称为"诗客",是强调作者的诗人身份,暗示他们的作品在正统文学中占有一席之地。他也通过词集的题名宣称,这个选本收录的是最高造诣的歌词。欧阳炯以古曲中最高雅的《阳春》为榜样,取"阳春"之景中繁花盛开的意思,将词集命名为《花间集》,来表明《花间集》的作品和《阳春》一样,代表歌曲的最高水平。序文结尾谈道,词集的编选意图是为"西园英哲"的宴游提供歌词,来代替"南国婵娟"所唱的"莲舟之引"。"西园"指曹魏在邺都的园囿,是曹丕任五官中郎将时与曹植、吴质等文人驱车游玩、饮酒赋诗的地方。《花间集序》中所说的"西园英哲",很可能指聚集在赵廷隐家的文化名流和与赵崇祚交游的文士群体,也有学者认为指蜀国

---

① 《益州名画录》卷中,第74页。《全唐诗》卷七六一题为《题黄居寀秋山图》,第8637页。
② 有些本子没有"庶以"句。关于部分注家对此处异文的意见,见张以仁:《〈花间集序〉的解读及其涉及的若干问题》,第5—6页。

朝臣,①抑或二者兼而有之。饶宗颐认为,《花间集》是为教坊歌舞演唱编选的唱本,而"孟昶昵于舞倡,赵廷隐家养有伶人"。② 赵家和孟昶宫廷都喜好歌舞,就在《花间集》成书前不久,赵廷隐家的伶人孙延应还被选入宫廷教坊。欧阳炯想要取代的"莲舟之引",有可能指他在前文中批评的南朝曲词,如梁朝君臣所作的《采莲曲》,这些歌曲在后蜀仍在流行;③也可能指当时的民间曲子词,如敦煌词中《采莲船》等俗曲。④ 比起以前认为词只是消遣游戏之作的看法,《花间集序》主张一种具有"包容性"的文学观念。这个"包容性"指的是把一个低等级的文体纳入正统文学的范畴,主张词和诗一样有悠久的历史,且源头尊贵,并在唐朝及以后因诗人参与创作产生了很多格调高雅之作,是值得保存的文学作品。

四　作者的多元身份

考察《花间集》的作者,有两个突出的特点。一是他们的文学、政治双重身份在词集中得到强调,二是作者背景的多样性。《花间集》申明,入选的作者既是文人,也是朝廷官员。序文把作者称作"诗客",是突出他们的文人身份;而词集目录列出作者名字时标出他们担任过的最高官职,比如"韦相庄""毛司徒文锡",是强调他们的政治身份。在文学总集中这样介绍作者的先例极少。《四库全书总目提要》认为这种做法和《文选》相似,"于作者不题名而题官,盖即《文选》书字之遗意",⑤但其实,《花间集》和《文选》的做法不同。《文

---

① 田安:《缔造选本:〈花间集〉的文化语境与诗学实践》,第93、123页。
② 饶宗颐:《词集考(唐五代宋金元编)》,北京:中华书局,1992年,第330页。
③ 华连圃:《花间集注》"原序",台北:天工书局,1992年,第5页。
④ 彭国忠:《再论〈花间集序〉》,《唐宋词学阐微——文本还原与文化关照》,合肥:安徽大学出版社,2008年,第166页。
⑤ 王培军:《四库提要笺注稿》,上海:上海大学出版社,2019年,第221页。

选》对作者的称呼包括三类：皇室成员或者在后宫中任职的作者用尊号，如汉武帝、魏文帝、曹大家、班婕妤；其他作者用字，如扬子云、曹子建；字不见史载者用名，如宋玉、谢惠连。《文选》对作者的官职并不重视，标明作者官职的真正先例是武后时期崔融编的《珠英学士集》和天宝年间芮挺章编的《国秀集》。《珠英学士集》收录受武后诏命修撰《三教珠英》的四十七名学士的交游唱和诗作。据晁公武《郡斋读书志》，这部诗集在作者题名方面"各题爵里，以官班为次"，①敦煌残卷保留的部分作者的题名也符合这个描述。② 标出作者的"爵里"（官爵和乡里），是把郡望和官职当作学士的身份标志。重郡望是从南朝开始的门阀贵族传统的延续，而官职决定士人身份则是在唐朝政治结构中出现的新现象。随着君主独裁和中央集权体制在唐朝形成，以政治地位决定身份的价值取向使做官成为社会精英的人生目标，这个变化从武后时期开始，《珠英学士集》注出作者官职并按照官职高低排列作者次序的做法就体现了这个变化。唐五代的诗歌总集中，还有《国秀集》也列出作者的官职，再往后就是《花间集》了。《花间集》标明作者官职的做法说明唐代形成的政治结构在后蜀的延续，不过《国秀集》和《花间集》都没有注明作者的乡里，说明郡望在天宝后已经不再是评定士人身份的重要标准。与《珠英学士集》用作者的政治身份突出诗人的崇高地位一样，《花间集》也用作者的政治身份彰显词人的尊贵地位。

《花间集》作者的身份背景的多样性，主要体现在词集后半部分收录的作家中。入选的十八位作者，大体上按在世时间先后排序，③

---

① 晁公武撰，孙猛校证：《郡斋读书志校证》卷二〇，上海古籍出版社，1990年，第1059页。
② 敦煌残卷《珠英学士集》的考证与校录，见徐俊纂辑：《敦煌诗集残卷辑考》，北京：中华书局，2000年，第548—587页。
③ 陈尚君指出，"《花间集》后半并不完全按世次先后排列，如魏承班同光末被杀，却次于孙光宪后，尹鹗、李珣前蜀时在世，却次于全书之末"。陈尚君：《"花间"词人事辑》，《唐诗求是》，第645页。

可以分为两组。第一组的八位是前辈作家,依次为温助教庭筠、皇甫先辈松、韦相庄、薛侍郎绍蕴、牛给事峤、张舍人泌、①毛司徒文锡、牛学士希济。他们中间年纪最大的温庭筠、皇甫松活跃于九世纪中叶,年纪最轻的出生在咸通乾符之际(870年前后),在唐朝度过青壮年时期,于唐末避乱入蜀,到《花间集》编纂时这些作者大多已经去世。他们的背景很相似,走的都是进士及第、任清职官的道路。其中五位作者是进士出身;温庭筠、皇甫松和牛希济虽然没有进士登第,但在唐末五代人眼中,他们完全具备进士资格。康骈撰于乾宁二年(895)的《剧谈录》谈到近年来"丽藻英词,播于海内"却未能进士登第者,就包括皇甫松。同样,韦庄在光化三年(900)向唐昭宗奏请追赠十四位"词人才子"进士及第,皇甫松和温庭筠都在名单里。至于牛希济,《北梦琐言》说他虽然"文学繁赡,超于时辈",但在梦中被告知与进士无缘,而且要到四十五岁才能做官。再看这些作者的官职,除了皇甫松从未做官,其他人都担任国子监助教、给事中、中书舍人、侍郎、翰林学士等清职官,有的官至宰相。最后看家庭背景,至少有五位作者出自连续几代或者同代中兄弟数人以文学仕进的文官家族。三位是穆宗、文宗朝宰相牛僧孺的后代:牛峤是他的孙子,牛希济是重孙(牛峤兄子),皇甫松是表甥;②皇甫松的父亲是中唐享有文学声誉的皇甫湜。毛文锡和他的弟弟都是进士出身,在前蜀任翰林学士承旨、文思殿大学士等高层文官。名字错写成薛昭蕴的薛昭纬也来自文官家族,曾祖、祖父和父亲三代官给事中,他自己则进士登第,

---

① 张泌的身份不能确定。一般认为张泌是南唐人,但陈尚君认为南唐的张泌和这里的张泌年代相差甚远,不是同一个人。见陈尚君:《"花间"词人事辑》,《唐诗求是》,第616—618页。

② 关于牛家入蜀的情况,见李博昊:《牛峤入蜀缘由及创作考论》,《古籍整理研究学刊》2017年第1期。

累官至侍郎。①

第二组作者包括十位,依次为欧阳舍人炯、和学士凝、顾太尉敻、孙少监光宪、魏太尉承班、鹿太保虔扆、阎处士选、尹参卿鹗、毛秘书熙震、李秀才珣。他们比较年轻,大多在唐昭宗在位期间(889—904)出生,成长于五代十国。这组年轻作者与前辈作者的最大区别是他们的身份背景更多样,有文官也有武将,有汉人也有波斯人,有蜀国大臣也有别国大臣,有北方移民也有本地蜀人,有的出身富豪,也有的世代务农。《花间集》作者的多元身份,既是后蜀的政治文化精英具有"包容性"的体现,也是对这种有"包容性"的精英评定标准的提倡。这部词集通过收录武人、农人子弟、波斯人、蜀本地人的作品,主张无论文武、民族、地域和家庭出身,只要具备文学才能就可以成为政治文化精英。

先说武将词人。第二组作者中有两位是军人背景。一个是魏承班,魏承班为驸马都尉、太尉,后唐灭前蜀时被杀。另一个是鹿虔扆,他在唐昭宗天复年间事王建,为永泰军节度使,后加太保。在五代十国,军人领袖重用文官被认为是统治国家的必要措施,但是武将是否应该也像文士那样作诗是有争议的话题。有些人赞美武将作诗,如《北梦琐言》带有欣赏态度地记述唐末魏博节度使、邺王罗绍威因不满意幕僚为他写的书信檄文而亲自起草,而且因为倾慕当时诗歌声誉极高的自号"江东生"的罗隐,把自己的诗集命名为《偷江东》。②也有舆论认为将帅作诗是玩物丧志、导致败亡的行为。同样也是《北梦琐言》记载后唐明宗的儿子秦王李从容"轻佻浅露,狎近浮薄。列

---

① 《花间集》列出的薛绍蕴是薛昭纬的误写这个观点由王国维提出,张以仁、饶宗颐、陈尚君等学者补充多种材料支持。对这个问题的讨论和相关材料的梳理,见张以仁:《〈花间〉词人薛绍蕴》,《花间词论集》,台北:"中研院"中国文哲研究所,2004年,第217—234页;陈尚君:《"花间"词人事辑》,《唐诗求是》,第610—613页。
② 《北梦琐言》卷一七,第125页。

坐将帅,而与判官论诗。未跻大位,而许人祸福",结果败亡。① 李从荣的反例是王建的次子元膺,他擅长武艺,看不起文学,《蜀梼杌》记载翰林学士毛文锡作赋赞美元膺射箭中钱孔,被他嘲笑"穷措大畏此神箭否",后来元膺因谋逆反被杀。② 在各种评价武人与文学关系的参照系中,赵崇祚把前蜀武将所作的曲子词收入《花间集》,是主张武将也可以具备文学才华,而且他们的文学创作并不比文士逊色。

第二组作者中,虽然以文学仕进的还是多数,包括欧阳炯、和凝、孙光宪、毛熙震、尹鹗、李珣等六人,但他们大多不是文官家族出身,比如和凝家是地方富豪,曾祖、祖父、父亲都没有做官,欧阳炯的父亲是县令,孙光宪是农人子弟。虽然不是士人出身,他们都在五代十国担任清要职位,和凝为后晋宰相,欧阳炯为后蜀翰林学士承旨,孙光宪为荆南御史大夫、掌政事,说明五代时期的政治环境提供给家庭出身低微者更大的发展空间。和凝和欧阳炯分别以地方富豪和低层官僚的家庭背景成为宰辅,在唐朝虽然少见,却还不是不可能达到,而孙光宪以农人出身,却能进入统治集团核心,在唐朝的政治文化环境中是难以想象的。

在民族方面,两位作者有异族背景。鹿虔扆的姓有些材料写作"禄",这个姓在唐代有两个源流,一个是汉姓,居住在泾阳(今陕西境内),另一个是初唐时期吐蕃帝国重臣禄东赞的后代,在四川活动的鹿虔扆有可能是禄东赞的后裔。③《花间集》作者中可以确定异族身份的是李珣。他的先人是波斯国人,黄巢之乱时随僖宗入蜀定居。李珣在唐末曾参加宾贡进士考试,即给新罗、渤海、大食、波斯等外藩举子特设的考试,但没有登第。他在蜀地有诗名,著有词集《琼瑶集》,妹妹李舜弦是王衍的昭仪,也擅长作诗。李珣虽然有文学声誉,

---

① 《北梦琐言》卷二〇,第137页。
② 《蜀梼杌校笺》卷一,第120页。
③ 陈尚君:《"花间"词人事辑》,《唐诗求是》,第644页。

妹妹又是皇妃,但还是会因为他的异族身份受到歧视,何光远的《鉴诫录》"斥乱常"条就记载了一件这样的事:

> 宾贡李珣,字德润,本蜀中土生波斯也。少小苦心,屡称宾贡,所吟诗句往往动人。尹校书鹗者,锦城烟月之士。与李生常为善友,遽因戏遇嘲之,李生文章扫地而尽。诗曰:"异域从来不乱常,李波斯强学文章。假饶折得东堂桂,胡臭薰来也不香。"①

李珣和尹鹗正好都是《花间集》的作者。尹鹗在诗中说,波斯人学习文章是一件违反自然的事情,就好像是说异域之人从不违反伦常一样荒唐。而且,即使李珣登第进士,和汉人一样以文学仕进,他的胡人特征"胡臭"却难以消除。这里,气味代表的等级秩序十分鲜明:进士登第是"折桂",桂花的香气象征取得政治文化精英的尊贵身份;"胡臭"被描写为波斯人的特征,象征胡人的低劣身份。说"胡臭"遮蔽了桂花的香味,是讥讽胡人不管怎么崇尚、学习汉文化,仍然在本质上低汉人一等。虽然《鉴诫录》把尹鹗对李珣的嘲讽描述为朋友之间的戏笑,但这不是没有后果的嘲谑,尹鹗的诗损害了李珣的文学盛誉,使李珣的文章"扫地而尽"。这条笔记题为"斥乱常",说明何光远赞成尹鹗的看法,认为波斯胡人学文章是"乱常"。《花间集》采取了与《鉴诫录》不同的立场,主张民族身份不能作为评判政治文化精英的标准,所以它不仅收录了李珣的作品,而且收入李珣的词三十七首远远多于尹鹗的六首。

在地域方面,《花间集》的作者既包括北方移民,也包括蜀本地人。第一组的前辈作家大多是唐朝的"全国性"精英,他们在长安参加进士考试,在中央任官,后来才移民至蜀,第二组比较年轻的作家则包括土生土长的蜀人。李珣家从入蜀定居到《花间集》成集时已有

---

① 《鉴诫录校注》卷四,第93页。

六十年,因此《鉴诫录》称他为"蜀中土生波斯"。欧阳炯、孙光宪也都是蜀人。后蜀初期的高层文官群体包括北方移民和本地精英,但是他们之间存在矛盾和摩擦,这在何光远的另一部著作《广政杂录》中有生动的记述。《广政杂录》已佚,这则轶事被生活在吴越至宋初的僧人赞宁在《笋谱》中转述:

> 何光远作《广政录》,记孟氏有蜀时,翰林学士徐光溥、刘侍郎羲度①分直。忽睹庭中笋迸出。徐因题之。刘性多讥诮,徐托土本是蜀人。徐诗曰:"迸出斑犀数十株,更添幽景向蓬壶。出来似有凌云势,用作丹梯得也无。"刘诗曰:"徐徐出土非人种,枝叶难投日月壶。为是因缘生此地,从他长养譬如无。"二学士从兹不睦。②

翰林学士徐光溥是蜀人,他和侍郎刘曦度在内廷值班时看到庭院有竹笋迸出,于是写诗借皇宫中的竹笋赞美内臣的尊贵身份。徐诗中的"蓬壶"指传说中海上仙山蓬莱,在这里指皇宫;"丹梯"本来是寻仙访道之路,这里指仕进之路。徐光溥把竹笋比作凌云的丹梯,帮助他攀升到仙境,取得朝廷尊贵地位。他此时任翰林学士,作诗彰显自己的清贵地位与大好前程,符合中晚唐翰林学士自我赞美的诗歌传统。刘曦度也写了一首诗,嘲讽徐光溥出生蜀地,与尊贵地位无缘。他把徐光溥的姓和竹笋的生长联系在一起,说生在蜀地的竹笋"徐徐出土",慢慢生长,结果竹子的枝叶永远到不了日月的高度,暗示徐光溥不能取得靠近皇帝的最尊贵地位。从刘曦度讥诮徐光溥蜀人的态度可以推测,刘曦度很可能是中原移民或其后代,瞧不起蜀本地人。何光远编写《鉴诫录》请刘曦度作序,可以知道他们有交游,很可能持

---

① "羲度"为"曦度"之误,见陈尚君:《何光远的生平和著作——以〈宾仙传〉为中心》,《唐诗求是》,第781页。
② 释赞宁撰,周膺、吴晶点校:《笋谱》(杭州史料别集丛书,与《耕织图诗》《补农诗》《北山酒经》《茶考》《茶疏》合订),北京:当代中国出版社,2014年,第237—238页。

有相似的立场和观点。

何光远的《广政杂录》《鉴诫录》与赵崇祚编的《花间集》成书时间相仿,他们的著作、选集中表现出的对民族、地域的不同态度,可以看作后蜀初期处于不同位置的精英的立场。何光远和刘曦度代表中原精英立场,强调汉族和中原的正统性,用"排他性"的精英评价方式排斥"边缘"成员,比如蜀人和外族人。赵崇祚和欧阳炯则代表处于唐朝清流精英范畴之外的、在五代时期通过文学争取精英地位的"边缘"人群(如军人子弟、农人子弟、蜀人、外族人)的立场。赵崇祚虽然家庭地位显赫,但是在凭借文学素质成为政治文化精英这条道路上,他的军人出身背景使他处于相对"边缘"的位置。欧阳炯是蜀人,而且不属于建国前就跟随孟知祥的文官,①因此也处于相对"边缘"的位置。他们用具有"包容性"的精英评价方式把"边缘"群体的成员纳入清流精英的范畴。

何光远和赵崇祚的著作虽然在精英评定方式上立场不同,它们的共同点是继承了晚唐文学的艳诗趣味。《花间集》收录的作品以艳词居多,对晚唐的艳诗趣味有所继承。何光远也对晚唐艳诗十分欣赏。他在《鉴诫录》"屈名儒"条中盛赞方干、李宣古、李群玉、卢延让、章孝标、施肩吾等六位晚唐诗人在宴会上创作的香艳诗歌,说他最欣赏施肩吾《夜宴曲》的结尾两句"被郎嗔罚涂苏盏,酒入四肢红玉软",虽然"绮靡香艳",却有"含蓄情思"。② 最能体现何光远的晚唐艳诗趣味的是他的另一部著作,记载神仙道教事迹的《宾仙传》。此书早已亡佚,陈尚君从宋人书中引出部分佚文,包括洪迈《万首唐人绝句》

---

① 纪宇谦在《前后蜀创业集团暨中央权力结构之研究》(台湾中兴大学硕士论文,2007年)中谈道,后蜀创业集团的主体,是孟知祥在太原以及镇西川时就跟随他的将校、文官和随从,他们在建国后升为中央官职,进入权力核心。纪宇谦列出的三位处于权力核心的文官都是这个背景:毋昭裔在孟知祥镇山西时入幕,李昊和徐光溥在孟知祥镇西川时分别为掌书记、观察判官。不过,与李昊、毋昭裔在后蜀长期担任宰相不同,徐光溥拜相半年就被罢免了。

② 《鉴诫录校注》卷八,第205页。

收录的《宾仙传》的四十六首诗,里面有很多是人鬼幽会、群仙酒宴、人仙相恋的主题,继承了中晚唐盛行的艳遇故事的传统。其中有一组绝句描写何光远与明月潭龙女相恋,包括《伤春吟》《答龙女》《催妆》《赠何生》《留别何郎》,明显受到晚唐诗人曹唐《大游仙诗》中刘阮遇洞中仙女组诗的影响。

虽然都继承了晚唐的艳诗趣味,《花间集》比何光远的作品更有野心,也更有开创性。何光远的三部著作分属杂史、笔记、神仙传等早已存在的文学传统,而《花间集》是第一部文人词集,尝试把词纳入正统文学的范畴。《花间集》的野心也体现在作为一个选本,它不限于一时一地,而是要从历史上、在全国范围选择最好的作品,所以收录了唐朝及其后北方五代、荆南和两蜀作家的词作。正因为这种全国性的视野,蜀地作品的数量在选本中占绝对优势才可以说明蜀地的文学成就高于其他地方,直接继承了李白、温庭筠和皇甫松的创作传统。张以仁提出,《花间集》"虽是以西蜀为据点,所呈现的却是全国性的,代表一个划时代的、一种新文体的典范性著作"。① 可以补充的是,这个"典范性著作"的产生,与后蜀的政治,包括统治集团结构的转变、对政治文化秩序的建设、谋求后蜀在五代十国的正统地位,都有密切的关系。在谈论两蜀的画和词的时候,后蜀文臣声称蜀地作品可以达到甚至超过历史最高水平,这一方面表现出他们的文化自负,另一方面也是塑造蜀文化崇高地位的方式。这也许可以解释为什么《花间集》提出的词是雅正文学的主张在进入北宋后就销声匿迹了,因为后蜀赋予词意义的政治文化环境不再存在。词真正进入正统文学的范畴要到苏轼以后,部分词作的功能脱离了宴席娱乐,词变成士大夫言志和抒情的载体,这才成为受人尊重的雅正文体。

---

① 张以仁:《〈花间集序〉的解读及其涉及的若干问题》,《花间词论续集》,第40页。

从徐铉、韩熙载看南唐士人对妓乐活动的评议

　　提起南唐的士妓交往，我们会想到顾闳中在南唐末年创作的《韩熙载夜宴图》，以及围绕这幅画的轶事。这些轶事大多收录在宋代著述中，最早提到此画的《五代史补》成书于南唐亡国将近四十年后的宋真宗大中祥符五年（1012），而常被研究者当作《韩熙载夜宴图》的原始资料引用的《宣和画谱》成书更晚，编纂于宋徽宗（1101—1125年在位）在位时期。在这些文字中，韩熙载有时被描写成因无法施展政治抱负而逃避到酒席宴会中的大臣，有时被当作因沉迷妓乐而荒废国事的典型；命顾闳中绘图的后主李煜也被塑造为各种形象，或者是对臣子的私生活充满好奇的昏君，或者是借绘画对韩熙载进行道德教谕的明主。故事中呈现出的南唐，很大程度上是宋朝史官、学者根据他们的需要营造的：他们一边欣赏南唐大臣情色生活的图像，一边重申纵情声色导致亡国的教训。《韩熙载夜宴图》成为宋人汲取审美愉悦和道德教训的"经典"，而宋人的叙述又影响到后来乃至今天

我们对南唐的认识。①

然而要了解南唐士妓交往的情况,最可靠的材料还是南唐人的著述。下面的论述使用了南唐人著述中的两种,一是别集,主要是唯一完整保存下来的南唐别集《徐铉集》②,二是南唐人亡国后撰写的追忆故国史事的笔记,如郑文宝的《南唐近事》《江表志》,史温的《钓矶立谈》等。③ 这两种材料,由于作者和被记述者的关系不同,正好呈现出南唐妓乐活动的两个侧面。《徐铉集》收录的是在社交场合创作的赠妓、咏妓诗,其中描写的士人,或者是作者自己,或者是他的友人同僚,作者与被记述者的密切关系决定了作品对士妓关系的描绘是适度的、可被人们接受的。相对比而言,笔记的作者和被记述者距离较远,记载的大多是耳闻的公众人物、公众事件的传说,因此记录了过度的、引起争议的事情,比如很多笔记写到韩熙载蓄声妓、纵情声色,且对其褒贬不一。因此,别集和笔记互相补充,使我们得以了解南唐士人妓乐活动的情形,以及他们对这些活动"尺度"的看法。

一　徐铉笔下的士妓交往

南唐文人的别集大量亡佚,唯一完整保存下来的只有《徐铉集》。徐铉以文学仕进,仕南唐近四十年,任官显要,累官秘书郎、知制诰、

---

① 关于宋人以及后来的观画者根据自己的需要讲述《韩熙载夜宴图》的故事,见〔美〕巫鸿:《重屏:中国绘画中的媒材与再现》,文丹译,上海:上海人民出版社,2009年,第25—36页。与此相关的问题是宋人根据自己的需要建构南唐的历史和文学史,这方面的研究可以参考孙承娟的文章,其文分析宋朝士人如何使用轶事传闻把李煜词塑造为"亡国之音",然后这些轶事又使李煜词得以成为经典。孙承娟:《亡国之音:本事与宋人对李后主词的阐释》,卞东波译,《文学研究》2015年第2期。

② 又名《徐常侍集》《徐铉文集》《徐鼎臣集》《骑省集》等。文集的版本著录情况,见张兴武:《补五代史艺文志辑考》,第304—306页。

③ 关于南唐人记南唐事笔记的著录保存情况,以及这些材料的史料价值,见邹劲风:《现存有关南唐的文字史籍研究》,《江海学刊》1998年第2期;Johannes L. Kurz, "Sources for the History of the Southern Tang (937-975)," *Journal of Song-Yuan Studies* 24 (1994): 217-235.

主客员外郎、中书舍人,充翰林学士,他在礼学、文学、小学方面的造诣使他被视为一代文宗。《徐铉集》中与妓有关的诗并不多。集中收录他在南唐时期写的诗共五卷,约二百五十首,其中赠妓、写到妓人的名字或才艺或者提到作诗赠妓之事的有六首,按写作时间排序为:《正初答钟郎中见招》《月真歌》《江舍人宅筵上有妓唱和州韩舍人歌辞因以寄》《亚元舍人不替深知,猥贻佳作三篇,清绝不敢轻酬,因为长歌聊以为报。未竟,复得子乔校书示问,故兼寄陈君,庶资一笑耳》《附书与钟郎中因寄京妓越宾》《赠浙西妓亚仙》。徐铉的圈子主要是文官,从他的诗可以约略看出南唐文官这个精英群体与妓交往的情况,其实和中晚唐有不少相似之处。

首先,徐铉写到的南唐妓人的类型和士妓交往的方式,与中晚唐相仿。《月真歌》描写的女子,先是"广陵妓人",然后成为一位高层文官的"宅里人"。① 广陵(扬州)在唐朝就已经是商业贸易最繁荣的城市之一,也是长安、洛阳以外青楼业最发达的地方。月真可能是籍属扬州的妓人,然后由那位文官出资为她脱籍,成为他的家妓。徐铉也写到在江文蔚的家宴上听妓人演唱韩熙载创作的歌词,那位歌妓应该也是家妓。② 五代宋初的史料笔记对南唐的家妓有零星记载,比如宰相严续赌输自己的歌姬,宰相孙晟家妓侍宴奢华等。家妓之外还有民妓。徐铉写到自己和同僚在京城参加宴会时"携妓",以及他贬谪外地时寄诗给"京妓"越宾,③这两处提到的妓人类似《北里志》中记载的长安平康里妓,客人可以出钱招她们外出参加酒宴。不过,因为南唐没有留下唐代《教坊记》《北里志》那样对教坊组织、妓女活动的记述,南唐妓人的具体情况不易了解,虽然知道李煜在位时设有

---

① 徐铉撰,李振中校注:《徐铉集校注》卷二,北京:中华书局,2016年,第41页。
② 《江舍人宅筵上有妓唱和州韩舍人歌辞,因以寄》,《徐铉集校注》卷二,第47页。
③ 《亚元舍人不替深知,猥贻佳作三篇,清绝不敢轻酬,因为长歌聊以为报。未竟,复得子乔校书示问,故兼寄陈君,庶资一笑耳》《附书与钟郎中因寄京妓越宾》,《徐铉集校注》卷三,第95、94页。

教坊使,但教坊使的职责、对妓人的规定都没有记录。在南唐,除了西都建康、东都广陵这样的繁华都市,相对比较偏远的地区也有妓乐活动。徐铉贬谪泰州时在宴席上作诗相赠的"浙西妓"亚仙,就是泰州的妓人。①

其次,南唐文官也和中晚唐士人一样,经常把召妓宴饮、与妓发生恋情、写赠妓诗看作才高不羁的表现,认为这些举止值得夸耀。徐铉咏妓诗的第一读者,既包括妓人,也包括她的主人,以及与她发生恋情的士人。诗虽描写男女之情,却也往往借写男女情表达其他意旨,如恭维友人同僚以巩固与他们的社会关系,彰显自己所属的文官群体的精英地位,在仕途受挫时与在位的旧友保持联络等,这一点也与中晚唐相同。具体来说,徐铉与妓有关的诗作,根据创作情境和内容可以分为两类:第一类在宴席上或即将赴宴时写成,这些诗恭维妓人(和她们的主人),第二类在贬谪时追忆旧游。虽说这些描写妓乐活动的方式在中晚唐的咏妓诗中就很多,不过徐铉的作品还是因南唐政治文化的特殊性而具有一些不同以往的特点。

1. "郎官"与"妓女"之情

《正初答钟郎中见招》和《月真歌》属于第一类作品,都作于保大三年(945)。这是李璟继位的第三年,也是他在位期间难得的太平时刻。他和李景遂之间的皇权之争暂时告一段落,而南唐旷日持久的攻闽、攻楚战争尚未全面开始。对徐铉来说,这也是一个前途充满希望的时期。李璟登基后提拔自己信任的年轻一辈,主要包括两个群体。一是东宫旧人,如以陈觉为枢密使,以魏岑为枢密副使,以冯延巳为翰林学士承旨,以冯延鲁为中书舍人。另一个群体是文学之士,如任用以文名显于世的殷崇义、游简言为翰林学士,江文蔚拜御史中丞,以韩熙载为虞部员外郎、史馆修撰,以徐铉为祠部员外郎、知制诰

---

① 《赠浙西妓亚仙》,《徐铉集校注》卷三,第113页。

等。徐铉的这两首诗都写给和自己一样得到重用的文官,一首写家宴,一首写士妓恋情。

先看《月真歌》这首赠妓歌行。诗题小注云:"广陵妓人,翰林殷舍人所录,携之垂访,筵上赠此。"①殷舍人是殷崇义,在前一年以中书舍人充翰林学士。徐铉此时为祠部员外郎、知制诰。他们两个人虽然都很年轻,殷崇义三十三岁,徐铉二十九岁,却早已享有文学声誉,为皇帝草诏多年。殷崇义在烈祖李昪朝已是中书舍人、翰林学士,徐铉则在十六岁仕吴时就任校书郎,"机命文翰,实专司之",然后在李昪建南唐时知制诰。② 写《月真歌》这年,他们都是为皇帝草诏的清贵文官,不过殷崇义的地位比徐铉高。从官品看,中书舍人是高层文官,祠部员外郎是中层文官;从草诏的职责看,翰林学士由皇帝直接授意,知制诰拟一般制诰。他们地位差别在诗中表现得很清楚,徐铉用谦逊、恭敬的措辞和语气感谢殷崇义来访,以"陋巷""衡茅"形容自己的住所,说殷崇义的到来使蓬荜生辉。他恭维殷崇义所携妓人月真,说自己本是"歌筵饮席常无情"的"山人",但见到月真使他萌生情愫,赢得"颠狂名"。唐代诗人经常通过描写自己对某个歌妓痴迷忘情来恭维她的主人,徐铉也采用了这种手法。

赠妓歌行在中晚唐就很流行,如白居易《琵琶行》、刘禹锡《泰娘歌》、杜牧《张好好诗》等,不过《月真歌》和那些作品又不一样。白居易、刘禹锡和杜牧写的是他们遇到的妓人的经历和命运,徐铉写的却是友人同僚与妓人的恋情。诗的开篇使用才子佳人的叙事模式,以"扬州胜地多丽人,其间丽者名月真","扬州帝京多名贤,其间贤者殷德川"介绍男女主公,并用乐府诗对男性情人的叫法,把殷崇义称作"殷郎"。和很多描写士妓恋情的中晚唐文学作品一样,这首诗没

---

① 《徐铉集校注》卷二,第41—42页(后文引用《月真歌》不再出注)。
② 《宋金紫光禄大夫左散骑常侍上柱国东海县开国伯食邑七百户责授静难军节度行军司马徐公年七十六行状》,《徐铉集校注》附录一,第859页。

有表现月真和殷崇义交往中的经济因素和权力关系,虽然情况经常是有权势的朝官看上妓人后买为家妓,作品呈现的却是在自由选择前提下的相互爱恋,经历了一波三折的恋情:先是殷崇义"一见月真如旧识";殷崇义因官职变动离开扬州后,月真"朝云暮雨镇相随"至金陵;殷崇义入翰林后难得与皇宫外的人见面,但"唯向月真存旧心"。像徐铉这样赞美比自己地位高的同僚与妓人之间的恋情,在中晚唐是难以想象的。那时候,士人与风尘女子之间发生恋情是有争议的行为,既可能被夸赞为有才情和风流,也可能以惑于声色被诟病,因此很少有人写自己或友人与妓相恋的故事。《莺莺传》是个例外,男主角是作者的朋友,但毕竟元稹没有公开张生的名字。徐铉把描述殷崇义与月真恋情的诗送给月真,从而恭维殷崇义的做法,说明南唐的文官群体对士人与妓女发生恋情更能接受,普遍认为那是风雅之举。

把《月真歌》放在乐府诗和情爱故事的传统中看,会发现它虽然借用了才子佳人叙事,但诗中对才子的"定义",却从拥有才气变成了拥有官位。中晚唐作品中的才子多是文采斐然、在科举路上奋斗的年轻人,像《莺莺传》《霍小玉传》和《李娃传》里的男主角,或者遇到柳枝的李商隐、喜欢福娘的孙棨、懿僖年间出入风流场的韩偓,都是如此。《月真歌》里的才子却是高层文官。徐铉两次写到殷崇义的官职,都强调他任官清显、地位尊贵。第一次是在诗歌开篇写二人初次相遇的时候,徐铉用"纶闱"这个中书省的代称、也是中书舍人草诏的场所,代指殷崇义当时的官职,并赞美中书舍人为皇帝草诏,因而"职近",且草诏者均为享有文学声誉的才士,是以"名高":

> 杨州帝京多名贤,其间贤者殷德川。
> 德川初秉纶闱笔,职近名高常罕出。

第二次谈到官职,是写两人由于殷崇义入翰林院而别多聚少的段落。翰林学士比中书舍人更清贵,虽然都负责草诏,但翰林学士更亲近皇帝,时称储相,是唐五代文官生涯的最高理想。和很多唐代作者一样,徐铉用"九霄"形容皇帝居住的地方,说翰林学士任职于皇宫内廷的"九霄官署",以突显他们的尊贵地位:

> 殷郎去冬入翰林,九霄官署转深沉。
> 人间想望不可见,唯向月真存旧心。

徐铉诗对"才子"的这种与中晚唐不同的描写,折射出李煜朝的统治集团构成、用人政策方面的一些特点。对中晚唐士人来说,通常二三十岁还在参加科举考试,顶多处于进士及第、刚成为基层文官的阶段。从基层文官一步步做到中书舍人、翰林学士这样的高层文官,一般要到四五十岁。可在南唐,二三十岁就可能成为中高层文官,徐铉和殷崇义都是这种情况。这一方面与五代十国多个政权并存有关,这一阶段需要的人才多,有能力的年轻人有机会得到破格重用。另一方面,这也是李璟朝的特点,李璟继位前后,位高权重的老臣宋齐丘等人支持皇子李景遂与李璟夺位争权,为对抗他们的势力,李璟重用自己熟悉的东宫旧人和在李昪朝尚未进入统治集团核心的文学之士,他们大多比较年轻。以李璟朝初期掌机要的大臣为例,大多在三四十岁左右。成书于十一世纪初、对李璟的用人政策颇不以为然的《江南野史》批评李璟继位后出宋齐丘为节度使,"自是左右侍从,皆东宫白面少年,儒流雅士,韩熙载之徒多肆排毁,以先朝老臣,终不为少主所用",①说的就是李璟朝初期统治集团年轻化、文官化的情况。

再看与《月真歌》作于同一年的《正初答钟郎中见招》。"钟郎中"指钟谟,此时为吏部郎中。保大三年正月,钟谟赠诗徐铉请他参

---

① 龙衮撰,张剑光校点:《江南野史》,傅璇琮、徐海荣、徐吉军主编:《五代史书汇编》丙编,第九册,杭州:杭州出版社,2004年,第5183页。

加自己举办的宴会,这是徐铉的答诗。① 两首诗都是七律。钟谟诗先说要在春天将至时举办家宴,然后以美妓"引诱"徐铉赴宴。徐铉诗对钟谟诗一一回应:先写春景,再由美妓想到旧情,最后答应赴宴。和《月真歌》一样,钟谟和徐铉的赠答诗也强调对方的官职,并将彼此放在才子佳人的框架中赞美。相关诗句如下:

> 假中西阁应无事,筵上南威幸有情。(钟谟诗)②
> 南省郎官名籍籍,东邻妓女字英英。(徐铉诗)③

钟谟用"西阁"点出徐铉作为知制诰为朝廷草诏的职责。"西阁"指中书省,又称西省或西掖,在唐代是知制诰的工作地点。④ 徐铉此时的官职是祠部员外郎、知制诰,前者属尚书省,即南省,后者属中书省,即西省。钟谟用西省而非南省指称徐铉的工作地点,可能因为祠部员外郎是他的"官",而他的"职",即实际工作是在中书省草诏。根据赖瑞和的研究,唐代很多以郎官知制诰者,其实并不担任他原本省司的职务,而是专掌制诰,因此他们的工作地点在中书西省,而非尚书南省,⑤徐铉可能就是这种情况。"南威"是让晋文公入迷不听朝、被认为其色足以亡国的美人,这里形容侍宴的妓人色艺出众。钟谟的诗句说,过年放假,徐铉无须草诏,而自己家的宴会上有美人含情相待。钟谟说美妓"有情"可能不是泛泛而谈,而是具体有所指,因为徐铉的答诗中有这样一联,"流年倏忽成陈事,春物依稀有旧情",⑥暗示他和妓人之间曾有情愫。

---

① 传统上,钟谟诗在《徐铉集》中被认为是徐铉诗,题作《寄钟谟》。陈尚君根据用韵和文意判断这首诗的作者是钟谟,写招徐铉过访,而《正初答钟郎中见招》是徐铉的答诗。陈尚君的意见,见《徐铉集校注》卷二,第46页。
② 《徐铉集校注》卷二,第46页。
③ 同上注,第45页。
④ 赖瑞和:《唐代中层文官》,第208—209页。
⑤ 同上注,第207—210页。
⑥ 《徐铉集校注》卷二,第45页。

徐铉使用了与钟谟同样的句式。他先用"郎官"指出钟谟的尊贵身份。钟谟担任的吏部郎中和徐铉担任的祠部员外郎都属于尚书省的官职,统称"郎官",属于中层文官的最上层,是备受尊重的群体。他再用道出钟谟宴上妓人名字的方式赞美她名声在外。以"郎官"对"妓女",是说明士人的官职地位与他享受美色之间的关联。徐铉的诗句说,清贵郎官自能有出众家妓,或者可以招来出色的妓女,以此赞美钟谟是拥有佳人陪伴的才子。钟谟与徐铉使用的对仗句式透露出的观念是,任官清显与风流韵事相辅相成。这种写法在中晚唐诗人那里早有先例,如元稹以"校书郎"对"烂熳狂",白居易并置"同年"和"行乐",只不过他们诗中的青年才俊尚未步入仕途,而徐铉、钟谟诗里的已是中高层文官。

2. "经年相别忆侬无"

徐铉的第二类写妓诗作于贬谪中,它们的意图不是恭维友人同僚风雅,而是通过追忆旧游与友人保持联系。保大七年(949),徐铉以主客员外郎、知制诰贬泰州司户掾,这是徐铉仕途中第一次贬谪。虽然距离《月真歌》的创作只有五年,但南唐的政治形势、徐铉的个人处境都发生了很大的变化。变化的直接原因是南唐攻闽,深层的原因则涉及土著、侨寓精英这两个群体之间的斗争。任爽在《南唐史》中指出,南唐政权的核心由江淮土著和侨寓人士(南下的北人)组成,两个群体冲突不断。在李璟朝初期,他们的分歧主要体现在采取何种军事、外交策略。大体而言,土著人士主张攻取南方的邻国、扩展疆界;侨寓人士则坚持李昪制定的国策,主张保境安民,等待机会出师中原。[①] 李璟继位后不久,围绕攻闽之事,土著、侨寓之间的冲突十分激烈,两个群体的主要人物都参与了进来,徐铉贬泰州也与此有关。

攻闽之战发生在保大四年。前此两年,趁闽国内乱,枢密副使查

---

① 任爽:《南唐史》,长春:东北师范大学出版社,1995年,第162页。

文徽倡议出兵攻建州,乱中闽国灭亡。保大四年,太傅宋齐丘荐枢密使陈觉为宣喻使,去福州说服守将李仁达归降,李仁达不从,陈觉擅自与建州监军使冯延鲁发兵攻福州,枢密副使魏岑此时为漳州安抚使,也擅自发兵参战。保大五年,福州之役失利,其后土著与侨寓精英关于如何处置攻闽将领纷纷上疏,侨寓人士主张严惩,土著人士主张宽免。李璟的态度也摇摆不定。先是李璟下令斩陈觉、冯延鲁。之后御史中丞江文蔚上弹文,要求严惩枢密副使魏岑、宰相冯延巳。与此同时,宋齐丘、冯延巳上表自劾,并有为陈觉、冯延鲁求情之意。于是李璟免陈觉、冯延鲁死罪,改为流放。对此,虞部郎中、史馆修撰韩熙载上疏请诛杀陈觉、冯延鲁。结果是双方的相关人员都被贬官:土著大臣这边,陈觉、冯延鲁流放,冯延巳出为昭武军节度使,魏岑贬为太子洗马,宋齐丘出为镇南军节度使;侨寓大臣那里,江文蔚贬为江州司氏参军,韩熙载贬为和州司马,稍后徐铉也因参与韩熙载上疏贬为泰州司户掾。除了土著、侨寓之争,这里面可能也有东宫旧人和其他大臣之间的矛盾。江文蔚在弹文中特别攻击冯延巳、冯延鲁、魏岑、陈觉四人,说他们"皆擢自下僚,骤升高位",说冯延巳"凭恃旧恩,遂阶任用"。① 这四个人都是掌大权的东宫旧人,冯延巳为宰相,冯延鲁为中书舍人,陈觉和魏岑为枢密正副使。

徐铉贬泰州的第二年,中书舍人乔匡舜从京城寄诗问候,于是徐铉作长歌回复,题为《亚元舍人不替深知,猥贻佳作三篇,清绝不敢轻酬,因为长歌聊以为报。未竟,复得子乔校书示问,故兼寄陈君,庶资一笑耳》②。乔匡舜比徐铉大二十岁,此时为中书舍人。诗题中出现的另一个人是陈乔,此时为校书郎,属基层文官。因为陈乔写信问徐铉在泰州需要什么药物和书籍,徐铉也把这首诗寄给他。长歌包括

---

① 江文蔚弹文引录在陆游《南唐书》卷七《江文蔚》中,见陆游:《南唐书》(影印《四部丛刊续编》,与马令《南唐书》、范垌、林禹《吴越备史》合刊,据商务印书馆1934年版重印),上海:上海书店,1984年,第5、6页。

② 《徐铉集校注》卷三,第95—96页(下面引此诗不再出注)。

四部分:回忆贬谪前与同僚在宫中为官的日子,描写贬谪路上的低迷心情,叙述在泰州的闲适生活,描述接到朋友来信的感激思念之情。诗中有两处提到妓人,都在追忆贬谪前生活的部分。第一处是描写徐铉从泰州遥望京城,回想起和朋友在京城宴游的情形:

> 此处追飞皆俊彦,当年何事容疲贱？
> 怀铅昼坐紫微宫,焚香夜直明光殿。
> ············
> 光阴暗度杯盂里,职业未妨谈笑间。
> 有时邀宾复携妓,造门不问都非是。
> 酣歌叫笑惊四邻,赋笔纵横动千字。
> 任他银箭转更筹,不怕金吾司夜吏。
> 可怜诸贵贤且才,时情物望两无猜。

徐铉把不羁宴游描写为任官清显的特权。"紫微宫"指中书省,"明光殿"指皇宫,他和乔匡舜这样的"俊彦"白天为皇帝草诏,夜里在宫中值班,草诏之余宴游。"酣歌叫笑惊四邻,赋笔纵横动千字"将放浪形骸、文学才能呈现为同质的品格。这个为皇帝草诏的清贵文官群体,凭借文才得到皇帝的宠信,而这个身份又赋予他们纵情声色的特权,表现为狂放的姿态,既不管深夜惊扰邻人,也不在乎京城中管理治安的官吏。第二处提到妓人是在感谢友人寄诗问候的部分。徐铉先称赞乔匡舜寄给他的三首诗"丽绝",并对乔匡舜在诗中引用了他的诗表示感谢:

> 金兰投分一何坚,银钩置袖终难灭。
> 醉后狂言何足奇,感君知己不相遗。
> 长卿曾作美人赋,玄成今有责躬诗。(铉去春醉中赠醉妓长歌,酷为乔君所赏,来篇所引,故以谢之。)

乔匡舜寄给徐铉的三首诗没有保存下来,不过从徐铉的答诗看,乔匡舜在诗中提到徐铉在京城写的赠醉妓长歌,无疑是在赞美他。徐铉写"自注"的行为,说明这首诗预设的读者包括不熟悉他和乔匡舜交往细节的士人,比如陈乔和京城其他友人。在将近结尾处,徐铉说"天子尚应怜贾谊,时人未要嘲扬雄",是希望皇帝回心转意召回他,也希望朝廷大臣理解他的苦心。可能是因为这样的期待,这首诗在谈及贬谪时没有怨愤之言,而是把责任归于自己的"狂狷性"和"褊量多言"。

次年,仍在泰州的徐铉寄给钟谟一封信,随信带给一名叫越宾的京城妓人一首诗,题为《附书与钟郎中因寄京妓越宾》①。诗中,徐铉问越宾:"不道诸郎少欢笑,经年相别忆侬无?"和给乔匡舜的长歌一样,这首诗表达了徐铉在贬谪中希望被京城故人记得的心情。钟谟在代越宾回答徐铉的诗中说,越宾经常感怀徐铉的"昔时恩"以至于落泪:"欲知别后情多少,点点凭君看泪痕。"②钟谟借用越宾的语气安慰徐铉,说故人没有忘记他,没有忘记旧日的情谊。徐铉给越宾的诗既是男女之情的表达,也是向朝中的文官群体传达他贬谪时的心情,他怀念以前的尊贵地位和朋友圈子,期望能早日回到京城。实际上,徐铉在贬谪地写信寄诗给在朝中的故人,也是他为回到京城做出的努力。通过回忆他们一起在京城任官宴游的经历,徐铉强调他们共属同一个文官群体,希望得到故人的帮助重返朝廷。

《徐铉集》中的作品写的是适度的、被时人接受的士妓交往。有可能引起争议的作品没有收录,比如徐铉寄给乔匡舜的长歌中提到的"醉中赠醉妓长歌"就不在集中。徐铉的门生陈彭年在作于淳化四年(993)的《故散骑常侍东海徐公文集序》中谈到《徐铉集》三十卷的编纂情况,说徐铉在南唐时写的作品"一经乱离,所存无几,公自勒成

---

① 《徐铉集校注》卷三,第94页。
② 同上注,第95页。

二十卷",入宋后的作品由徐铉的女婿吴淑编为十卷。① 因此,"醉中赠醉妓长歌"不在集中,也许是在乱离中丢失了,也有可能是徐铉觉得这首写有太多醉汉的少作不宜收入文集。关于徐铉的"过度"的妓乐书写,我们只能勉强找到这一个例子,更多被视为出格的士妓交往的情况,要看关于韩熙载的记述。

二 越界:韩熙载引起的争议

南唐大臣好尚妓乐引起非议的例子,最著名的就是韩熙载了。他晚年因此被贬官,徐铉在墓志铭中批评他纵逸太过,几部南唐人写南唐事的笔记都写到他沉湎家宴妓乐的情况。韩熙载这方面的名声甚至传到南唐以外的地方,比如生于五代末年的湖南人陶岳也记录了他听说的韩熙载帷箔不修的故事。这些对韩熙载的记载和褒贬可以帮助我们了解,在南唐什么样的妓乐活动会引起争议。

1. 墓志铭:纵逸"太过"

先看徐铉的墓志铭对韩熙载的批评。宋太宗开宝三年(970),韩熙载去世,徐铉作《唐故中书侍郎光政殿学士承旨昌黎韩公墓铭》②。按照墓志铭的惯例,这篇文字叙述了韩熙载的家世、任官履历与妻子后代的情况,赞美他的地位、才能、人品和功绩。韩熙载的仕途经历是唐五代典型的清流精英履历,从进士登第到以文章见用担任中央文官。徐铉从三个方面总结他的才能和成就。第一是博学文才。从年轻时"负不羁之才,文高学深""一举擢第",到被称为"真博士",任命光政殿学士承旨,再到死后谥号"文靖",都突出他以文章仕进的特点。第二是直言。他因指摘时病"为权要所嫉",之后又因廷奏丞相

---

① 《徐铉集校注》附录二,第 880 页。
② 《徐铉集校注》卷一六,第 485—487 页(下引此文不再出注)。

宋齐丘等人惹怒"用事者"而被贬官。第三是政绩。为烈祖李昪制定合乎礼仪的庙号尊谥,主张铸钱币解决南唐的财政问题,表现出他的博学与谋略。在这些赞誉之后,徐铉谈到韩熙载晚年生活的放任和与此相关的负面舆论:

> 公少而放旷,不拘小节,及年位俱高,弥自纵逸。拥妓女,奏清商,士无贤愚,皆得接待。职务既简,称疾不朝,家人之节,颇成宽易。虽名重于世,人亦讶其太过。上不得已,左迁太子右庶子,分司南都。于是谢遣伎乐,单车首路。留之未几,复为兵部尚书、学士如故。

墓志铭是叙述死者成就的文体,缺陷过失通常隐晦不提,像徐铉这样批评墓主并不多见。徐铉这样写应该不是出于个人恩怨,他在墓志中特别强调自己与韩熙载志同道合,说他们虽然乡里辈分不同,却"一言道合,倾盖如旧,绸缪台阁,契阔江湖"。徐铉的批评说明当时朝中对韩熙载的行为已有很多负面舆论,连后主也迫于舆论压力,"不得已"把他贬出京城。之后韩熙载遣散伎乐、上表乞留也是公众事件。在这种情况下,徐铉可能觉得这是难以避开的话题。不过,徐铉讲完韩熙载贬官的"丑闻"后,极力赞美他晚年的政治功绩和后主对他的恩宠作为补偿。比如他和后主商议防救旱灾,又献《格言》讨论行政之要,于是拜中书侍郎;后主以韩熙载为近臣,授光政殿学士承旨,经常召见他讨论国事到深夜;韩熙载去世以后,后主震惊流涕,赠宰相,谥"文靖",诏集贤苑编其遗文。在墓志的结尾部分,徐铉重申韩熙载的美德与成就,然后说"向使检以法度,加以慎重,则古之贤相,无以过也"。他对韩熙载的总体评价是宰辅之才,尽管晚年有纵逸过度的过失。

那么,到底韩熙载的什么行为被认为是超出法度?从他遣散妓乐向后主谢罪的行为看,家宴显然是问题所在。徐铉从三个方面批评他的私人生活,一是家宴接待了不该接待的人,二是借口生病不上朝,三是对家人过于放任。但这些批评点到而止,具体所指并不清楚。不过,有些情况也许可以从南唐人写南唐事的笔记中得到部分解答。虽然笔记中的记述不能直接当作韩熙载行为的史料,但可以从中看到当时关于韩熙载"纵逸"的传闻和看法,以及笔记作者记录这些传闻的原因。

2.《南唐近事》:"放旷不羁"

成书最早的此类笔记是作于宋太宗太平兴国二年(977)的《南唐近事》。作者郑文宝在南唐末年进入宫廷,授奉礼郎、校书郎,与后主长子仲寓伴读。南唐亡后两年,郑文宝有感于故国典章史籍在兵火中散落,前朝旧事"十不存一",于是记录"耳目所及",撰成此书。①《南唐近事》包括六则关于韩熙载的轶事,都围绕妓妾、识人这两个主题。以妓妾为主题的三个故事中,有一个讲他命妓色诱北方使臣,因不涉及他的私人生活暂不讨论,写到他家的两则如下:

> 韩熙载放旷不羁,所得俸钱,即为诸姬分去,乃着衲衣负筐,命门生舒雅执手版,于诸姬院乞食,以为笑乐。使中国作诗云:"我本江北人,去作江南客。舟到江北来,举目无相识。不如归去来,江南有人忆。"②

> 韩熙载北人,仕江南,致位通显,不防闲婢妾,有北齐徐之才风③,侍儿往往私客,客赋诗有云"最是五更留不住,向人枕畔着衣裳"之句,熙载亦不介意。④

---

① 郑文宝撰,张剑光校点:《南唐近事》序,《五代史书汇编》丙编,第九册,第5045页。
② 《南唐近事》卷二,《五代史书汇编》丙编,第九册,第5062页。
③ 徐之才解天文、擅医术,历仕北朝诸帝,"以戏狎得宠",曾有人"淫其妻",他也只是避开,"其宽纵如此"。见李百药:《北齐书》卷三三《徐之才传》,北京:中华书局,1972年,第448页。
④ 《南唐近事》卷二,《五代史书汇编》丙编,第九册,第5063页。

这两则轶事可以看作徐铉批评韩熙载"家人之节,颇成宽易"的补充说明。第一则记述韩熙载把做官的俸钱分给姬妾,然后和门生扮成乞丐去向姬妾乞讨,这种"以为笑乐"的行为既侵犯了主仆之间的尊卑秩序,也突破了女眷不应接触外面男性的规则。第二则讲述韩熙载允许自己的侍女留宾客过夜,也是对正常家庭秩序的破坏。不过,郑文宝没有像徐铉那样批评韩熙载纵逸"太过",而是对他的举止十分欣赏。在他看来,韩熙载与姬妾、门生的角色扮演是"放旷不羁"的表现,而"不介意"侍女与宾客私通则显示他宽宏大量。这种对违背世俗礼法的赞美态度,在《南唐近事》其他条目中也有体现,如处士史虚白被称赞为"一代不羁之才",一个重要原因就是"晚节放达",对世俗进取毫不在意,而是乘牛车挂酒壶,"任意所适",而且违背丧葬礼俗,要求家人在他死后不要祭奠。①

郑文宝、徐铉对韩熙载行为的不同态度,和他们的年龄、地位,以及所写文体都有关系。韩熙载去世时为中书侍郎、光政殿学士承旨,死后赠右仆射平章事,为地位如此显要的大臣作墓志铭是朝廷行为,因此徐铉以工部侍郎、知制诰、翰林学士为韩熙载撰写的墓志铭,代表的是朝廷的观点,认为纵情声色使他不能履行一个大臣对国家的责任。《南唐近事》是记录传闻的笔记,郑文宝编写时只有二十五岁,他的态度可能代表朝中部分年轻文官的看法,他们欣赏韩熙载违反礼俗的行为。徐铉二十多岁的时候也曾作诗炫耀与友人携妓宴饮,酣醉叫笑到深夜,无视京城中掌管治安的官员,那也是通过"反秩序"的姿态来炫耀青年才俊的与众不同。徐铉为韩熙载作墓志铭时五十四岁,年位俱高,他对韩熙载私生活的看法,即便没有墓志铭文体的规约,可能也是有保留的吧。

---

① 《南唐近事》序,《五代史书汇编》丙编,第九册,第5048页。

3. 《江表志》：补史阙

完成《南唐近事》三十三年后，郑文宝在宋真宗大中祥符三年（1010）又写了一部记述南唐史事的著作，题为《江表志》。在这部历史笔记中，他记述韩熙载家宴妓妾事的重点，已经从《南唐近事》中的以欣赏的态度描述细节，转变为引用史料对事件进行补充说明。此时的郑文宝已在担任一系列官职后进入晚年退养的人生阶段。他在自叙中谈到《江表志》的写作动因，是感于还没有一部好的南唐史。他说宋初时大臣不以史笔为当务之急，后来高远编写南唐史事却未完成，再后来太宗命南唐老臣汤悦（殷崇义）、徐铉撰成《江南录》，但这部书"事多遗落，无年可编，笔削之际，不无高下，当时好事者往往少之"，于是他将"耳目所及，编成三卷，方国志则不足，比通历则有余，聊补足以俟来者"。① 这段话说明，郑文宝对《江表志》的定位是私家史著。虽然这本书因散佚无法得知全貌，但从书目著录和辑出的佚文还是可以看出，它的结构具有史家意识，分为烈祖、中主、后主三卷，卷首分列皇子、宰相、使相、枢密使、将帅、文臣的名单，还收录了一些历史文献，如韩熙载的《行止状》、张佖的《谏疏》等，显然对国家兴废之事相当关注。这与《南唐近事》的轶事合集结构完全不同。

今存《江表志》佚文中，关于韩熙载的记载有两处，都表现出保存史料的用心：第一处全文收录他二十五岁时写的《行止状》千余字，那是他南下投奔杨吴政权时献给皇帝的自荐文，第二处节录他晚年因纵逸被贬官时的上表。对贬官这件事，《江表志》讲了一些墓志铭中没有提到的事情，其材料来源既有传闻，也有历史文献。比如关于贬官的原因，徐铉说是因为韩熙载的行为引起了众人的非议，后主迫于舆论的压力将他贬官，而《江表志》提到另一种说法，即有人怀疑是因

---

① 郑文宝撰，张剑光、孙励校点：《江表志》序，《五代史书汇编》丙编，第九册，第5077页。

为监察御史柳宣向后主说了韩熙载家的情况。对复官的原因，徐铉只简略说韩熙载"谢遣伎乐，单车首路"，而《江表志》则引用韩熙载的表文，正好是对徐铉极简版的补充：

> 韩熙载上表，其略云："无积草之功，可裨于国；有滔天之罪，自累其身。"又："老妻伏枕以呻吟，稚子环床而号泣。三千里外，送孤客以何之；一叶舟中，泛病身而前去。"遂免南行。①

引录的两段表文，第一段是谢罪的内容，第二段描写自己孤身一人暮年离家的可怜情景，其中"一叶舟"中的"孤客"意象，与徐铉文中"单车首路"相似，但更有感染力。引录表文后，《江表志》没有像徐铉那样写韩熙载复官后的政绩，只说他去世后得到后主"赐衾被以殓，赠同平章事"的礼遇，这是墓志铭中已经写到的史实。接着，《江表志》引用了徐铉《祭韩侍郎文》的相关表述作为补充，说这就是"徐铉祭文所谓'黔娄之衾，赐从御府；季子之印，佩入泉扃'"。和韩熙载的表文一样，徐铉的祭文也被用作可资征引的史料。

4. 《钓矶立谈》："蓄声妓"以"报国"、避祸

除了郑文宝的两种笔记，作于宋太宗（976—997年在位）中后期的《钓矶立谈》是另一部谈到韩熙载家宴妓妾的南唐笔记，其特色是为韩熙载热烈辩护。作者史温是南唐处士史虚白之孙，他记录的是山东一"叟"所叙述的见闻和议论。叟姓名不详，可能是史虚白的弟侄辈，于清泰年间（934—936）随史虚白至江南，目睹了南唐兴亡、三主始末，于南唐亡后追忆故国旧事，让史温记录编次成书。② 史虚白和韩熙载有旧交，他们都是山东人，同时南渡，韩熙载曾向元宗上表

---

① 《江表志》卷下，《五代史书汇编》丙编，第九册，第5093页。
② 关于《钓矶立谈》的成书时间和作者，见陈尚君：《〈钓矶立谈〉作者考》，《贞石诠唐》，第324—326页。

推荐史虚白。叟随史虚白南渡,并从游多年,应该也熟悉韩熙载。可能因为这层关系,《钓矶立谈》记载韩熙载事迹尤详,除了他的小传,还有几处写到他的谋略和政绩,如上疏言南唐与后周军事外交政策、上疏言攻福州事、向权臣宋齐丘建议如何用人等。小传记述韩熙载仕南唐的经历,叙述他以才学文章见用、直言获罪、热心提拔人才、得到后主恩宠等在公共领域的成就,但其最关注的话题还是家宴妓乐,在这方面花了一半篇幅。不过,《钓矶立谈》既没有像墓志铭那样批评他纵逸,也没有像《南唐近事》那样赞美他不羁,而是说他的家宴是政治活动的一部分。小传说,为了报答元宗的知遇之恩,韩熙载尝试多种办法招揽人才,一是"大开门馆,延纳隽彦",凡是有一技之长者都加以收采,二是"奖进后辈",第三种就是举办家宴吸引天下豪杰:

> 后房蓄声妓,皆天下妙绝,弹丝吹竹、轻歌艳舞之观,所以娱侑宾客者,皆曲臻其极。是以一时豪杰,如萧俨、江文蔚、常梦锡、冯延巳、冯延鲁、徐铉、徐锴、潘佑、舒雅、张洎之徒,举集其门。①

韩熙载的家宴被描写为人才荟萃的场所,聚集在这里的"豪杰"包括政见立场不同,甚至互相弹劾、排挤的朝臣。元宗时江文蔚上疏弹劾冯延巳,韩熙载、徐铉上书请杀冯延鲁,后主时徐铉、张洎排挤潘佑,都是《钓矶立谈》和其他南唐材料中记载的著名事件,而这些政治上的对头都出现在韩熙载的家宴中。徐铉在墓志铭中批评韩熙载"士无贤愚,皆得接待",也许就是指这里描写的宴请政见立场不同的朝官。虽然徐铉可能认为这种做法是不分"贤愚",叟却认为这说明韩熙载爱才大度,有宰辅之风。在《钓矶立谈》中,叟多次强调掌权柄者应有肚量任用与自己意见相左的人才,因此他批评宋齐丘"尤恨人之

---

① 史温撰,虞云国、吴爱芬校点:《钓矶立谈》,《五代史书汇编》丙编,第九册,第5028页。

不同己者",批评孙晟"介独自守,不接见宾客。生平所不喜者,恶之不能忘",也批评钟谟"不肯比数时辈"。① 在他看来,这几位掌握国家机要的权臣因为怕别人超过自己而两手遮天,"操一国之势而顾与士为仇,然则卒罹于非命",有的甚至"并其孙子殄歼无遗",这是上天对他们的惩罚。② 相比而言,韩熙载虽然生前引起"讥议",死后却得到君主的恩礼,这是上天对"爱礼人士"者的佑护。③《钓矶立谈》所赞美的韩熙载爱才这一特点,应该在他在世时就很著名,因此徐铉在墓志铭中称赞他"提奖后进,为之声名,片言可称,躬自讽诵。再典岁举,取实去华,故其门人,多至清列"④,《南唐近事》也有两则韩熙载识别、提拔人才的轶事⑤。《钓矶立谈》的特别之处是把爱才、妓乐这两个与韩熙载关系密切的主题结合在了一起,说妓乐活动是招揽人才的方式。

《钓矶立谈》也为韩熙载因纵逸而荒废朝政的看法进行辩解,说他之所以沉迷宴乐,是因为朱元投降后周的事件引起后主对从北方移居到南方的"北客"的怀疑,于是韩熙载只好远离朝政以避祸:

> 后主即位,适会朱元反叛,颇有疑北客之意,唯待熙载不衰。又熙载曾将命大朝,留不得遣,有诗题馆中,曰:"我本江北人,去作江南客。还至江北时,举目无相识。清风吹我寒,明月为谁白?不如归去来,江南有人忆。"时宰见而悯之,为白天子遣还,以此之故,嫌疑不及。然熙载内亦不自安,因弥事荒宴,殆于废日,俸禄之数不得充其用。⑥

---

① 《钓矶立谈》,《五代史书汇编》丙编,第九册,第5029、5022、5022页。
② 同上注,第5023、5029页。
③ 同上注,第5029页。
④ 《徐铉集校注》卷一六,第487页。
⑤ 《南唐近事》卷二,《五代史书汇编》丙编,第九册,第5054、5061页。
⑥ 《钓矶立谈》,《五代史书汇编》丙编,第九册,第5028页。

这个解释与史实有出入。朱元降后周是在中兴元年(958)后周伐南唐的时候,当时在位的是元宗,不是后主。不过比细节出入更重要的是,这是南唐人写南唐事的著作中唯一提到后主怀疑北人的忠诚,韩熙载的仕途受阻或者与北人不被信任有关的记载。如果北人的忠诚受到怀疑,似乎应该在南唐人的记述中有更多的表现。更有可能的情况是,这里的叙述是《钓矶立谈》的作者为韩熙载辩护而寻找的理由。身处险恶政治环境中的士人为避祸而沉湎酒色,在唐代以前就已成为叙事类型,如阮籍痛饮佯狂。在这类叙事中,统治者一般是昏君、暴君,使有志大臣无法施展政治抱负。但是,《钓矶立谈》是一部怀旧著作,无意把南唐描写成乱世或把南唐君主写成昏君,所以作者需要找到一种方式,既说明韩熙载为避祸而沉迷宴乐,又不负面描写南唐君主。这段记述符合这两个条件:后主因为一个北人出身的军将投降北方而怀疑其他北人出身的大臣,是合乎情理的反应,同时可以说明韩熙载沉迷妓乐的真正原因是避祸自保。《钓矶立谈》提供的解释,对于当时的读者来说可能具有一定的可信性,因为韩熙载的北人身份确实得到关注,只不过不是因为他的北人身份受到怀疑,而是因为他以北人身份在南方获得成功并认同南方。例如,《南唐近事》关于韩熙载姬妾侍女的两条记载都提到他的北人身份:一条说"韩熙载北人,仕江南,致位通显",另一条在叙述他和门生向姬妾乞食笑乐后,引录了《钓矶立谈》也引用的这首诗,诗中说他虽然是"江北人",却把江南当作自己的归宿。这首诗出现在两种南唐笔记中,说明在当时流传颇广。可以想见,被推崇为一代文宗的韩熙载以北客身份认同江南,是南方的骄傲。

5.《五代史补》:南唐以外的传闻

关于韩熙载家宴妓乐的最负面的记载,出自没有南唐背景的作者笔下,这毫不奇怪。因为南唐读者会从南唐的环境、韩熙载的处境来考虑他的纵逸行为,比如认为那是名士放旷不羁的表现,或是大臣有过失但已纠正并被君主原谅的例证,或是为实现某种政治目标而采取的措施。可对于没有南唐背景的读者来说,韩熙载纵情声色的传闻很容易被纳入荒淫亡国的叙事。一个例子是成书于大中祥符五年(1012)的《五代史补》,作者陶岳是湖南人,生于五代末年,宋初进士及第后累官太常博士,尚书职方员外郎、知端州,后知道州、宾州。他注重地方史事的搜集,对家乡湖南尤其关注,他撰写的《荆湘近事》《零陵总记》就记述了湖南的历史地理资料。① 陶岳在《五代史补》的序文中说,这部著作的内容,是他从小到大听"长者""通人"讲的五代各国事迹,可知他记录的韩熙载事,应该来自他在湖南或在其他地方任官时听到的传闻。② 书中关于南唐的记载有三条,一是"李昪得江南",二是"(周)世宗面谕江南使",第三条就是"韩熙载帷箔不修":

> 韩熙载仕江南,官至诸行侍郎。晚年不羁,女仆百人,每延请宾客,而先令女仆与之相见,或调戏,或殴击,或加以争夺靴笏,无不曲尽,然后熙载始缓步而出,习以为常。复有医人及烧炼僧数辈,每来无不升堂入室,与女仆等杂处。伪主知之,虽怒,以其大臣,不欲直指其过,因命待诏画为图以赐之,使其自愧,而熙载视之安然。③

这是关于《韩熙载夜宴图》的创作的最早记载,所以常被学者引用。其中写到的韩熙载家男女杂处、尊卑贤愚不分等主题,其实在南唐人的文字中也多次出现,但陶岳的处理更漫画化,也更负面。以男女杂处为例,《南唐近事》虽然记述韩熙载的侍女和宾客私通,但文中先引

---

① 晓天:《北宋史学家陶岳其人其书考略》,《求索》1988 年 6 期。
② 陶岳:《五代史补》序,《丛书集成续编》第 274 册,台北:新文丰出版公司,1989 年,第 64 页。
③ 《五代史补》卷五,《丛书集成续编》第 274 册,第 99—100 页。

用宾客所作的清晨惜别诗句,又写韩熙载毫不介意,呈现出的三方人物都很风雅;而《五代史补》说韩熙载纵容女仆与宾客调戏、殴击、争夺靴笏,举止粗俗不堪。关于尊卑贤愚不分这个主题,几种记述的差异就更大了。《南唐近事》《钓矶立谈》的态度是正面褒扬,前者认为韩熙载与门生、姬妾不顾尊卑秩序一起笑乐是狂放不羁,后者认为他能包容政治观点相左、品行各异的朝臣是有宰辅之风。徐铉撰写的墓志铭虽然持批评态度,说他"士无贤愚,皆得接待",但毕竟其接待的愚者还属于士的范畴。《五代史补》的叙述最为负面,讽刺说像医人、炼丹药的僧人这样的社会阶层低微者竟被韩熙载当成贵客接待。《五代史补》也首次出现后主对韩熙载发怒的记述。与墓志铭说后主迫于舆论压力不得已将韩熙载贬官不同,陶岳说是韩熙载家的种种乱象使后主不快。

　　《五代史补》的记载说明,从韩熙载去世到宋初的四十年间,他的纵逸事迹也在南唐人以外的圈子流传,而且有相当负面的看法。《钓矶立谈》的作者在韩熙载小传中用一半篇幅解释他沉湎妓乐活动的"真正"原因,很可能是因为听到了关于韩熙载的负面传闻,因此感到有必要为他正名。这么说不是纯粹的想象,而是基于一个事实,即每种记述南唐史事的笔记都并非在真空中产生,而是有着互相印证、纠谬的关系,它们的作者也表现出历史见证人纠正谬误、记录真实历史的意识。① 笔记互动的最明显例子,是郑文宝《江表志》、陈彭年《江南别录》、史温《钓矶立谈》这几部著作的产生,都与徐铉、汤悦的《江南录》有关。太平兴国三年(978),宋太宗命南唐旧臣徐铉、汤悦修撰南唐史,即《江南录》,但完成后受到不少批评,而且对这部史书的不满激发出其他南唐旧臣私人著述的南唐史。前面已经提到,郑文宝写《江表志》的重要原因就是对《江南录》不满。又比如,陈彭年记南

---

① Johannes L. Kurz, "A Survey of the Historical Sources for the Five Dynasties and Ten States in Song Times," 197.

唐事的《江南别录》，之所以题名为《别录》，很可能是要补《江南录》"所未备"①。再有，《钓矶立谈》谈到徐铉排挤潘佑这件事的时候，作者说虽然没见到《江南录》，但怀疑徐铉会因为一己恩怨在书中"厚诬潘于泉下"，因此要将"南州士大夫所共知"的潘佑事迹"遗后之人，使正史或出，不能传其谬悠"。②虽然郑文宝、史温只谈到《江南录》对他们的著作的影响，但除了已有的历史著述，他们的史料来源还包括大量的、很多时候是互相矛盾的传闻，而作者对历史的看法就体现在对这些材料的取舍中。

关于韩熙载的记述让我们看到什么样的妓乐活动会在南唐引起争议。一方面，大臣在家宴中邀请政见立场不同的朝官，他的姬妾侍女与宾客混杂笑乐，他因沉迷宴乐而疏于政事等行为会让朝廷官员侧目，也会受到君主的责罚；另一方面，这些行为中违反秩序的"反叛"色彩得到年轻朝官文士的欣赏。南唐灭亡后，韩熙载的家宴妓乐被赋予新的意义。没有南唐背景的史家倾向于把他纳入荒淫亡国叙事，但部分南唐史家抗拒这个叙事，强调他的妓乐活动是为国家招募人才，而沉迷宴乐则是他在特殊的政治环境中自我保护的举措。

---

① 四库馆臣提出这个看法。见《四库全书总目》卷六六《〈江南别录〉提要》，北京：中华书局，1965年，第585页。

② 《钓矶立谈》，《五代史书汇编》丙编，第九册，第5019页。

南唐的皇帝、词臣、史家与曲子词

一 皇帝、词臣创作歌词

南唐是五代时期西蜀之外的另一个词创作中心。陈振孙《直斋书录解题》"歌词类"列出四种收录五代作品的词集,其中《家宴集》收"唐末五代人乐府",《花间集》录晚唐、五代"长短句",以西蜀词居多,《南唐二主集》《阳春录》则是南唐词集,前者收李璟、李煜作品,后者为冯延巳词集。① 除了南唐二主和冯延巳,其他南唐作家也有一些词保存在总集、别集中,如《尊前集》录成文幹(成彦雄)《杨柳枝》十首,《徐铉集》录《柳枝词》二十二首、《抛球乐辞》二首、《离歌辞》五首,《全唐诗》录孙鲂《柳》十一首,《乐府诗集》录孙鲂《杨柳枝》五首等。韩熙载、徐锴虽然没有词作传世,但徐铉《江舍人宅筵上有妓唱和州韩舍人歌辞因以寄》描述在中书舍人江文蔚家听妓人唱韩熙载所作歌词,陆游《南唐书》记载游简言家妓唱徐锴所作歌词,说明他们的词在文官群体中也很流行。上面提到的词作者多是南唐统治层的核心成员:除了南唐二主,冯延巳官至宰相,徐铉、徐锴兄弟和韩熙载都是高层文官。

---

① 《直斋书录解题》卷二一,第614—615页。

南唐词的一个重要特点是君主参与创作。虽然唐五代也有其他皇帝作词,比如唐昭宗、后唐庄宗、前蜀后主王衍等,但每人只有一首或几首作品传世。南唐君主保存下来的词作最多,可以确定的有李璟四首、李煜三十余首。唐五代皇帝的词作种类多样,有写人生命运的抒情之作,有军歌类的实用性作品,也有在酒席宴会上演唱的娱乐性歌词。唐昭宗作于乾宁四年(897)的三首《菩萨蛮》属于第一类作品。当时凤翔、陇右节度使李茂贞兵围长安,昭宗被迫离开京城寻求河东节度使李克用的庇护,中途被华州刺史韩建挟持。在华州,昭宗"与学士、亲王登齐云楼,西望长安,令乐工唱御制《菩萨蛮》词,奏毕,皆泣下沾襟,覃王已下并有属和"①。昭宗在词中写到自己的落魄处境,盼望有"英雄"帮他重返皇宫,在座的覃王李嗣周、韩建等人也作《菩萨蛮》和昭宗词。② 这件事在唐末、五代流传很广,《旧唐书·昭宗纪》《新五代史·韩建传》,以及南唐史官尉迟偓奉旨编录唐宣、懿、昭、哀四朝旧闻写成的《中朝故事》都有记载,昭宗君臣的《菩萨蛮》在敦煌写卷中被发现,也说明这些作品广为传诵。后唐庄宗李存勖以善作军歌著名。《五代史补》说他"雅好音律,又能自撰曲子词",用兵时让队伍齐唱他的歌词,能使兵士忘死作战,效果卓著。③前蜀后主王衍的词创作主要是宴乐歌词,如《北梦琐言》记载他因宫人流行醉妆而作《醉妆词》,《蜀梼杌》说他长夜宴饮时让乐工唱他撰写的《水调银汉曲》和《宫词》。

比起抒情性、实用性歌词,唐五代皇帝的娱乐性歌词保存下来的

---

① 《旧唐书·昭宗纪》卷二〇上,第762页。
② 根据饶宗颐的研究,敦煌写卷S.2607中的六首《菩萨蛮》词是这次昭宗君臣华州唱和的作品。其中前两首收录在《全唐诗》卷八八九,题唐昭宗撰,作者早有定论,其他四首由饶宗颐考订作者,认为第三首为昭宗作,第四首为覃王作,第五、六首为韩建作,覃王与韩建的词都是昭宗词的和作。见饶宗颐:《唐末的皇帝、军阀与曲子词——关于唐昭宗御制的〈杨柳枝〉及敦煌所出他所写的〈菩萨蛮〉与他人的和作》,《饶宗颐二十世纪学术文集》卷八"敦煌学"《敦煌曲续论》,台北:新文丰出版公司,2003年,第1055—1064页。
③ 《五代史补》卷二"庄宗能训练兵士"条,《丛书集成续编》第274册,第73页。

较多。《尊前集》收录了四位皇帝的十一首词作,大多是以女子口吻歌唱的闺情词,其中所收昭宗的两首不是有感于政治时事的《菩萨蛮》,而是写恋情的《巫山一段云》①,庄宗的四首也不是军歌,而是咏春夏秋冬四季的《歌头》和写闺情的《一叶落》《阳台梦》《忆仙姿》。南唐二主的词作也包括很多娱乐性作品。虽然部分李煜词是写人生的抒情之作,其内容风格正如王国维所评价的,"词至李后主而眼界始大,感慨遂深,遂变伶工之词而为士大夫之词"②,但仍有半数以上是可在宴席上演唱、以闺情别怨为题材的作品。

虽然南唐二主写了大量词作,但关于他们作词的记录很少,所以对二主词的创作演唱情形了解不多。不过,从南唐留下的零星材料中仍然可以看出,词的创作和演唱在南唐宫廷和大臣家宴中相当普遍,而且歌词的作者经常是地位显贵的高层文官。一条比较详细地写到宫廷创作的材料,是徐铉作于开宝二年(969)的《柳枝词》十首③,小注中说"座中应制",可知这些歌词是在宫中奉李煜诏命而作,其中有半数之多写到词的创作和演唱,相关词句如下:

> 金马辞臣赋小诗,梨园弟子唱新词。(第一首)
> 人间欲识灵和态,听取新词玉管声。(第六首)
> 醉折垂杨唱柳枝,金城三月走金羁。(第七首)
> 天子遍教词客赋,宫中要唱洞箫词。(第八首)
> 新词欲咏知难咏,说与双成入管弦。(第九首)

这里描写的李煜宫中的作词活动,和前面谈到的唐昭宗制词有一个相似之处,就是先写词,再由乐工演唱。唐昭宗"令乐工唱御制《菩萨

---

① 陈尚君认为这两首词的作者不能确定,因为《尊前集》虽然标明昭宗是作者,但注云"上幸蜀,宫人留题宝鸡驿壁",而昭宗并未幸蜀。陈尚君:《唐朝皇帝的诗歌(上)》,《古典文学知识》2019年第1期。
② 王国维著,徐调孚校注:《人间词话》,台北:顶渊文化事业有限公司,2001年,第8页。
③ 《徐铉集校注》卷五,第212—213页。

蛮》词",李煜命梨园弟子将大臣所作的新词度曲演唱。两个宫廷的词创作也有不一样的地方,主要表现在作者的身份、词的功能这两个方面。昭宗宫廷的词作者是皇帝、与皇帝关系密切的亲王和有权势的藩将,比如覃王是昭宗本想用来代替李克用任凤翔节度使的亲王,韩建是挟持昭宗的军阀。李煜宫中的词作者则是文官。《柳枝词》第一首中的"金马词臣"指翰林学士,这里是徐铉自指,"词臣"在唐五代指为皇帝草诏代言、参与机要的中央高层文官。与《花间集》编纂者列出作者官职以强调词的尊贵地位相似,徐铉也用突出自己词臣身份的方式,将作词描写为高雅的宫廷文学活动。和徐铉一起应制作词的还有其他文臣,因此《柳枝词》第八首说"天子遍教词客赋",只是那些词作没有保存下来。虽然昭宗、李煜两个宫廷都演唱歌词,词的功能却有所不同,昭宗的《菩萨蛮》言志抒情,李煜宫中的《柳枝词》则为宴会娱乐而作。

徐铉描写的应制作词一事,很可能是李煜君臣的一次大规模游宴活动的一部分,这次活动在徐铉的《北苑侍宴诗序》中有详细记载。开宝二年春,李煜和"亲王旧相"及"近臣"游北苑,其间"君唱臣和",即席"分题赋诗",日暮前已成百篇,于是结集保存,由徐铉奉诏作序。① 虽然《诗序》没有提到应制作词,但《柳枝词》和《诗序》对宴游时间、活动内容的描述相当一致,说明它们可能是同一次活动。例如,徐铉在《柳枝词》第一首自称翰林学士,说明作词时间在开宝二年至四年,而游北苑在开宝二年;第三首说作词在二月,和游北苑的月份相同;第四首写皇帝乘龙舟游御苑,那也是游北苑的行程。夏承焘显然认为作《柳枝词》是游北苑的一部分,因此在《南唐二主年谱》中把徐铉《柳枝词》十首列在"游北苑作诗"那条的下面。② 李煜君臣的游北苑赋诗,可以和二十年前李璟发起的赏雪赋诗活动相媲美。那

---

① 《徐铉集校注》卷一八,第537页。
② 夏承焘:《唐宋词人年谱》(修订本),上海:上海古籍出版社,1979年,第126页。

是在保大七年(949)元日①,下大雪,李璟邀太弟李景遂及诸大臣宴饮。李璟先作诗,又命大臣赋诗,命画家描绘这次雅集,命徐铉将众人的诗作结集并作《御制春雪诗序》《后序》记述此事。这次宫廷活动被视为李璟朝盛事,在《江表志》《清异录》《江南余载》《图画见闻志》等五代宋初史传笔记中都有记载。

相隔二十年的这两次宫廷活动有很多相似之处。开宝二年的李煜三十三岁,比保大七年的李璟小一岁,也是年轻君主。两次活动都是皇帝、大臣以文学艺术作品称颂自然胜景:两位君主率先作诗,然后李璟命大臣、画手用诗和画歌咏元日大雪,李煜命文臣、乐工用诗和词赞美初春的景色。两次游宴赋诗都不是单纯的娱乐活动,而是与祈愿风调雨顺、国富民安联系在一起的礼仪活动。《御制春雪诗序》用大量篇幅说明君主的文思、儒学有"化成天下"的作用,因此李璟君臣的诗作"皆所以美丰年之兆,申万物之情,非徒载笑载言,一咏一吟而已"。②《北苑侍宴诗序》也表达了同样的理念,说帝王的责任是"通物情而顺时令",臣子的是"感惠泽而发颂声",因此春天到来时君臣出游、唱和赋诗是值得载入史册的事件,结集保存这些诗作则有《诗经·大雅》一般的意义。③ 也就是说,歌咏自然景物也是歌颂帝王和国运。这一点在徐铉的《北苑侍宴杂咏诗》五首中表现得很清楚,五首诗分别以竹、松、水、风、菊为题,但往往借自然抒写政治,比如借松写封禅,借菊感恩帝王赐宴。比较徐铉在同一次活动中创作的《北苑侍宴杂咏诗》和《柳枝词》,可以看出词在南唐宫廷的游宴活动中没有被赋予诗的社会政治功用,只为消遣而作,因此李煜也没有

---

① 《清异录》《江表志》《江南余载》《全唐诗》都记载这次活动在保大五年,但如夏承焘指出,徐铉为这次活动写的《御制春雪诗序》说时间为"皇上御历之七年",指保大七年,再者,序中有"太弟以龙楼之盛"句,而李景遂封太弟在保大五年,徐铉不可能在保大五年正月初一称他为太弟。应为保大七年。夏承焘:《唐宋词人年谱》(修订本),第98页。
② 《徐铉集校注》卷一八,第527—528页。
③ 同上注,第537页。

诏命将大臣所作的歌词结集保存。不过，身份尊贵的词臣为梨园弟子写歌词演唱这个现象本身已能说明，李煜君臣把词的创作和演唱看作高雅的宫廷文化。

南唐宫廷以外，创作、演唱歌词的另一个场合是朝臣家宴。一条与此相关的材料是徐铉作于保大六年（948）的《江舍人宅筵上有妓唱和州韩舍人歌辞因以寄》，他在这首诗中描写了一位大臣的家妓演唱另一位大臣所作歌词的情形。举办家宴的江文蔚时为中书舍人，歌词作者是韩熙载，不久前刚从中书舍人贬为和州司士参军，作者徐铉为主客员外郎、知制诰，三个人都是身份尊贵的词臣。在这首寄赠给韩熙载的诗中，徐铉用"白雪飘飖传乐府，阮郎憔悴在人间"赞美韩熙载的歌词好比是古曲中最高雅的《白雪》，对他遭受贬谪表示同情。①这首诗说明高层文官写娱乐性歌词是很平常的事，也说明韩熙载的歌词在当时颇为流行。

另一条有关南唐大臣作词的材料，来自冯延巳的曾外孙陈世修②的叙述，他在《阳春集序》中这样描述冯延巳作词的环境和动因："朋僚亲旧，或当燕集，多运藻思，为乐府新词，俾歌者倚丝竹而歌之，所以娱宾而遣兴也。"③虽然陈世修编《阳春集》的时代距离冯延巳去世已有百年，但因为他编集所根据的是冯延巳自编词集残稿，也许这样说不完全是臆测。其实，朝臣为宴会娱乐写歌词在中晚唐就很常见，白居易的诗中就曾写到，南唐延续了这个传统，不过词作者的政治地位更高。中晚唐的词作者如白居易、刘禹锡、薛能、司空图等，属于中层或基层文官，而南唐的几位词作者是中高层文官，其中更有词臣、

---

① 《徐铉集校注》卷二，第47页。
② 陈世修在序言中称冯延巳是他的"外舍祖"，但是由于没有其他关于陈世修的材料，对他和冯延巳的具体关系历来不清楚。刘礼堂、王兆鹏从碑文材料中发现，陈世修的母亲冯氏是冯延巳的孙女，因此陈世修是冯延巳的曾外孙。见刘礼堂、王兆鹏：《〈阳春集序〉作者陈世修小考》，《文学遗产》2007年第4期。
③ 冯延巳：《阳春集》（清光绪十四年临桂王氏刻四印斋所刻词本），第1页。

宰相，这从侧面说明词在南唐的地位较中晚唐更高。

二 书写与保存

南唐君臣不仅写词，而且把词看作有价值的文学作品，这一点从他们把词写成书法或结集保存词作的举动中可以看出。徐铉在为李煜撰写的墓志铭、为李煜《杂说》作的序中都提到，李煜著文集三十卷，但宋元书目著录载《李后主集》十卷、《李煜集》十卷、《李煜集略》十卷、《诗》一卷等，已非李煜文集原貌，也有亡佚①，因此，我们无法知道李煜是否在文集中收录了词作。不过，有材料显示，李煜把李璟、冯延巳和自己的一些词写成书法流传、保存。南宋初辑本②《南唐二主词》收录了李璟、李煜的三十七首词，小注中说明录自李煜墨迹的有十五首，包括李璟词四首(《应天长》《望远行》各一、《浣溪沙》二)"墨迹在晁公留家"；李煜词十一首：《浪淘沙》"传自池州夏氏"，《采桑子》《虞美人》"墨迹在王季宫判院家"，《玉楼春》《子夜歌》"传自曹功显节度家"，《谢新恩》等六首"真迹在孟郡王家"。

这十五首词墨迹的收藏者，除了池州夏氏不可考，其他多是富于收藏的文学家族或外戚将相。晁公留不见史载，但晁家是宋代著名的文学世家。陈振孙《直斋书录解题》谈到《南唐二主词》时说他见过这件墨迹，上有晁景迂题字。③ 晁景迂即北宋学者晁说之，其弟咏之、从弟冲之、族兄补之都是著名文士，冲之子晁公武所著《郡斋读书志》

---

① 关于李煜集著录情况的材料和讨论，见张兴武：《补五代史艺文志辑考》，第244—245页。
② 王国维根据《南唐二主词》原注提到的人物和官职，认为其编集时间当在宋高宗绍兴二十九年(1159)后不久，王仲闻因《南唐二主词》所附诗话都见于《苕溪渔隐丛话》，认为编集应在《苕溪渔隐丛话》后集序的撰写时间宋孝宗乾道丁亥(1167)之后。见王仲闻：《南唐二主词校订》附录三引王国维《〈晨风阁丛书〉本〈南唐二主词〉跋》及王仲闻案语，北京：中华书局，2007年，第133—134页。
③ 《直斋书录解题》卷二一"歌词类"，第615页。

是现存最早的有提要的私家藏书目录;晁公留应与晁公武同辈。"王季宫判院"也不见史载。王国维疑王季宫为王季海之讹,即宰相王淮,淳熙三年(1176)知枢密院事,因此称"判院"。① 王淮喜爱书法,收藏了汇集摹刻四百余件书法墨迹的《淳化阁帖》。曹功显即曹勋,绍兴二十九年(1159)拜昭信军节度使,其父曹组在北宋末年以俳谑、俚俗词著名,每作一歌词,就广为传颂,南渡初年仍是词坛追捧的对象。② 曹勋也善作词,他的文集收录长短句近二百首。孟郡王即孟忠厚,是宋哲宗皇后隆裕太后的哥哥,于绍兴七年封信安郡王。

除了《南唐二主词》注明的出自后主墨迹的十五首词,宋人笔记还记载了其他四首以墨迹流传的李煜词。一首是《临江仙》。这首词有两件手迹,一件残缺,一件完整。残缺本保存在蔡絛家。蔡絛是宰相蔡京之子,他说曾见后主书《临江仙》词"残藁",缺尾句。③ 据与蔡絛同时代的张邦基记载,蔡絛所见的《临江仙》来自私人藏书家蔡宝臣④,蔡宝臣在宣和年间(1119—1125)将"南唐后主书数轴"献给蔡絛,其中就包括这首词。⑤ 完整的《临江仙》词墨迹保存在陈魏公之孙家。陈魏公即陈俊卿,为乾淳间名相。南宋中期笔记《耆旧续闻》的作者⑥说,他家藏有后主书《临江仙》,上有"涂注数字",不过并未残

---

① 王国维:《二牖轩随录》卷四"李后主词反因书以传"条,《王国维学术随笔》,北京:社会科学文献出版社,2000年,第176页。
② 诸葛忆兵:《论曹组生平及其词作》,《兰州大学学报(社会科学版)》,2010年第6期。
③ 胡仔纂集,廖德明校点:《苕溪渔隐丛话·前集》卷五九引蔡絛撰《西清诗话》,第406页。
④ 苏轼幼子苏过曾经为蔡宝臣的藏书目录作序,题为《夷门蔡氏藏书目叙》,叙述蔡宝臣生平事迹最详,载苏过《斜川集》卷四。《斜川集校注》将苏过著述编年重排,将此文编入卷九。见苏过著,舒大刚等校注:《斜川集校注》卷九,成都:巴蜀书社,1996年,第682—683页。
⑤ 张邦基撰,孔凡礼点校:《墨庄漫录》(与《过庭录》《可书》合刊)卷七"南唐后主文词"条,北京:中华书局,2002年,第197页。
⑥ 关于《耆旧续闻》(又名《西塘集耆旧续闻》)的作者有争议。明清诸书援引多以陈鹄为作者,最近有学者考证陈鹄是明代人,不是《耆旧续闻》的作者,而是抄录者。许勇:《陈鹄非〈耆旧续闻〉的作者》,《古典文学知识》2013年第4期;许勇:《〈耆旧续闻〉作者非陈鹄考》,《文献》2016年第3期。

缺，与蔡絛见到的残稿不同。他说这件墨迹先是在江南中书舍人王克正家，后"归陈魏公之孙世功君懋"，而他是"陈氏婿"，因此得以亲见。①

另外三首李煜词墨迹是题画、题扇之作。北宋刘道醇在《五代名画补遗》中说，他在故大丞相张文懿家见到卫贤画的《春江钓叟图》，"上有南唐李煜金索书《渔父》词二首"。②北宋邵博在《邵氏闻见后录》中说，他曾经见到李煜赐给宫人庆奴的一把扇子，上面以撮襟书题写"风情渐老见春羞，到处消魂感旧游。多谢长条似相识，强垂烟态拂人头"。③姚宽《西溪丛语》、张邦基《墨庄漫录》也记述此事，姚宽说扇子在毕景儒家。毕景儒即毕仲荀，仕宦不显，米芾说他是宋真宗时名相毕士安的孙辈，苏轼、黄庭坚都提到他以擅长篆书知名。④这首题扇之作在宋人笔记中被称作诗，录写时没有题目，后来才被冠以《柳枝》之题。虽然《渔父》词二首和《柳枝》不见于《南唐二主词》，但因为是李煜亲笔题画、题扇，一般认为不是伪作。⑤

李煜也曾书冯延巳词作。北宋赵令畤说他"见一士大夫家，收江南李后主书一词，下云冯延巳三字"，并根据词句语气，推测是后主书冯延巳词⑥。另据王仲闻校订，《南唐二主词》所收李煜《阮郎归》很可能是冯延巳的作品，由于后主抄录此作赠与郑王（李煜弟李从善），

---

① 陈鹄撰，孔凡礼点校：《西塘集耆旧续闻》（与李廌《师友谈记》、朱弁《曲洧旧闻》合订）卷三"李后主《临江仙》词及苏子由题"条，北京：中华书局，2002年，第315页。
② 刘道醇：《五代名画补遗》（汲古阁影宋钞本）"屋木门第五"，第8—9页。
③ 邵博撰，刘德权、李剑雄点校：《邵氏闻见后录》卷一七，北京：中华书局，1983年，第133页。
④ 罗家祥、仝相卿：《北宋毕仲荀及其〈幕府燕闲录〉考论》，《国学学刊》2013年第1期。苏轼：《夜饮次韵毕推官》，苏轼撰，王文诰辑注，孔凡礼点校：《苏轼诗集》卷一六，北京：中华书局，1982年，第806页。黄庭坚：《跋翟公巽所藏石刻》，刘琳、李勇先、王蓉贵校点：《黄庭坚全集》正集卷二八，成都：四川大学出版社，2001年，第767页。
⑤ 王仲闻：《南唐二主词校订》凡例，第2页；附录一，第75页。
⑥ 《侯鲭录》卷一"圣寿南山永同词"条，第44页。此词不见于冯延巳词集《阳春集》。

结果后人根据墨迹误以为是李煜的作品。①

这些李煜词的墨迹,有些是书法练习和词作底稿,比如那两件《临江仙》的墨迹,一件缺尾句,且"点染晦昧",另一件"涂注数字",如王仲闻指出,它们很可能是李煜反复修改词作的真迹。② 有些则是书法作品,比如李煜书李璟词四首,陈振孙描述为上题"先皇御制歌词","于麦光纸上作拨镫书,有晁景迂题字",③墨迹上的题词、所用的精美纸张、收藏者的题字都显示这不是草稿或习作,而是正式的作品。另外,李煜题写在卫贤《春江钓叟图》上的《渔父》词二首,赵令時见到的李煜书冯延巳词作,李煜赠郑王的《阮郎归》手迹等,应该也是书法作品。据陈葆真统计,后主书迹见于历代著录者有四十种共六十四件左右,包括佛教经文、疏祷文、发愿文,文学作品如李白诗,儒家经典如《礼记经解》,实用文章如碑文、表章、书信,还有题画诗、词作等。④ 李煜把词写成书法,说明他认为词是值得流传保存的艺术品。

前面列出的约二十首以李煜墨迹形式流传的词作中,只有两首的叙述者是男性,一首是以"往事只堪哀,对景难排"开篇的《浪淘沙》,另一首是以"满鬓清霜残雪思难任"终篇的《虞美人》,可以读作李煜写故国之思的抒情之作,其他则是以女性为叙述者的宴席歌词。李璟的《应天长》《望远行》和两首《浣溪沙》写春愁秋怨、思妇和幽居女子,李煜的《玉楼春》与赠郑王的《阮郎归》写宴乐歌舞,《临江仙》《采桑子》《子夜歌》《柳枝》和《谢新恩》六首写寻春、秋愁、思妇等主题。在这些宴席歌词里面,有一些我们已经习惯读成是李煜写自己人生

---

① 王仲闻:《南唐二主词校订》,第 50 页。
② 同上注,第 23 页。
③ 《直斋书录解题》卷二一,第 614—615 页。
④ 陈葆真:《李后主和他的时代——南唐艺术与历史》,第 147 页。陈葆真在"附录二:李后主书迹著录简表"中列出了这些作品的名称、著录文献和收藏地点,第 201—203 页。

经验的抒怀之作,但这种读法大约是入宋后才逐渐形成的,这一点从对《临江仙》一词的解读变化中可以清楚地看到。先看《耆旧续闻》引录的完整的词作:

> 樱桃落尽春归去,蝶翻轻粉双飞。子规啼月小楼西。玉钩罗幕,惆怅暮烟垂。　　别巷寂寥人散后,望残烟草低迷。炉香闲袅凤凰儿。空持罗带,回首恨依依。①

"空持罗带"暗示主人公是女性,这是一首适合歌女演唱的写离情的词。但在流传的过程中,它逐渐和李煜在亡国之际书词、作词的故事产生了关联,被读作李煜亡国之思的表达。② 这个过程中起到重要作用的是蔡絛的《西清诗话》。蔡絛抄录自己见到的《临江仙》残稿时,把这首词与宋师围城金陵联系了起来。《西清诗话》不存,蔡絛的话在《耆旧续闻》《苕溪渔隐丛话·前集》中被转引,但字句有比较明显的不同。《耆旧续闻》这样说:

> 蔡絛作《西清诗话》载:"江南李后主《临江仙》云:'围城中书。'"其尾不全。③

《苕溪渔隐丛话·前集》则说:

> 《西清诗话》云:"南唐后主,围城中作长短句,未就而城破:'樱桃落尽春归去,蝶翻金粉双飞,子规啼月小楼西。曲栏金箔,惆怅卷金泥。门巷寂寥人去后,望残烟草低迷。'余尝见残藁点染晦昧,心方危窘,不在书耳。艺祖云:'李煜若以作诗工夫治国

---

① 《西塘集耆旧续闻》卷三,第315页。
② 孙承娟以这首词为例,讨论了即便是李煜最程式化的闺怨词,也常被宋代读者进行自传式解读的情况。孙承娟:《亡国之音:本事与宋人对李后主词的阐释》,卞东波译,《文学研究》2015年第2期。
③ 《西塘集耆旧续闻》卷三,第315页。

事,岂为吾虏也。'"①

两个版本,一个说围城中"书"《临江仙》,一个说城破时"作"此词,都强调词作与南唐亡国之间的关联。学者已经指出,蔡絛的说法并不可靠。王仲闻认为,《临江仙》的墨迹保存下来的不止一本,应该不是城破时作,可能因为蔡宝臣献给蔡絛的"后主书数轴"中包括李煜围城时写的祷告文,所以蔡絛以为《临江仙》也是在围城时写的。② 孙承娟指出,城破发生在十一月,时令上远离词中描写的春天。③ 这则围城中书词或作词的叙事,很可能是蔡絛为李煜墨迹的残稿样态提供的解释:缺尾句是因为词"未就而城破",手稿"点染晦昧",则因为后主"心方危窘,不在书耳"。蔡絛的这条记载被很多宋代笔记、诗话引述,这可能是宋人所见《临江仙》词多为残稿而非整本的原因,《南唐二主词》收录的也是这个残缺本。

也因为蔡絛的记述,宋人常把这首词放在南唐亡国的背景中解读,认为围城这个创作背景致使词意凄婉,从而建立起《临江仙》的内容与南唐亡国、李煜生平之间的关联。于是,一首写思妇离情的词,变成了写李煜亡国之痛的词。这种解读的变化,在宋人刘延仲为残本《临江仙》补写的尾句"何时重听玉骢嘶。扑檐飞絮,依约梦回时"④中也能看到。这里,主人公不是"空持罗带"的女子,而是遥想马嘶、怀念过去而不可得的男性,与李煜的境况正相符合。这个例子提醒我们,虽然我们更熟悉写人生经验的词人李煜,但若回到当时的创作环境,他的大部分作品还是宴乐歌词。而李煜把众多宴乐歌词写成书法这一现象说明,他认为这些作品与佛儒典籍、李白诗歌一样

---

① 《苕溪渔隐丛话·前集》卷五九引《西清诗话》,第406页。
② 王仲闻:《南唐二主词校订》,第23—24页。
③ 孙承娟:《亡国之音:本事与宋人对李后主词的阐释》,卞东波译,《文学研究》2015年第2期。
④ 《墨庄漫录》卷七,第197页。

值得书写、流传和保存。

南唐大臣也保存词作，情况大致可以分为两种。一是将齐言歌词收入诗文集。这种做法在中唐已有先例，白居易就把《竹枝词》《杨柳枝词》《浪淘沙词》编入《白氏长庆集》的律诗中。同样，徐铉也把《柳枝词》《离歌辞》《抛球乐辞》编入自己文集中诗的部分。另一种保存词的做法是自编词集，这方面的例子是冯延巳。虽然现存冯延巳词集《阳春集》由他的曾外孙陈世修于嘉祐三年（1058）编成，但这部词集的基础是冯延巳的自编词集。陈世修在《阳春集序》中说，冯延巳把自己为宴会所作的歌词"录而成编"，可后来"旧帙散失，十无一二"，于是陈世修将"采获所存，勒成一帙"。① 另一条与冯延巳自编词集相关的材料，是崔公度作于元丰年间（1078—1085）的《阳春录跋》，里面说集中词作"皆延巳亲笔"②。王仲闻认为，从这句话看，似乎崔公度见过冯延巳手书的词作，因此有这个说法。③ 从这两条材料看，冯延巳曾抄写自己的词作编录成集。冯延巳也许不是第一个自编词集的作者，欧阳炯在《花间集》序中提到温庭筠词时说他有《金荃集》，可知《金荃集》或者是温庭筠的词集，或者是集中包括他的词作。不过《金荃集》早已亡佚，今存《金荃集》是后人从《花间集》等总集中辑录出来的温词。现存《阳春集》虽然也不是冯延巳自编词集的原貌，但可能包括自编词集的部分内容，算是个人词集的见证。考虑到冯延巳在南唐的宰辅地位，他自编词集的行为可以说明，在南唐地位尊贵的大臣眼中，曲子词是值得流传、保存的文学作品。

最后，南唐君臣认为乐曲歌词属于高雅文化的看法，也可以从丧葬文学中得到佐证。李煜为大周后撰写的诔辞特别赞美她歌舞音乐

---

① 《阳春集序》（清光绪十四年临桂王氏刻四印斋所刻词本）。
② 《欧阳文忠公近体乐府》罗泌跋引崔公度跋《阳春录》语，见王仲闻：《南唐二主词校订》，第50页。
③ 这个观点由王仲闻提出，夏承焘转述，见夏承焘：《冯正中年谱》后记（二），《唐宋词人年谱》（修订本），第71页。

方面的才华,说使"审音者仰止,达乐者兴嗟",称赞她善演《恨来迟破》《醉邀舞破》曲,并和自己谱录重排已经失传的《霓裳羽衣》旧曲,"我稽其美,尔扬其秘。程度余律,重新雅制"。李煜对大周后的音乐才能有一种惺惺相惜的知音之感,因此说"非子而谁,诚吾有类。今也则亡,永从遐逝"。① 十四年后,徐铉为李煜撰写墓志铭时也称赞他"洞晓音律"。不过对皇帝精通音乐的赞美,更需要与音乐的道德教化功能联系在一起,因此徐铉没有记述李煜自制曲词,而是强调他"精别雅郑",于是"穷先王制作之意,审风俗淳薄之原,为文论之,以续《乐记》"。②

三 歌词的道德问题

北方政权兼并南方政权后,宋朝史家通过描述南方君臣纵情声色、荒废朝政来否定南方政权的合法性。南唐也被纳入宴乐亡国的叙事,而且这个叙事常与乐曲歌词有关。以北宋初编写的杂史笔记为例,《五国故事》说李煜所作的《念家山》《振金铃》曲又称《家山破》《金玲破》(谐音"金陵破"),是亡国的前兆。③ 历仕后晋、后汉、后周、北宋的陶穀在《清异录》中记述李煜微行娼家,与僧人、娼妓饮酒,醉后在石壁上题写"浅斟低唱,偎红倚翠太师;鸳鸯寺主,传持风流教法"之句。④ 江休复的《江邻幾杂志》批评李煜,即便是在南唐把淮南割让给后周这样的情况下,仍然只顾享乐,"作红罗亭子,四面栽红梅花,作艳曲歌之"。⑤ 虽然李煜的闺情词和大多数唐五代词作一样,是

---

① 马令:《南唐书》卷六(影印《四部丛刊续编》,与陆游《南唐书》、范垌、林禹《吴越备史》合刊,据商务印书馆1934年版重印),上海:上海书店,1984年,第5页。
② 《徐铉集校注》卷二九,第794页。
③ 佚名撰,张剑光校点:《五国故事》,载《五代史书汇编》丙编,第6册,第3185页。
④ 陶穀:《清异录》(明宝颜堂秘笈本)卷一"偎红倚翠太师"条,第11页。
⑤ 王士禛编,郑方坤删补,〔美〕李珍华点校:《五代诗话》卷一"李后主"条引《江邻幾杂志》,北京:书目文献出版社,1989年,第13页。

为宴会酒席创作的歌词，宋人却从中读出末代君主道德沦丧的故事。一个例子是李煜的《菩萨蛮》，本来写情人幽会这个诗歌中的传统主题，却被解读为是在描写李煜在大周后病中与妻妹偷情，这种读法先在马令的《南唐书》中提出，又被宋人笔记、词话广泛采用。①

虽然宋朝史家营造的后主宴乐亡国的叙事成为我们熟知的历史，南唐人的回忆性书写却让我们看到，他们曾经抗拒北方中心的叙事，讲述自己的历史。关于李璟和李煜，南唐史家赞美他们在道德、政治和儒学方面的修养，称颂他们在文学上的成就，如郑文宝的《江表志》称赞李璟勤于政事，"盛德闻于邻国"，李煜"天性纯孝，孜孜儒学"②；陈彭年的《江南别录》赞美李煜"好儒学，故江左三十年文物，有贞元、元和之风"③等。至于二主与乐曲歌词的关系，南唐作者倾向于把他们描写为深知妓乐曲词危害的明主，如《江表志》评价李璟"善晓音律，不至耽溺"④，《南唐近事》则记载李璟听劝谏、罢宴乐之事：

> 元宗嗣位之初，春秋鼎盛，留心内宠，宴私击鞠，略无虚日。常乘醉命乐工杨花飞奏《水调词》进酒，花飞唯歌"南朝天子好风流"一句，如是者数四。上既悟，覆杯大怪，厚赐金帛，以旌敢言。上曰："使孙、陈二主得此一句，固不当有衔璧之辱也。"翌日，罢诸欢宴，留心庶事，图闽吊楚，几致治平。⑤

《江南余载》记载了一个类似的故事，也是年轻君主喜爱宴乐，然后接受大臣的劝谏，奖励进谏者"敢言"。不过主人公不是李璟，而是后主李煜：

---

① 孙承娟在《亡国之音：本事与宋人对李后主词的阐释》一文中以这首词为例，分析读者如何根据对李煜词创作背景的想象去解读他的词。
② 郑文宝撰，张剑光、孙励校点：《江表志》卷中、卷下，《五代史书汇编》丙编，第 9 册，第 5083、5092 页。
③ 陈彭年撰，陈尚君校点：《江南别录》，《五代史书汇编》丙编，第 9 册，第 5139 页。
④ 《江表志》卷中，《五代史书汇编》丙编，第 9 册，第 5083 页。
⑤ 《南唐近事》卷二，《五代史书汇编》丙编，第 9 册，第 5057 页。

> 张宪为监察御史。后主既纳周后,颇留心于声乐,宪上疏言:"闻有诏以户部侍郎孟拱辰宅与教坊使袁承进居止,昔高祖欲以舞人为散骑常侍,举朝非笑。今承进教坊使耳,以侍郎宅居之,亦近之矣。"后主批答,赐帛三十段,以旌敢言。①

最能表现南唐君主警惕宴乐歌词的是《杨文公谈苑》中的一条记载。杨文公即杨亿,生于宋太祖开宝七年(974),是宋初重要文臣,历任户部郎中、工部侍郎、翰林学士。《杨文公谈苑》是杨亿与友人、弟子的谈话集,先由弟子黄鉴编录,再由宋庠于仁宗庆历七年(1047)校订并作序。杨亿的父祖辈在南唐生活任官,祖父官南唐玉山令,从祖历官工、礼、兵部侍郎,翰林侍讲学士,妻子是南唐翰林学士、参知政事张洎之女。② 由于杨亿的南唐背景,《杨文公谈苑》中关于南唐的记载特别详细,而且多是赞美江南文化的繁荣,如宫廷藏书、白鹿院的学术传承、有文才的宰相、诗僧的佛学造诣、后主的书法,等等。《谈苑》"谒金门词"条记载了一则李璟意识到歌词危害的轶事,他提醒大臣心思应该放在朝政而不是歌词:

> 江南成幼文为大理卿,好为歌词,尝作《谒金门》曲,有"风乍起,吹皱一池春水"之句,后因奏牍稽滞,中主曰:"卿试与行一池春水,又何缺于卿哉。"③

这则轶事有多个版本,有的说好为歌词的大臣是冯延巳,有的把君臣对话从君主责备大臣变为君臣互相嘲谑、欣赏彼此的歌词佳句,表现出不同时代的文学标准的变化。④《谈苑》中的记载是现存版本中最

---

① 佚名:《江南余载》卷上,《五代史书汇编》丙编,第9册,第5107页。
② 李一飞:《杨亿年谱》,上海:上海古籍出版社,2002年,第4—7页。
③ 杨亿口述,黄鉴笔录,宋庠整理:《杨文公谈苑》(宋元笔记丛书,与《倦游杂录》合刊),上海:上海古籍出版社,1993年,第30页。
④ 孙承娟:《亡国之音:本事与宋人对李后主词的阐释》,卞东波译,《文学研究》2015年第2期。

早的。杨亿因参与修撰《册府元龟》而有接触皇家图书馆的条件,这条轶事有可能是他看到的某种有关南唐的记载,也有可能是从他的岳父或者其他南唐前辈友人那里听说的传闻。不管轶事的材料来源是口头传闻还是文字记载,里面呈现的南唐君主深知流连歌词对治理国家的危害。以上几条材料让我们看到,有南唐背景的文官和史家在私人闲谈和史传著述中偏离南方君主宴乐亡国的主导叙事,塑造南唐贤德君主的"另类"形象。

除了正面描写南唐君主,南唐史家也用负面描写北方的办法"对抗"北方中心的叙事。一个例子是《南唐近事》中的一条关于北方大臣出使南唐的记载。这里,北宋使者陶穀被描写成表面上大义凛然,骨子里却意志薄弱,无力抵挡女色诱惑的伪君子:

> 陶穀学士奉使,恃上国势,下视江左,辞色毅然不可犯。韩熙载命妓秦弱兰诈为驿卒女,每日弊衣持帚扫地。陶悦之与狎,因赠一词名《风光好》云:"好因缘,恶因缘,只得邮亭一夜眠。别神仙,琵琶拨尽相思调。知音少,待得鸾胶续断弦,是何年?"明日后主设宴,陶辞色如前,乃命弱兰歌此词劝酒,陶大沮,即日北归。①

这则轶事在北宋的前一百年间流传着多个版本。除了《南唐近事》,文莹的《玉壶清话》、龙衮的《江南野史》、沈辽的《云巢编》都有记载。这些版本的共享元素包括北方使节到南方、"美人计"的情节和《风光好》这首词,但关于词的作者、所赠对象、出使的地点和时间,却有不同的说法。《江南野史》记为曹翰使南唐事,妓名徐翠筠;《云巢编》记为陶穀使吴越事,妓名任社娘;《南唐近事》《玉壶清话》虽然都认为是陶穀使南唐事,却一个说在李煜时,一个说在李璟时。② 这几个

---

① 《南唐近事》卷二,《五代史书汇编》丙编,第 9 册,第 5062—5063 页。
② 欧阳光在《戴善夫〈陶学士醉写风光好〉杂剧本事嬗变探微——从杂传故事到通俗文学的个案考察》一文中,详细地比较、分析了这些版本的异同;欧阳光:《影湖居甲乙稿》,广州:中山大学出版社,2019 年,第 388—398 页。

故事的叙述都持南方立场,讲述虽然来自北方的使臣凭着国势强大轻视南方政权,但南方挫败了北方,所采取的办法是揭示北方大臣其实也狎妓、写艳词,不像他们表现得那么正经,从而讽刺北方道德优越感的虚伪和脆弱。

这条记载所讽刺的北方大臣自以为是、沉迷宴乐曲词等特征,在西蜀作家的历史书写中也有所表现,比如王仁裕在《王氏见闻录》中记述的后梁大臣封舜卿出使西蜀的轶事。故事说封舜卿去西蜀途中路过全州、汉中,要求接待他的帅府中伶人奏《麦秀两歧》,伶人不知道这首曲子,封舜卿嘲笑说就算是"山民"也应知道"大朝音律",使当地官员感到羞耻。伶人请求封舜卿唱此曲,记下乐谱送到西蜀。当封舜卿到了西蜀朝廷,乐师不仅吹奏了这个曲子,而且让衣衫褴褛的男女老少背箩筐做拾麦穗状,合唱之词凄楚,表现人民贫苦,封舜卿看后"面如土色,卒无一词,惭恨而返"。① 麦秀两歧(亦作"岐")指一株麦子长出两个麦穗,是丰收的征兆,一般用来称颂吏治。这个用法可以追溯到汉朝,百姓歌"桑无附枝,麦穗两岐。张君为政,乐不可支"②,赞美渔阳太守张堪使百姓富足,在唐代《麦秀两歧》是教坊曲名。封舜卿要求演奏的《麦秀两歧》的内容,可能是歌颂德政的乐曲。故事中,无论是封舜卿夸耀"大朝音律",还是乐工"吹此曲""写谱一本",都指该乐曲。如果是这样,西蜀乐工把这首乐曲配上凄楚的歌词和表现百姓贫苦的表演,就是对封舜卿要求赞美后梁德政的讽刺。还有一种可能性是,封舜卿要求演奏的是艳歌。《麦秀两歧》在五代也是词调名。《尊前集》所录和凝《麦秀两歧》词就是一首艳词:"凉簟铺斑竹,鸳枕并红玉。脸边红,眉柳绿,胸雪宜新浴。淡黄衫子裁春縠,异香芬馥。　羞道交回烛,未惯双双宿。树连枝,鱼比目,掌上腰如束。娇娆不争人拳局。黛

---

① 《太平广记》卷二五七"封舜卿"条,第2004页。
② 《后汉书》卷三一,北京:中华书局,1965年,第1100页。

眉微蹙。"①而且和凝作艳词的时间就在后梁时期。② 封舜卿的故事说《麦秀两歧》是"大梁新翻",所以西蜀没有,会不会这首曲子被"新翻"成了艳曲?如果封舜卿要求演奏的《麦秀两歧》是这类艳歌,那么前蜀伶人的歌曲改写就是在讽刺封舜卿所代表的北方沉迷艳曲、不顾人民疾苦。无论是哪种情况,这个故事都是在讽刺北方大臣以"大朝"身份轻视南方,结果反被蜀人嗤笑。

《王氏见闻录》的作者王仁裕是前蜀旧臣,《南唐近事》的作者郑文宝是南唐旧臣,他们站在南方立场描写南北方外交往来,把北方大臣描写成道德有问题的一方。他们刻画的陶穀和封舜卿或者沉迷妓乐,或者自我陶醉,都因来自中原而对南方朝廷居高临下,最后被南方朝臣或乐工的机智挫败,狼狈返回北方。由于南方文臣及其后代门生在宋初的政治、学术领域地位较高,南方作者的史传笔记在北宋流传、阅读相当广泛。③ 但是,这些南方视角的历史书写从北宋后期逐渐失去了影响力,很多散佚了,只部分保存或在书目中著录,五代十国的历史书写最终还是由北方叙事主导。

---

① 《尊前集》(《四库全书》本)卷下,第 8 页。
② 《北梦琐言》称和凝艳词为"少作",他生于唐末,在后梁进士登第,后梁亡国时二十五岁左右,因此创作艳词很可能是在后梁时期。
③ 关于徐铉及其门生在北宋的影响,见张维玲:《宋初南北文士的互动与南方文士的崛起——聚焦于徐铉及其后学的考察》,《台大文史哲学报》第 85 期,2016 年 11 月。杨亿是另一个南唐后代对北宋的政治文化极具影响力的例子。

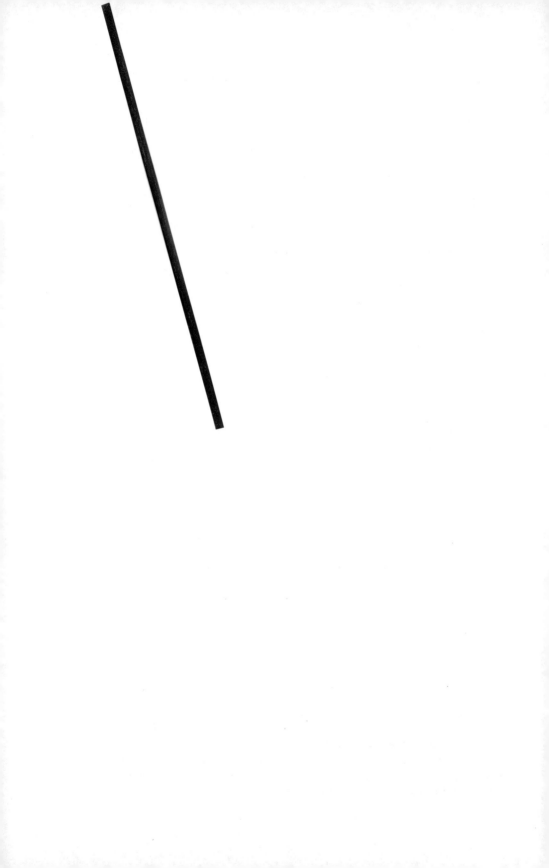

下编

情爱表达的『语法』

写情文学的结构

已有的唐代写情文学研究偏爱某些文体而忽略其他。例如,诗歌和传奇因为长期以来被视为"文学"创造的结果而得到充分的探讨,而轶事由于通常被看作对当时传闻的记述而没有得到重视。其实,如果仔细考察这些文本,会发现以情爱为题材的诗歌、轶事和传奇有诸多共通之处。因此,我把它们读作由公共"语法"定义的情爱表达资料库,每个文本,或诗歌或叙事,或简约或复杂,都是这个共享"语法"的个体表达,而个体表达又受到文体规约、作者风格的影响。对"语法"的了解有助于评价每个作品的"价值",即哪篇只是对模式的复制,哪篇具有"独创性"。

一 场景与文体

谈论写情作品的时候,我尽量避免使用传奇、志怪和笔记这些常用的文体范畴,因为这些范畴的确立是后来的事情,尤其是受到了现代的"小说"概念的影响,与 fiction 具有创造性、虚构性的观念息息相关。根据这样的标准,传奇成为文学研究的对象,笔记成为了解历史的资料,志怪夹在中间,有时当作传奇的前身以考察其文学性,有时当作历史记录来探究宗教信仰的情况。然而这样的文体分类在唐代尚未出现,使用后来形成的文体范畴,反而会模糊我们对唐代书写的认知。①

从结构看,所有情爱表达的诗歌和叙事都由一个或多个浪漫场景构成,可以大致分成四类:单一场景诗歌、单一场景故事、多场景诗歌和多场景故事。单一场景诗歌一般采取独白的形式,由主人公描述他/她在情爱叙事(包括相遇、结合、分别等情景)中某一诗意时刻的情感(如爱恋、相思、惆怅、绝望)。单一场景故事描述艳诗创作、流传和接受的场合,也经常涉及诗歌作者的情况和读者对诗的解读。这类故事的重心不是诗中的情感表达本身,而是这个表达如何被使用;不是一首诗说了什么,而是它做了什么。

相比专注于一个情爱场景的单一场景诗歌和单一场景故事,多场景诗歌和多场景故事通常叙述连贯的情爱故事,由多个场景构成,如相遇、结合、离别、重逢和怀念等。多场景诗歌和故事的主要区别是视角:多场景诗歌倾向于从一个恋人的视角讲述故事,多场景故事经常包括两个恋人的视角。因此,故事可以表现恋人之间的交流、冲突和谈判,而这些情景在诗歌中难得一见。

二 单一场景的诗歌和故事

单一场景诗歌描写情爱叙事中的一个场景。这些诗通常篇幅较短,大多在四行到十二行之间。每个情爱场景有自己的意象库。比如相思的场景可以唤起春天的意象,盛开的花、花落、莺啼、微风等。同样,一个意象也可以用在多个场景中,与春天相关的意象可以在相思或离别的场景出现,鸳鸯的意象则可以出现在几乎所有的浪漫场景中。

---

① Sarah M. Allen, "Tales Retold: Narrative Variation in a Tang Story," *Harvard Journal of Asiatic Studies* 66.1 (June 2006): 141.

单一场景诗歌描写的感情通常属于两类中的一种：男性被女性的艳色吸引、男性或女性因恋人缺席而惆怅。元稹的艳诗里，描写女性艳色和表达相思惆怅的就占了大多数。对情爱诗歌的阅读大致有两种方式，或者放在情爱叙事中解读，或者放在历史语境中解读。第一种模式经常用来解读与表演有关的诗。罗吉伟注意到，部分唐代歌诗使用概括性、类型化的语言，脱离作者的生活背景，成为乐人歌者用来表达普遍性情感的载体。① 很多乐府诗和无名氏古诗也是这样。田晓菲认为，《古诗十九首》中的情感表达"与一种特别的叙事模式紧密交织在一起。虽然《古诗十九首》的佚名属性使我们不能通过重构作者的背景来作为理解诗歌的历史语境，但诗歌中总隐含着一个个故事，这些故事构成了诗歌的叙述语境"。②。《玉台新咏》《才调集》的很多诗也情况类似。诗内部的"故事"是情爱叙事，通常从首句或题目就可以判断写的是情爱叙事的哪个时刻、哪种情感。《春月》《春恨》《闺怨》《闺月》《春词》《春愁》等题目暗示诗作描写女子对缺席恋人的相思之情，《离思》《春别》《惜别》《长相思》则表达恋人在分离时刻的悲伤。很多时候，我们倾向于把这些诗读作是诗人对某种普遍性情感的描写，而不见得是诗人自己的情感表达。另一种读诗的方式，是将诗放在历史语境中解读。《毛诗》就是"回到"具体的历史时刻重建诗歌创作情境的尝试。中晚唐对诗歌创作的历史情境也很关注，这种兴趣表现在诗歌本事故事的流行，《本事诗》《云溪友议》都收录了很多关于诗歌创作和阅读的轶事。

诗歌本事故事也可以看作单一场景的故事。单一场景诗歌和单一场景故事的主要区别在于，诗表现人物的情感，故事讲述人物为何

---

① Paul F. Rouzer, *Writing Another's Dream: The Poetry of Wen Tingyun* (Stanford: Stanford University Press, 1993), 34-35.

② Xiaofei Tian, "Woman in the Tower: 'Nineteen Old Poems' and the Poetics of Un/concealment," *Early Medieval China* 15 (2009): 20; 中译见田晓菲撰，卞东波译《高楼女子：〈古诗十九首〉与隐/显诗学》，《文学研究》2016 年第 2 期。

产生某种情感,怎么在诗中表达情感,又如何在社会生活中用诗进行沟通和交流。举个例子,在闺情诗中,我们经常看到被抛弃女子表达的爱恋与绝望交织的感情,而在诗歌本事故事里面,被弃女子可能把这样一首诗寄给她的恋人谴责他,或者把诗展示给一些热心的观众,以获取同情和支持。即便诗还是那首诗,诗的含义却随着创作、流传和阅读情境的变化而改变了。从这个角度看,诗歌本事故事可以看作关于情感模式的叙事资料库。对这类作品,我在后面的《结构分析:解读唐诗本事故事的一种方法》这篇文章中有具体的讨论。

三 多场景诗歌

多场景诗歌包括两种结构方式,一种是通过组合描写不同场景的诗来叙述一个线性发展的情爱故事,另一种由几首描写同样场景的诗作组成。孟简《咏欧阳行周事》的诗歌部分属于前者,包括几个场景的描写:相遇、离别、女子思念不在身边的恋人、男子追悔逝去的恋情,以及作者的评论。白居易的《长恨歌》更复杂,它是情爱故事、道教因素和红颜祸水叙事的结合,虽然基本的场景仍是相遇、离别、思念缺席的恋人,但某些场景偏离了典型场景的叙事模式。比如离别的场景也包括战乱、国难和死亡,思念缺席恋人的场景则包括两个部分,先是玄宗思念杨贵妃,请方士上天入地去寻找她,然后是杨贵妃思念玄宗,表现为她向方士回忆以前与玄宗的情事。

还有一些多场景诗歌是组诗,每首描写情爱叙事中的一个场景。比如曹唐《大游仙诗》中写刘阮遇仙故事的五首,诗题《刘晨阮肇游天台》《刘阮洞中遇仙子》《仙子送刘阮出洞》《仙子洞中有怀刘阮》《刘阮再到天台不复见仙子》组成一个连贯的情爱叙事,包含了这个叙事的重要诗意"时刻"(相遇、离别、女子思念缺席的恋人、男子痛惜逝去的情爱)。这些诗涉及的故事在唐代广为人知,曹唐的读者在读《大游仙诗》时应该心中清楚故事的本末。①

这类诗通常有一个情爱叙事,不过它不见得是一个具体的故事,也可以是由一系列事件组成的"虚拟"情爱叙事。《莺莺传》中的《会真诗》描写张生与莺莺共度良宵,但当我们在《才调集》中读到《会真诗》时,不需要莺莺的故事也能读懂诗,因为诗本身已经提供了虚拟情爱叙事的框架。诗的三十韵包括四个浪漫场景,它们是仙子降临、艳遇、仙子离去和男子惆怅叹息,这个叙事在神女诗歌传统中已多次出现。同样的,元稹《梦游春七十韵》的前半部分讲述他年轻时的一段恋情,但即使不了解元稹的生平,不知道这首诗的作者是谁,我们也可以把诗读作一个包含了相遇、离别和追忆的情爱叙事。

虚拟情爱叙事有助于读者理解多场景诗歌。如果一首诗中找不到一个连贯的虚拟情爱叙事,诗的意思就变得扑朔迷离。李商隐和李贺就有一些这样的奇异作品。不少诗评家试图在李商隐的生平经历和历史时代的语境中理解他的诗,比如将《碧城》解释为在描写唐代公主的风流韵事,或者玄宗与杨妃的爱情故事,或者李商隐本人的感情经历,或者李商隐仕途失败的隐喻。②几乎所有注释家都认为诗与情爱有关,只是诗中没有提供线索说明到底写的是哪个情爱故事。

宇文所安提出,对这样的诗,与其去推测诗与历史环境、作者生平之间的关联,不如从诗的结构入手考察为什么诗会指向多种解读。以《河阳诗》为例。这首长诗由多个四句段落组成,每段描写情爱叙事中的一个时刻,如"宴会上观察情人""秘密的交流""令诗人想起情人的物品""记忆中夜里家庭生活的愉悦场景""诗人重返情人原来

---

① 宇文所安讨论了曹唐《大游仙诗》用一组诗描写一个已知叙事不同阶段的情况,见〔美〕宇文所安:《晚唐:九世纪中叶的中国诗歌(827—860)》第九章"道教:曹唐的例子",第317—321页。

② 关于这些解读,见刘学锴、余恕诚:《李商隐诗歌集解》,第1661—1675页。

所在的地方而她已缺席"①。但问题是,这些段落并没有形成一个连贯的叙事,很可能李商隐是在"进行诗歌行动而非编织意义";他"建立起虽然困难但仍可辨识的与男女激情或夫妻关系相关的情景",但是这些情景不具有"通常意义上的连贯性,在某个时刻,诗中可辨识性的边界被移除了,只留给我们一连串复杂关联着的、可意义却不连贯的意象"。结果是不确定性:"诗篇呈现出一个困惑形成的过程,这种困惑,诗人告诉我们,正是激情与记忆的'模糊'或者困惑。"②

多场景诗歌的第二种结构方式是一组描写同一个场景的诗。王涣的十二首《惆怅诗》就是一个例子。十二首绝句描写了十三个情爱故事中的悲伤时刻,大多数涉及离别或女性被弃。这组诗包含很多中晚唐文学中反复出现的著名情爱故事:徐德言与妻子破镜重圆,唐玄宗与杨贵妃,汉元帝与王昭君,司马相如与卓文君,刘晨阮肇遇仙,陈叔宝和杨丽华,牛郎和织女等等。把这些故事组织在一起的主题是忧伤的情绪。

有时候一组诗为一个主题提供多种视角。元稹《古决绝词三首》描写恋情结束的三种情况。第一首用女性的声音抱怨恋人拒绝做出承诺,说羡慕牛郎、织女的感情关系,他们虽然一年只相会一次,却能够坚守诺言。第二首用男性的声音表达对恋人变心的焦虑。他说两个人不在一起的时候什么都可能发生,他怎么能知道恋人没有爱上另一个男人?第三首诗的叙述者可能是男人,也可能是女人。他/她怀疑恋人分别时承诺忠实于彼此的价值:如果不能在一起,承诺有什么意义?

海陶玮将这三首诗看作两个恋人的对话,双方都为感情关系破裂

---

① Stephen Owen, *The Late Tang: Chinese Poetry of the Mid-Ninth Century [827-860]* (Cambridge[Massachusetts] and London: Harvard University Asia Center, 2006), 375.

② Ibid., 379.

责备对方。① 他也认为第三首诗的叙述者是女性,可这样一来,她在第一首诗中表达的对牛郎织女坚守承诺的羡慕之情,就与第三首诗中怀疑承诺的价值互相矛盾。其实,这三首诗可以解读为对忠实的不同观点的呈现与并置。前两首表现由性别出发的看法:女性对男性不忠实感到焦虑,反过来男子亦然。第三首诗中的观点超越了个体情人的视角,而是怀疑永恒之爱的价值,质疑了牛郎、织女这对在文学传统中被反复歌咏的模范情侣。在这组诗中,我们看到矛盾的声音和不同视角的并置,但这种并置并不引起直接冲突,只要不把这三首诗理解为一对情人的争吵。然而,当矛盾的声音和不同的视角出现在一个多场景故事里面,它们通常代表故事主人公的不同意见,就会产生冲突,也可能引发阐释的问题。

四 多场景故事

多场景故事是一系列情爱场景的组合,包括相思、调情、结合、冲突与协商、离别、女性被弃、男性哀叹逝去的情爱等。多场景故事的讲述有不同的形式。一些后来被归类为"传奇",最著名者如《莺莺传》《霍小玉传》《李娃传》,一些收在轶事集中,如《本事诗》中柳氏与韩翃的故事、崔护的故事。还有一些在诗序中:李商隐在《柳枝五首》序中讲述他的一次"浪漫"经历,包括少女春思、女子与诗的"相遇"、女子与诗人相遇、男子哀叹逝去的情感等场景。元稹在《崔徽歌》序中也讲述了一个包括相遇、分别、思念等场景的故事。也有一些多场景故事以史传形式记述。孟简《咏欧阳行周事》讲述的欧阳詹情事,包括相遇、协商、女子思念缺席的恋人、男子悲叹逝去恋情等场景;黄璞《闽川名士传》所记述的欧阳詹情事,则包括相遇、离别、女子被弃

---

① James R. Hightower, "Yuan Chen and 'The Story of Ying-Ying'", *Harvard Journal of Asiatic Studies* 33 (1973): 109.

等场景。

每个场景可以重复。《莺莺传》包含三个相遇场景:第一个是莺莺被母亲唤出拜见在战乱中保护了她们一家的张生,第二个是他们交换诗歌后莺莺约见张生,当面斥责他诱惑她的无礼,第三个是莺莺出现在张生卧房二人共度良宵。《莺莺传》也有两个分别的场景:张生离开莺莺去赴试,之后回到莺莺身边,然后再次离开。

每个场景可以简短或者复杂。简短时可以用一句话或者一个动作来表达。崔徽的故事对相遇的描述是"一见为动"①,用"见"的动作代表相遇的情景。复杂的场景可以容纳很多内容。在《飞烟传》中,一个武官的妾和邻居家的年轻士人发生恋情,有关相遇的场景就涉及中间人传话、诗歌唱和、传递书信等一系列行动。在这个不断延宕的相遇中,男女主人公表达互相爱慕与想往之情,这些描写承担着延迟故事高潮的功能。

多场景诗歌、多场景故事的重心都是讲情爱故事,不过它们也有重要的区别。一个是形式风格不同。一般来说,诗强调情感的表达,而叙事倾向于提供经验教训。孟简对欧阳詹情事的描写包括诗歌和叙事两个部分,二者虽然都力图在赞美情爱与批评沉溺女色之间取得平衡,但叙事部分的道德教谕声音比诗歌部分响亮得多。

第二个区别是视角:诗歌倾向用一种声音讲故事,而叙事则可以容纳多种声音。比较孟简《咏欧阳行周事》的诗歌和叙事部分对离别场景的描写,就可以看到这一点。② 诗歌版本是这样的:"忽如陇头水,坐作东西分。惊离肠千结,滴泪眼双昏。"这是乐府诗对离别的传统写法。肠子打结和泪眼的意象、水分流两头的比喻,可以用来描写任何恋人分别时的感情状态,是高度类型化的写法。相较而言,叙事版本注重具体细节,如此写恋人离别时的对话与协商:"既而南辕,妓

---

① 曾慥编:《类说》(北京图书馆古籍珍本丛刊62)卷二九《丽情集》"崔徽"条,第482页。
② 李昉等编:《太平广记》卷二七四,第2161—2162页。

请同行。生曰：十目所视，不可不畏。辞焉。请待至都而来迎。许之，乃去。"这里，恋人因利益不同发生冲突，商量解决办法。妓人希望继续恋情，欧阳詹试图在恋人角色与社会对朝官的期待之间找到平衡。男女双方的不同利益通过协商、妥协取得解决的办法。欧阳詹"许之，乃去"这个细节相当重要。虽然朝官的社会地位比歌妓恋人高出太多，但他仍然尊重恋人的意见，这说明他在感情层面平等地对待恋人，他们之间的感情是相互的。

　　从孟简的例子，我们看到同一位作者采取不同的手法再现同一个事件，诗歌使用概括性、类型化的语言，叙事用生动的细节表现人物的多种视角。造成这种不同的，主要是文体的特征与规约。离别是中国诗歌传统中发展最成熟的主题之一，因此对某一具体离别事件的描写，很容易落入诗歌传统中描写离别的类型化语言的窠臼，这几乎是难以避免的。叙事文传统注重描写人物的性格和对话，具有容纳恋人对话的空间。在单一场景诗歌、单一场景故事、多场景诗歌、多场景故事这四种表现形式中，多场景故事最复杂，最适合处理恋人的矛盾、争吵和谈判，表现不同的观点和价值取向之间的冲突。下面两篇文章就讨论多场景故事的情爱表达和浪漫修辞。

情爱故事的修辞

中晚唐的情爱故事包括很多共有的因素，从人物类型、叙述结构到主题。下面分析这些故事中经常见到的三个主题：女性的选择、诗歌创作和感情承诺。纳入讨论范围的相关问题包括：为什么这些主题总在中晚唐的情爱故事中出现？这些故事对情爱的描述和以前有什么不同？哪些原因促使这一时期的作家在描写男女情爱方面出现与以往不同的特征？

一　女性的选择

中晚唐对男女之情的描写相比以前发生了很大的变化。以往情爱故事里的男女关系一般由阶级决定，而中晚唐故事中的男女关系越来越注重双方的自由选择和他们之间的相互感情。尽管唐代故事中浪漫女主角的社会阶层比男主角低微，她们却被赋予了前所未有的主体性——她们选择恋人，与恋人对话协商，提出她们对情爱关系的意见。这些故事的书写者是男性士人，是什么原因促使他们在书写中强调女性的选择？

在讨论中晚唐之前，有必要先考察此前的情爱叙事中对女性选择的描写。一般来说，以前故事中女性选择的"正当性"与她的社会地位息息相关。如果社会地位较高,她的欲望和选择就被呈现为浪漫激情和自由选择的"自然"表现。如果社会地位较低,她的欲望和选择就不被提及,或者被呈现为破坏社会秩序的负面力量。

以《史记·司马相如列传》①对卓文君和司马相如情事的描写为例,他们在临邛相遇时,卓文君是当地富商卓王孙的女儿,经济地位比"家贫,无以自业"的司马相如高。卓文君在他们的感情进展中扮演了积极的角色:她被司马相如的琴声打动,从内室窥见他,决定和他私奔,这一系列行动表现出她的激情。对司马迁来说,描写卓文君对司马相如的喜爱之情,其功能是表现司马相如的优秀。他虽然穷,却属于士人阶层,而且才华得到社会各阶层成员的承认:临邛百姓在街上看到他的评价是"雍容闲雅甚都",临邛令亲自恭请司马相如赴宴,卓王孙请的客人在司马相如出现时"一坐尽倾"。卓文君、地方官员、临邛百姓都扮演评判者的角色,凸显司马相如的才华。卓文君还是有才华者的赞助人,和她结婚使司马相如得到卓王孙的部分财富,于是"买田宅,为富人"。司马迁在《司马相如列传》中描述他与卓文君的情事,因为这件事给司马相如带来财富和地位,标志着他出人头地的开始。卓文君的激情和选择得到正面的呈现,因为这使她的恋人从中获益。

另一方面,如果女性的社会经济地位较低,不仅无法使恋人获益,反而要从他那里获取资源,那么她的欲望和选择就会被忽略或批评。班固在《汉书·外戚传》中描写的汉武帝和李夫人的结合,就完全是汉武帝单方面的选择。听到李延年唱绝世倾城美人的歌曲,武帝表示希望见到这位美人,于是得到了李夫人并宠爱她。李夫人的欲望和选择没有任何描写,她扮演的角色是男性的情爱欲望对象。在故事的后半部分,李夫人的情感得到了表现,但被描写为是危险的、具有破坏性的。李夫人病中以被遮面,屡次拒绝武帝见她一面的

---

① 司马迁:《史记》卷一一七,北京:中华书局,1982年,第2999—3001页。

要求,并给这个决定提供了两种解释。她给武帝的解释是,见面不符合礼制:"妇人貌不修饰,不见君父。"①另一种解释是她告诉妹妹的,她说让武帝见到她被疾病损害的容颜会消减他对她的感情,也意味着他不可能在她死后照顾她的家人。班固并置这两种说法,以此说明李夫人操纵武帝以使自己的家族获益,而且策略取得成功。她死后武帝思念不已,果然继续照顾她的家人。这个叙事将李夫人塑造为使男性误入歧途的"红颜祸水"。

卓文君和李夫人的故事都是以男性为中心的故事,表现男性的欲望和焦虑。在卓文君的故事里,女性的主体性给男性恋人带来财富。李夫人的故事中男女情爱关系则可能给男性带来灾难而引起士人的焦虑,他们担心地位低下的女性利用男性对她的感情攫取钱财和权势。

关于男性的欲望与焦虑的主题,在六朝描写人与非人艳遇的故事中也很常见。这些故事中的男主人公通常是人,女主人公一般是神女、仙女或动物精怪。故事常以女性选择男性开始,在共度一段时光之后,二人以分手告终。艳遇关系的性质常由女方在神怪世界中的等级地位决定。如果她地位较高,是神女或仙女,情感关系就会被描写为女子给凡间男子恋人带来情色、财富与仙丹的浪漫情事。如果她等级较低,艳遇就被描写成一个灾难,女性精怪在遇合时攫取男性体内的精华,使他生病委顿而亡。

神仙精怪的艳遇故事和卓文君、李夫人那样的人间情爱故事有一个显著的共同点,就是男主人公的得与失决定男女情关系的性质和价值。如果一段艳遇使男子的社会和经济地位有所提高,情事就是浪漫的,相反,如果男子的社会经济地位因此降低,艳遇就是危险的。同样,女性激情的"正当性"取决于她的社会阶层和地位,她所处的阶

---

① 《汉书》卷九七,第3951页。对这篇文字的修辞的讨论,参见〔美〕宇文所安:《"一见":读〈汉书·李夫人传〉》,《他山的石头记——宇文所安自选集》,第105—119页。

层越高,她的激情和选择就越有可能得到认可和赞美。

但是,这个模式在中晚唐的情爱故事中不总是有效的。在那些故事里,通常男主人公是年轻士人,女主人公属于低于士人的社会阶层,比如商人的女儿、妓人、风尘女子(也有例外,如《莺莺传》的女主角是士人家的女儿)。虽然女性的社会阶层不高,她们却被赋予相当多的自主性。以李商隐描述与洛阳女子柳枝的浪漫相遇为例,李商隐的堂兄李让山吟咏了一首李商隐的诗给邻居柳枝听,柳枝被诗吸引,请让山约李商隐见面。这里,柳枝的愿望才是重要的,她想见李商隐,并安排了第一次见面。一些中唐情爱故事描写男性对遭到拒绝的焦虑,也显示出女性选择的重要性。在《霍小玉传》中,年轻士人李益担心自己配不上被驱逐出王家的私生女霍小玉;在《李娃传》里面,刚从外地到京城的年轻士子也对自己是否能被长安妓女李娃看上而忧心忡忡。对女性的情感和自主性的强调,一方面说明情爱与个人选择成为一种价值,虽然风尘女子社会经济地位低微,但她们的感情和欲望也能在故事中得到尊重;另一方面,男性士人将自己所属群体的成员呈现为有魅力的女性的欲望对象,也可以突出自己所属的群体优于其他阶层男性的整体形象。

写情故事对男性士人的偏爱,与对其他阶层男性的描写形成了鲜明的对比,这一点在讲述女子外遇的故事中最为明显。外遇的"正当性"与当事人的社会阶层直接相关。如果"戴绿帽子"的丈夫是士人,妻子的外遇就会受到严厉谴责。如果外遇的男性情人是士人,而丈夫的社会阶层较低,比如商人,那外遇就可能被描述为一桩风流韵事。同样,女性选择离异的"正当性"也很大程度上取决于相关男性的社会地位。如果她为了士人阶层的情人离开非士人阶层的丈夫,她的选择就被赞美为浪漫情感;相反,如果她离开士人阶层的丈夫,她的选择更可能被描写成道德缺失的行为,遭到批判和惩罚。因此,外遇与其说是道德问题,不如说是社会阶层问题。

以《李章武传》为例，士人李章武在街上遇到一位美丽的女子，并跟随她到家，发现她的丈夫以出租房屋为生，于是租了一间，并开始与她发生情事。这段外遇没有遭到批判。正相反，女子自由表达她对李章武的感情，说她对以前追求她的男子从未动心，但见到李章武的那一刻"不觉自失"①。而且，她的感情是如此强烈，以至于当李章武因公务离开后，她寝食难安而亡。八年后李章武回到此地，她的鬼魂又去与他相见。这里，外遇被描写成浪漫情事，商人的妻子被塑造为深情的恋人，她对丈夫的不忠完全不是问题。

如果情人是年轻士人，被欺瞒的丈夫是武官，对外遇的态度就不同了。一方面，武官是朝廷官员，他的利益不像商人那样可以弃置不顾。另一方面，士人将武官视为没有文化的愚夫丑角。于是，武官丈夫代表的社会道德秩序和文士代表的文化秩序就发生了难以调和的冲突。从社会地位看，丈夫高于情人；从文化身份看，情人高于丈夫。在这类故事里，文士作者既要说明外遇的合理性，又要维护社会道德秩序。

《步飞烟》就是这样一个例子。武官之妾步飞烟与年轻士人赵象发生恋情，丈夫发现后打死了步飞烟，赵象逃离此地。作者说故事来自赵象的回忆，叙述也采用赵象的视角，将这段外遇毫不掩饰地赞美为年轻才俊与美貌才女的风流情事，还收录了很多两个人写的诗和信。与年轻俊美的情人相比，步飞烟的丈夫被贬损为"琐类"，他和步飞烟的结合被说成是一个错误。步飞烟跟赵象抱怨她被媒人欺骗，作者也对她所嫁非人表示同情，说她"鄙武生麤悍，非良配耳"。贬低武官丈夫，将外遇描写为两情相悦，是作者为外遇辩护的方式。但即便如此，作者也没有毫无保留地歌颂外遇。他在故事结尾引录了两首诗传达对这件事的对立观点，一首同情步飞烟，另一首批评她的道德缺陷。然后作者试图协调这两种观点，说："飞烟之罪，虽不可逭，

---

① 汪辟疆校录：《唐人小说》，第 68 页。

察其心,亦可悲矣。"①作者对外遇正当与否的态度是犹豫不决、充满矛盾的。

不难发现,所有议论的道德评判都指向女性恋人。步飞烟因外遇而遭到批判,但赵象没有。如作者所说的,外遇严重违反社会秩序,必须受到惩罚。飞烟被丈夫残酷鞭打至死,就是证明。但是,同样参与了外遇的赵象没被惩罚,当飞烟的丈夫在情人幽会时伏击他们,赵象成功逃走,只留给愤怒的丈夫一只袖子。最后,赵象不仅幸存了下来,而且仕途顺利。他给作者讲述这个亲身经历的故事,说明他对自己在致使步飞烟丧命的情事中所扮演的角色没有羞愧,反倒颇为得意。于是,年轻士人因风流韵事得到赞美,武官丈夫重申维护社会秩序的重要性,而妾的死亡使这两种矛盾的价值得以"和解"。

实际上,中晚唐外遇故事中的女子经常死去。《李章武传》中,商人妻在李章武走后思念成疾至死。《华州参军》中,离开已经许配的表兄去与自己喜爱的男人生活在一起的女子也亡故了。这个故事情节曲折。崔氏女已被许配给外兄王生,但在宠爱她的母亲的帮助下秘密离城与她喜欢的柳生结合,被发现后判与外兄为妻。一段时间后,女子亡故,她的魂魄又找到柳生并和他生活在一起。再次被发现后,崔氏才彻底消失了。柳生和王生一起去崔氏墓地重新埋葬了她,然后同去终南山访道。情人和丈夫之间的友谊,代表浪漫情爱与社会道德规范这两种矛盾价值的调和,崔氏之死则是调和的必要条件。

神性赋予某种特权,因此外遇的神女不会死去。《郭翰》写织女与一个名叫郭翰的士人的恋情。在中国文化传统中,一年只能见面一次却忠诚于彼此的牛郎、织女是忠贞夫妻的象征。《郭翰》是对传统织女形象的滑稽戏仿。故事里的织女不是耐心等待与丈夫的下一次会面,而是跑到人间去找别的情人。她向郭翰表白心曲说,"久无

---

① 汪辟疆校录:《唐人小说》,第356、354、358页。

主对,而佳期阻旷"。当郭翰问起牛郎何在,她回答说,"阴阳变化,关渠何事,且河汉隔绝,无可复知,纵复知之,不足为虑"①。织女的话带着不屑、滑稽,甚至轻浮,没有一丝愧疚。的确,她的声明消解了女性欲望与女性德行之间的冲突所导致的矛盾,而织女的神性是这种"解脱"的必要前提。

《李章武传》《步飞烟》和《郭翰》这三个故事,都描写一个非士人的妻子或妾与一个士人的外遇。它们把外遇描写成两情相悦的结合,赞美女性的激情。但是,如果被欺瞒的丈夫是士人,情况就不同了。外遇会被冠以背叛的罪名,女性离开丈夫的决定也会被视为对社会秩序的严重破坏,而不是浪漫激情的表现。

例如,《云溪友议·南海非》谴责士人房千里的妾在两人异地而居时跟从了另一个士人。房千里的朋友许浑听说这件事后,写诗批评妾的变心,诗云"五夜有心随暮雨,百年无节待秋霜"②。诗句中的"待"字传递出重要信息。中国文学传统中,贤德女子的一个重要特征是耐心等待丈夫或恋人归来。很多唐代故事讲述一个女性等待(或未能等待)她的丈夫或恋人。《云溪友议·鲁公明》讲一个士人的妻子不愿等待,提出要与"嗜学而居贫"的丈夫离婚,结果吃了苦头。受理此事的地方官虽然准许离异,但同时判妻子杖打二十下,并赏赐离异的丈夫大米、丝绸和官府的工作。反讽的是,妻子藐视丈夫的无能反倒给丈夫带来一个肥差。而且丈夫还要羞辱前妻,作诗嘲笑"山妻不信出身迟"。这里,妻子被罚,是因为离异的行为威胁了社会道德秩序,正如地方官所说的,她"恶辱乡闾,败伤风俗"。故事以社会秩序得到修复结尾:"江左十数年来,莫有敢弃其夫者。"③故事揭示的教训再清楚不过:妻子应该耐心等待丈夫发迹,否则有你好看。

---

① 《太平广记》卷六八,第420页。
② 丁如明、李宗为、李学颖等校点:《唐五代笔记小说大观》,第1269页。
③ 《唐五代笔记小说大观》,第1261—1262页。

其实,房千里的妾离开他是有一定道理的,因为房千里不顾她的意愿先离开了她。房千里纳赵氏为妾时她十九岁,不久房千里决定独自去京洛,尽管赵氏很想一起去,可房千里没答应。他对此事的描述是:"赵屡对余潸然恨恨者,未得偕行。"二人分别后,房千里对赵氏的预期是等待。在寄给赵氏的一首诗中,他想象赵氏等待他的情形:"山远莫教双泪尽,雁来空寄八行幽。"诗中等待夫君归来的女子,是古典诗歌中常见的闺怨女子形象,泪水、大雁、书信,都是与这个形象有关的意象。然而,赵氏没有扮演流泪等待的角色,她跟了韦秀才。故事把房千里呈现为有情人,说他受此打击几乎丧命,把赵氏描写为朝三暮四的女人,引许浑诗说她是"阮郎才去嫁刘郎"。赵氏和韦秀才的外遇被谴责为不道德的行为。

房千里的故事是从被抛弃丈夫的角度讲述的,发生外遇的妾没有发声。也有些故事包括了女性的视角,《呼延冀》①里的妻子就为自己离开丈夫辩护。故事是这样的。士人呼延冀赴任途中,因路途艰难把妻子托付给一位老人照顾,并许诺到任后马上回来接她。可是到任后不久,他接到妻子的信,说她已与老人的儿子结合。呼延冀怒火中烧,回去要把他们杀掉,结果发现妻子已经死去,原来老人一家是精怪。妻子的信从女性视角出发,认为这件事责任在丈夫,是丈夫离开她在先,自己变心在后。在她看来,丈夫留下她独自赴任是"薄情"的表现,是不负责任地抛弃了她:

悲夫。一何义绝。君以妾身,弃之如屣,留于荒郊,不念孤独。自君之官,泪流莫遏,思量薄情,妾又奚守贞洁哉。老父家有一少年子,深慕妾,妾已归之矣。君其知之。

但不管怎么说,妻子离开丈夫投奔另一个男人,是对社会家庭秩

---

① 《太平广记》卷三四四,第 2726—2727 页。

序的严重违背。因此,呼延冀的妻子在为自己的行为寻找"正当性"的时候,特别强调她浪漫爱人的角色。她说自己本是宫中的歌妓,与呼延冀的结合是出于两情相悦,而非媒妁之言:

> 妾本歌妓之女也。幼入宫禁,以清歌妙舞为称,固无妇德妇容。及宫中有命,掖庭选人,妾得放归焉。是时也,君方年少,酒狂诗逸,在妾之邻。妾既不拘,君亦放荡。君不以妾不可奉蘋蘩,遽以礼娶妾。妾既与君匹偶,诸邻皆谓之才子佳人。每念花间同步,月下相对,红楼戏谑,锦闱言誓,即不期今日之事也。

妻子和浪漫爱人被表现为互不相容的角色。她用"不拘"描述自己,说自己擅长"清歌妙舞",却没有"妇德妇容";说呼延冀娶她,是因为他自己也风流放荡。这个婚姻是才子佳人的浪漫结合,而不是门当户对的两个家庭的联姻。而且,婚姻并没有改变这对夫妻的行为方式,他们婚后仍然和情侣时期一样,继续花间月下玩耍戏谑、海誓山盟的生活。如果她扮演贤妻的角色,就需要耐心地、沉默地等待丈夫归来。只有作为浪漫爱人,她才可以谴责呼延冀抛弃她,并以抛弃他作为回应。也只有作为爱人,借助情爱话语,她才可以坚持用同样的标准要求男人和女人。

呼延冀的遭遇是男性士人的噩梦。浪漫情爱原则对两情相悦、对女性选择的强调,使男性士人很难掌控他们的情爱关系。如果"允许"商人、武官的妻妾为与士人发生的婚外情辩护,说那是浪漫情爱,正如李章武、步飞烟和织女故事里描写的,女性就也可以用同样的理由为自己离开士人丈夫辩护,如呼延冀故事所表现的。不过,即便是在呼延冀这个故事中,女性选择的颠覆潜能还是被控制住了:呼延冀的妻子躺在墓穴里,她外遇的男子原来是害人的精怪,离开丈夫的决定导致了她的死亡,这些都可以读作外遇的惩罚。然而,尽管代价高昂,呼延冀妻子的声音却很重要。这说明女性可以运用"浪漫话语"

去反驳她们的丈夫和社会规范，同时揭示出文学传统中那种将女性遭受的等待之苦浪漫化、审美化的男性中心倾向。这里，"浪漫话语"成为女性表达对社会家庭秩序不满的一种方式。

关于女性选择的最有趣的例子，是沈既济的《任氏传》①。狐狸精怪任氏钟情于一个没有官职地位的武人，却拒绝一个地位较高的士人，而且她的选择得到了肯定。中晚唐情爱故事的男主角绝大部分是年轻士人，因此任氏的选择极为特别。为什么她做出这样的选择？更重要的是，她的选择如何被赋予正当性？先简述故事情节。任氏在街上遇到郑六，二人共度良宵。郑六发现任氏是狐狸后，他们继续在一起。与此同时，郑六的资助人，士人韦崟也追求任氏，但被拒绝。几年后，任氏被猎狗咬死。郑六和韦崟在地位身份上的巨大差距，在故事一开始就得到强调。韦崟是唐王孙，而郑六"贫无家，托身于妻族"。因为郑六是韦崟从父的妹婿，韦崟在生计上帮助郑六，他们的关系是资助人和随从者。两个男人的地位差异也表现在他们的坐骑上：韦崟骑一匹白马，郑六骑了头驴。

任氏为忠于郑六而拒绝韦崟，是在报答郑六对她的情义。"报"的观念在中国传统中历史久远。《战国策》中豫让刺杀赵襄子，因为赵襄子杀了豫让的主公知伯。② 有人问豫让，为什么他为知伯报仇，却不为他以前服务过的范氏、中行氏报仇，豫让回答说："臣事范、中行氏，范、中行氏以众人遇臣，臣故众人报之。知伯以国士遇臣，臣故国士报之。"也就是说，知伯对待豫让的态度决定了豫让对知伯的回报。同样的，由于郑六以对待人而不是狐狸的方式对待任氏，任氏也以人的道德行为方式回报他。的确，郑六对任氏的追求太特别了。在人与精怪遇合的故事里，男性在发现所遇女子的精怪身份后，不是赶快逃走就是杀掉她。郑六知道任氏是狐狸后，虽然心里也害怕，可

---

① 汪辟疆校录：《唐人小说》，第52—58页。
② 刘向集录：《战国策》，上海：上海古籍出版社，1985年，第597—599页。

还是忍不住想见她,"想其艳冶,愿复一见之心,尝存之不忘"。再次街头相遇的时候,郑六告诉任氏他想她,要跟她在一起。他像对一个人间女子那样对她,作为回报,任氏也以人间恋人的方式对郑六,立下"愿终己以奉巾栉"的誓言。为守诺言,任氏拒绝了韦崟的求欢。她的拒绝看上去是极不寻常的举动,以至于韦崟对她的举止百思不得其解:

> 崟周视室内,见红裳出于户下。迫而察焉,见任氏戢身匿于扇间。崟别出就明而观之,殆过于所传矣。崟爱之发狂,乃拥而凌之,不服。崟以力制之,方急,则曰:"服矣。请少回旋。"既从,则捍御如初,如是者数四。崟乃悉力急持之。任氏力竭,汗若濡雨。自度不免,乃纵体不复拒抗,而神色惨变。崟问曰:"何色之不悦?"

韦崟要用强力与任氏发生性关系,被拒绝后却问她为何不悦,说明韦崟的预期是任氏欣然接受他的"追求"。中晚唐很多轶事讲述士人男子向社会地位低微的歌妓、婢女求欢,这种两性关系一般被描写为男方的风流韵事,女性的意愿、选择不是一个问题。事实上,像任氏这样的拒绝在中晚唐作品中极为罕见。那么,故事是如何为身份低微的女子拒绝士人辩护的呢?任氏这样对韦崟解释:

> 任氏长叹息曰:"郑六之可哀也!"崟曰:"何谓?"对曰:"郑生有六尺之躯,而不能庇一妇人,岂丈夫哉!且公少豪侈,多获佳丽,遇某之比者众矣。而郑生,穷贱耳。所称惬者,唯某而已。忍以有余之心,而夺人之不足乎?哀其穷馁,不能自立,衣公之衣,食公之食,故为公所系耳。若糠糗可给,不当至是。"

任氏说她为郑六感到难过,因为他家境贫穷,地位卑贱,依靠韦崟养活自己和家人,以至于不能保护自己的情人。任氏的一番话迫使韦崟做出选择。一方面,韦崟的身份地位使他可以轻易得到任氏。可另一方面,那意味着一个什么都有的人攫取对一无所有的人来说唯一宝贵的东西,是冷酷的行为。最后,韦崟选择放弃任氏,被作者赞美为正确的选择:"崟豪俊有义烈,闻其言,遽置之。"韦崟听从了任氏的意见,说明他把任氏当作一个有原则、重理性的女人。他也是一个好的资助人,提供任氏需要的木柴、牲畜和粮食。问题是,任氏怎么回报韦崟?

在中国文化传统中,地位低微的男女往往用身体回报,因此不少讲述"知"和"报"的故事涉及身体的毁伤。豫让就在为主公复仇的过程中毁伤身体,好不被对手认出,他剔掉须发,用生漆覆盖全身改变容貌,吞热灰改变声音。女人也用身体报答恩情。不过区别是,男人用身体去完成主人交给他们的任务,女人用身体去娱悦男人。任氏决定成为郑六的伴侣,是回报郑六对她的知遇之恩的方式。但当韦崟也尊重她的意志,任氏陷入了一个两难的处境,她没法用一个身体报答两个男人的情义。如果也把身体给韦崟,就背叛了对郑六的誓言;如果坚守对郑六的誓言,就没法回报韦崟。任氏意识到了这一点,对韦崟说:"愧公之见爱甚矣。顾以陋质,不足以答厚意。且不能负郑生,故不得遂公欢。"为了解决这个难题,任氏"借用"了别的女人的身体。她用自己的精怪神力使韦崟得以与城中最美的妇人交欢,她用她们的身体代替自己报答韦崟。

不过,任氏和韦崟的关系还是相当暧昧,"每相狎昵,无所不致,唯不及乱而已"。他们关系中的情色意味很明显。我们不禁会问:任氏与韦崟有这样亲昵的关系,还能算得上是忠实于郑六吗?但这些问题对唐人来说可能不是问题,也无须解释。作者对任氏的品德赞美有加:"异物之情也有人焉!遇暴不失节,徇人以至死,虽今妇人,有不如者矣。"认为她超越了狐狸精怪的身份,通过遵循人的道德原则,成为女性道德楷模。任氏选择把她的身体给武人郑六,而不是文士韦崟,并不说明郑六比韦崟优越。正相反,韦崟通过尊重任氏的决定和自我克制,通过不强求她的身体,证明了他"豪俊有义烈"的卓越品格。

二 诗歌创作

中晚唐情爱故事的第二个常见主题是诗歌创作。故事里面,男性具有吸引力的最重要指标之一就是写诗的才能。李商隐描写柳枝听到他的一首诗后决定追求他。同样,霍小玉也是先喜欢李益的诗,然后喜欢他这个人。女性神仙也看重诗歌。《云溪友议·苎萝遇》讲西施听到王轩吟咏诗作,于是到人间与他相会。《异闻录·沈警》里面,张女郎庙的两位神女听到沈警的祝词后来见他,给他带来酒和食物,与他唱和诗歌,然后一起过夜。

写诗成为情爱故事中的主题,一个原因是诗歌在唐代社会中扮演着重要的角色。尽管诗歌创作在此前的宫廷和士人群体中间早在进行,但远没有像在唐代那样遍布社会生活的各个层面。九世纪的很多轶事涉及诗歌如何形塑政治、社会和情爱关系。《本事诗》里的一则轶事就讲述李白因为诗才而获得地位和声誉。[1] 先是贺知章因爱李白诗来拜访他,与他喝酒,称他"谪仙",然后李白成为玄宗最喜爱的诗人,常被召到宫中作诗。尽管家庭背景不显赫,李白凭着自己的诗歌才华赢得亲近皇帝的侍臣身份。诗歌也是地位不同的士人交往的一种方式。《本事诗》里另一个故事讲白居易和张祜初次相识。[2] 当时白居易任刺史,张祜没有官职,他们在宴会上开玩笑评论彼此的诗作。两个政治地位差别很大的士人却用平等的态度论诗,这种描写说明在士人的社会交往中,有时文学才能比官职等级和政治地位

---

[1] 《唐五代笔记小说大观》,第1246—1247页。
[2] 同上注,第1252页。

更重要。

在有关士妓交往的描写中,诗歌创作也是一个重要的主题,《北里志》就包括很多士妓之间的诗歌唱和。作者孙棨写到,福娘得到很多客人的赠诗,但最喜欢自己的一首,把这首诗题写在墙上。这是孙棨在炫耀自己是诸多士人中的佼佼者,他们竞争的最重要项目不是家庭出身、官职或者政治经济地位,而是文学才华。对福娘来说,她欢迎孙棨和其他客人作诗赞美她,因为那些诗可以提高她的声誉。这一时期也有不少轶事记述诗歌吸引人们对某个妓女的注意。《北里志》中的刘泰娘本来不为人所知,但在孙棨写诗赞美她后,客人多了许多。《云溪友议·辞雍氏》说崔涯评价妓女的诗对她们的生意起到决定性作用,"每题一诗于倡肆,无不诵之于衢路。誉之,则车马继来;毁之,则杯盘失错",因此妓女争着款待他。① 福娘在诗中也暗示了这类诗的经济价值,她这样评论孙棨给她的诗:"虽然不及相如赋,也直黄金一二斤。"②这些故事都表明,诗对士妓关系、对妓女的生意都很重要。

在男女之情方面,诗歌也扮演越来越重要的角色。中晚唐的情爱故事中,不仅诗歌才能是男性魅力的重要特质,而且恋情常从读诗开始。霍小玉在见到李益之前就读过并喜爱他的诗。她最喜欢的诗句"开帘风动竹,疑是故人来"是《竹窗闻风寄苗发司空曙》中的两句。虽然这首诗描写对男性友人的想念,但在情爱语境中,这两句也可以读作对情人的思念。霍小玉之母说霍小玉因为"爱念"这两句诗而对诗的作者"终日吟想",说明霍小玉在诗中表达的情感和诗人的情感之间建立起一种关联,她设想能够成功表达情爱的诗人应该也拥有情爱。③ 这种关联在《霍小玉传》中只是有所暗示,但在李商隐的《柳

---

① 《唐五代笔记小说大观》,第 1284 页。
② 同上注,第 1411 页。
③ 《霍小玉传》,《唐人小说》,第 93 页。

枝五首》序中直接说了出来。柳枝从李商隐充满浪漫气息的《燕台》诗中，识别出了诗人的风流品格。她听到诗后问"谁人有此，谁人为是"，说明她相信，诗人先有这样的情感，然后作诗表达出这种情感。①在这些故事中，诗是青年男女表达、识别浪漫情感的一种方式。

人们似乎也相信，诗歌使读者洞悉诗人的性格和内心生活。南卓的《烟中怨》里面，当一个年轻女子因思绪纷乱无法完成一首诗时，替她写完诗的那个男子被选定为夫婿。②女子写的那两句诗描写了一个夜不能寐的场景，"珠帘半床月，青竹满林风"。以不眠为主题的诗经常指出不眠的原因，这首诗没有，作者由于"情思缠绕"而停笔。好在故事中的浪漫男主角比年轻女子更能清晰表达她的情绪，他续写的两句"何事今宵景，无人解与同"，将女子失眠的原因解释为孤独与相思，无人陪伴她共度良宵。显然女子赞成这个解读，于是请他来陪伴她。这里，男子完成女子未完成的诗作，证明他有能力理解作诗的女子，因此有资格成为她的爱人。

如果说诗歌成为中晚唐士人寻找政治资助人、结交朋友、发展浪漫关系的重要途径，那么诗对女性意味着什么？很多故事赞美女性对诗歌的兴趣和激情。《北里志》中的妓女颜令宾就因为"事笔砚，有词句"而被公认为"举止风流，好尚甚雅"。③《北梦琐言》中的江淮间名娼徐月英编有诗集，其言行也传为美谈。④诗歌创作也被描写为女性提高社会地位的一种方式。《抒情诗》中一位武昌妓因为在宴会上完成一首诗作而得到官员的赏识。当在座的宾客苦思冥想却无法续写主人开头的一首诗时，这名歌妓完成了。她的出色表演引起在座

---

① 李商隐：《柳枝五首》，《全唐诗》卷五四一，第6232页。
② 《烟中怨》原本不存，节本见曾慥：《类说》（北京图书馆古籍珍本丛刊62）卷二九《丽情集》中"烟中仙"条，第482页。
③ 《唐五代笔记小说大观》，第1408页。
④ 同上注，第1883页。

士人的赞赏：主人"大惊异"，"座客无不嘉叹"，大家都"极欢而散"。①更重要的是，主人纳这名歌妓为妾，提升了她的社会地位。

除了妓人，士人的妻子也可能因为写诗而为自己争取到更好的处境。《云溪友议》中的《真诗解》《毗陵出》都讲述妻子用诗使丈夫回心转意。听说丈夫准备离异，她们作诗表达对丈夫的深情，于是受到感动的丈夫回到妻子身边，自此夫妇偕老，她们的故事在乡里间传为佳话。《云溪友议》的编纂者范摅把其中一位妻子与前代才女相比，称赞她"以女子之所能，实其罕矣"②。这里，女性用诗歌打消了丈夫离异的念头，争取到夫妻和解的方案。

不过，虽然女性写诗经常在中晚唐文学中得到赞美，可一旦涉及男女之情，她们作诗的动机、诗作的意义，就经常受到怀疑。一些故事描写女性用诗操纵或者欺骗男性。莺莺给张生的诗被描写为一个计谋。接到张生求爱的诗后，莺莺答诗约他相会，然后指责来赴约的张生诱惑她是违背礼法的行为。故事说莺莺的诗是吸引张生赴约的诱饵，"是用鄙靡之词，以求其必至"③，从这一刻开始，莺莺被塑造为一个有心机、变化多端的女子。男性对女性的语言的疑虑态度，在《封陟》这个故事里有最戏剧化的表现。上元夫人三次尝试说服封陟和她相好，先用闺情诗表达自己的孤单与思念之情，再举出历史故事中人神艳遇的例子，最后允诺送给封陟不死仙丹。可她语言越华丽，理由越充分，封陟的怀疑也越深。上元夫人第三次劝说后，封陟确信她不是仙人而是妖怪，叫道："是何妖精，苦相凌逼！"④尽管故事结尾惋惜封陟错过了与上元夫人交往的大好机会，但也表现出男性面对能言会道的女性所产生的焦虑。

---

① 《太平广记》卷二七三，第 2155 页。
② 《唐五代笔记小说大观》，第 1263 页。
③ 《莺莺传》，《唐人小说》，第 164 页。
④ 《太平广记》卷六八，第 425 页。

也有些故事讲一个女子吟诗,吸引来男子与她结合,但女子的真面目往往并不是诗所表现的那样。比如,她可能是精怪。在《申屠澄》①中,士人申屠澄与一个吟咏《诗经》的女子结婚后发现她是只老虎。在赴任做官的路上,一个风雪之夜,申屠澄寄宿在一个茅舍中,发现这家十四五岁的女儿不仅"雪肤花脸,举止妍媚",而且颇为"明慧"。行酒令时他们"征书语,意属目前事",女子吟咏了《诗经》中"风雨如晦,鸡鸣不已"之句。结合后两句"既见君子,云胡不喜",这首诗可以理解为描写在风雨天妻子见到丈夫回家的喜悦,而女子用这些诗句表达她在风雪之夜见到申屠澄的心情。申屠澄赞叹不已,当即向她的父母提亲。但婚姻没有善终。生下一儿一女后,女子偶见一张虎皮,立时变成老虎,"哮吼拿攫,突门而去"。虽然她为人多年,却似乎没有太多人情,奔出门时,几乎撞翻她的夫君。申屠澄和两个孩子"望林大哭数日",再也找不着她。

有些精怪故事中,女子吟诗吸引了男性精怪。《孟氏》②中一个商人妻子的诗引发了精怪的爱慕。听到孟氏在花园中吟诗,一个容貌秀美的少年逾墙而入与她欢会。一年后孟氏丈夫回家,少年"腾身而去,顷之方没,竟不知其何怪也"。这个故事与男性的诗引发女性爱慕的故事有很多共通之处。比如它们都包括写诗、遇合、离别等类型化场景。诗歌也都起到男女主人公表达、交流感情的作用,读诗的一方通过诗了解诗人,比如少年从孟氏的诗中知道她深感寂寞。但另一方面,《孟氏》故事中对诗的态度,和男性作诗吸引女性的故事又非常不同。在后面这类故事中,女性热爱诗歌,她或者赞美男性士人的诗歌才华,或者和他一起作诗。可是在《孟氏》的故事里,少年对诗歌根本不感兴趣。当孟氏邀请他一起吟诗,他说了一通人生苦短的话,认为与其吟诗,"岂如且偷顷刻之欢也"。然后我们发现,孟氏的情人

---

① 《太平广记》卷四二九,第3486—3488页。
② 《太平广记》卷三四五,第2735—2736页。

不仅粗鄙,而且是精怪。也就是说,男性士人吟诗,吸引风雅的人间女子或神仙女子,而孟氏吟诗引来了精怪。男性情人的粗鄙,更不用说他精怪的低下身份,如此描写贬损了孟氏的诗和她的情事。

对女性写诗的焦虑,也可以在保存于敦煌的《韩朋赋》中看到。韩朋(一说韩凭)的故事在《搜神记》《列异传》中都有收录。故事情节如下:宋王夺取韩朋的妻子作妾,结果韩朋夫妇自杀身亡。震怒之下,宋王把他们埋在两座坟墓里,让他们死后不能团圆。但是下葬后的第二天,两个坟墓上就出现两棵大树枝叶相连,暗示韩朋夫妇之间的深情超越了生死。《韩朋赋》的情节和韩朋故事基本相同,但增加了几个细节,最重要的一个是韩朋妻子写的信成为宋王夺取韩朋妻子的缘由。韩朋在宋王那里做事,六年没有回家,妻子写信表达她对丈夫的思念。这封信落到宋王手中,他"甚爱其言"[1],于是决定将韩朋的妻子占为己有。

这个新情节传达出一种对文本传播的焦虑。虽然《韩朋赋》的创作时间不确定[2],但其中表现的焦虑情绪在中晚唐文学中颇为常见。《云溪友议·襄阳杰》讲秀才崔郊寄给以前相好的女子一首诗表达他的思念之情,她此时已是一位朝廷官员的宠婢。嫉妒崔郊的人想害他,于是向那个朝官报告了这件事,虽然官员没有惩罚崔郊,但崔郊"忧悔而已,无处潜遁"[3]的心情在故事中有生动的描写。类似的焦虑在元稹的《梦游春七十韵》序言中也能看到,他嘱咐白居易,"斯言也,不可使不知吾者知,知吾者亦不可使不知"[4]。这两个例子都表现出一种对文本落入预期外读者手中的焦虑:崔郊的诗可能冒犯有权势

---

[1] 王重民等编:《敦煌变文集》卷二,北京:人民文学出版社,1984年,第138页。
[2] 关于《韩朋赋》的创作时间,学者有不同看法。对这些看法的概述,见李纯良:《敦煌本〈韩朋赋〉创作时代考》,《敦煌研究》1989年第1期。
[3] 《唐五代笔记小说大观》,第1265页。
[4] 今存元稹《梦游春七十韵》无序,不过白居易《和梦游春诗一百韵》序中引用了元稹诗序中的语句,见《全唐诗》卷四三七,第4856页。

的官员,从而毁掉他的仕途前程;元稹自述情感经验可能对他政治精英的声誉产生负面影响。预期以外的文本传播所带来的危险,在崔郊、元稹那两个例子里还只是表现为担心,但在《韩朋赋》中则成为现实——女性的言辞激起不相关男人的欲望,引发出一系列灾难。

三 承诺

承诺是"浪漫故事"的决定性特征,也是区分浪漫故事和其他类型的情感故事的关键因素。其他类型的情感故事包括士人与神怪女性发生短暂恋情的"艳遇故事",以及士人与妓女交往的"风流故事"。

"艳遇故事"中的男女关系一般包括三个阶段:相遇、结合、分别。这类故事以人间男子与神怪女子相遇开始,她可能是神、仙、鬼、狐狸等精怪。相遇后是性的结合,最后以分离告终。篇幅较长的故事也可能包括别的主题,但总体来说感情关系是短暂的。这类故事的实质是"拥有充裕钱财——转化为充裕时间——的年轻人耗费了自己的资财(耗尽自己的时日),最后则感到自己毁了自己,因为消耗得太多,或者希望自己还有更多的资财可以挥霍"①。

"风流故事"指描写士人与妓女发生性关系、情感关系的故事。中晚唐文学中,风流这个词经常用来描写与男女之情相关的品质。士人的风流形象常与妓乐、写艳诗相关。以《云溪友议·艳阳词》为例。元稹写诗给四位女性,其中薛涛和刘采春是妓人,韦丛和裴淑是妻子。轶事中的元稹感情多变,作者也评论说"元公似忘薛涛,而赠采春诗"②。不过,多变并没有被批评为一种缺点,反而被认为是风流的表现。元稹的社会地位比薛涛、刘采春高得多,因此他忘掉、结束

---

① 〔美〕宇文所安:《中国"中世纪"的终结:中唐文学文化论集》,第114页。
② 《唐五代笔记小说大观》,第1308页。

与一个妓人的亲密关系被认为是很自然的事。中晚唐诗歌和故事中的士妓恋情大多是短暂的。

与"艳遇故事""风流故事"里描写的短暂情事不同,"浪漫故事"描写的情感关系包括恋人对彼此的承诺,尤其是男性对女性的承诺,比如油蔚在《赠别营妓卿卿》这首诗中对恋人许诺的"此生终不负卿卿"①的誓言。要理解油蔚誓言的重大意义,必须考虑他和恋人的社会地位相差悬殊这个因素。油蔚是在幕府任职的士人,而他的恋人是一名营妓。对恋人做出这样的承诺,说明油蔚认为他和恋人的关系并非短暂的风流韵事,而是承诺一生的情感寄托。在他眼中,这名妓人不是社会地位低微的女子,而是值得挚爱的恋人。再看陈鸿《长恨歌传》和白居易《长恨歌》对唐玄宗、杨贵妃情事的描写,也包括承诺这一"浪漫故事"的核心元素。在《长恨歌传》中,杨贵妃向方士回忆她与唐玄宗的海誓山盟:"上凭肩而立,因仰天感牛女事,密相誓心,愿世世为夫妇。言毕,执手各呜咽。"②白居易诗则这样描写这个时刻:

> 临别殷勤重寄词,词中有誓两心知。
> 七月七日长生殿,夜半无人私语时。
> 在天愿作比翼鸟,在地愿为连理枝。
> 天长地久有时尽,此恨绵绵无绝期。③

比翼鸟和连理枝是乐府诗中描写夫妇深情的常用意象。《孔雀东南飞》和韩朋的故事都描写夫妇坟上长出两棵大树,枝干连接交错,树上的鸟呼唤彼此,象征夫妇感情之深,死后也不分离。不过,玄宗和杨贵妃不是一夫一妻意义上的夫妇,杨贵妃是玄宗的妃嫔之一,而玄

---

① 《全唐诗》卷七六八,第8719页。
② 《唐人小说》,第141页。
③ 同上注,第143页。

宗对她的生死承诺基于专一之爱,背离了帝王的行为规范。

中晚唐的浪漫情爱故事中,承诺的场景后面,经常紧跟着考验恋人的困难,最常见的阻碍是恋人因为某种外部原因需要分开一段时间。离别前,恋人通常对彼此立下誓言,男人保证他会在某个时间点返回,女人保证等他回来。在离别的时段中,恋人或者屈服于种种压力和诱惑,导致永别,或者在困难阻碍中孜孜坚持,最终得以团圆。然而,中晚唐情爱故事很少有幸福的结尾。和《西厢记》《牡丹亭》的大团圆结局不同,唐代浪漫故事最常见的结局是背叛和心碎,恋人克服障碍的努力以失败告终。

故事里描写的恋情失败的原因,主要包括两类。一类由恋人的社会阶层差异引起,造成浪漫情爱与社会等级秩序之间无法调和的矛盾。当一方是士人阶层的男性,另一方是低于士人阶层的风尘女子,他们永不分离的承诺就违背了社会等级秩序。他们分属不同的社会阶层,无法缔结婚姻。而对年轻士人来说,在参加科举考试、或者刚步入仕途的阶段,在经济不独立的情况下,纳妓人为妾也是几乎不可能的离经叛道行为。在《北里志》中,孙棨说他没为相好的妓女出资脱妓籍,因为那不是举子应该做的事情。在孟简讲述的欧阳詹故事里,当太原妓请求欧阳詹带她一起离开太原去京城,欧阳詹也因为担心流言而拒绝了。浪漫情爱与社会秩序的正面冲突在《霍小玉传》中也得到描写。李益答应霍小玉不会抛弃她,但若要实现这个承诺,他必须拒绝母亲为他安排的婚事。如果遵循母亲的安排,则必定背叛霍小玉。于是,李益在浪漫情爱与社会秩序之间进退两难。他需要在不孝儿子和负心情人之间做出选择——他选了后者。中晚唐的情爱故事中,有很多都涉及士人为遵循社会秩序而背叛恋人,以及他们的背叛给恋人带来毁灭性的打击。李益从霍小玉的世界消失后,霍小玉生病致死;当裴敬中没有如约回到崔徽身边,崔徽发狂致死;在韦皋的故事里,他的婢女恋人玉箫自杀身亡。也有作品写士人选择遵从浪漫情爱的法则。做出这样选择的士人常被塑造为沉溺于诱惑不能自拔的牺牲品。比如《李娃传》中的年轻士人因为倾心挚爱妓女李娃而被家庭和士人社会抛弃,欧阳詹对太原妓的深情让他丢了性命。在这些故事里,无论士人如何选择,是坚持对恋人的承诺,还是遵循社会秩序,情爱关系注定会失败。有团圆结局的故事是极少数,往往需要借助宗教神鬼的力量。比如在韦皋和玉箫的故事里,来世的存在使恋人得以团圆。玉箫自杀后,韦皋为补偿他的负心行为广修经像,使玉箫托生,并以歌妓的身份成为韦皋的妾。

恋情失败的第二类原因,根源在浪漫情爱的原则本身。既然浪漫情爱建立在双方自由选择的基础上,移情别恋就有可能。《莺莺传》就是这样。和大部分唐代情爱故事的女主人公不同,莺莺是士人家的女儿。她和张生是表兄妹,因此只要双方家长同意,就不存在因为地位悬殊而不能结婚的问题。可张生变心了,离开了莺莺。中晚唐作品中变心的多数是男性,但也有少数描写女人为了另一个男人离开她的丈夫。前面谈到的房千里的妾就是一个例子。李贺也在一首诗题中写到友人的妾的变心,以及周围人对此的态度:"谢秀才有妾缟练,改从于人,秀才引留之不得。后生感忆。座人制诗嘲诮,贺复继四首。"①谢秀才没能阻止缟练留下来这点很重要,这说明离开他是她的选择。

浪漫情事需要双方同意这一点,意味着恋人的幸福有赖于对方的感情。于是感情的不确定性引发出许多焦虑。不少以情爱为主题的诗歌和故事描写恋人不愿承诺或者对恋人不履行承诺的担忧,如元稹的《古决绝词三首》②。第一首写女子抱怨恋人在离别之前拒绝承诺,第二首写男子对恋人在离别期间能忠实于他表示怀疑,第三首揭示等待恋人的焦灼心情。先看第一首:

---

① 李贺著,王琦等评注:《三家评注李长吉歌诗》,第 102 页。
② 韦縠:《才调集》卷五,《唐人选唐诗新编》,第 810—811 页。

> 乍可为天上牵牛织女星,不愿为庭前红槿枝。
> 七月七日一相见,相见故心终不移。
> 那能朝开暮飞去,一任东西南北吹。
> 分不两相守,恨不两相思。
> 对面且如此,背面当可知。
> 春风撩乱伯劳语,况是此时抛去时。
> 握手苦相问,竟不言后期。
> 君情既决绝,妾意已参差。
> 借如死生别,安得长苦悲。

这首诗描写了一个离别的场景,其中女子要求恋人承诺归来的时间,却不成功。如海陶玮所说的,这里的情景与《莺莺传》相似。"握手苦相问,竟不言后期"两句,用在张生离开莺莺之前的场景十分合适。在这两篇作品中,男子拒绝承诺使女子感到无助。莺莺哭着跑出房间,而诗中的女子将自己比作朝开暮谢的脆弱槿花。像槿花一样,她无法掌握自己的命运,"一任东西南北吹"。她把感情关系的结束归因于恋人拒绝承诺。第二首诗写男性恋人的焦虑:

> 噫春冰之将泮,何余怀之独结。
> 有美一人,于焉旷绝。
> 一日不见,比一日于三年,况三年之旷别。
> 水得风兮小而已波,笋在苞兮高不见节。
> 矧桃李之当春,竞众人而攀折。
> 我自顾悠悠而若云,又安能保君皭皭之如雪。
> 感破镜之分明,睹泪痕之余血。
> 幸他人之既不我先,又安能后他人之终不我夺。
> 已焉哉。织女别黄姑,
> 一年一度暂相见,彼此隔河何事无。

诗的叙事者是男性，他担心恋人在分别期间不忠实于自己。他想象她会像桃花一样，被别的男人攀折。这类比喻也出现在别的中晚唐作品中，《柳氏传》里的韩翃就把自己的妾柳氏比作可以攀折的柳枝。他在离别后寄给柳氏一首诗中表达了这种忧虑：

> 章台柳，章台柳，
> 昔日青青今在否？
> 纵使长条似旧垂，
> 亦应攀折他人手。①

韩翃的担心很快成了事实，一位武将将柳氏占为己有。在中晚唐故事中，一个男人获取另一个男人的妾或者恋人，是常见的情节。《本事诗》"情感"类的故事里，有一半属于这个类型。《云溪友议》《独异志》《灯下闲谈》《南楚新闻》等轶事集也包括这类故事。元稹诗中的"破镜"和"泪痕之余血"这两个词，就出自两个此类故事，一个讲陈朝徐德言的妻子被隋朝大臣杨素夺走为妾②，另一个讲望帝与大臣的妻子发生婚外情③。诗中的男子通过引述这些"背叛"的故事，来表达他对恋人能忠实于自己的怀疑。元稹的第三首诗描写了等待恋人归来的困难：

> 夜夜相抱眠，幽怀尚沉结。
> 那堪一年事，长遣一宵说。
> 但感久相思，何暇暂相悦。
> 虹桥薄夜成，龙驾侵晨列。
> 生憎野鹊性迟回，死恨天鸡识时节。

---

① 《唐人小说》，第63页。
② 故事在《本事诗》中，见王梦鸥：《唐人小说研究三集·〈本事诗〉校补考释》，台北：艺文印书馆，1974年，第31页。
③ 《太平御览》卷九二三引《蜀王本纪》，北京：中华书局，1960年，第4099页。

> 曙色渐曈昽，华星次明灭。
> 一去又一年，一年何可彻。
> 有此迢递期，不如死生别。
> 天公隔是妒相怜，何不便教相决绝。

这首诗的叙事人可以是男性，也可以是女性，诗是在感叹等待之难。就算恋人承诺了，等待本身却痛苦难熬。诗的结尾说，比起无穷尽的等待，也许死亡或分手还更好些。这三首诗并置了三种焦虑：女子抱怨男子不肯承诺，男子感慨女子不忠实，以及男女恋人都对漫长等待感到难以忍受。前面讨论了中晚唐情爱故事结局悲惨的两个原因，一个涉及浪漫情爱的对等原则与社会等级秩序之间的矛盾，另一个涉及恋人变心。第一个原因尤其有趣，因为折射出社会关注、引起争议的问题。两种价值观的碰撞、较力与调和，是中晚唐浪漫话语的重要主题，很多作者对此提出了不同的看法。下文就讨论这个话题。

浪漫话语的难题

在《莺莺传》开头,张生被朋友嘲笑对女人没兴趣,对此他这样回答:"登徒子非好色者,是有凶行。余真好色者,而适不我值。何以言之?大凡物之尤者,未尝不留连于心,是知其非忘情者也。"①登徒子是《登徒子好色赋》中的人物,这篇作品属于定情赋。汉魏六朝有不少以"定情""止情""闲情"为题的作品,描写男子成功地控制住自己对美丽女性的欲望。在《登徒子好色赋》中,登徒子指控宋玉好色,宋玉为自己辩护的证据就是,自己抵御住了邻居美女的情色诱惑,而登徒子和他的丑陋妻子生了五个孩子。宋玉意在"证明",他可不像登徒子那样是性欲的奴隶。在"定情"话语中,激情和欲望被视为社会秩序的威胁,是需要小心摒除的感情。除了定情赋,关于红颜祸水的书写也反复告诫有魅力的女子给缺乏定力的男性带来的致命诱惑,据说沉迷于激情会使人失去理智,进而颠覆社会伦理秩序。和定情话语一样,红颜祸水话语把激情看作社会秩序的威胁。

但是,张生对激情的态度,却与文学传统中的既有态度大不相同。具体而言,宋玉竭力证明自己不是"好色"者,而张生要辩白的是自己"好色"。而且,张生感到要在朋友那里为自己辩白的压力,说明

---

① 元稹:《莺莺传》,《唐人小说》,第162页。

对他和他的朋友来说,"好色"无须被控制。相反,在某些情况里,对美色的追求可以被滋养、被鼓励。《莺莺传》产生的背景,是宇文所安所说的"九世纪初期出现的罗曼司话语",存在于"诗(有时附带诗序)、传奇和轶闻记事"①。长安、洛阳的某些士人群体被情爱故事吸引,他们讲述和写作这类故事,并对听到或读到的故事议论评价。故事的男主人公通常是年轻士人,女主人公则属于地位低微的社会阶层,比如妓、妾、商人或平民的女儿。无论故事在细节上真实与否,这些故事被当时的读者看作现实中可能发生的事情。②

如果情爱故事被看作现实中可能发生的事情,情节就不会离开社会现实太远,故事里的冲突也能折射出社会上引起关注和争议的话题,比如浪漫情爱的原则与社会秩序规约之间的矛盾。简单地说,新出现的浪漫原则强调恋人的平等、相互的情感、个人的选择,而社会秩序原则以等级为基础,二者互相矛盾。因而年轻恋人在两套价值体系中左右为难。对男性士人来说,他一方面被要求遵从对恋人的承诺,一方面被要求遵循社会秩序,遵照父母的理性安排,与门当户对者结婚。在恋人之间,虽然男性士人的社会地位通常比他的恋人高出许多,但浪漫情爱关系的对等性和自由选择的原则使他不能因为社会地位高而为所欲为,反而时常感到需要考虑、应对地位低微的恋人的要求。

这些矛盾在九世纪初是引起议论的热点话题。对此,不同的作者在故事中提出不同的见解。有的认为即便浪漫情爱威胁了社会等级秩序,也值得赞美;有的批判情爱以维护既有秩序,也有人采取调和的立场,既歌咏情爱,也维护社会秩序。下面分析的三个故事就各自代表了不同的主张。《李娃传》讲了一个年轻士人因与妓女相恋而被

---

① 〔美〕宇文所安:《柳枝听到了什么:〈燕台〉诗与中唐浪漫文化》,《他山的石头记:宇文所安自选集》,第142页。

② 同上注。

士人社会抛弃的故事,以此告诫年轻人情爱的危险。《咏欧阳行周事》的立场更复杂,也更矛盾。它一面用同情的笔调将欧阳詹和太原妓的情事描写为恋人彼此相爱,一面警告恋情是导致二人死亡的毁灭性力量。《霍小玉传》则宣扬浪漫情爱的价值,谴责了故事中为门当户对婚姻而抛弃恋人的男主人公,这个故事说明,在某些情况下,浪漫情爱的价值可以与社会秩序的价值相匹敌。

一 浪漫情爱的失序:《李娃传》

《李娃传》讲了一个年轻士人对浪漫情爱的着迷与醒悟的故事,也是一个秩序的破坏与重建的故事。① 这个对称的结构如下:在前半部分,男主人公对一个妓女的迷恋使他身败名裂。他本是士人子弟,因爱上长安名妓李娃而成为弃民:先被李娃抛弃,再被父亲断绝父子关系并几乎被父亲打死,然后沦为乞丐。故事的后半部分讲男主人公的回归。在李娃的帮助下——李娃此时已从狡诈妓女转换为贤妻角色——男主人公一步步重新回到士人社会。他养好了病,科举及第,获得官职,与父亲重新相认,并得到父亲的允许娶李娃为妻。

在故事里面,浪漫情爱被描写为失序的根源,男主人公则是浪漫理念的牺牲品。虽然他一开始就知道李娃是妓女,但没有把和李娃的关系看作顾客与妓女的交换关系,而是认为那是基于自由选择的浪漫情爱关系。当朋友告诉他李娃身价高昂,"非累百万,不能动其志也",他回答说钱不是问题,只是担心她觉得他不合适,"患其不谐"。类似的焦虑也出现在《霍小玉传》中。李益第一次见霍小玉之前,着实打扮了一通,也是因为"惧不谐"②。这种焦虑说明,李娃和霍

---

① 白行简:《李娃传》,《唐人小说》,第 119—126 页(下引此文不再出注)。杜德桥(Glen Dudbridge)指出《李娃传》的对称结构,见 Glen Dudbridge, *The Tale of Li Wa: Study and Critical Edition of a Chinese Story from the Ninth Century* (London: Ithaca Press, 1983), 38.

② 《霍小玉传》,《唐人小说》,第 93 页。

小玉有选择恋人的权力。不过,李益的焦虑也可能源于"媒人"对霍小玉"不邀财货,但慕风流"①的描述,《李娃传》男主人公的焦虑却是他对李娃的浪漫想象的投射。也就是说,他选择不把李娃看作出卖情色的妓女,而是将她视为按照自己感情行事的浪漫女主角。

男主人公的痴情与家庭、社会对他的期待是矛盾的。和李娃交往后,他放弃了参加科举考试,那是父亲对他的期待,"不复与亲知相闻。日会倡优侪类,狎戏游宴"。而且,他希望在他和李娃之间建立一种基于情爱的新秩序。当李娃建议一起去寺庙乞求子嗣,他特别高兴。我们知道这是李娃甩掉他的计策,而他是当真的。想和一个妓女生孩子,是希望组建一个基于情感而非社会经济因素的家庭。也就是说,他要把情爱和家庭这两个领域结合在一起。

与男主人公投身于浪漫情爱不同,李娃遵守社会秩序,不觉得他们的关系超出了妓女与顾客的范畴。在他们最初的交往中,男主人公趁娃母离开屋子时向李娃表白爱意:"今之来,非直求居而已。愿偿平生之志。但未知命也若何?"话未说完,李娃母已回,问二人说了什么,听后笑曰:"男女之际,大欲存焉。情苟相得,虽父母之命,不能制也。女子固陋,曷足以荐君子之枕席?"养母的话戏剧性地改变了谈话的气氛,将男主人公的情爱表达,变成了关于欲望的话题。她的话也有效地削弱了男主人公所强调的他与其他客人的不同。他把对李娃的追求描述为"平生之志",是把和她在一起当作人生目标,而李娃的养母从欲望的角度谈论他们的关系,于是男主人公的追求变成了"男女之际,大欲存焉"。这样一来,男主人公和其他客人没什么区别,不过是满足欲望而已。

男主人公两次被抛弃,先被李娃和她的养母,然后被他的父亲。两次抛弃的描写都令人不安。第一次,为甩掉已经钱财用尽的男主人公,李娃安排了去寺庙求子,好让她的养母有时间搬出租住的房

---

① 《霍小玉传》,《唐人小说》,第92页。

子。当男主人公回到李娃的住处,那里已经空无一人。后来的读者很难接受李娃形象的前后变化,前面是无情的妓女,后面成了贤妻。朱有燉的杂剧《曲江池》就对李娃形象进行了改造,说她和男主人公一样,对养母的计策一无所知,因此也是无辜的受害者。这样的改造,是为讲述浪漫爱情故事所做的努力,为使"恒常之爱,而非推卸道德责任,成为情节展开的动力"①。但在《李娃传》中,把李娃写成无情妓女有其重要功能,那就是展示迷恋女性的恐怖后果。这在红颜祸水叙事中很常见。李娃这个人物的欺骗性,正是表现在她对男主人公态度的突然转变中。她开始对他深情,但当男主人公花光了所有的钱,她设局抛弃了他。她的欺骗显得残酷,她嘲笑了男主人公对爱情的浪漫想象,引起他肉体、精神两方面的崩溃。他开始"惶惑发狂,罔至所措",继而"怨懑,绝食三日,遘疾甚笃,旬余愈甚",后来虽然身体逐渐恢复了,却仍然处于悲伤绝望的情绪中,"每听其哀歌,自叹不及逝者,辄呜咽流涕,不能自止"。他遭受的痛苦引人同情,我们越同情他,就越谴责李娃。

男主人公被父亲抛弃的描写同样令人不安。一个家仆偶然见到男主人公在集市上参加哀歌演唱比赛,于是带他去见他的父亲。父子相见的一幕是这样的:

> 父责曰:"志行若此,污辱吾门;何施面目,复相见也。"乃徒行出,至曲江西杏园东,去其衣服,以马鞭鞭之数百。生不胜其苦而毙。父弃之而去。

男主人公挨打的地点很重要。曲江是进士及第者开庆功宴的地方,这说明鞭打是对男主人公未能履行社会、家庭责任的惩罚,也象征男主人公丧失了他作为社会精英和士人家庭成员的身份。执行惩罚的

---

① Glen Dudbridge, *The Tale of Li Wa: Study and Critical Edition of a Chinese Story from the Ninth Century*, 92.

的父亲代表社会、家庭秩序,写父亲鞭打、抛弃儿子,是为了强调沉迷情爱的毁灭性后果。故事中呈现的父子关系是有条件的,只有当儿子做儿子应该做的事,父亲才做父亲该做的事。开始,父亲对儿子是"爱而器之",认为他是"吾家千里驹";当父亲听说儿子被强盗杀死后流下了眼泪;但是,当父亲得知儿子的行为使家庭蒙羞,就断绝了父子关系;当儿子科举成功,获得官职,父亲重新承认儿子,说"吾与尔父子如初"。

抛弃男主人公的李娃和父亲有不少共同点。他们都是社会秩序的守护者:李娃遵循妓女世界的交易规则,客人用金钱交换妓女的情色服务;父亲坚守社会秩序,期待儿子在社会上取得成功,为家庭带来荣耀声誉。李娃和父亲对男主人公的感情是有条件的,前者用情爱换取金钱,后者用父爱换取儿子光宗耀祖。作为秩序的代表,故事里的父亲担负着惩罚秩序破坏者的功能,但他对儿子遭受的痛苦似乎无感,与陌生人的同情形成鲜明对比。被李娃抛弃后,他没有住处,贫病交加,被弃置于城中丧葬店铺,于是"合肆之人共伤叹而互饲之";被父亲几乎打死后,城中唱吊唁歌曲者"共加伤叹",把他救活;他沦为乞丐后,"行路咸伤之","闻见者莫不凄恻"。父亲严厉惩罚男主人公的情节,虽然意在警诫浪漫情爱的危险,却因为缺少人情味而减弱了父亲这个人物的道德权威性,也减弱了道德教训的力量。

故事的后半部分描述秩序的重建。李娃扮演贤内助的角色,帮助男主人公重新成为士人社会中的一员。以李娃为主语、以男主人公为宾语的句子反复出现,如"与生沐浴","易其衣服","为汤粥,通其肠","以酥乳润其脏",仿佛李娃变成了需要重生的男主人公的母亲。李娃也兼顾父亲的角色,帮男主人公做有关仕途前程的重要选择。她和男主人公的关系经常用"命"和"令"来描述,比如买书这件事,李娃"命车出游,生骑而从",李娃"令生拣而市之",然后"令生斥弃百虑以志学"。李娃也比男主人公更了解什么时候行动最合适。当男主人公认为自己已经为考试做好了准备,李娃说"未也"。直到一年后,她才告诉他"可行矣"。考虑到进士及第不足以洗刷男主人公之前的沦落名声,李娃说服他参加更高等级的考试。总之,男主人公的仕途成功要归功于李娃。

　　李娃性格的戏剧性改变,从无情妓女到无私的母亲和妻子,是出于故事中女性角色的功能需要。虽然故事以女主人公的名字为题,但《李娃传》是一个男人成长的寓言,关于一个年轻的男性如何从浪漫的理想主义者转变为保守的现实主义者。李娃是故事中的配角:先是引男性走入歧途的红颜祸水,然后是将他带回正路的母亲/贤妻形象。红颜祸水与母亲/贤妻这两个角色之间非但没有共同点,而且是矛盾的,因此将这两个角色放置在同一个人物身上,必然会造成性格前后不一致、转变太突然的缺陷。不过,这种塑造人物的方式成就了另一个道德教训,即道德实践可以使人超越原本的社会地位和身份,李娃从妓女变成士人妻,就是明证。① 换句话说,李娃的道德实践是她的社会阶层向上流动的根源。作者白行简说,他记述这个故事是为了赞美李娃的"节行","虽古先烈女,不能逾也"。正是李娃的低微地位和她的道德奇行之对照,使她的故事值得铭记。沈既济在《任氏传》中也强调,任氏虽然地位低微(她是狐狸所化),可她在道德上达到的高度"虽今妇人,有不如者矣"②。李娃和任氏之所以成为传记文的书写对象,正是因为她们非同寻常的品德。这两个故事都说明,一个女人可以通过成为道德楷模而超越她们的社会地位和身份:李娃由妓女变成士人家庭成员,任氏则超越她狐狸精怪的身份,在写人的传记文中获得了一席之地。

---

　　① Glen Dudbridge, *The Tale of Li Wa: Study and Critical Edition of a Chinese Story from the Ninth Century*, 73.
　　② 《唐人小说》,第58页。

二 赞美情爱、尊重秩序:《咏欧阳行周事并序》

《咏欧阳行周事并序》讲述欧阳詹的情事,由孟简作于贞元十七年(801)①。欧阳詹是贞元八年进士及第的二十三人中的一个。这一届进士榜被称为"龙虎榜",因为同年及第者很多是具有影响力的政治文化人物,包括后来成为宰相的崔群、王涯、李绛,还有后来在文学和思想领域中著名的韩愈、李观。欧阳詹及第时三十四岁,九年后辞世。他死后至少出现了三种丧葬纪念文字,包括李翱写的传(已佚),韩愈的《欧阳詹哀辞》,孟简的《咏欧阳行周事并序》。韩愈强调欧阳詹是孝子、贤夫、挚友,而孟简主要写欧阳詹的一段恋情。倪豪士认为,韩愈的哀辞是在道德楷模传统中为欧阳詹找到了一个位置,而孟简是要"表现一个真人大小的人,而非大于真人的人"。② 不过,如果把孟简的记述和中晚唐的情爱文学作品放在一起,会发现它们有很多相似的地方,包括叙事结构、主题和修辞,孟简塑造的欧阳詹的浪漫爱人的形象并非"真人大小",而是"大于真人"。

《咏欧阳行周事》与中晚唐情爱文学作品的第一个共同点是并置处理同一题材的叙事与诗歌。中晚唐流行的情爱作品常用诗歌、叙事两种文体处理同一个题材,如《莺莺传》《莺莺歌》,《李娃传》《李娃歌》,《长恨歌传》《长恨歌》,《烟中怨》《烟中怨解》,《无双传》《无双歌》,《冯燕传》《冯燕歌》等。《咏欧阳行周事》也包括叙事和诗歌两个部分。叙事部分先简述欧阳詹的仕宦经历,然后详述他的恋情,诗

---

① 《全唐诗》卷四七三录孟简《咏欧阳行周事并序》,第5369—5370页。《太平广记》卷二七四"情感"类里的"欧阳詹"条,用的是黄璞的《闽川名士传》,其中引录了孟简写欧阳詹的诗及序,第2161—2162页。《全唐诗》《太平广记》的记述,除了个别文字有差异,基本相同。我这里使用《太平广记》的版本,下引此文不再出注。

② William Nienhauser, "Literature as a Source for Traditional History: The Case of Ou-yang Chan," *Chinese Literature: Essays, Articles, Reviews* 12 (1990): 10.

歌部分则以乐府叙事诗模式歌咏恋情。

第二个共同点涉及叙事结构和主题。《咏欧阳行周事》序的叙事结构和很多唐代情爱故事相似，包括相遇、协商与分别、等待恋人归来等场景。这篇作品也有情爱故事中经常出现的主题，比如女子送给恋人物品，在欧阳詹故事中是一缕头发，在别的故事中可能是一首诗、一封信、一幅画像、一枚玉环。

第三个共同点是对情爱故事的矛盾态度。恋人的关系一方面被描写为以感情为基础的挚爱，另一方面被谨慎地告诫为对社会秩序的威胁。这样的矛盾态度在九世纪初的作品中很常见。白居易的《李夫人》就是这样，一边警告"尤物惑人忘不得"，一边感慨"人非木石皆有情"，诗人提出的解决矛盾的办法是"不如不遇倾城色"。① 在欧阳詹的故事里，孟简也是一边同情恋人的激情，一边警告激情的危险，不过在两种态度之间，同情占上风。孟简的欧阳詹故事真正独特的地方，是罕见地表现并赞美男性为情为死的情况。欧阳詹知道恋人亡故的消息后，他"为之恸怨，涉旬而生亦殁"。和大部分情爱故事中向社会秩序妥协的男主人公相比，欧阳詹是挚诚爱人，对他来说，情爱比别的都重要。作品的诗歌部分用绝大部分篇幅（六十行中的五十六行）歌咏情爱，描写恋人的相遇、誓言、激情和死后魂魄的结合。对死后魂魄结合的描写，孟简借用了乐府的传统。《孔雀东南飞》和韩朋故事都用夫妻坟上两棵大树枝叶相连、树上的鸟呼唤彼此的意象来歌颂夫妻超越生死的感情，孟简把欧阳詹与恋人的魂魄比作分离之后又结合在一起的两把古剑②，也是表达同样的意思：

> 短生虽别离，长夜无阻难。

---

① 《全唐诗》卷四二七，第 4705—4706 页。
② 两剑情节可能来自丰城挖出的两把古剑的故事。雷焕、张华登楼观纬象，因此在丰城发现两把剑，并分别佩戴。二人死后，两把宝剑就消失了，变成了两条龙。见《晋书》卷三六，北京：中华书局，1974 年，第 1075—1076 页。

> 双魂终会合，两剑遂蜿蜒。

不过，对欧阳詹的情事，孟简并不是毫无保留地赞美。诗歌部分的最后六句以警诫的声音结尾：

> 大夫早通脱，巧笑安能干。
> 防身本苦节，一去何由还。
> 后生莫沉迷，沉迷丧其真。

孟简警告读者，不要像欧阳詹那样成为沉迷艳色的牺牲品。这一点孟简在叙事部分也指出了，说欧阳詹"未知洞房纤腰之为蛊惑"，结果为情所困。于是，孟简在两种互相矛盾的态度之间摇摆，这在作品结尾的议论部分表现得最明显：

> 呜呼！钟爱于男女，素其效死，夫亦不蔽也。大凡以时断割，不为丽色所汩，岂若是乎？古乐府诗有《华山畿》，《玉台新咏》有庐江小吏，更相死，或类于此。

这里提到的两个情爱故事都以男女双亡告终。《华山畿》讲一个男子因单相思而死，他喜欢的女子听说后，投身其棺中，以期冀二人死后结合。"庐江小吏"指《孔雀东南飞》，讲一对恩爱夫妻因为婆婆干预而被迫分离，妻子的哥哥安排她嫁给别人，于是她投水而死，丈夫知道后上吊自杀，以期与妻子死后相聚。孟简注意到，这两个故事与欧阳詹故事相似，都是恋人为对方而死，他们的动力来自彼此的"钟爱"。使用"钟爱"这个词非同寻常。"钟爱"一般描写父母对儿女的感情，极少用来形容男女情。除了这篇作品，我还没有发现唐代文学有用"钟爱"写男女情的例子。用描写父母之爱的语言写男女之情，可以看作孟简赋予欧阳詹与妓人恋情正当性的方式，而且把男女情提升到了父母之爱的高度。另一方面，孟简不赞同这样的男女之情，警告艳色惑人带来威胁。

孟简的《咏欧阳行周事》序也是一篇传记文,负责叙述一个人在社会中的位置和贡献。按照传统传记写作的惯例,文章在开始部分叙述了欧阳詹的生平、仕宦经历:

> 闽越之英,惟欧阳生。以能文擢第,爰始一命,食太学之禄,助成均之教,有庸绩矣。我唐贞元年己卯岁,曾献书相府,论大事,风韵清雅,词旨切直。会东方军兴,府县未暇慰荐。久之,倦游太原。还来帝京。卒官灵台。

这段之后就是对欧阳詹情事的详细描写。在传记的框架中叙述情事,是把情事描述为欧阳詹一生最重要的事件。欧阳詹的情事在九世纪流传颇广,《云溪友议》讲房千里的妾离开他的那则轶事就提到了欧阳詹,把房千里得知赵氏变心后的痛苦,与欧阳詹听到相好妓人病逝后的悲痛相比。① 九世纪末,黄璞编写的《闽川名士传》也讲述了欧阳詹的情事。黄璞先叙述欧阳詹与太原妓之事,然后引录了孟简咏欧阳詹的诗和序。黄璞的叙述着重突出欧阳詹的诗歌才华。故事的核心是两首诗,一首是二人分别时欧阳詹写给恋人的,另一首是太原妓死前写给欧阳詹的,分别以离别、等待为主题。这个版本和《本事诗》《云溪友议》中的很多故事相似,都是在类型化的情爱场景中嵌入类型化的诗篇。宋初,黄璞版本的欧阳詹故事被收录在《太平广记》"情感"类下面,这个类别里的故事以男女情为主题,很多来自《本事诗》和《云溪友议》。到了南宋,欧阳詹浪漫爱人的形象受到质疑。陈振孙在《直斋书录解题》中提出,韩愈记录的欧阳詹比黄璞记录的更可信,他说:

> 詹之为人,有《哀辞》可信矣,黄璞何人斯,乃有太原函髻之

---

① 《唐五代笔记小说大观》,第1268—1269页。

谤。好事者喜传之。不信愈而信璞,异哉!①

这段话的前提是,韩愈和黄璞记述的不同的欧阳詹,只能有一个是真实的。也就是说,欧阳詹要么是韩愈赞美的道德典范,要么是黄璞描述的挚情爱人。陈振孙说,当时很多人"不信愈而信璞",而他的看法正好相反。陈振孙和他的同时代读者虽然意见不同,但他们都认为欧阳詹不可能既是道德典范,又是挚情爱人。也许他们是对的——毕竟,为男女情而死,就意味着不能承担作为儿子、丈夫、父亲、国家官员的责任。

不过,这个矛盾在中晚唐似乎并不存在,那时的士人群体似乎更能接受不同价值观的混杂与共存。孟简的叙事就混合了不同的文学传统(传记和情爱故事)和价值评判(赞美和谴责)。中晚唐至少有三种欧阳詹的形象在同时流传。除了孟简笔下的挚诚爱人,韩愈哀辞呈现的道德典范,还有李贻孙在《故四门助教欧阳詹文集序》②中塑造的有才华的学者的形象。正是在这个文体、话语、价值观混杂的充满流动性的世界,有情人成为士人的一个新身份。欧阳詹被铭记为挚情爱人,就是一个例子。

三 浪漫情爱作为秩序:《霍小玉传》

蒋防的《霍小玉传》③中,年轻士人李益在长安遇到王爷与婢女的私生女霍小玉,两人互相爱恋,度过了一年时间。李益科举及第后,需要离开长安,但答应霍小玉会回到她身边。与此同时,李益的母亲为他和高门之女安排了婚事,因此李益没有履行他对霍小玉的承诺。

---

① 《直斋书录解题》卷一六,第478页。
② 《全唐文》卷五四四,第5514页。
③ 《霍小玉传》,《唐人小说》,第92—98页。下面引文不再出注。

霍小玉对此并不知情,花费自己所有的财产寻找李益,在绝望中抑郁而死。很重要的一点是,故事里面的观众,无论阶级和性别,都同情霍小玉,谴责李益。最后,由于霍小玉鬼魂报仇,李益的婚姻生活不幸,自己也变成一个爱疑心的怪人。

孟简在《咏欧阳行周事》序结尾的议论部分说,一个人在面对情爱关系的时候,若能"断割",就不会像欧阳詹那样遭受灾难性后果。其实李益就是这样做的,但也没能完全避免恶果:公众谴责他,家庭生活不幸福,他还因此得到"薄情人"的恶名。一些学者认为,蒋昉对李益的负面描写可能是出于政治原因,他是在中伤历史上的李益。①如果这个推测是真的,就说明当时的读者认为,男性士人为遵从社会伦理秩序而违背情爱原则、抛弃身份较低的恋人是不对的。问题是,情爱原则的道德权威性是从哪里来的?在《霍小玉传》中,情爱原则的权威性很大程度上源于浪漫女主角的痛苦。故事充分表现了霍小玉因李益抛弃她而经受的身心折磨,引发了观众的同情,霍小玉也因此站在道德制高点上。对霍小玉的描写和闺怨诗传统对弃妇的描写,有着很有趣的关系。一方面,霍小玉被描写为脆弱、易受伤害的被弃女子;另一方面,描写弃妇的文学传统给霍小玉提供了争取权益的语言。

其实不只是霍小玉,中晚唐文学中的浪漫女主角和中国诗歌传统中的被弃女子都有几分相似。在情感方面,浪漫女主角的激情和弃妇的幽怨、思念有共通的地方。李商隐的《柳枝五首》序描写一位十几岁的少女沉浸在浪漫激情中,"吹叶嚼蕊,调丝擫管,作天海风涛之曲,幽忆怨断之音"②。"幽忆怨断"是与闺怨、弃妇主题相关的感情,但正如宇文所安所说的,"柳枝在生命的这一阶段还没有爱上哪个

---

① 卞孝萱:《唐传奇新探》,《扬州师院学报(社会科学版)》1995 年第 3 期。
② 《全唐诗》卷五四一,第 6232 页。

人。她还没有一个'忆'和'怨'的对象。她所扮演的是一个浪漫的角色"①。在形象上,浪漫女主角也有些闺怨女子的气息。元稹在《梦游春七十韵》②回忆自己年轻时爱恋的女子,说她早晨的妆容好像是点染了露水的莲花,旧衣裳颜色暗淡,仿佛是雨打的牡丹。这些描写让人觉得,诗人在同情这个女子。不过,这里的同情充满情色意味,柔弱正是她的动人之处。在人间男子艳遇非人女子的故事中,男性经常被楚楚可怜的女人所吸引。在男性的浪漫想象中,怜与爱这两种感情密切相关。最有意思的是,浪漫女主角的言辞也借用了弃妇的哀怨声音。霍小玉对李益有三次言说,尽管只有第三次发生在李益抛弃她之后,但头两次她也使用了弃妇的声音。下面是霍小玉的第一次言说,发生在她和李益首次共度良宵之后:

> 中宵之夜,玉忽流涕观生曰:"妾本倡家,自知非匹。今以色爱,托其仁贤。但虑一旦色衰,恩移情替,使女萝无托,秋扇见捐。极欢之际,不觉悲至。

霍小玉的担心让我们想到罗兰·巴特的话,"情爱的主体被焦虑的情绪席卷,因为害怕某种危险、伤害,或遭到抛弃"③。不过,霍小玉的焦虑同时也折射出唐代的社会现实。她和李益身份地位悬殊:李益是参加进士科举的士人子弟,霍小玉是王爷和婢女的私生女。她虽然幼年在王府过着荣华的生活,父亲去世后就和母亲被嫡出的兄长逐出了家门。失去了父亲家族成员的身份,霍小玉的社会地位比李益低太多,不可能结婚。她的焦虑也道出衡量男女价值的不同标准:女性的价值是色,随年龄增长而减少;男子的价值是才,如果仕途

---

① 〔美〕宇文所安:《柳枝听到了什么:〈燕台〉诗与中唐浪漫文化》,《他山的石头记:宇文所安自选集》,第 146 页。
② 《全唐诗》卷四二二,第 4635—4636 页。
③ Roland Barthes, *A Lover's Discourse: Fragments*, trans., Richard Howard (New York: Hill and Wang, 1978), 29.

成功则可以随着年龄增加。这个区别使男女在情爱关系中不平等①。

霍小玉对忧虑的表达根植于中国诗歌传统。比如她说担心自己如"秋扇见捐",这个说法出自著名的《团扇诗》,里面把被抛弃的女人比作秋天被弃置一旁的扇子。不过,霍小玉对忧虑的表达,在功能上与闺怨诗中的弃妇很不同。闺怨诗中男主人公通常缺席,对弃妇的孤独与哀怨的描写,成为供读者(多数是男性)欣赏的审美对象。但霍小玉是面对恋人发言,用怨妇的声音提出要求,为自己争取权益。她要求李益在遵循社会秩序和与她永不分离之间做出选择,而李益不可能两个都选。如果他选择社会秩序,必然会抛弃霍小玉;如果选择霍小玉,就得把社会秩序和规则抛在脑后。李益的回答是处在情爱关系中的浪漫男主角的回答,他被霍小玉的忧虑所感动,为了打消她的疑虑,他立下"粉骨碎身,誓不相舍"的誓言。

霍小玉的第二次言说发生在李益离开长安之前。这时候,霍小玉清楚意识到和李益永远在一起的愿望是不现实的,因此提出妥协的办法,即与李益度过八年时光,然后李益娶门当户对者为妻,她自己出家为尼。可是李益拒绝了这个提议,他向霍小玉保证,会永远和她在一起:"皎日之誓,死生以之,与卿偕老,犹恐未惬素志,岂敢辄有二三。"李益拒绝霍小玉的"理智"提议,是因为他立下的永不分离的生死誓言没有妥协的空间,任何对这一承诺的退却,都是对浪漫的核心精神的背叛。② 如果他同意霍小玉的提议,就是承认他迟早得"抛弃"霍小玉。

故事中的旁观者也参与到浪漫话语的言说中。当李益离开霍小玉,周围的人都对霍小玉表示同情。为什么故事描写旁观者的同情?是李昉要以此来肯定浪漫情感吗?我们又如何理解《李娃传》一边否

---

① 宇文所安的《浪漫传奇》这篇文章讨论《霍小玉传》时谈到这一点,见〔美〕宇文所安:《中国"中世纪"的终结:中唐文学文化论集》,第 118 页。
② 〔美〕宇文所安:《中国"中世纪"的终结:中唐文学文化论集》,第 123 页。

定浪漫情感、一边描写旁观者对浪漫男主角的同情？比较这两个故事可以看出，激起旁观者同情的主要是浪漫男/女主角所经受的痛苦。

痛苦可以是源自社会地位的丧失。《李娃传》的男主人公是士人子弟，因为与李娃的恋情被家庭、士人群体唾弃，沦为乞丐。从"良家子"到"不得齿于人伦"的地位跌落，使他成为路人同情的对象。霍小玉是王爷和婢女的私生女，在王府中长大，父亲去世后和母亲失去依靠，被逐出家门。人们对霍小玉的同情，一定程度上是因为她丧失了王爷爱女的地位。当霍小玉为筹资寻找李益而典当玉钗，当年为王爷制造了这只玉钗的玉工就感叹道："贵人男女，失机落节，一至于此，我残年向尽，见此盛衰，不胜伤感。"在中晚唐文学中，对社会地位滑落者的同情是常见的主题。白居易的《琵琶行》、刘禹锡的《泰娘歌》、陈陶的《西川座上听金五云唱歌》，都描写对沦落妓人的同情，她们年轻时或是长安名妓，或是宫人，后来因年长色衰或时事变迁而流落到边地。《云溪友议》中的"饯歌序""舞娥异"条，讲的也是这类故事。

痛苦也可以是肉体、精神上的伤痛。《李娃传》的男主人精神上几乎发狂，被父亲鞭打几乎致死，很多人唏嘘不已，同情他、帮助他。霍小玉遭受的折磨也在人们心中引起了类似的反应。李益离开后，霍小玉"羸卧空闺，遂成沉疾"。当她多方打听，终于得知人间蒸发了的李益正在准备与望族女子的婚事，她"日夜涕泣，都忘寝食"，然后"冤愤益深，委顿床枕"。关于霍小玉情况的消息逐渐传播开来，是她一手促成的。为求得李益的消息，霍小玉把她和李益的事情告诉了亲友。当她卖玉钗筹资，她的故事传到了中间人（玉工）和身份高贵的顾客（一位唐公主）那里。当李益有意避开霍小玉不见，霍小玉"遍请亲朋，多方召致"，结果长安城中很多人都听说了霍小玉被李益抛弃的事情，致使"风流之士，共感玉之多情；豪侠之伦，皆怒生之薄行"。同样的,在《李娃传》中,男主人公遭到李娃抛弃的遭遇也是在长安城中尽人皆知,用李娃的话说,"天下之人尽知为某也"。

两个故事都包含一个浪漫男/女主角在公共场合、在旁观者面前表现痛苦的场景。《李娃传》中,男主人公参加了长安集市中演唱葬礼哀歌的比赛,他因个人遭遇所经受的折磨使他的歌唱特别动人,以至于"曲度未终,闻者欷歔掩泣"。霍小玉当众表达痛苦的场景发生在她家里。当黄衫人将不肯见面的李益带进霍小玉家门,李益的几个朋友也在场,而且,酒和食物从外面送了进来,被摆放好。霍小玉看上去楚楚可怜,"羸质娇姿,如不胜致",在场的人们则"感物伤人,坐皆欷歔"。这里,旁观者的角色至关重要,他们见证了李益和霍小玉关系的发展,正是这个"旁观见证的公共世界","贯彻实行了浪漫文化的规则,指责李益的行径,并迫使他面对霍小玉生命的最后时刻"①。

两个故事中的旁观者虽然有不少共同的地方,但也有一些重要的区别。比如,霍小玉获得了所有人的同情,而《李娃传》中的男主人公得到地位低微者(如商人、仆人、伶人)的同情,却被士人(如父亲)鄙视。这个区别说明士人社会对情爱表达持有双重标准。当男人表达浪漫激情,会被认为是对既有社会秩序的威胁,是应该被防范、抑制的感情。但如果是女性表达浪漫激情,则被认为是可以被原谅、听任甚至钦羡的。这种双重标准是男性士人享有特权的表现,他们的激情表达被认为是危险的,因为会威胁、削弱男性的支配地位。女性的激情表达之所以被鼓励,是因为非但不会削弱,反而可以维护社会秩序。实际上,男性士人对女性的同情是中晚唐文学的重要主题,很多诗和故事描写一些士人遇到一个不幸的、美丽的、地位低于士人的女性,对她表达同情,这成为士人建立群体身份意识的一种方式。当他们一起创作、讲述、阅读这些诗歌和故事的时候,会发出群体的叹息,

---

① 〔美〕宇文所安:《中国"中世纪"的终结:中唐文学文化论集》,第121页。

并互相赞美彼此的共情能力。白居易的《燕子楼》序就写到这样的情形。张仲素有感于关盼盼在夫君死后不再嫁他人,作诗歌咏,并把自己的诗给白居易看,于是白居易和诗,并在诗序中称赞张诗:"予爱缋之新咏,感彭城旧游,因同其题,作三绝句。"①这里,我们看到两个士人互相印证他们的丰富感情。

不过我们也应当看到,女性不只是男性欲望与同情的对象,她们也是当时情爱话语的参与者。和诗歌相关的这种参与表现在这样几个方面:她们是诗歌的灵感和读者,是要求男性士人为其创作诗歌的"主顾",也是诗歌的写作者。首先,很多咏妓诗为女性而做,如白居易《琵琶行》、杜牧《张好好歌》。其次,妓人把得到士人赞美她们的诗作为经济或者文化资本。很多故事记载妓女向士人索要诗篇,比如《北里志》中的颜令宾病中邀请举子、新进士为她撰写哀辞,福娘让孙棨写赞美她的诗,并称赞他的诗"也直黄金一二斤"②。最后,女性也写诗,有时为了表达自己的思想情绪,有时为与别的诗人唱和赠答。《云溪友议·三乡怨》就讲述一位女性作诗感叹丈夫去世,许多男性士人作诗相和,有的同情她的遭遇,有的赞美她的才华和风情。

不过,对情爱话语的更为积极的参与者,还是霍小玉这样的浪漫女主角。她对激情与痛苦的表达所产生的难以抗拒的感染力,加上故事中所有人物对李益的一致谴责,营造了一种氛围,使霍小玉的声音占据了最重要的位置。李益对霍小玉的抛弃如此没有君子风度,迫使年轻士人谴责他们自己群体中的一员。这个士人群体中的断裂创造出一个空间,使霍小玉的声音可以不受阻碍地被听到。对李益的谴责和对霍小玉的同情如影随形,连李益的好友韦夏卿也批评他,说他是使霍小玉"衔冤空室"的"忍人"。李益也受到了惩罚。因为霍小玉的鬼魂不放过他,李益怀疑妻子对他不忠,与她离异,她就是当

---

① 《全唐诗》卷四三八,第 4870 页。
② 《唐五代笔记小说大观》,第 1411 页。

初李益抛弃霍小玉以缔结婚姻的妻子。故事的结尾这样概括李益的命运:"大凡生所见妇人,辄加猜忌,至于三娶,率皆如初焉。"霍小玉的视角决定了读者对她和李益情事的理解。不仅她的声音在故事中始终占据主导地位,而且她对事件的讲述得到了故事中所有人物和作者的认同。相较而言,李益从背叛恋人的那一刻起,就失去他的声音。尽管他离开霍小玉的理由是遵从母亲给安排的婚事,却仍然不能逃脱舆论的谴责。从这个角度看,浪漫情爱的原则压倒了孝道伦理。

前面谈到,浪漫情爱原则之所以有感召力,是因为霍小玉受苦所激发的同情。作为被抛弃者,霍小玉使用的言辞来自诗歌传统中弃妇主题的丰富表达。她流利地说着这套言辞,完全不像诗歌传统中的弃妇那么被动。相反,她是福柯所说的自己塑造的道德主体(ethical subject)。在福柯后期关于伦理的研究中,他认为历史中的规范体系和行为准则相当基本,但个人总在用丰富的、充满活力的方式将自己形塑为道德主体。他提议我们将注意力转移到"主体形成的模式"(modes of subjectivation),即个人相对于规章制度、行为规范进行自我塑造的方式。① 从这个角度看,霍小玉是自己塑造的主体。她使用了对情爱、绝望、无助的表达,设法从恋人那里获取情爱,从周围人那里获取同情。也许被弃女子的哀怨、柔弱是从男性观点出发的理想女性气质,但是通过"扮演"弃妇的角色,霍小玉获得一种声音、一些观众、一个舞台,她在那里争取自己的利益,批判占据支配地位的社会秩序。不过,浪漫女主角的主体性的打造代价很高。在情爱文学传统中,弃妇的声音是最具合法性的女性情感表达方式之一,浪漫女主角必须先被抛弃或者因为担心以后被抛弃而感到忧惧,才能获得这种声音。尽管如此,浪漫情爱还提供了一个空间,在那里女性可以坚

---

① Michel Foucault, *The History of Sexuality*, Vol. 2, *The Use of Pleasure*, trans. Robert Hurley (New York: Vintage Books, 1990), 28.

持她们的主体性——尽管得付出伤痛的代价。

　　对那些与风尘女子发生恋情的年轻士人来说,调和情爱和社会对他们的矛盾要求是几乎不可能的。他们不得不在浪漫情人和受人尊敬的社会成员这两个角色中进行选择,而两个选择的后果都令人不快。如果选择浪漫情人的角色,比如《李娃传》的男主人公和孟简笔下的欧阳詹,就会被家庭和士人社会抛弃,或者丢掉性命。如果选择遵循社会秩序对他的要求,像李益那样,浪漫女主角的痛苦让他很难为自己的行为辩护。在两套规则(情爱规则和社会秩序)、两种视角(他的视角和恋人的视角)之间,他进退两难。上面分析的三个故事,讨论的就是九世纪初被情爱所吸引的年轻士人、风尘女子所遇到的难题。

结构分析：解读唐诗本事故事的一种方法

中晚唐人们对诗的创作情境、产生过程越来越有兴趣，于是，记载诗本事的故事就特别流行，成书于晚唐的《本事诗》和《云溪友议》就收录了很多这样的故事。在以往的研究中，我们通常把它们看作史料，以此了解诗人的性格和写作的具体情形。在《苕溪渔隐丛话·后集》中，胡仔在引述韦应物宴会上写艳诗的故事之后，推论出诗人性格的"豪纵不羁"①。这种研究方法在我们今天也很常见。因为把诗本事的故事当成史料，就必须考察这些故事的真实性，即辨伪。有的故事与其他历史记载有明显出入，便可判定为有误，不宜作为可征引的史料；对那些与其他历史记载没有矛盾的故事，就暂定它们是真实的，可以作为研究诗人创作或者一首诗的形成的史料来使用。

举个例子，《本事诗》的"情感"篇里有关于刘禹锡以诗获妓的风流故事②。刘禹锡到李绅家做客，席间赋诗赞美一个歌妓。李绅闻诗，便将歌妓送给刘禹锡。除了《本事诗》，这个故事还有两个版本，

---

① 胡仔纂集，廖德明校点：《苕溪渔隐丛话·后集》卷九，第64页。
② 王梦鸥：《唐人小说研究三集·〈本事诗〉校补考释》，第46页。

一个保存在《云溪友议》①，一个保存在《类说》②。这三个版本引用的席间赋诗是同一首，但是三个版本的主人公却不完全一样。《云溪友议》中诗人是刘禹锡，可是赠妓者不是李绅，而是杜鸿渐。《类说》中的赠妓者和《云溪友议》一样，是杜鸿渐，可诗人却是韦应物。一个故事出现了三个不同版本，从辨伪的角度，读者自然会问，哪个版本是真实的？

经学者考证，三个版本都存在问题，都包含了与历史材料不符的信息。岑仲勉指出，《本事诗》版本有两个细节失实，一个是时间问题。③ 故事里说，事情发生的时候，刘禹锡"罢和州，为主客郎中、集贤学士"，李绅"罢镇在京"，可是根据史料，刘禹锡"罢和州"与李绅"罢镇在京"并不是同一时间。另一个问题是故事的引诗里称赠妓者为司空，可是在历史上，李绅从来没有做过司空。《云溪友议》版本的问题更严重，故事中的杜鸿渐和刘禹锡，根本不是生活在同一时代。刘禹锡出生的时候，杜鸿渐已经死了三年。④《类说》版本也有和史料矛盾的地方。故事里韦应物担任苏州刺史倒是实有其事，可问题是韦应物任苏州刺史的时候，故事的另一个人物杜鸿渐已离开人世。所以，三个版本的故事都不可信。

但是，设若这三个版本中的某一个不存在与历史记载矛盾的信息，是不是就可以确定它是真实的或最早出现的，而其他版本则是错谬的、较后出现的呢？实际上，我们也很难认定。因为这些故事的传播途径是口头流传。《本事诗》编者孟启和《云溪友议》编者范摅都曾提到，他们辑录的故事是听人讲起，然后记录下来，用范摅的话说是

---

① 《唐五代笔记小说大观》，第 1298 页。
② 《类说》卷二七（北京图书馆古籍珍本丛刊 62）《唐宋遗史》中"赋诗得妓"条，第 456 页。
③ 陈尚君在刊于 2009 年 2 月 15 日《新民晚报》的《司空见惯真相之揣测》一文中，转述了岑仲勉对《本事诗》版本故事提出的怀疑；见陈尚君：《行走大唐》，桂林：广西师范大学出版社，2018 年，第 26—27 页。
④ 陈尚君：《司空见惯真相之揣测》，《行走大唐》，第 27—28 页。

"因所闻记"①。孟棨也在《本事诗》里提到这个把口头流传的故事记录下来变成文本的过程。②《本事诗》和《云溪友议》成书于晚唐,离故事描述的时代相隔几十年,故事在这期间口耳相传,必然会有种种变化,而《本事诗》《云溪友议》和《类说》保存下来的版本只是若干版本中的三个。从这个角度看,不同版本故事之间的关系便很难说是真与假、真实与失实的关系,它们不过是某一故事类型的不同变体。在"口头文学"的世界里,无所谓最早的、真实的版本;或者说,即使有这样一个版本,我们也无从判断。

美国学者布鲁范德(Jan Harold Brunvand)在研究属于口头文学的都市传说(urban legends)的时候,曾归纳其形式特征。他认为,和其他的以口头形式流传的文学一样,都市传说是稳定因素和变动因素的结合。稳定因素包括故事类型、叙事结构和人物类型等结构性因素,它们在故事的流传过程中基本保持不变。变动因素则包括时间、地点、人物名字、故事的长短和详略等细节。随着故事的流传,这些因素会不断变化,以方便不同地区、背景的听众的需要。这些不断变化的因素造成一个故事与另一个故事的不同,也造成一个故事的不同版本。考察这些故事的模式,以及它们的共性和差异,分析共性和差异的意义结构,是理解这些故事的意义和重要性的基础。③

中晚唐诗本事故事和布鲁范德归纳的都市传奇的特点有不少相似之处。本文尝试用研究口头文学的方式,采用结构分析来处理中晚唐的诗本事故事。我会从许多故事中,选择一组同类型的故事作为分析的个案。这一类型的故事,都涉及两个男人和一个女人之间的感情纠葛,暂且称之为"三角情"。选择这一故事类型,有两个原

---

① 《唐五代笔记小说大观》,第1259页。
② 王梦鸥:《唐人小说研究三集·〈本事诗〉校补考释》,第42页。
③ Jan Harold Brunvand, *The Vanishing Hitchhiker: American Urban Legends and Their Meanings* (New York: W. W. Norton & Company, 1981), 13-14.

因，一个是"三角情"故事在中晚唐特别流行，另一个是这个类型的故事保存下来的比较多。《本事诗》第一部分"情感"篇的十二个故事，七个与"三角情"有关。而且，在这七个故事里面，大多有多个版本，保存在《朝野佥载》《隋唐嘉话》《独异志》《云溪友议》等唐代文献里。这些材料为我们分析唐诗本事故事的结构模式提供了难得的机会。

一 结构特征

"三角情"故事有两个稳定的结构性因素，一个是人物类型，另一个是叙述结构。故事通常有三个人物：一对夫妻（或者情侣），加上一个有权势的男性（"第三者"）。在这三个人物的基础上，故事通常表现为这样的情节模式：开始是夫妻或情人分别，女方为有权势者占有；随后，夫妻或者恋人中的男方写一首诗，这首诗导致夫妻或恋人的重逢或者是他们的永别。故事的叙述结构可以分成三个部分：分离、写诗、重逢或者永别。第二个环节（写诗），是故事关键的部分。有意思的是，这些故事关注的重心并不是夫妻或者情人之间的情爱关系，而是两个男人之间的冲突，以及他们各自所体现的价值。在故事里，女人通常既没有名字，也没有性格特征，她的功能是充当欲望对象和争夺目标。两个男性人物各体现一种价值，"第三者"体现权力，而丈夫（或者情人）体现婚姻关系或者男女之情。

如果说，人物类型和叙述结构是"三角情"故事中的稳定因素，事件发生的时间、地点、人物名姓、故事里引用的诗，则是故事中的可变因素。我们通常认为，唐代的诗本事故事记载的是诗人写诗的过程，由这个过程可以得知诗人的经历和性情。可是，如果把同一个类型的不同故事和同一个故事的不同版本放在一起考察，就会发现很多时候，这些故事并不能帮助我们实现这样的目标。因为从故事的构成看，某个诗人之所以成为故事的主人公，很有可能是他符合这一故事类型的需要。比如他活跃的时间和故事发生的时间相同,他做官的地点正好是故事发生的地点,他担任的官职和故事里某个人物的职位相符,或者是他的性格特征与故事里某一人物的类型特征相近,等等。下面试举几个例子来说明这一点。

《本事诗》"情感"篇里七个"三角情"故事,有四个以中晚唐人物为主人公;在这四个故事里,又有三个由李绅或者李逢吉担任权势者这一角色。在历史上,李绅和李逢吉是政敌;在这三个故事里,他们的人格高下也构成鲜明对比。李绅慷慨风雅,李逢吉卑劣狡猾。在一个故事里,当李绅发现他的一个客人是歌妓的旧日情人,就让他们共度春宵;在另一个故事里,到他家赴宴的一个诗人作诗表达对一个歌妓的爱慕,李绅就把歌妓赠给诗人。和李绅的慷慨风雅相反,李逢吉在故事里心狠手辣。他把一个官员的爱姬骗到自己家里。李绅和李逢吉人品的优劣,在对待刘禹锡的态度上再明显不过:李绅把自己的歌妓让给刘禹锡,而李逢吉则把刘禹锡的歌妓占为己有。

那么,我们是否可以把这些描述当成实事呢?李绅真的常把自己的歌妓赠给诗人,而李逢吉喜欢倚仗权势强夺别人的歌妓吗?李绅和李逢吉这两个政坛上的对立面,一个送给刘禹锡歌妓,一个却夺走他的歌妓?当然我们也可以相信这些"巧合",但是我觉得更有可能的是,因为李绅和李逢吉是政治上的对头,所以被用来扮演故事中功能相反的人物角色:当故事需要一个正直慷慨的人物,叙述者就会考虑让李绅担任,故事里需要一个坏人,叙述者就会想到李逢吉的名字。

可是,为什么好人的角色总是分配给李绅,而坏人的角色总让李逢吉担当?有可能是《本事诗》《云溪友议》的编者同情李绅一党,所以采取扬李绅抑李逢吉的态度。不过,有关《本事诗》和《云溪友议》编者的情况留下的材料不多,所以这一点很难论证。还有一种可能,就是故事里的李绅和李逢吉,一定程度反映了他们在中晚唐士人中间的"大众形象"。李绅的情况比较有意思。他不仅做到高官,而且年轻的时候,还是个爱写风流诗篇的诗人。我们都知道,元稹写《莺莺传》的时候,李绅写了《莺莺歌》,流传很广。那时候说到李绅,人们除了想到他是成功高官之外,还会想到他是风流诗人,这使他特别适合担任"三角情"故事中助有情人终成眷属的权势者角色。

同样道理,如果一个诗人的"大众形象"是风流才子,他也很可能被安排扮演男性情人的角色。刘禹锡可以看作这方面的一个例子。前面谈到的涉及李绅、李逢吉的三个故事,其中两个由刘禹锡担任男性情人兼诗人的角色。在一个故事里,他通过写诗得到李绅的一个歌妓;在另一个故事里,他的歌妓被李逢吉骗走,之后想通过写诗赢回歌妓,但是没有成功。虽然我们并不能提供证据来说明这些故事的不真实,但我们也可以提出另一种可能,就是因为刘禹锡风流诗人的名声,使他适合"三角情"故事中的这一角色;也正因为如此,才会有不止一个故事将他当作具有风流诗人类型特征的男主角。

刘禹锡风流诗人的名声,可以用两个例子说明。一个是他的乐府诗,尤其是他在夔州写的一些《竹枝词》,在中晚唐非常流行。白居易在《忆梦得》这首诗中回忆他和刘禹锡一起度过的时光,说"梦得能唱《竹枝》,听者愁绝"[1]。刘禹锡的知名度在敦煌讲经文里也有体现。《佛说观弥勒菩萨上生兜率天经讲经文》[2]里面有一段讲解人生的虚妄,说即使最美的女人、最风流的男人也会衰老。讲经文说到最美的女人用的例子是西施,说到最风流的男人便举刘禹锡。可见刘禹锡在当时确立的"大众形象"是风流倜傥,这个形象自然契合"三角情"故事中的情人角色。

有时候,一个历史人物被选中充当某一角色,可能是他正好担任过故事里的人物担任的官职,韦应物在一个故事中出现就有可能属

---

[1] 《全唐诗》卷四四九,第5070页。
[2] 《敦煌变文集》卷五,第652—653页。

于这个情况。前面提到一个故事存在三个不同版本。在《本事诗》和《云溪友议》里面,诗人的名字都是刘禹锡,但是权势者名字不一样,《本事诗》里作李绅,《云溪友议》里作杜鸿渐。可奇怪的是,到了较晚成书的《类说》,权势者名字与《云溪友议》的一样,诗人却不是刘禹锡,而是韦应物。可以这样推测,韦应物的突然出现,可能是为了解决《云溪友议》里这个故事的一个矛盾,就是刘禹锡和杜鸿渐根本不生活在同一个时期,杜鸿渐死后三年刘禹锡才出生。解决这个问题的办法大致有两个,要么保留刘禹锡,然后找一个刘禹锡的同代人替换杜鸿渐;要么保留杜鸿渐,然后找一个杜鸿渐的同代人替换刘禹锡。《类说》采取的是第二种方案。韦应物比杜鸿渐年轻十九岁,符合故事对角色的年龄要求。此外,韦应物还符合故事对人物官职的要求。故事里的诗人赞美歌妓的诗有这样两句:"司空见惯浑闲事,断尽江南刺史肠。"诗人自称江南刺史。韦应物做过苏州刺史,让他在诗中自称江南刺史,也是恰当的。

就像历史人物被拿来充当故事里面的角色,某些诗作也常常为满足故事类型、叙事结构的需要而被拿来用在故事里面。虽然我们通常认为,唐诗本事故事是记录诗人写一首诗的过程,可实际上,故事和引诗之间的关系很复杂。有时候,一首诗早就存在,因为符合故事需要而被用在故事里面;有时候,一首诗被用在好几个故事里面;有时候,一个故事的不同版本会用不同的诗;也有时候,一个诗人的诗被用在另一个诗人的故事里面,但是因为故事流传得广,所以这首诗慢慢就被认为是另一个诗人的作品,甚至编入他的文集。

《本事诗》有一个以戎昱为男主角的"三角情"故事,里面有这样一首诗:

好去春风湖上亭,柳条藤蔓系人情。

> 黄莺久住浑相识,欲别频啼四五声。①

关于这首诗产生的情境。《本事诗》的讲述是,与戎昱相好的一个酒妓擅歌,为"镇浙西"的韩滉所召,戎昱被迫与妓分别。临别,戎昱写了这首诗,让妓人带到韩滉的宴会上演唱。在这样的故事情境中,诗表达的是情人分别的痛苦,黄莺比喻的是擅歌的酒妓。不过,我们翻阅王安石编选的《唐百家诗选》,这首诗也署戎昱作,题目却是《移家别湖上亭》②。如果把诗放在这个题目下面读,我们体会的是诗人即将离开久居地方的伤感。那么,这首诗写作的过程、情境便成为疑问。还有更复杂的情况。《云溪友议》也收录了戎昱的故事,可是里面的诗和《本事诗》里的诗完全不同。即使我们相信戎昱为酒妓写诗,那么,哪一首"真的"是戎昱所写?这里存在多种可能:也许《本事诗》版本的诗是戎昱与妓人分别的时候写的,后来这首诗和《移家别湖上亭》这个诗题不知怎么被安在一起;也不知怎么,《云溪友议》的故事用了一首完全不相关的诗。也有可能的是,《云溪友议》版本的诗才是戎昱赠给酒妓的诗,那么,《本事诗》版本的诗就是讹传,有可能是戎昱为搬家而作,后来被用在这个故事里。还有一种可能性,也许这两首诗和戎昱的"三角情"故事本无关联,但是因为符合故事情节的需要,被引入而成为故事的一部分。不管是哪种情况,都说明故事里的诗是流动的因素,它与故事的关系变动不居,时而是故事的一部分,时而从故事中消失,时而被另一首诗替换。

有时候,一首诗用在一个故事里,可能为适应故事的情节而改变。《云溪友议·艳阳词》讲元稹的故事就是这样一个例子③。故事赞美元稹和他的两任妻子之间的感情,说元稹的第一个妻子韦丛去

---

① 王梦鸥:《唐人小说研究三集·〈本事诗〉校补考释》,第 39 页。
② 王安石编,任雅芳整理:《唐百家诗选》卷五,上海:复旦大学出版社,2016 年,第 216 页。
③ 《唐五代笔记小说大观》,第 1308—1309 页。

世的时候,他"不胜其悲"。《云溪友议》引了两首据说是元稹丧妻之后写的诗为证明。这里我要讨论的是这样的两句:"曾经沧海难为水,除却巫山不是云。"在《云溪友议》的故事所提供的语境里,这两句诗表达了元稹对亡妻的感情,沧海之水和巫山之云比喻亡妻在他心中不可替代的位置。可是,如果把它们放在整首诗中,就会发现这两句其实与元稹丧妻没有什么关系。诗的题目是《离思》。全诗如下:

> 曾经沧海难为水,除却巫山不是云。
> 取次花丛懒回顾,半缘修道半缘君。①

我们发现,诗人想念的对象不像是他的亡妻,倒像是风月场中的女子。元稹和白居易都写过很多怀念年少风流的诗,在那些诗里,"花丛"或"花"隐喻风月场的女子。在元稹带有自传性质的长诗《梦游春七十韵》②里,他回忆若干年前与一女子的艳遇,后来幡然悔悟,告别风流生活,娶妻生子,步入仕途。在诗里,他把这种转变比喻成大梦初醒和刹那间的顿悟,"觉来八九年,不向花回顾",写自己醒悟之彻底。这里,"花"可以指某一位花一般美貌的情人;也可以泛指风月场或风月场的女子。白居易在他的和诗里也写到元稹的这个转折,说他后来"京洛八九春,未曾花里宿"③。白居易意在赞美元稹告别风流生活的决心。

告别风流生活的主题也出现在《离思》的第三句:"取次花丛懒回顾",其修辞和《梦游春七十韵》中"不向花回顾"接近。两句诗里,"花"的意象都泛指风月场女子。这样看来,《离思》写的似乎是,一个女子在诗人心中留下不可替代的位置,所以他对风月场完全失去

---

① 《才调集》卷五,《唐人选唐诗新编》,第 818 页。
② 同上注,第 808—809 页。
③ 《全唐诗》卷四三七,第 4857 页。

了兴趣。这里诗人把她和风月场上的女子相提并论,放在一起比较,说明这个女子很可能也是风月场中的一员,而不太可能指诗人的亡妻。毕竟,把士人阶层的亡妻与风月场上的女子放在一起比较是不妥当的。

那么,如果《离思》这首诗和元稹怀念亡妻没有关系,它的头两句怎么会出现在《云溪友议》元稹怀念亡妻的故事里呢? 也许,元稹怀念亡妻的故事在收进《云溪友议》之前,已经流传多时,流传中有人觉得这两句诗与故事的意思契合,就加了进去。把诗和故事粘合在一起的人,不管是范摅还是别人,可能是有意不用《离思》的后两句,觉得那有违怀念亡妻的情境;但是也有可能,故事只用《离思》的前两句,并不是有意的取舍。在中晚唐,诗中的一句或者两句作为"佳句"流传,是很普遍的事情。① 也许,《离思》的头两句特别有名,早就作为"佳句"单独流传,再加上这两句所表达的情感和元稹的故事特别契合,所以就被套用在故事里。

把本来并不相关的诗放进诗本事故事里,作为故事人物写的诗,这种做法在唐诗本事故事里很常见。黄璞的《闽川名士传》中收录的欧阳詹的故事就是这样的例子。欧阳詹是韩愈的同辈人,同一年的进士。欧阳詹去世的时候,韩愈写了哀辞,李翱写了传(不传),孟简写了《述欧阳行周事并序》。其中,孟简的作品讲述了欧阳詹钟情于太原歌妓,分别后二人相思致死的故事。这个故事还有一个较晚的版本,收在晚唐黄璞的《闽川名士传》里。孟简的版本和黄璞的版本情节基本一样,但是结构上有重要的区别,其中之一是黄璞版本里面有两首诗,是孟简的版本里面没有的,一首是欧阳詹写的太原妓的离别诗,另一首是太原妓写自己等待欧阳詹的闺怨诗。这两首诗的加入使黄璞版本的叙事结构很像《本事诗》和《云溪友议》里面的诗本事

---

① 唐代的秀句集很多,如元兢《古今诗人秀句》、王起《文场秀句》。张为的《诗人主客图》在评价诗人的时候,也经常摘句评点。

故事,即围绕诗的产生展开的叙事模式。这两首诗在《闽川名士传》中出现,很可能是受到晚唐流行的诗文交杂叙事模式的影响,后来添加进故事里的。

黄璞版本中的两首诗由送别诗和闺怨诗的典型意象构成。"自从别后减容光,半是思郎半恨郎"[1]很像《莺莺传》中莺莺写给张生诗的第一和第四句:"自从消瘦减容光"和"为郎憔悴却羞郎"。这是源于乐府诗的已经高度模式化的用词和意象。从诗中我们看不出任何与欧阳詹故事相关的独特经验。陈振孙在《直斋书录解题》中怀疑这首送别诗不是欧阳詹为太原妓所作,理由就是诗句的模式化。《欧阳行周集》里面收录的那首送别诗(《途中寄太原所思》),首句是"高城已不见",陈振孙指出,"'高城已不见'之句,乐府此类多矣"。他认为那首送别诗只是一般的乐府诗,不能看作诗人情感的表现,"不得以为实也"[2]。陈振孙认为,欧阳詹与太原妓的爱情故事根本就是好事者杜撰出来的,而杜撰的根据就是欧阳詹那首乐府诗的诗题《途中寄太原所思》。陈振孙由此得出教训,给诗起题目要特别谨慎,不然会给好事者留下把柄,杜撰不相干的故事。

由诗题杜撰出故事,这是一种可能。不过陈振孙没有考虑到另一种可能,即从故事杜撰出诗题。在唐朝的手抄本文化里,诗题与作者不像在我们熟悉的印刷文化里那么稳定,一首诗在口头或者通过抄写流传的时候,它的题目、作者和字句,都常常改变。所以,保存在两个地方的同一首诗,题目作者不同,用字有出入,都很常见。还有,故事和故事里的诗的关系也不稳定。一个故事在流传的时候,可以插进一首诗,也可以省略原有的诗,也可以用一首诗代替另一首诗。欧阳詹故事里的那两首诗,可能本来与欧阳詹的爱情故事没有关系,它们后来进入黄璞版本的欧阳詹故事,为的是适应晚唐流行的诗文交

---

[1] 《太平广记》卷二七四,第2161页。
[2] 《直斋书录解题》卷一六,第478页。

杂的叙事模式。那首乐府风格的送别诗,因为故事里归在欧阳詹名下,所以被后来的整理者加上一个与爱情故事有关的题目《途中送太原所思》,进入了欧阳詹的文集。

有时候,一个故事的不同版本会插入不同的诗。前面讲到,戎昱故事在《本事诗》和《云溪友议》里就是这样。出现这种情况的时候,我们通常会问,哪一首是戎昱在这个事件中写的诗?但是这个问题既不容易有答案,也不重要,因为在唐诗本事故事里面,故事与诗的关系经常是功能性的,而不是一一对应的。例如,在讲述朋友离别的故事框架里,只要是送别的诗,就都适用。在戎昱的故事里,诗的功能是让有权势者知道戎昱对酒妓的感情,迫使有权势者把她归还戎昱。《本事诗》和《云溪友议》里的诗虽然不一样,但是它们都描写诗人与妓人分别时的痛苦,符合故事的叙事需要。

诗与故事的这种功能性关系的另一种表现,是同一首诗用在不同的故事里。下面的例子就是一组诗出现在两个故事里。在《本事诗》的故事里,刘禹锡的歌妓被李逢吉骗走,于是刘禹锡写了四首诗给李逢吉。可是,这四首诗中的三首也出现在另一个"三角情"故事里,刘损的妻子被吕用之霸占,于是刘损写了这三首诗给吕用之。① 这三首诗中的两首也收在《才调集》里,不过在那里,诗的作者既不是刘禹锡,也不是刘损,而是无名氏②。显然,《才调集》的编者不能确定它们的作者。现在,我们已经不可能知道诗的真正作者,但是我们知道,这几首诗在中晚唐很流行。它们流传的时候,作者的名字也不确定。

---

① 刘损的故事收录在五代后期的《灯下闲谈》中,见于《说郛》(中国书店1986年影印涵芬楼1927年11月版)卷一一,第4页。关于《灯下闲谈》的成书时间,见陈尚君:《刘禹锡之得妓与失妓》,《古典文学知识》2018年第2期。

② 《才调集》卷一〇,《唐人选唐诗新编》,第970页。

二　人物类型的变化

依照布鲁范德对美国都市传奇的分析,故事中的变化因素分成两大类①。第一类属于细节性的,为的是适合某个地方听众的需要。当一个故事流传到某地,时间、地点、人物名字这些细节就可能发生改变,以增加该地听众的认同感。这类变化一般不改变故事的意义。第二类变化是结构性的变化,比如叙述结构和人物类型的改变。这是大的而非细节的变化,而且可能改变故事的意义。上文讲到的变化,属于第一类细节性变化。下面要讨论的是第二类的变化,第一个例子涉及人物类型,第二个例子涉及故事里面的诗的功能。

《本事诗》"情感"篇第三个故事和王维有关。② 宁王曼喜欢上饼师的妻子,把她占为己有。一年后,宁王召饼师入宫,让夫妻相见,并让在座的文士当场赋诗。王维第一个写完,诗是这样的:

　　莫以今时宠,宁忘旧日恩。
　　看花满目泪,不共楚王言。

在所有的"三角情"故事里面,这个故事与众不同,因为除了三个固定类型的人物(一对夫妻和一个有权势的男人),还多出一个角色,就是作为事件目击者的王维。在别的"三角情"故事里,诗人的角色通常由男性情人担任,在这个故事里,诗人却是与事件没有直接关系的目击者。这个故事的情节也有一些难以解释的地方。虽然王公大臣在宴会上命家妓展示才艺,令文士赋诗赞美,在唐朝是很普通的事,甚至被视为风流之举,可是宁王为一己私欲,拆散一对夫妻,又让夫妻

---

① Jan Harold Brunvand, *The Vanishing Hitchhiker: American Urban Legends and Their Meanings*, 14.
② 王梦鸥:《唐人小说研究三集·〈本事诗〉校补考释》,第34页。

相见，让文士为此赋诗，这是罕见、奇怪的事情。故事里说，在场的文士看到饼师与妻子见面时潸然泪下，都很难过，"无不凄异"。宁王也和在场的人一样，深深叹息，对饼师夫妻的不幸遭遇深表同情。故事讲到这里，读者不免感到奇怪，难道不正是宁王拆散了饼师夫妻，制造了这一悲惨境遇吗？宁王一边利用权势夺走饼师的妻子，一边同情被他剥夺、迫害的夫妻，于情于理，都实在是既纠结又分裂。

　　情节上的这种尴尬之处，与结构故事的方法有直接的关系。一方面，故事以"三角情"的类型作为框架，力求符合它的叙事结构；另一方面，故事又要以王维的一首诗为中心来结构故事，让情节契合诗的内容。可是，这两个目的在故事中并不容易调和。先说王维的那首诗，诗在《河岳英灵集》和《国秀集》中都有收录，一个题作《息夫人怨》①，另一个题作《息伪（妫）怨》②。这里面包含一个来自《左传》的故事③。楚文王爱慕息夫人的美貌，对息国发动战争，把息夫人占为己有。息夫人为楚文王生了两个孩子，但是从不和他说话。有人问她为什么，息夫人说："吾一妇人而事二夫，纵弗能死，其又奚言？"所以，这首题为《息夫人怨》或者《息伪（妫）怨》的诗，是王维有感息夫人故事而发。

　　这样，关于这首诗的产生，就有了两个不同的故事。《本事诗》说诗是为饼师夫妇的事情而写，而《河岳英灵集》和《国秀集》说是有感于息夫人的故事。清代的吴乔相信饼师故事的真实性，认为诗是王维为饼师夫妻的遭际而写。④ 他进而推论，说唐诗的题目有时候和诗的内容无关，甚至会误导读者，比如《息夫人怨》和《息伪（妫）怨》这

---

　　① 《河岳英灵集》卷上，《唐人选唐诗新编》，第131页。
　　② 《国秀集》卷中，《唐人选唐诗新编》，第256页。《国秀集》中这首诗的题目是《息伪怨》，《左传》中息夫人的名字是"息妫"。
　　③ 《十三经注疏》整理委员会整理，李学勤主编：《十三经注疏·春秋左传正义》卷九，北京：北京大学出版社，1999年，第253页。
　　④ 吴乔：《围炉诗话》卷一（道光甲申三槐堂藏版），第32b—33a页。

两个题目,读者以为诗与息夫人故事有关,却不知道其实是关于饼师夫妻的故事。

　　我的看法和吴乔相反。王维的诗应该是为息夫人故事而写,后来被用在饼师的故事里面。《河岳英灵集》成书在前,《本事诗》成书在后,所以,《息夫人怨》和《息伪(妫)怨》的诗题的出现可能比饼师的故事早。当然,保存在《本事诗》里的故事,很多产生于盛唐、中唐,或者更早的初唐。这些故事常会在晚唐以前的文献中留下痕迹。比如《本事诗》的"三角情"故事里面有涉及初唐人物乔知之的故事①,就收录在《朝野佥载》和《隋唐嘉话》中②,可见故事形成年代与乔知之生活的年代相距不远。饼师的故事情况却不一样。这个故事在现存的盛唐和中唐的材料中都没有记载,到了《本事诗》才第一次出现。王维的知名度不比乔知之小,如果王维为饼师夫妻作诗的故事在王维在世或者去世不久形成,应该和乔知之的故事一样在比较早期的文献中留下痕迹。王维为饼师夫妻作诗这个故事在早期文献中完全缺席,说明故事可能较晚才出现。也就是说,这首诗很可能是王维有感息夫人的故事而写,后来在"三角情"故事盛行的晚唐,被套进了这个故事里面。

　　饼师的故事对于历史人物的选择,也和别的"三角情"故事不一样。在别的故事里,有权势者通常由一个知名的人物充当;杨素、李鸿渐、李绅、李逢吉在历史上有很多记载。可饼师故事里的宁王却是一个不大为人知的角色。选择他扮演有权势者,很可能是因为故事需要一个王维的同代人,而他符合这个条件。再说饼师这个角色。在别的"三角情"故事里,丈夫或者男性情人通常也是诗人,是推动情节发展的人。可是在这个故事里,因为故事里的王维已经是诗人,饼师这个角色变得很尴尬。他无事可做,既没有写诗给他的妻子或者权

---

① 王梦鸥:《唐人小说研究三集·〈本事诗〉校补考释》,第32—33页。
② 《唐五代笔记小说大观》,第20、109页。

势者,也没有表达对妻子的思念,没有想办法和他的妻子重逢,完全是一个没有行为动作的角色。在所有我看到的唐代"三角情"故事里,只有这个故事的丈夫没有名字。饼师与其说是一个人物,不如说是一个道具。

饼师夫妇在宁王宫中重逢也有点牵强,好像是为配合王维的诗而设计的场景,整个故事也好像是从王维的诗句中发展出来的;一个意象生发出一个故事情节。诗的第三句是"看花满目泪",于是故事里面就有这样的场景:夫妻重逢的时候,"其妻注视,双泪垂颊,若不胜情"。诗的第四句是"不共楚王言",于是故事中的妻子也拒绝说话,当宁王问饼师妻子是否想念丈夫时,她"默然不对"。从作品的生成过程看,王维的诗和饼师的故事可能正好相反:王维把息夫人的故事凝缩为两个动人的意象,而饼师的故事则根据王维诗的中心意象来设计、展开故事。这里,诗和故事的创作过程,说明了当时诗与故事的关系;流行的故事可以是诗创作的依据,有名的诗也可以铺排出新的故事。

饼师夫妇重逢场景之尴尬,也因为宁王同时扮演着两个互相矛盾的角色。一方面,他是"三角情"中的权势者,另一方面,他和那些奉命赋诗的诗人一样,又是事件的"旁观者"。作为权势者,他夺走他人妻子,迫使夫妻分离。可是作为事件"旁观者",他同情饼师夫妻的不幸遭遇,和在场的文士一起叹息。这就造成了令人啼笑皆非的情景:造成别人痛苦的人,又无比同情别人的痛苦,似乎对自己是痛苦的根源毫不知情。叙述者要把王维的诗放进故事中,要在故事中给王维安排一个角色,又不想改变"三角情"故事的基本模式,这样一来,叙事上、人物性格上的龃龉、冲突就不可避免。说到底,啼笑皆非的情景,还是由故事的结构方式所引起。

三 诗的功能的变化

《本事诗》里的"三角情"故事,可以按照人物生活的年代分成两类:生活在中唐以前的和生活在中晚唐的。前者有徐德言的故事和乔知之的故事,后者包括戎昱、刘禹锡、张又新、李逢吉等的故事。这两类故事有一个显著的差别,就是诗的接受对象的变化。在徐德言和乔知之的故事里,诗是由丈夫或男性情人写给他的妻子或者情人,可是在中晚唐为背景的故事里面,诗是男性情人写给有权势的男人。

在徐德言的故事里,发现战乱中失散的妻子被杨素占有之后,徐德言写诗给妻子说"照与人俱去,照归人不归。无复嫦娥影,空留明月辉"[1],告他的思念之情。在乔知之的故事里,乔知之的婢女被武承嗣霸占,他写诗示婢女,一面指责她见异思迁,言行不一("昔日可怜君自许,此时歌舞得人情"[2]),一面暗示她应该像绿珠那样,对主人忠贞不贰,哪怕付出死的代价。

在这两个故事里面,诗的功能是夫妻或者情人之间的沟通手段,但都引发了诗人意料之外的后果。徐德言的妻子读了丈夫的诗后,不思饮食,日夜哭泣,杨素查明情况,决定将她归还徐德言。所以,诗意外地促成夫妻的团聚。乔知之的诗引发的则是悲剧。乔知之的爱婢读诗之后投井自尽,武承嗣发现乔知之的诗,把他投进监狱,迫害乔知之的全家。在这些故事里,诗的功能有一个共同的地方,就是诗落在预设读者(妻子、情人)之外的读者(权势者)手里,造成了意想不到的后果。

在以中晚唐为背景的"三角情"故事里面,男性情人不是写诗给自己的情人,而是写给占有自己情人的权势者。诗的功能不再是向

---

[1] 王梦鸥:《唐人小说研究三集·〈本事诗〉校补考释》,第31页。
[2] 同上注,第32页。

情人表达情感,而是给权势者传递信息。在戎昱的故事里,戎昱让歌妓在权势者的宴会上唱他的诗,"至彼令歌,必首唱是词"。当诗的读者(听者)从情人变成占有情人的权势者的时候,诗的功能和含义也会跟着改变。比较《云溪友议》版本戎昱的诗,和《莺莺传》里莺莺的诗,就可以看到这一点。《云溪友议》里故事的引诗是:

> 宝钿香蛾翡翠裙,妆成掩泣欲行云。
> 殷勤好取襄王意,莫向阳台梦使君。①

诗中涉及"三角情"关系中的三个方面。戎昱叮嘱与自己相好的妓人,要殷勤服侍新的主人韩滉,不要想念自己。这个姿态让我们想起《莺莺传》中莺莺的一首诗。张生和莺莺分手之后,二人别娶另嫁,张生想再见莺莺一面,但是只得到莺莺的一首诗,嘱咐他好生对待现在的妻子,"还将旧时意,怜取眼前人"。虽然莺莺诗和戎昱诗的修辞有相似之处,都是嘱咐自己的情人善待新人,可是它们的预期读者不同,含义也就不同。莺莺诗的读者是张生,她的诗是向张生表达她此时的心情;戎昱诗的接受对象虽然也是他的情人,但诗将在戎昱的精心安排下,由妓人在韩滉面前当众演唱,因而这首传达被迫分离者凄楚无奈情感的诗,就包含了批评韩滉利用权力拆散情侣的意味。诗的当众演唱,也使韩滉陷入两难境地。最后韩滉选择了不继续占有酒妓,而将她还给了戎昱,还特别强调自己是在不知情的情况下征召了她,不是有意拆散情侣。这是个有关好人与坏人的道德选择的故事模式,在这里,韩滉选择了当一个有道德的"好人"。

戎昱和酒妓的关系,与徐德言和他的妻子、乔知之和他的爱婢的关系是很不一样的。在戎昱的故事里面,那个酒妓是官妓,在唐代,官妓归属于乐籍,不属于某个人。所以,戎昱和歌妓之间的唯一纽带

---

① 《唐五代笔记小说大观》,第 1265 页。

是他们的感情。对一个官妓来说，被官员征召是很平常的事情。韩滉征召歌妓去他的乐籍，完全符合"程序"，没有任何不妥之处。只有当男女情爱被认为是一种价值的时候，韩滉征召官妓而拆散一对情侣才会被视为是不道德的行为。也只有在这个时候，戎昱才能以他对酒妓的感情为理由，宣示对她的"所有权"。

虽然戎昱成功地赢回他的情人，但是他所采取的方法——即在公众面前批评有权势者——是有风险的。妓人演唱了戎昱的诗以后，韩滉让她更衣等待，在座的客人都很为她的命运担心（"席上为之忧危"①）。还有一个"三角情"的故事也描写了类似的忧虑。在那个故事里面，权势者听到诗后，召见诗人，在场的人都不知道会发生事情，"左右莫之测也"②。这种忧虑的气氛，说明诗人对权势者的公开批评有可能招致灾祸。不过，在大多数的故事里，权势者都选择让情人团聚，然后受到舆论的褒扬。如果权势者不这样做，就会被塑造成一个倚仗权势、胡作非为的坏人。前面提到的李逢吉的故事就是一个例子。所以，在这些故事里，情爱的价值和写诗的方式成为弱势者的有效工具。士人通过写诗宣告自己对一个女子的感情，可以和权势者在"情场"上一争高下。在更广泛的意义上，这也说明诗歌创作在中晚唐被想象为一种力量，人们通过诗的写作、传播和表演，来处理各种人际关系。

四　结语

本文分析了"三角情"故事的结构特征，希望能够说明，这些故事不一定能告诉我们某一位诗人是如何写诗的，或某一首诗是在什么情境下创作的。那么，这些故事能给我们提供什么样的信息呢？

首先，把同一类型的故事放在一起，我们可以了解这些故事的构

---

① 王梦鸥：《唐人小说研究三集·〈本事诗〉校补考释》，第39页。
② 《唐五代笔记小说大观》，第1265页。

成方式。稳定的叙事结构和人物类型是这些故事的基本框架,其他元素,像时间、地点、人物和引诗,则可以不断填充到这个基本框架中,形成同一模式的多种变体。故事与故事之间,一个故事的不同版本之间,会有差异变化。有的变化是细节性的,比如时间、地点、人物名字,这些变化不会改变故事的意义。另外一些变化是结构性的,比如人物类型的改变,或者一个元素在故事中的功能的改变;这些变化可能导致故事的模式和含义的改变。通过分析唐诗本事故事,我们也了解到,诗和故事之间的关系,诗和诗人之间的关系,不是稳定的,而是不断流动,不断变化的。这是因为,很多故事是在口头流传很长时间之后才记录下来,口头传播的过程中,故事总在不断变化。即使这些故事书面记录下来之后,文本也并不就具有高度稳定性,因为在文体的"等级"阶梯中,它们属于"低等级"文体①。文体的级别越低,文本的变动就越容易,越经常发生。

其次,把同类型的故事放在一起,把每一个单独的故事看成某一结构模式的变体,我们才能看出哪些故事只是对模式的复制,哪些故事偏离了既有的模式,具有"独创性"。如果不是放在"三角情"故事模式中比较,我们可能不会注意到王维的故事的独特之处,也不会注意到在以中晚唐为背景的故事中,诗的读者(听众)和诗的功能,都和此前的故事不大一样。这些变化可能折射出社会中文化环境和价值观念的变动。诗的读者从情人变成"第三者",诗的功能从表达和交流感情的媒介,变为也承担着解决人际矛盾的手段,从中可以见识诗的功能在现实社会生活中的拓展。在中晚唐,越来越多的故事讲述人们通过诗的写作、传递、演唱,来处理各种人际关系。以中晚唐为背景的"三角情"故事还有另一个变化,故事里的男女主人公,可能不

---

① 对唐代的笔记和传奇故事的流动性,以及它们在通过口头和文本流传的过程中发生的变化,Sarah M. Allen 有详尽的讨论。见 Sarah M. Allen, "Tales Retold: Narrative Variation in a Tang Story," *Harvard Journal of Asiatic Studies* 66.1 (June 2006): 126-136.

再是在社会和家庭制度中有从属关系的夫妻或主仆,而是士人和妓人。联系后者的纽带是男女之情。这些故事所表达的对士人和妓人之间感情的肯定,显示男女之情在那个时代拥有独立的价值。故事写到那些缺乏政治社会资本的士人,他们以文士和情人的身份,用诗、用情爱的修辞,与占有社会资本的官员在"情场"上一争高下,并且在竞争中取胜,这让我们看到,在中晚唐,"文化"有可能是或被想象是一种能够与政治权力对峙的资源。而这个"文化资本",既包括写诗和运用诗的能力,也包括人的情感能力。这些都是我们通过结构分析所读出的"三角情"故事的社会文化涵义。